CHRISTIAN FRASCELLA

SIEBEN KLEINE VERDÄCHTIGE

ROMAN

AUS DEM ITALIENISCHEN VON
ANNETTE KOPETZKI

FRANKFURTER

FSC
www.fsc.org
MIX
Papier aus verantwortungsvollen Quellen
FSC® C014496

Deutsche Erstausgabe

Herstellung und Schutzumschlaggestaltung: Laura J Gerlach
Umschlagmotiv: © gettyimages.com/momentimages
Satz: psb, Berlin
Druck und Bindung: GGP Media GmbH, Pößneck
Printed in Germany
ISBN 978-3-627-00198-8

FVA

Für Domenico Morreale, den lebenslangen Freund

Der Jäger zog dem Wolf den Pelz ab und ging damit heim.
Jacob und Wilhelm Grimm, Rotkäppchen

1

MITTWOCH, 21. MAI

Sie waren alle etwa zwölf Jahre alt, als sie beschlossen, die Bank von Roccella, ihrer kleinen Stadt, auszurauben. Die Idee stammte von Billo und Gorilla.

Nach einem Fußballmatch auf der Piazza, sie kamen gerade wieder zu Atem und erfrischten sich am Brunnen, rückte Billo mit der Sache raus.

»Wie wärs, wenn wir uns ein bisschen Geld beschaffen?«

Ranacci sah ihn misstrauisch an. »Wie denn das?« Ranacci kaute immer auf irgendetwas herum.

Billo war ganz ernst. »Ich hab mir was überlegt. Wir haben alle Geldprobleme, außer Corda ...«

»Ist doch nicht meine Schuld!«

»Keiner sagt, dass es deine Schuld ist.«

»Obwohl man unter Freunden auch mal teilen könnte«, sagte Cecconi und stieß ihn mit dem Ellenbogen.

Genervt versuchte Corda auszuweichen, doch Cecconi drehte ihm blitzschnell einen Arm auf den Rücken. »Auaaa!« Den Griff hatte er von seinem Vater, der hatte ihm das als Judo verkauft.

»Hör doch auf mit dem Scheiß!«, rief Billo wütend. Cecconi ließ Corda abrupt los, und der fiel mit dem Hintern auf den Boden.

Die anderen lachten. Fostelli half Corda beim Aufstehen.

»Aufhören hab ich gesagt!«

Alle verstummten.

Billo kickte einen Stein weg, der über den ganzen Platz flog und an einen Pfeiler prallte.

»Pfosten!«, rief Cecconi.

Billo sah ihn böse an. Wenn Billo einen so anguckte, war man ziemlich sicher zu weit gegangen.

Cecconi starrte auf den Boden, als wären ihm gerade ein paar Münzen runtergefallen.
»Also hört zu, ich habe mir da einen Plan ausgedacht«, fuhr Billo fort.
Corda: »Ach nee, du und denken?«
»Dir tut der Arsch wohl nicht mehr weh, was?« Billos dunkle Augen waren nur noch zwei Schlitze. »Denn wenn er dir nicht mehr wehtut, tret ich dir so lange rein, bis nichts mehr übrigbleibt.«
»Was hast du dir ausgedacht?«, fragte Fostelli, um die angespannte Lage zu entschärfen.
»Einen Plan, hab ich doch gesagt.«
»Das war klar ... Aber was denn für einen Plan?«
Billo machte ihnen ein Zeichen, ihm zu folgen. Er ging zu einer der Bänke rings um die Piazza und setzte sich auf die Lehne.
»Wenn das, was ich jetzt sage, aus dieser Gruppe herausdringt, schlag ich euch allen die Fresse ein.«
»Und Gorilla? Dem erzählen wirs nicht?«, fragte Cecconi.
In Wirklichkeit hieß er Gorelli, aber alle nannten ihn Gorilla, und darauf war er stolz. Er trommelte sich gern mit den Fäusten auf die Brust und stieß dabei kehlige Schreie aus. Er war überzeugt davon, dass die Mädchen das mochten, weil sie lachten, wenn sie ihn so sahen.
»Der Plan ist von Gorilla und von mir, und ich hab ihm auch gesagt, er soll kommen«, brummte Billo missmutig. »Aber er wollte Totò im Fernsehen gucken ... Mann, Totò!«
»Ich mag Totò, der ist lustig. Was fürn Film zeigen sie?«
Billo musterte Cecconis gutmütige, zerstreute Miene, das hellblaue Trikot vom SSC Napoli mit der verblichenen Aufschrift »Buitoni«. Er machte ein angewidertes Gesicht
»Den über deine Schwester, die Schlampe!«
Alles lachte, bis auf einen. Wenn damals etwas heilig war, dann die Lieblingsmannschaft und die Frauen der eigenen Familie. »Was hatn meine Schwester damit zu tun?« Cecconi gab ihm einen Stoß, und Billo stürzte sich auf ihn, aber er

kauerte schon in Verteidigungsstellung. Eine Judostellung natürlich.

»Ruhig, Leute«, sagte Fostelli mit seiner Erwachsenenstimme. »Lasst uns vernünftig reden.« Er legte Cecconi eine Hand auf die Schulter und lächelte Billo versöhnlich zu. »... Jetzt erzähl weiter.«

»Kannst dich beim Don bedanken«, sagte Billo. In der allgemeinen Stille blickte er sie alle nacheinander an. »Es geht um die Bank.«

»Die Bank?« Ranacci spuckte einen Aprikosenkern aus. »Du meinst die ... die da?«, und er zeigte auf die einzige Bank von Roccella, deren Eingang direkt an der Hauptstraße lag.

»Genau«, bestätigte Billo. »Die da. Scheiße hey, jetzt zeigt doch nicht alle mit dem Finger drauf und dreht euch nicht um!«

Aber natürlich hatten sich schon alle umgedreht.

»Ihr seid echt bescheuert! Haben wir etwa noch eine andere Bank hier? Guckt zu mir!«

Alle sahen ihn an.

Billo drehte ihnen den Rücken zu und ging weg. Die anderen folgten ihm.

»Ich habe diese Bank genau gecheckt. Und einen Plan entworfen.«

»Wozu?«

»Um sie auszuräumen!«

»Tsss«, Cecconi schlug sich mit der Hand an die Stirn. »Du bist ja voll bescheuert, Mann!«

Corda lächelte. »Was hast du denn für einen Film gesehen, Billo? *Der Tag der Hunde*?«

Billo machte einen Schritt auf Corda zu: »Erstens heißt der Film *Hundstage*. Hirnloser Spacken. Zweitens, du und dieser andere Idiot, ihr dürft euch als rausgeschmissen betrachten, ihr gehört nicht mehr zur Bande.« Der andere Idiot war Cecconi. »Ich brauche aufgeweckte Typen.« Er sah Ranacci an, er sah den kleinen Lonica an.

»Du willst eine Bank überfallen?«, fragte Fostelli ruhig.

»Genau. Dafür brauchen wir ja auch eine Bande. Die Bande für den Banküberfall.«
»Der ist voll bescheuert, ich hab's euch doch gesagt.«
Billo gab Cecconi einen Stoß. Und wo er schon einmal dabei war, versetzte er Corda einen Fußtritt.
»Auaaa!«
»Schluss jetzt!« Das war wieder Fostelli. »Und du erklär das genauer.«
Billo fing wieder an: »Ich habe mich postiert und die Lage beobachtet. Ich habe Uhrzeiten kontrolliert. Ich habe gezählt, wie viele Leute da drin arbeiten.«
»Die Mutter von Muschio arbeitet da!«, mischte sich Ranacci ein. »Du willst die Mutter von Muschio überfallen?« Muschio war gefährlich. Er hing mit der Gang der Großen rum.
Als Corda und Cecconi begriffen, dass es Billo ernst war, fingen sie an zu quengeln: »Wir wollen auch die Bank überfallen! Wir wollen mitmachen!«
»Ruhe!« Diesmal brachte Fostelli sie zum Schweigen. Dann, zu Billo gewandt: »Sag, was du rausgefunden hast.«
Billo zählte alles auf, was er beim Überwachen entdeckt hatte. Erstens: Morgens um acht kamen die Uniformierten mit dem Kleinlaster das Geld abholen; empfangen wurden sie abwechselnd vom Direktor und von Muschios Mutter, der Vizedirektorin. Zweitens: Kurz bevor die Typen mit dem Kleinlaster wegfuhren, begann der Wachmann, dieser kleine Dicke, der schon dabei war, bevor sie geboren wurden, seinen Dienst ... Drittens: Mit dem Direktor, der Vizedirektorin, den Wachleuten und denen, die drinnen hinter den Schaltern saßen, kam man auf nicht mehr als sieben Personen. Sie waren auch zu siebt. Also ein Kampf auf Augenhöhe. Viertens: Kurz nachdem die Bank um viertel vor fünf schloss, gingen der Direktor oder die Vizedirektorin, je nachdem wer aufgemacht hatte, nach Hause, außerdem zwei Angestellte; also blieben einer der beiden Chefs, zwei Kassierer und der Wachmann.

»Alles klar?«, fragte Billo. »Könnt ihr mir folgen?«
»Ja«, antwortete Ranacci. »Nach Schalterschluss sind sie praktisch nur noch zu viert.«
»Gut. Um Punkt fünf Uhr lässt sich der fette Wachmann einen Kaffee aus der Bar bringen.« Er zeigte auf die Bar Gianni an der gegenüberliegenden Ecke der Piazza. »Er bestellt Kaffee für sich und für den anderen mit der Mütze, den ältesten Angestellten. Eine Minute später kommt Speckbacke, die Tochter von Gianni, mit den beiden Kaffees auf einem Tablett. Inzwischen zählen die Kassierer und der Aufseher drinnen das Geld, da hantieren die mit so viel Schotter, das könnt ihr euch gar nicht vorstellen. Sie stecken das Geld in Säcke und schließen die Geldsäcke im Safe ein ...«
»Was issn das, ein Säif?«
»Ein Safe ist das, wo sie die Säcke reintun«, erklärte Corda mit aller Geduld.
»Alles klar?«, wiederholte Billo. »Habt ihr die Sache vor Augen?«
»Hm ...«, machte Fostelli.
Cecconi zwinkerte Lonica zu, um die Skepsis des Don zu unterstreichen, aber Lonica beachtete ihn nicht. Er überlegte.
»Dieser Kaffee«, fuhr Billo fort, »dieser Kaffee, den die zwei immer um fünf Uhr nachmittags trinken, ist unser Passierschein für den Bankraub.«
Ranacci, der schon wieder auf etwas herumkaute, sprach aus, was die ganze Gruppe sich jetzt fragte: »Ja, aber was hat dieser Kaffee damit zu tun?«
Genau darauf hatte Billo gewartet. Er nickte langsam, als wollte er sagen: »Hier wollte ich euch haben, Soldaten.«
»Es geht nicht direkt um den Kaffee.« Er zog die Augenbrauen hoch. Und fügte hinzu: »Sondern um Speckbacke!«

Keiner wollte Speckbacke, die in Wirklichkeit Letizia hieß, gerade vierzehn geworden war und in der Bar ihres Vaters

als Kellnerin arbeitete. Keiner mochte sie, weil sie über achtzig Kilo wog und ungefähr einen Meter fünfzig groß war.
Die Kunden der Bar taten, als bemerkten sie sie und ihre fettigen, zerzausten Haare und den ewig feuchten Flaum unter ihrer Nase nicht.
Die Folge war, dass Speckbacke genau wusste, dass sie Speckbacke war. Aber aus irgendeinem unerfindlichen Grund schien sie das nicht allzu sehr zu bekümmern, sie ertrug ihren Zustand mit dem glücklichen Blick und der heiteren Sanftmut einer Kuh auf der Weide.

»Jetzt geht es darum«, erklärte Billo, »wer von uns es hinkriegt, dass Speckbacke sich in ihn verliebt. Von Speckbacke zum Kaffee ist es dann nur ein kleiner Schritt.«
Fostelli verscheuchte die dichten Nebelschwaden, die noch immer in den Köpfen der anderen waberten: »Im Klartext meinst du, dass einer von uns sich an die ... es hinkriegen muss, dass Speckbacke sich in ihn verliebt, damit er irgendwelche Schlafmittel in den Kaffee schütten kann, den sie dem Wachmann und dem anderen bringt? Und dann wird die Bank ausgeraubt, richtig?« Sein Tonfall ließ einen Hauch Pessimismus erkennen.
»Mamamia, bist du echt irgendwann heimlich durchgeknallt, und wir haben's nicht gemerkt?«, schrie Cecconi.
Billo ließ sich nicht beirren. »Der Don hat recht. Jetzt brauchen wir nur noch einen Freiwilligen, in den sie sich verliebt. Von mir kommt schon der Plan.«
Ranacci spuckte auf den Boden. Ein Windstoß lenkte die Spucke auf Billos Fuß, der keinen Mucks machte. Er wartete nur darauf, dass Ranacci, der ewige Nörgler und Oberfeigling, sich abmeldete. Prompt tönte der: »Du bist verrückt. Wer hat denn den Nerv, sich diese eklige Mülltonne aufzuladen? Ich bestimmt nicht. Da könnt ihr einen drauf lassen.« Gesagt, noch mal gespuckt, diesmal zur Seite.
»Immer nährt man Schlangen am Busen, und nie wechseln

sie die Haut«, sagte Billo feierlich. »Und du, Ranacci, bist eine Schlange!«
»Naja ...«, versuchte der Don einzuwenden. Aber diesmal mischte er sich nicht ein. Auch die anderen nicht.
Ranacci machte einen Schritt auf Billo zu. »He, mich nennst du nicht Schlange, ist das klar? Ich hab wenigstens den Mut, es dir jedes Mal ins Gesicht zu sagen, wenn du Scheiß baust, und das kommt ziemlich oft vor ... ich bin nicht wie die da«, er zeigte mit dem Kopf auf den Rest, »die sich über dich lustig machen, sobald du dich umgedreht hast.«
»Und ausgerechnet du, der Mutigste, willst nicht mitmachen?«, provozierte ihn Billo. »Bist du draußen?«
»Du sagst es!«
»Das heißt ... kein Trubel, aber auch keine Rubel.«
Ranacci staunte. »Du willst echt ...«, fing er an, »du willst die Bank knacken? Sag mal, haben sie dir ins Hirn geschissen?«
»Ins Hirn geschissen? Der Plan steht. Und wenn wir's schaffen, weißt du, wie viel Kohle das bringt, mein guter Ranacci?«
Kohle, Kröten.
Einen Haufen Geld.
Ranacci schwankte ein wenig.
»Und wer sagt denn«, fuhr Billo fort, »dass gerade du Speckbacke übernehmen musst? Keiner.«
»Stimmt«, überlegte sein Gegenüber. »Keiner.«
»Es geht hier sowieso weniger um Speckbacken«, stachelte Billo sie an, »als um das, was danach kommt. Geld. Mit dem wir machen können, was wir wollen. Lonica kann sich endlich ein Paar eigene Boxhandschuhe kaufen, und für dich, Cecconi, steht dem neuen Trikot von Maradona nichts mehr im Weg ...«
Cecconi riss die Augen auf. »Mann, das wär ja geil.«
»Wenn du nur glücklich bist, Ceccò ... außerdem Sticker, Fußballschuhe für mich. Ach, was rede ich ... neue Fahr-

räder! Der neuste Atari! Wir könnten sogar alle zusammen ein Haus mieten und unseren Unterschlupf daraus machen. Ist euch klar, was das bedeutet? Scheiß auf diese verfluchte Piazzetta ...«

»Scheiß auf den Park, wo die Großen rumhängen!«, rief Lonica aus, der schon Finten mit seinen imaginären Boxhandschuhen probierte.

»Die können uns mal, die Großen, wenn wir einen eigenen Unterschlupf haben«, erklärte Ranacci versonnen.

»Muschio kann uns mal!«, sagte Lonica.

Jetzt schrien sie alle durcheinander. Sogar Fostelli, von der Begeisterung mitgerissen: »Scheiß auf Muschio!«

»Scheiß auf die Großen!«

»Scheiß auf den Mexikaner!«

Schlagartig brach das Geschrei ab.

Das hatte Corda gerufen.

Lonica war aschfahl im Gesicht, und Ranacci hatte aufgehört zu kauen. Fostelli und Cecconi blickten sich nervös um.

Billo, ebenfalls bleich, schaute ihn böse an. »He, hast du sie noch alle?«

Corda senkte den Kopf. »Entschuldigung ... entschuldigt bitte.«

»Dieser Name ...«

»Ich weiß ... ich weiß ja«, stotterte Corda.

Das Schweigen im Halbkreis der sechs Jungen dauerte noch ein paar Augenblicke, dann löste sich die Spannung, kaum dass Ranaccis Kiefer wieder zu arbeiten begann.

»Und wie ... wie wird der Freiwillige nun gefunden?«, fragte Corda, nachdem er sich geräuspert hatte.

»Hä? Und wie ... und wie?«, äffte Cecconi ihn nach. Er sah sich schon auf dem Sattel eines Rennrads wie die von der Tour de France.

Jetzt waren alle wieder entspannt. Billo spürte, dass er sie in der Hand hatte. »Okay, ich habe zwar den Plan ausgearbeitet, aber ich bin trotzdem mit im Spiel. Wir machen einen

Marathonlauf. Der Letzte übernimmt Speckbacke. Oder der Erste, der aufgibt.«
Wieder Schweigen.
Ein riskantes Spiel. Bestürzt blickten die sechs auf der Piazzetta einander an. Jeder versuchte, im Gesicht seiner Kameraden die eigene Angst bestätigt zu finden.
»Wenn einer nun nicht mitmachen will?«, wagte Cecconi zu fragen. »Was passiert dann?«
»Ihm passiert gar nichts«, antwortete Billo. »Bloß dass er dann von der Beute nichts abkriegt. Wir anderen laufen mit neuen Sachen rum, haben haufenweise scharfe Weiber, und er sitzt zu Hause und holt sich traurig einen runter.«
»Hm ...«
»Aus der Bande wird er natürlich auch rausgeworfen.«
»Hm ...«
»Denn wir sind wie die Musketiere des Königs: alle für einen und einer für alle. Falls das noch nicht klar war.« Er starrte Cecconi an. »Hast du's jetzt kapiert?«
»Hm, hm ...«, kam es mit widerwilligem Nicken. »Ja, hab kapiert.«
Fostelli kratzte sich am Kopf. »Ich hätte da ein paar Einwände moralischer Art, Billo. Ich möchte euch daran erinnern, dass Stehlen, auch wenn uns der Coup gelingt, nicht in Ordnung ist. Lügen ist nicht in Ordnung. Und so weiter. Wie halten wir es damit?«
Gespannt auf die Antwort, hob Ranacci eine Augenbraue.
Billo schien darüber nachzudenken. Dann wandte er sich ab und ging ein paar Schritte auf die entfernteste Ecke des Platzes zu.
Die anderen verteilten sich rings um ihn.
»Der Don hat recht ... die Moral ...«, und sofort wurde er wütend. »Mann, geht mir doch nicht auf die Eier mit eurer Moral! Wacht auf, Leute! Guckt euch doch an. Wir haben gar nichts. Einen Scheiß haben wir. Seht doch, wie wir rumlaufen. Kurze Hosen und T-Shirts vom Wochenmarkt. Die Weiber gucken uns nicht mit dem Hintern an. Nie auch

nur eine Lira in der Tasche, nicht mal für ein Eis. Arme Schweine, mal ehrlich! Elend verrecken werden wir, alle miteinander, außer Corda. Und wer weiß! Sein Vater fällt womöglich in Ungnade, und aus dem Sohn des Anwalts, der mit dem Bürgermeister rummacht, wird einer von denen, die in der Scheiße sitzen wie wir, vielleicht sogar noch tiefer, kann ja sein. Wir sind wenigstens dran gewöhnt ...«
Cordas Miene verfinsterte sich.
»Mit einem reinen Gewissen waschen wir uns nicht mal die Achseln, wenn sie stinken, Genossen!«, schrie Billo. Dann senkte er die Stimme. »Oder wollt ihr auch so werden wie eure Eltern?«
Alle dachten an ihre Eltern oder an die, die diese Rolle übernommen hatten.
Völlig unerwartet kam die erste Reaktion von Ranacci. »Ich bin dabei«, sagte er.
»Ich auch.« Lonica.
»Einen Versuch könnte man machen«, gab der Don zu.
Cecconi zuckte die Achseln. »Na gut«, brummte er schließlich. »Wann machen wir diesen Marathonlauf?«
»Übermorgen. Wir haben keine Zeit zu verlieren.«
»Und Gorilla?«, fragte er weiter. »Macht der auch mit?«
»Klar. Wir sind uns schon einig.«
»Aber ...«, fing der kleine Lonica an. Aber dann verstummte er und stierte auf einen Punkt hinter Billo.
Alle folgten seiner Blickrichtung.
Mitten über die Piazza ging, ein Tablett in der Hand und beschwert von den Pfunden, um die sich Hose und Hemd spannten, die Speckbacke.
»Scheiße!«, sagte Fostelli, der solche Ausdrücke selten benutzte.
Ranacci fing an zu husten.
Da sie sich beobachtet fühlte, warf Speckbacke sich in die Brust wie ein Topmodel auf dem Laufsteg. Sie hob das Tablett höher, so dass es gegen ihren prallen Busen stieß und in eine Schräglage geriet, bei der die Tassen klirrten. Kurz

vor der unabwendbar scheinenden Katastrophe rettete sie die Lage mit einer geübten Bewegung des Unterarms, um dann in Richtung Bank weiterzugehen. Sie überquerte die Straße, ging auf das Gebäude mit dem Kreditinstitut im Erdgeschoss zu und blieb vor der Tür stehen.
Der Wachmann vom Sicherheitsdienst kam in Begleitung eines hageren Angestellten mit einem zerdrückten Hut heraus.
Die Türen hatten sie offen gelassen.
Sie zuckerten ihren Kaffee und tranken ihn. Zufrieden machte der Wachmann eine lobende Kreisbewegung mit der Hand. Dann hielten sie sich mindestens fünf Minuten bei einem Schwätzchen mit Speckbacke auf, die oft lachte und ihren dicken Kopf zu den Jungen hindrehte.
»Habt ihr gesehen?«, fragte Billo hinterher.
»Sie ist echt zum Kotzen!«, sagte Cecconi.
»Das meine ich nicht! Habt ihr gesehen, dass beide rauskommen, um einen Kaffee zu trinken, und dann eine ganze Weile draußen bleiben?«
»Ja.«
»Habt ihr gesehen, dass sie die Türen offen lassen?«
»Ja ...«
»Ahnt ihr jetzt, was es bedeutet, wenn wir ein Schlafmittel in diesen Kaffee tun?«
Ranacci: »Dass sie umkippen.«
Fostelli: »Und den Eingang unbewacht lassen.«
Lonica: »Jeder kann einfach in die Bank reingehen.«
Billo triumphierend: »Und das können wir sein!«
Sie blickten sich an, gierig und aufgeregt.
Corda begann, auf der Stelle zu laufen, dabei keuchte er vernehmlich.
»Was soll der Scheiß?«, fragte Ranacci.
»Ich fange mit dem Training an. Damit ich nicht als Letzter ankomme und mir dieses Monster einhandle.«
Alle lachten, er auch. Es war ein nervöses Lachen.

Auf dem Nachhauseweg kam Billo an dem kleinen Laden von Melo, dem Schuster, vorbei. Der Mann saß vor seinem Geschäft, um eine Zigarette zu rauchen, und grüßte Billo mit erhobenem Arm, wie er es bei allen tat.
Billo erwiderte den Gruß, ohne anzuhalten.
»Warte«, sagte Melo und kam ihm auf dem Gehweg hinterher.
Billo sah ihn interessiert an. Um die fünfzig, dichte, dunkle Haare, die glänzten wie frischpolierte Mokassins.
»Du bist Emanuele, stimmt's?«, fragte er.
Billo blähte die Brust auf. »Ich bin Billo.«
»Aber dein ... dein Taufname ist Emanuele?«
»Ja. Aber mir ist der Nachname lieber. Billo, mehr nicht.«
Der Schuster lächelte unter seinem schwarzen, gepflegten Schnurrbart. »Wie beim Militär«, sagte er.
Billo nickte. »Wie in der Schule.«
»Wie auf dem Platz«, schloss der Mann und zog hastig am Rest der Zigarette. »Ich habe dich spielen sehen, Billo.«
»Ach ja?«
»Letzten Sonntag. Du bist sehr gut.«
Das Kompliment machte Billo stolz, obwohl er schon wusste, dass er gut war, wenn er einen Fußball vor den Füßen hatte. Schon seit der ersten Grundschulklasse spielte er bei Roccellese. Der Bruder seiner Mutter, Onkel Michele, hatte ihn auf den Fußballplatz mitgenommen und ihm alles erklärt, sogar das Abseits. Kurz bevor er nach Deutschland ging, hatte er Billo bei den Minis eingeschrieben. Wenn er anrief, wollte er nicht seine Schwester sprechen, sondern Emanuele, um über Fußball und seine Karriere zu reden. »Ich sorge dafür, dass Leverkusen dich einkauft!«, sagte er. »Dann kommst du auch nach Deutschland, wirst schon sehen, was für ein Unterschied zu diesem Scheißitalien.« Doch an seiner traurigen Stimme merkte man, dass ihm, wenn schon nicht ganz Italien, mindestens aber Roccella fehlte.
»Danke«, sagte Billo zu dem Schuster.

Der drückte die Zigarette mit dem Schuhabsatz aus. Er grinste. »Genau das verschafft mir mein Brot. Raucher haben immer verbrannte Sohlen.«
Billo nickte. »Wenn keiner den Aschenbecher erfunden hätte, wärst du jetzt Millionär!«
Der Schuster lachte. »Da hast du wahrscheinlich recht.« Dann wurde er wieder ernst. »Hör zu, hast du einen Manager?«
»Nein.« Billo spitzte die Ohren. »Warum?«
»Weil ich einen kenne, in Vincipasso, das ist nicht weit von hier.«
»Ich weiß, wo Vincipasso ist.«
»Letzten Sonntag habe ich dich spielen sehen, und da hab ich gedacht: Den muss ich Nicola Santovito zeigen.«
»Und wer ist dieser Nicola Santovito?«
»Ein Manager, was sonst?«
»Aha.«
»Wenn Nicola herkommt und dich sieht, nimmt er dich bestimmt unter Vertrag, und dann findet er eine tolle Mannschaft für dich!«
Billo schwieg, starrte ihn aber mit großen Augen an.
»Wo spielt ihr nächsten Sonntag?«
»Heimspiel gegen Montesposchiese! Sie sind auf dem ersten Tabellenplatz und wir mit einem Punkt Abstand auf dem zweiten.«
»Das Spitzenspiel der Saison! Da komme ich zuschauen und versuche, meinen Freund mitzubringen.«
»Danke ...«, begann Billo, aber der Schuster unterbrach ihn mit einer Handbewegung, als wollte er sagen: »Ist doch selbstverständlich«, und ging wieder an seinen Platz zurück.

Als Corda zu Hause ankam, war es zehn vor sieben. Im Eingang lauschte er reglos, noch immer außer Atem, dem Geräusch des Besteckklapperns aus dem Esszimmer. Er wusste, dass sie gerade erst angefangen hatten. Vielleicht würden sie diesmal drüber hinwegsehen, dachte er.

Aus der Küche kam Nenette. »Guten Abend, Vittorio, Ihre Familie isst schon zu Abend. Und Sie sind verspätet.«
Corda nickte.
»Ihre Mutter hat mir gesagt, dass Sie schon wissen, was Sie zu tun haben ...«
»Können wir nicht so tun, als wäre ich schon weggegangen, Nenette?«, wagte er flüsternd einen Versuch, die Ohren auf das Geschehen nebenan gespitzt. »Sie haben ja nicht mal gemerkt, dass ich nach Hause gekommen bin.«
»Das denkst du, Vittorio!«, ertönte der eisige Ruf seines Vaters vom Tisch.
»Es ist etwas dazwischengekommen, Papa«, wimmerte er, und weil er nicht den Mut hatte, das Esszimmer zu betreten, sprach er, von der Gouvernante beobachtet, mit der Wand.
»Uhrzeiten müssen eingehalten werden. Dein Bruder Germano hat sich während all der Jahre, die er in diesem Haus gelebt hat, kein einziges Mal erlaubt, zu spät zum Abendessen zu erscheinen.« Das war seine Mutter. »Nenette?«
Nenette ging ins Speisezimmer. »Ja, Signora?«
»Sie begleiten ihn.«
Die hohe Stimme eines kleinen Mädchens gellte in Cordas Ohr: »Ja, bring ihn in das Zimmer mit dem Lämpchen. Das geschieht ihm nur recht.«
»Du isst weiter, Ludovica!«, ertönte der Befehl des Vaters.
Nenette kam rückwärts aus dem Esszimmer, ohne dem Ehepaar Corda den Rücken zuzuwenden. Sie heftete ihre großen blauen Augen auf den Jungen und versuchte, eine strenge Miene aufzusetzen. Immerhin war sie nur sieben Jahre älter als er. »Gehen wir, Vittorio?«
Während er ihr durch den langen Flur folgte, vermied er es, ins Esszimmer zu blicken.
Ludovica lachte.
»Sei still und iss«, sagte die Mutter. »Sonst musst du auch hinein.«
Corda und Nenette kamen zu einer Tür, die kleiner und

enger war als die anderen. Nenette öffnete. »Bitte ... gehen Sie hinein.«
Das Kämmerchen war nicht größer als ein mal zwei Meter. Wie eine rote Warnleuchte im Dunkeln warf ein Lämpchen sein trauriges, trübes Licht auf einen hölzernen Betschemel. Nenette nahm das Kissen von der Kniebank und wies mit dem Finger auf das nackte Holz.
Corda erinnerte sich an den Schmerz, ein Stöhnen entfuhr ihm, noch bevor er die Knie aufstützte.
»Tun Sie jetzt Ihre Buße, Vittorio. Und versuchen Sie, dem Vorbild des Signorino Germano zu folgen.«
Auf dem harten Holz kniend, faltete Corda die Hände. Seine Augen gewöhnten sich rasch an das Halbdunkel.
»In diesem Haus wird um halb sieben gegessen. Vergessen Sie das nicht«, sagte Nenette, die Tür hinter sich schließend.
In völliger Finsternis, die das Lämpchen nur schwach durchdrang, und bei zunehmender Wärme im Raum, dachte Corda an seinen Bruder, der weit weg in irgendeinem Zimmer eines Schweizer Internats saß. Und er dachte daran, wie perfekt sein Bruder sein musste, wenn sogar Nenette, die bei keinem Namen die richtige Betonung traf, Germanos Namen fehlerfrei aussprach.

Vier große Mietshäuser, alle so hoch wie breit, mit insgesamt einhundertzwanzig Wohnungen standen um einen Innenhof, in dem die kleinsten Kinder spielen konnten. Ihre Familien überwachten sie von den Balkonen aus, indem sie sich über die aufgehängte Wäsche beugten.
Billo hatte den kahlen Vorraum hinter sich gelassen und war durch die kleine Tür gegangen, die auf den Hof führte. Hier fand er sich inmitten einer Schar brüllender Rotznasen zwischen drei und acht Jahren wieder, die ein erfundenes Spiel spielten, bei dem sie einander verfolgten und ihre Namen riefen. Einer der Spieler gehörte eindeutig einer anderen Altersklasse an, Antonio Gorelli, genannt Gorilla,

der zerstreut mit einem Ball dribbelte, aus dem die Luft raus war.
»He, Gori«, sprach Billo ihn an. »Na, war der Film mit Totò gut?«
Gorilla drehte sich um. Unter den schwarzen, ein wenig zu langen Haaren hatte er ein blaues Auge, außerdem einen dunkelvioletten Fleck am Kinn. Er versuchte ein Lächeln, das ihm nicht recht gelang. »Hallo Billo«, sagte er mit hauchdünner Stimme.
Billo hatte ihn schon tausendmal so zugerichtet gesehen. Aber er erschrak immer wieder. Gorilla wurde regelmäßig von seinem Bruder Giuliano verprügelt. »Was ist passiert?«, rutschte Billo trotzdem heraus.
Gorilla wusste, dass Billo es wusste, dass alle es wussten. »Ich bin gefallen und hab mir das Gesicht am Tisch aufgeschlagen.«
Immer war er gefallen, das war die verängstigte, banale Version, die er der Welt auftischte. Und hatte sich gestoßen. Am Tisch, an einem Stuhl, einem Schrank mit offener Tür. Ihm sei oft schwindelig, behauptete er.
Billo wandte den Blick von dem verwüsteten Gesicht. »Die anderen sind einverstanden mit dem Bankraub.«
Gorilla versetzte dem Ball einen Tritt, so dass er weit wegflog.
Drogen verkaufen, wozu der Bruder ihn zwang, war genauso ein Verbrechen wie ein Banküberfall. Aber der würde nur ein paar Minuten dauern, und er würde niemandem Rechenschaft ablegen müssen. Am allerwenigsten Giuliano. Danach wäre er frei und würde weggehen können. Egal wohin. Mit Geld konnte man sich alles erlauben. Vielleicht nach Amerika. Den Pass würde er sich kaufen. Einen Pass mit seinem Gesicht und einem falschen Namen. Er würde nie mehr zurückkehren.
»Also ist alles abgemacht?«, fragte Gorilla.
»Alles. Auch der Marathon.«
»Okay.«

»Emanuè!« Das war die Stimme einer alten Frau. »Emanuè, komm rauf und wasch dich, du sollst jetzt essen!«
Billo sah Gorilla an. »Aber ... schaffst du das denn, den Marathon?«
»Machst du Witze?« Obwohl es höllisch wehtat, lachte Gorilla. »Euch schlage ich doch noch auf Krücken!«
Billo lachte mit ihm.
Beide wussten, dass es nicht darum ging, zu gewinnen, sondern nicht als Letzter anzukommen.
Und sie würden nicht als Letzte ankommen. Bestimmt nicht.

Die Großmutter hatte ein Gesicht wie aus Porzellan, in das nur wenige Falten um die Lippen und am Hals feine Risse gezogen hatten, und den gleichen kräftigen Körperbau wie Anna, Billos Mutter, die sich in diesem Moment, wie auch sonst immer, auf dem Balkon zur Straße aufhielt.
In der Wohnung ertrage sie es nicht, sagte sie, das Einzige, was sie gerne tue, sei, von dort oben auf den Ort zu schauen, den Berge umringten, obwohl das Meer nicht weit entfernt war. Aber alle wussten, dass sie auf diesem hölzernen Armstuhl, umgeben von Frauenzeitschriften und zerknitterten Harmony-Groschenromanen, auf die Rückkehr ihres Mannes Alberto wartete.
Er war weggegangen, als Billo sechs war. Das Bild, das der Junge von seinem Vater in Erinnerung hatte, wurde immer blasser: ein großer Mann mit ungepflegtem Bart und strenger Miene. Er lebte im Norden, jemand aus Roccella war ihm noch mehrmals begegnet, denn er arbeitete in Zügen, als Fahrkartenkontrolleur. Eine Scheidung hatte er nie gewollt, und keiner wusste, warum er nicht mehr zurückgekommen war. Jeden Monat schickte er pünktlich Geld, doch mehr tat er nicht. Weit weg, abgehauen, gehasst von der Großmutter und ein bisschen auch vom Sohn.
Nicht aber von seiner Frau, die auf ihn wartete, während ihre Mutter Giovanna sich um Billo und die Wohnung

kümmerte. Die Familie hatte wenig zum Unterhalt, nur Albertos Scheck und die Hinterbliebenenrente von Großvater Nicola, dem einstigen Briefträger von Roccella, seit über fünfzehn Jahren tot.

»Setz dich zu Tisch, das Essen ist fast fertig«, sagte die Großmutter.

Billo warf einen Blick auf den Balkon. Seine Mutter starrte vor sich hin, ein aufgeschlagenes Buch im Schoß. »Großmutter ...«, sagte er.

Sie rief vom Herd: »Was ist?«

»Gibst du mir eine?«

Die Großmutter bedeutete ihm, still zu sein. Dann steckte sie eine Hand in den weiten Ausschnitt ihres Kleides und holte ein 10er-Päckchen Zigaretten heraus. Sie drehte die Gasflamme kleiner und winkte Billo, der ihr folgte.

Das Zimmer der Großmutter war spärlich eingerichtet, sie hatte sich nur das Allernötigste aus dem Haus mitgenommen, in dem sie mit ihrem Mann gewohnt hatte. Die Aussteuer, ein paar Fotografien, einen Schreibtisch.

Sie öffnete das Fenster zum Innenhof. Billo rückte zwei Stühle heran. Donna Giovanna holte eine Frotteesocke aus einer Schublade. Sie rollte sie auf, zum Vorschein kamen ein Aschenbecher und ein kleines Feuerzeug.

Sie setzten sich. Billo zündete erst die Zigarette der Großmutter an, dann seine.

»Ah!«, machte sie.

»Ah!«, machte auch Billo lächelnd.

Die Großmutter nahm einen tiefen Zug, dann wurde sie ernst. »Nun?«, fragte sie. »Hast du Neuigkeiten von diesem Schurken?«

»Nach der Schule habe ich eine Stunde vor seinem Haus gestanden«, berichtete Billo. »Er ist nur zwanzig Sekunden lang auf den Balkon gekommen, so gegen zwei, um das Tischtuch auszuschütteln.« Er lächelte wissend.

Die Großmutter runzelte die Stirn. »Er hat das Tischtuch ausgeschüttelt? Was ist schlecht daran?«

Billo log. Er hatte heute nicht vor dem Haus des alten Gaetano Moretti gestanden. Dessen Frau Imma, die Schwester von Billos Großmutter, war vor kurzem gestorben und hatte den pensionierten Lehrer zum Witwer gemacht. Die Beschattung hatte vor einem Monat begonnen, und noch war kein einziger Fehltritt ans Licht gekommen. Das Verhalten des ehrwürdigen Lehrers ließ sich nicht anders als tadellos bezeichnen: fast den ganzen Tag zu Hause; seltene Ausgänge in Richtung Bar Azzurro, wo er in Gesellschaft anderer alter Männer Karten spielte; häufige Abstecher zum Friedhof, immer mit einem Sträußchen Margeriten für die Verstorbene; dienstags und freitags Einkaufen im Minimarkt.

Donna Giovanna glaubte Gaetano Moretti trotzdem kein Wort. Schon zwei Tage nach der Beerdigung ihrer Schwester hatte sie ihn überrascht, wie er im Park mit Giadina Monferro, verwitwete Comotti und ebenfalls eine pensionierte Lehrerin, spazieren ging. Das konnte keine zufällige Begegnung gewesen sein. Die beiden waren ihr ein wenig zu vertraut vorgekommen, während sie, hinter einem Baum versteckt, genaue Beobachtungen anstellte. Gepeinigt von der Vorstellung, ihr Schwager könnte der seligen Imma untreu sein, hatte Donna Giovanna ihren Enkel gebeten, Informationen über den Tagesablauf des Lehrers einzuholen. Als Gegenleistung würde sie ihm gelegentlich Zigaretten spendieren und seiner Mutter nicht erzählen, dass sie ihn dabei ertappt hatte, wie er in ihren Sachen nach dem Päckchen suchte, das sie seitdem immer im Ausschnitt trug.

Billo ließ etwas Asche fallen. Dann blickte er die Großmutter unheilverkündend an: »Zu viele Krümel für einen allein. Die waren mindestens zu zweit.«

»Zwei?!« Donna Giovanna sprang auf, ihren Jahren und den Zipperlein zum Trotz.

»Zwei«, bestätigte Billo.

»Krümel von zweien? Sicher?«

»So wie heute Mittwoch ist, Großmutter.«
Die Frau zerdrückte die Zigarette im Aschenbecher. »Dieses Schwein!«, knurrte sie. »Meine arme Schwester! Betrogen und wer weiß, wie lange schon. Seit ihrer Krankheit, wette ich. So ein zügelloses Schwein!« Sie legte sich die geschlossene Faust vor den Mund, auf ihrer Hand voller Altersflecken traten die blauen Adern hervor. »Wenn ich den jetzt vor mir hätte ... o, ich würde ihn umbringen!«
Billo fürchtete, dass er übertrieben hatte und die Großmutter vor ihm zusammenbrechen könnte. »Wie auch immer ...«, versuchte er sie zu beruhigen, »Bleib ganz ruhig.«
»Emanuè!«, schrie sie. »Waren das nur Krümel, oder hast du noch andere Sachen gesehen, die du mir nicht sagen willst? Sprich!«
»Setz dich doch erst mal!«, bat er.
»Keine Lust.«
»Dann bleib stehen ...« Er räusperte sich und drückte die Zigarette im Aschenbecher aus. »Beweise habe ich keine. Ich musste gehen, die anderen warteten auf mich.«
»Konntest du nicht trotzdem bleiben?«
»Großmutter, ich habe auch noch was anderes zu tun! Ich habe mein Leben. Ich kann ja nicht dauernd an diesem Typen kleben!«
Donna Giovanna ließ ihren Hintern wieder auf den Stuhl sinken. »Hm ...«, räumte sie nach einer Weile ein, ein leichtes Keuchen in der Stimme, »im Grunde gibt es also keinen wirklich erwiesenen Beweis.«
»Leider nicht.«
Ihre Züge entspannten sich. »Entschuldige«, sagte sie.
Billo fühlte sich schuldig. »Schon gut. Morgen stelle ich mich länger vors Haus.«
Lächelnd entblößte die Großmutter ein glänzendes Gebiss. »Hast du Hunger?«

Ranacci aß, ohne den Blick von seinem Vater abzuwenden. »Da bin ich zum Arbeitgeber gegangen und hab gesagt:

›Hör mal, dies sind unsere Forderungen‹ ... Der guckt mich groß an, als hätte ich goldene Berge verlangt. ›Andernfalls‹ sag ich, ›geht es morgen mit Stotterstreiks los, bis ihr nachgebt.‹ Und er: ›Was ist das denn, ein Stotterstreik, was ist das für eine neue Teufelei?‹« Sein Sohn und seine Frau Ida brachen in Gelächter aus.

Andrea Ranacci, ein blonder Mann mit breiten Schultern, war Gewerkschaftler. Er reiste durch ganz Italien, mal war er im Norden, zwei Tage später auf einer der Inseln, und nie bekam er mehr als einen kümmerlichen Spesensatz und einen Schlag auf die Schulter, wenn er etwas erreicht hatte, oder ein gleichgültiges Schweigen, wenn die Verhandlung gescheitert war.

Seine Augen strahlten, er war stolz auf sich. »›Du bist Arbeitgeber‹, sag ich zu ihm, ›und weißt nicht mal, was ein Stotterstreik ist?‹ Also habe ich es ihm genau erklärt.« Er blickte seinen Sohn an. »Italo, sag du mir, was ein Stotterstreik ist.«

Ranaccis Antwort kam prompt: »Eine halbe Stunde am Fließband arbeiten, dann eine halbe Stunde nicht arbeiten, und immer so weiter, acht Stunden lang! Damit die Arbeitgeber nervös werden, denn ein Stotterstreik ist schlimmer als ein ununterbrochener Streik.«

Der Vater packte ihn an der Schulter und rüttelte ihn liebevoll. »Genau! Denn zusätzlich entsteht das Problem ...«, er wandte sich fragend an seine Frau. »Ida?«

»Zusätzlich entsteht das Problem, dass die Maschinen sich nach zehn Minuten Stillstand von selbst abschalten, darum muss man sie wieder anschalten, wenn die Produktion wieder aufgenommen wird, und bis sie warm werden, vergeht noch mal eine Viertelstunde!«, antwortete sie wie eine brave Schülerin.

Andrea Ranacci beugte sich über den Tisch, um seine Frau auf den Mund zu küssen. Sie errötete.

Der Sohn schaute weg, aber er freute sich.

»Also ist er eingeknickt«, fuhr der Vater fort. »Er hat den

Stundenlohn nachgebessert und den für die Überstunden während der Nachtschicht um ein Fünftel erhöht. Als wir uns nach der Unterschrift die Hand gegeben haben, wisst ihr, was er da gesagt hat? ›Sie sind wirklich ein harter Brocken, Ranacci ...‹, hat er gesagt. Und ich habe ihm geantwortet ...«

»Ich bin kein harter Brocken«, fuhr sein Sohn fort, »ich bin nur einer, der sich nicht auf Kompromisse einlässt!«

»Bravo, Italo«, sagte seine Mutter.

Andrea Ranacci lächelte dem Sohn zu. »Genau, Italo, ganz richtig.«

Nachdem das gesagt war, aßen sie zufrieden weiter Pasta mit Kartoffeln, bis die beiden männlichen Familienmitglieder, als der letzte Bissen gegessen war, erkannten, dass es keinen zweiten Gang geben würde. Sie sahen Ida an, die mit den Achseln zuckte.

Also musste der Teller säuberlich abgeleckt werden.

Der Pritschenwagen parkte vor dem alten Hof der Cecconi. Durch das Küchenfenster konnten sie ihn im Auge behalten. Auf der Ladefläche lag das Obst und Gemüse, das an diesem Tag unverkauft geblieben war. Die Eheleute Vito und Sonia Cecconi hatten keinen Gewerbeschein. Sie verkauften ihre Ware ohne Genehmigung in den Straßen von Roccella und beteten jedes Mal, dass ihnen keine Polizisten oder die Gewerbeaufsicht begegneten. Wenn sie abends heimkamen, wechselten sie einen einverständlich wissenden Blick und schlugen ein Kreuzzeichen.

»Heut haben wir wenige Auberginen verkauft«, sagte Vito mit einem Blick auf die Pritsche.

»Wir müssen halt früher aufstehen, um die besseren zu finden. Aber du kommst morgens ja nicht hoch! Da bleibt uns nur, was die andren übriglassen«, erwiderte seine Frau trocken.

»Musst du dir eben Salvatore mitnehmen.« Vito zeigte auf den Sohn, der nicht zuhörte, da er zusammen mit seiner

Schwester gebannt *Ken, der Krieger* im Fernsehen sah. Es war die letzte Folge der ersten Staffel.
»Nichtsnutz!«, schrie Vito.
Salvatore drehte den Kopf, nicht aber die Augen in Richtung des Vaters. »Was ist los, Papa? Ich guck gerade Ken!«
Der Vater schlug ihn auf den Nacken.
»Aua!«
»Hast du gehört?«, fragte Vito Cecconi. »Ab morgen gehst du mit deiner Mutter auf den Großmarkt.« Er versetzte ihm noch einen Hieb, aber weniger stark als zuvor.
»Hey!«
»Papa!«, bat die Tochter Rosalia, die sich mit ihren Melonenbrüsten auf den Tisch stützte. »Lass ihn in Ruhe, komm schon!«
»Rosalia hat recht!«, mischte sich die Mutter ein. »Ist ja nicht seine Schuld, wenn du morgens nicht rechtzeitig aufstehst!«
Die Augen der ganzen Familie auf sich gerichtet, erstarrte Vito Cecconi ein paar Sekunden lang.
Dann hieb er auf den Tisch, dass Teller und Besteck hüpften.
»Wer kommandiert in dieser Scheißfamilie!?«, schrie er.
Er stand auf und ging zum Fernseher. Ken ließ gerade zum x-ten Mal einen Feind explodieren. Die präexplosive Grimasse des Opfers war so dramatisch, dass sogar Vito Cecconi stehenblieb, um sie zu betrachten.
»Meine Fresse ...«, rief das Familienoberhaupt aus, als der Körper auf dem Bildschirm in tausend Stücke zerriss.
Vito schaltete den Fernseher nicht mehr ab, sondern setzte sich, von dem Trickfilm ebenfalls hypnotisiert, zu den Kindern.
Seine Frau beobachtete ihn und lächelte verstohlen. »Der ist schlimmer als die Kinder!«, sagte sie zu sich selbst.
Den Blick starr auf *Ken, der Krieger* gerichtet, strich ihr Mann unterdessen dem Sohn liebevoll dort über den Kopf, wo er ihn vorher geschlagen hatte. Auch Rosalia wurde gestreichelt.

Die Kinder merkten es fast gar nicht. Er auch nicht. Sonia begann, den Tisch abzuräumen.

»Was macht das Boxen?«, fragte Mario Lonica seinen Sohn. Mario Lonica hatte Darmkrebs.
»Gut, Papa.« Er setzte sich aufs Bett neben den Vater. Das Zimmer lag im Halbdunkel, es roch nach Medizin und Desinfektionsmittel. Aus dem Katheter kam ein leises Gurgeln. Anfangs war es schwer gewesen, sich daran zu gewöhnen. Lonica hatte auf dem Balkon stumm geweint, als der Vater mit diesen Beuteln und Röhrchen am Bauch aus dem Krankenhaus gekommen war. Inzwischen war dieses Geräusch zu einer Art freundlicher Hintergrundmusik geworden.
»Was sagt Onkel Botta?«, fragte der Vater.
»Dass meine Beine beweglicher werden müssen«, antwortete er ein bisschen enttäuscht. Onkel Botta war in Wirklichkeit niemandes Onkel, er trainierte die wenigen Jungen aus der Gegend, die sich in der edlen Kunst des Boxsports bewähren wollten. »Ich bin langsam. Ich bin nicht wie Ali.«
»Die Schnelligkeit kommt mit der Zeit, Giuseppe. Du trainierst noch nicht lang, du bist ja erst zwölf.«
»Aber ich bin langsam ...«
»Eines Tages wirst du schnell sein.« Er sagte »eines Tages« mit etwas Fernem, Unerreichbarem in der Stimme. Dann lächelte er. »Dann wirst du tanzen wie Ali um Frazier.«
»Glaubst du wirklich, dass ich ein guter Boxer werde?«
»Ja. Aber nur als Sport, vergiss das nicht. Zuerst musst du dafür sorgen, dass du dich und Mama mit einer richtigen Arbeit ernähren kannst.« Der Vater erkannte zu spät, dass er die falschen Worte gewählt hatte.
Lonica spürte, wie ihm der Atem in der Kehle stockte. Unter der Decke magerte der einst so kräftige Körper seines Vaters von Tag zu Tag mehr ab. Sein Gesicht bestand nur noch aus Kanten, und die Augen wirkten riesig in den ausgezehrten Zügen.

Der Mann versuchte ein Lächeln. »Außerdem weiß man nie ... Vielleicht wirst du sogar ein Boxchampion.«
Lonica nickte wenig überzeugt.

Fostelli, ausgerechnet Fostelli, war der Einzige von ihnen, der in diesem Moment, kurz vor dem Einschlafen, an den Bankraub dachte.
Es konnte klappen, warum nicht? Erst die Observierungen. Vielleicht die Mutter von Muschio ausspionieren. Ja.
Die Tür des Zimmerchens öffnete sich einen Spaltbreit, der Kopf seiner Mutter Paola erschien. »Schläfst du, Francesco?«
»Fast.«
»Hast du deine Gebete gesprochen?« Ihre Stimme war ein Hauch. Drüben zeichnete ihr Mann Giordano, de facto Müllmann, offiziell Fachkraft für Abfallwirtschaft, mit raschen Strichen eine Wegeskizze für den Arbeitsablauf des nächsten Tages. Morgen würde er bis nach Courbene fahren müssen, einem Bauerndorf. Fostelli stellte sich vor, wie sein Vater kopfschüttelnd, die Zungenspitze im Mundwinkel, als arbeite er an einem Kunstwerk, wie jeden Abend, nachdem der Fernseher ausgeschaltet war, die Strecke zeichnete.
»Ja, ich habe gebetet, Mama.«
»Hast du um Vergebung gebeten?«
Wofür denn, wäre ihm fast herausgeplatzt. Dann dachte er, dass ein Bankraub, oder auch nur die Idee eines Bankraubs, tatsächlich nicht die beste Eintrittskarte fürs Paradies war.
Die Frau versuchte, ihren Sohn in dem dunklen Zimmer zu erspähen. Sie kam mit kleinen Schritten auf das Bett zu, beugte sich über ihn und strich ihm übers Gesicht. »An gewisse Dinge solltest du selber denken, ich muss dich nicht daran erinnern. Im September musst du bereit sein.«
»Ich fühle mich schon bereit, Mama. Du weißt, dass es eine Berufung für mich ist.« Doch als er das sagte, spürte er einen

stechenden Schmerz im Magen, wie immer bei diesem Wort.
»Sehr gut, Francesco.« Sie küsste ihn. Dann wanderte sie wieder durch die kleine Wohnung, wie es ihre Gewohnheit war. Andauernd musste sie wer weiß was kontrollieren, auch nachts.
Fostelli lauschte eine Weile dem klatschenden Geräusch ihrer Plastiksandalen, während sie von einem Zimmer zum anderen ging. Dann schluckte er und dachte über sein Schicksal nach. Er verscheuchte den Plan des Banküberfalls so gut es ging aus seinen Gedanken und bat um Vergebung, obwohl er nicht genau wusste, wen.

»Was für eine hübsche Fresse!« Giuliano Gorelli hob das Gesicht seines jüngeren Bruders.
Gorilla schlug ihm die Hand weg. »Lass mich in Ruhe.«
»Lass mich in Ruhe«, äffte Giuliano ihn nach. »Armes Brüderchen, was ist denn passiert? Wie hast du dich so zugerichtet?«
»Ich bin ... gefallen.«
Giuliano lachte schallend. »Wie die verprügelten Frauen im Film!« Er gab ihm einen Schubs, nicht besonders heftig, doch Gorilla stieß trotzdem gegen den Schrank des Bruders. »Au!«
Verglichen mit Gorillas Zimmer war das von Giuliano immer auf Hochglanz poliert. Die Mutter war verpflichtet, es in tadellos sauberem, gut gelüftetem Zustand zu halten, damit es »nach der Jahreszeit duftete«, wie der Sohn befohlen hatte.
Gorilla massierte sich die Schulter.
»Nun?«, fragte sein Bruder grinsend. »Hast du deine Meinung geändert oder nicht?«
»Du bist ziemlich arm dran«, sagte Gorilla und bereute seine Worte noch im selben Moment, »wenn du niemandem trauen kannst außer deinem zwölfjährigen Bruder.«
Die Ohrfeige kam so prompt, dass Gorilla sie nicht vorhersehen konnte.

»Willst du weitertanzen, kleines Arschloch? Ich kann nämlich die ganze Nacht lang Musik machen, wenn es dich interessiert!«
Gorilla öffnete den Mund und spuckte in seine Hand. Blut. Seine Augen füllten sich mit wütenden Tränen.
Ein kleiner, mit einem Band verschlossener Beutel schaukelte wie ein Pendel vor seiner Nase.
»Bring das, du weißt schon wohin«, drohte Giuliano. »Und lass dich bar auf die Kralle bezahlen.«
Gorilla zog sich mühsam hoch und nahm den Beutel, ohne den Bruder anzusehen. Der hatte schon den Telefonhörer genommen und eine Nummer gewählt.
»Er kommt.«
Hinter der Zimmerwand wechselten Fulvio und Sabrina Gorelli, die sich in ihrem Schlafzimmer eingeschlossen hatten, einen raschen, ohnmächtigen Blick. Dann stellten sie den Fernseher lauter.

2

DONNERSTAG, 22. MAI

Am nächsten Morgen trafen die sieben sich wie immer auf dem Schulhof der Mittelschule Giovanni Giolitti von Roccella noch vor dem Klingeln zur ersten Stunde. Keiner stellte Gorilla Fragen, doch alle sahen ihn besorgt an.
Fostelli, mit frischgezogenem Seitenscheitel, war der Erste, der das Schweigen brach: »Und die Details, Leute?«
Billo warf Gorilla einen Blick zu und überließ ihm das Reden.
»Im Großen und Ganzen ist es das, was Billo euch schon gesagt hat. Speckbacke, Schlafmittel, Wachmann und so weiter. Aber vorher kommt morgen der Marathonlauf. Der Letzte kriegt die Schönheitskönigin von Roccella.«
Cordas Züge verspannten sich zu einer Grimasse. Er war zwar nicht der Langsamste, aber bestimmt derjenige, der als Erster schlappmachte. Und die Strecke war lang.
»Könnte man die Strecke diesmal nicht ein bisschen abkürzen?«
Cecconi lachte böse. »Wusst ich doch, dass du das sagst!«
»Die Strecke ist okay so«, beschied Ranacci ihm knapp, einen kleinen Zweig zwischen den Lippen.
Schluss mit der Diskussion.
Jedenfalls im Moment.
Der Moment, in dem Tiziana Pesce, Laura Formigli, Annarita und Valentina Cummino Einzug auf dem Schulhof hielten. Die ersten drei spazierten, absichtlich verspätet, strahlend und hüftschwenkend in ihren hautengen Jeans über den Hof und demonstrierten ihren unangefochtenen Spitzenplatz als Schulschönheiten.
Die vierte, Valentina, eine blassere Erscheinung als ihre Schwester und deren Freundinnen, trug weite Hosen und

war einfach nur verspätet. Sie scherte sofort zur Seite aus, um sich in der Menge aufzulösen, die ihr nicht die geringste Aufmerksamkeit schenkte. Die anderen schritten wie auf dem Laufsteg bis zur Hofmitte und blieben dort stehen. Sie unterhielten sich angeregt, jeweils eine Bemerkung pro Kopf, wie Filmschauspielerinnen. Und sie lachten vollendet synchron, warfen beim Lachen die glänzenden Haarmassen zurück und taten, als bemerkten sie die verkrampfte Aufmerksamkeit um sie herum nicht.
Als sie, umringt vom Schülergesindel, aus dem Blick verschwanden, schüttelten Cecconi, Billo und die anderen den Kopf, als erwachten sie aus einem Traumbild. Gorilla schlug sich mit den Fäusten auf die Brust: »Uh, uh, uh!«
Ranacci sagte, er solle damit aufhören.
Billo flüsterte: »Die drei können wir flachlegen, so oft wir wollen, sobald wir die Beute kassiert haben. Nur dass ihr's wisst!«
»Sogar Bessere als die«, setzte Gorilla noch einen drauf.
»Ja, gut«, sagte Fostelli verwirrt, »aber wir haben überhaupt noch nicht über den Plan gesprochen. Ich meine die Einzelheiten, wann bereiten wir die vor?«
»Eins nach dem anderen«, hielt Billo ihn zurück. »Erst der Marathon, dann Speckbacke. Der Rest ist einfach.«
»Es ist nicht so einfach, wie du sagst«, erklärte Ranacci bissig. »Bankräuber in unserem Alter hat es noch nie gegeben.«
»Weil noch niemand die Idee hatte«, erwiderte Gorilla, um ihn zum Schweigen zu bringen. »Und genau diesen Überraschungseffekt haben wir auf unserer Seite!«
»Was ist mit Waffen?«, wollte jetzt Corda wissen, dem die Idee von dem Banküberfall am meisten Angst machte. »Womit überfallen wir die Bank?«
»Ganz ruhig bleiben!«, sagte Billo drohend. »Außerdem spricht man über so was nicht in der Öffentlichkeit, verdammt! Erst wenn wir sieben wieder allein sind!«
Lonica wollte ihm gerade beipflichten, als er spürte, wie jemand ihn am Arm berührte.

»Ciao, Giuseppe!« Es war Valentina Cummino, die von irgendwoher plötzlich aufgetaucht war. »Ciao, Jungs!«
Fünf ewige Sekunden lang fragten sich die Jungen, ob sie etwas gehört hatte. Möglich war es.
Lonica errötete. »Ciao, Vale.«
Die anderen sahen stumm zu.
»Gehst du heute Nachmittag in die Turnhalle?«, fragte sie. Valentina boxte nicht, das war kein Sport für Mädchen. Sie war eine aparte Erscheinung, schmal, dunkle lebhafte Augen, und wenn sie ein Junge gewesen wäre – hatte Lonica schon oft gedacht –, hätte sie das Zeug zu einem Boxer im Fliegengewicht gehabt, einem von diesen Schnellen, Unvorhersehbaren, die im Ring herumhüpfen und den Gegner nervös machen. Aber sie war als Mädchen geboren, und alles, was die wenigen Mädchen machen konnten, die in die Turnhalle kamen, war ein bisschen Gymnastik mit Fabiana, dem Patenkind von Onkel Botta.
»J-ja«, antwortete Lonica, »ge-gegen fünf müsste ich da sein.«
»Das ist spät ...« Das Lächeln entblößte ihren abgebrochenen Schneidezahn. »Denk dran, in ein paar Tagen ist der Kampf.«
Stimmt, der Kampf. Ein Minimatch, bei dem Lonica gegen einen der gleichen Gewichtsklasse aus dem Club von Vincipasso debütieren sollte. Drei Runden zu zwei Minuten mit allen erforderlichen Schutzmaßnahmen: Gummihelm, Zahnschutz und stärker gepolsterte Handschuhe als gewöhnlich.
Valentina ließ ihn stehen, wich der Menge um ihre Schwester und die anderen Schönheiten aus und ging auf die Schule zu.
Ranacci spuckte den Zweig auf den Boden. »J-ja, ge-gegen fünf!«
Die anderen lachten. Gorilla kniff Lonica in die Wange. »Guck mal an, unser Boxer! Spielt den Schüchternen und Verklemmten, aber wenn er will ...« Er zwinkerte ihm zu,

zwischen seinem Auge und dem Wangenknochen leuchtete der blaue Fleck.
Die Schulglocke schellte.

Ohne sein fortwährendes Abschreiten der Bänke zu unterbrechen, nahm Ayroldi seine Brille ab und ließ sie an der Kette baumeln. Seine kurzsichtigen hellen Haifischaugen irrten über die gebeugten Köpfe der Schüler. Von allen Lehrern war er der schlimmste. Er unterrichtete Italienisch und Geschichte, und an diesem Morgen war die 2b dran, wo Cecconi, Corda und Ranacci saßen. In der 2a hatten Billo, Lonica und Fostelli Geographie. In der 2c versuchte Gorilla ganz allein, eine Mathematikaufgabe zu lösen.
»Cecconi!«, rief Ayroldi, weiter auf- und abgehend.
»Japrofessore?«
»Unterrichte ich in diesem Moment gerade Geschichte oder Italienisch?«
»Geschichteprofessore!«
»Aha, das entgeht dir wenigstens nicht.«
Cecconi blickte Ranacci, seinen Banknachbarn, an. »Verschaff-dir-Res-pekt«, skandierte der Sohn des Gewerkschaftlers flüsternd.
»Und in welcher Zeit von Geschichteprofessore sind wir angekommen, Cecconi?«, fragte Ayroldi mit drohendem Unterton.
Einige lachten, vor allem Martina Guerra, das einzig wirklich hübsche Mädchen der Klasse.
Cecconi sprach langsamer und setzte einen stolzen Blick auf. »Bei der Aufhellung, Professore.«
Ayroldi blieb stehen. »Ich habe dich nicht verstanden, Cecconi. Wiederhol das.«
»Lass dich nicht einschüchtern«, zischte Ranacci leise.
Zwei Reihen hinter ihnen steckte Corda den Kopf unter die Bank.
»Letztes Mal ham Sie vom achtzehnten Jahrhundert erzählt, diesem Aufstand in Frankreich ...«

Im allgemeinen Gelächter ertönte die gellende Stimme von Martina Guerra, die noch nicht genug hatte. »Ich habe ihn schon wieder nicht verstanden, Professore!« Dann lachte sie weiter.
Ayroldi warf dem Mädchen einen gutmütigen Blick zu und wandte sich wieder an Cecconi.
»Zunächst einmal, Cecconi, habe ich dich nicht gefragt, was der Gegenstand der Stunde vom vergangenen Montag war.« Die Stimme klang angespannt. »Ich habe dich gefragt, welches Thema ich just in diesem Moment behandle.«
»Sie ham von dieser Aufhellung gesprochen! Von den Enklopädisten und dem französischen Aufstand.«
Abermals donnerndes Gelächter in der Klasse. Sogar Ranacci hielt sich nicht zurück.
»Von der Aufhellung, Cecconi? Ich sprach von der Aufhellung? Cecconi, ich verstehe dich nicht. Ich bemühe mich, aber ich kann deinen Worten einfach keinen Sinn entnehmen. Und ich frage mich, warum deine Schullaufbahn nicht wenigstens einmal durch eine Nichtversetzung gebremst wurde! Einmal wenigstens ... Aufhellung!«
Die ganze Klasse, allen voran Martina, wiederholte lachend das Wort »Aufhellung«. Auch als Ayroldi mit einem Handzeichen Ruhe gebot, blieb ein gedämpftes Stimmengewirr. Das aber schlagartig verstummte, als der Lehrer schrie: »Raus aus meiner Klasse, Cecconi! Du bist eine einzige Peinlichkeit für dich selbst und für jeden, der dir zuhört! Raus!«
»Aber ...«, versuchte er.
»Raus! Bis zum Ende der Stunde!«
Cecconi erhob sich. Er hatte vergessen, dass er an diesem Tag eine Hose mit mehreren Flicken am Hinterteil trug. Das erneute brüllende Gelächter, während er auf die Tür zuging, erinnerte ihn wieder daran.
»Und kleide dich anständig, wenn du in die Schule kommst«, sagte Ayroldi.

Dabei hatte er diese Hose auf keinen Fall anziehen wollen! »Ach, die sieht man doch gar nicht!«, hatte seine Mutter am gestrigen Abend jeden Protest zunichtegemacht.
»Die ganze Welt lacht mich aus«, hatte er gejammert.
»Da scheißt du drauf, Salvatore, denn nur vor Gott müssen wir uns verantworten! Sag denen das!«
Also sagte Cecconi es allen, bevor er durch die Tür ging, auch dem Lehrer: »Nur vor Gott müssen wir uns verantworten!«, schrie er. »Denkt immer dran!«
Der nächste Heiterkeitsausbruch begleitete ihn nach draußen.

Im Vorraum traf er Gorilla, der schließlich versucht hatte, die Mathematikaufgabe von seinem Nachbarn abzuschreiben und von der Professoressa Basile erwischt worden war.
»Das war Basile«, sagte Gorilla, auf seinen Freund zugehend. »Und bei dir?«
»Ayroldi. Krepieren soll er, dieses Arschgesicht!«
Sie setzten sich in eine Ecke der Vorhalle, den Rücken an die Wand gelehnt, ihre Knie dicht beieinander. Wie zwei von der Schlacht erschöpfte Soldaten.
Cecconi musterte Gorillas blaue Flecken, die Professoressa Basile geflissentlich übersehen hatte. »Schläge von Giuliano?«
»Hm«, bestätigte Gorilla resigniert. Cecconi war der Einzige, dem er nicht die übliche Litanei von Stößen und Stürzen auftischte. Vielleicht weil er meinte, dass nur Cecconi übler dran war als er selbst und solche miesen Geschichten wirklich nicht verdient hatte.
»Der braucht jemanden, der ihm mal ordentlich den Arsch poliert. Tschuldige, dass ich dir das sage, wo er doch dein Bruder ist.«
»Macht nichts, so einen bezeichne ich nicht als Bruder.«
Sie schwiegen ein paar Minuten lang und blickten zerstreut durch die Glasfassade, die sie vor sich hatten.

»So ein Bankraub ist das Einzige, womit Leute wie wir ihr Leben ändern können«, sagte Gorilla schließlich.
»Hoffentlich klappt's!«
»Das klappt, mach dir keine Sorgen, das klappt.«
Cecconi spürte die aufgenähten Flicken unter seinem Hintern. Er malte sich aus, wie er mit einer schicken, gut gebügelten Hose in die Klasse kommen und langsam an seinen Kameraden vorbeigehen würde. Sie betrachteten ihn bewundernd und lasen mit einer Mischung aus Angst und Verehrung die Marke auf dem Etikett. Vor allem Martina Guerra. Später würde sie verliebt auf ihn zukommen, aber er würde sie ignorieren.
»Man muss nur alles richtig machen«, erklärte Gorilla. Ihm fiel der Film mit Totò ein, den er gestern gesehen hatte, *Diebe haben's schwer*. Eine Bande armer Schlucker plant einen Einbruch im Haus von reichen Leuten. Ihr Plan ist gar nicht schlecht, mit riesigen Bohrern wollen sie einen Geldschrank in der Wand aufbrechen. Totò, der im Film nur ein paar Minuten lang erscheint, besorgt ihnen die Werkzeuge für den Einbruch. Das Ende hatte er nicht mehr sehen können, weil Giuliano nach Hause gekommen war und angefangen hatte, ihn zu schlagen, aber ganz bestimmt war alles glattgegangen und sie hatten schwerreich in Saus und Braus gelebt. Einer der Diebe jedoch, daran erinnerte er sich noch gut, es war keiner aus der Bande, starb irgendwann. Er versuchte, auf der Straße eine Handtasche zu stehlen, ging es dilettantisch an, wurde verfolgt und endete unter einer Straßenbahn.
»Wir dürfen uns nur nicht als Dilettanten aufführen. Dilettanten nehmen ein böses Ende.«
Cecconi nickte.
»Was macht ihr zwei denn hier auf dem Fußboden?«, fragte eine Frauenstimme. Es war eine der Hausmeisterinnen, Grazia Spataro, Mutter und Tante zweier berühmter Mitglieder der Gruppe der Großen: Ugo, ihr Sohn, und Antonio Jovine, der Sohn ihrer Schwester.

»Man hat uns rausgeschmissen!«, antwortete Cecconi.
Die Hausmeisterin aß einen Apfel. In der anderen Hand hielt sie einen Besen. »Was habt ihr denn angestellt?«
Sie sagten es ihr.
Zerstreut nickend, drehte sie den Apfelgriebs vor ihren Augen hin und her. Dann musterte sie Gorilla. »Was ist das denn? Hat die Lehrerin dich geschlagen?«
»Nein, ich bin gefallen.«
Erst in diesem Moment schien die Hausmeisterin ihn zu erkennen. »Ach, du bist ja Gorelli ...«
Gorilla blickte auf seine Schuhe.
»Andauernd passiert dir was«, fuhr Grazia Spataro fort. »Wenn ich deine Mutter wäre ... bei mir müsstet ihr spuren, du und dieser Halunke, dein Bruder! Zwei Bestien seid ihr, schlimmer als der Mexikaner!«
Gorilla konnte sich nicht zurückhalten. »Wieso? Glauben Sie, Ihr Sohn wär so viel besser? Oder Ihr Neffe?«
Die Frau steckte die Überreste des Apfels in ihre Schürzentasche. Ihr Gesicht lief rot an, sie schwenkte den Besenstiel. »Ugo und Antonio sind brave Jungen! Was erlaubst du dir?«, schrie sie.
Jetzt explodierte Cecconi und kam dem Freund zu Hilfe. »Ihr Sohn und Ihr Neffe rauchen den ganzen Tag lang Joints im Park!« Die Geste des Rauchens imitierend, führte er Zeigefinger und Mittelfinger zum Mund. Gorilla blickte ihn entsetzt an. »Die arbeiten nicht, die lernen nicht, die können sich bloß von morgens bis abends fette Tüten bauen! Und uns kommen Sie mit Ihren Predigten, Signora!«
»Was zum Teufel redest du da?«, kreischte die Frau. »Wasch dir den Mund, bevor du von Ugo sprichst, kleiner Scheißer!« Sie machte eine abrupte Bewegung, der Besenstiel traf Gorilla am Kinn.
Die Hausmeisterin hatte es nicht absichtlich getan, und Gorilla war weit Schlimmeres gewöhnt, aber er sprang auf und schrie mit der ganzen Wut, die er mit sich herumtrug:

»Hey, was soll das, verdammt!« Er riss ihr den Besen aus der Hand und stürzte sich auf sie. Gerade als sie zurückwich, öffnete sich die Tür zum Lehrerzimmer, und heraus kam der Schulleiter mit seinem Stellvertreter.
»Halt, Gorelli!«, rief Letzterer.
Gorilla ließ den Besen fallen.

Während der Pause kam die Bande in der üblichen Schulhofecke zusammen.
»Schöner Mist. Gefährliche Sache, Gorì!«, sagte Billo.
»Ich weiß.«
»Die erzählt das jetzt ihrem Sohn und Antonio Jovine. Ihr müsst wachsam sein. Echt.«
Cecconi lehnte sich mit bekümmerter Miene an die Mauer.
»Seht zu, dass ihr niemals allein seid«, schlug Ranacci vor. »Sonst greifen die euch an.«
Fostelli schlug mit der Faust auf Lonicas Schulter. »Immer mit der Ruhe«, sagte er mit einem beschwichtigenden Lächeln. »Wir haben ja unseren Boxer, der euch verteidigt!«
»Dann sind wir echt am Arsch«, erregte sich Cecconi. »Wenn wir drauf warten, dass der uns verteidigt, gute Nacht!«
Die anderen grinsten, Lonica deutete ein Lächeln an, aber er war gekränkt.
Der Eintrag im Schulverzeichnis wurde zweitrangig, verglichen mit der möglichen Rache der beiden Cousins.

Später, nach Schulschluss, verabschiedete sich Billo eilig.
»Wo rennst du hin?«, rief Fostelli ihm hinterher.
»Ich hab zu tun!« Aber er drehte sich um und sagte: »Und ihr beiden, passt bloß auf! Wetten, dass die Cousins euch noch heute Abend auflauern?« Und weg war er.
Die beiden wechselten einen Blick. Dann verließen sie zusammen mit den anderen das Schulgelände und gingen schweigend ein Stück Wegs. »Gorì«, sagte Cecconi plötzlich, »hoffentlich greifen sie sich erst dich!« Aber das

Lachen blieb ihm in der Kehle stecken, und er blickte sich wieder nach allen Seiten um.
Sie waren schon eine Weile gegangen, als eine Stimme hinter ihrem Rücken sie zusammenschrecken ließ. »He, Gorilla!« Sie drehten sich ruckartig um und hatten die blauen Augen und den üppigen Mund von Annarita Cummino vor sich. Neben ihr Valentina, ihre Schwester.
»Ich habe gehört, dass du einen Schulverweis gekriegt hast.« Ihre Stimme klang kindlich und ein bisschen sexy.
Gorilla blieb vor Staunen die Luft weg. Keine der drei Schönheitsköniginnen der Schule hatte je ein Wort an ihn verschwendet. Mehr noch, keine hatte irgendwen je von sich aus angesprochen.
»Nun?« Noch immer blickte sie ihn mit einem amüsierten Lächeln an. »Stimmt das?«
»Ähm«, machte Gorilla, »nein, einen Schulverweis nicht.«
Ranacci grinste, aber man sah, dass er auch verlegen war.
Unter dem unergründlichen Blick von Valentina hüpfte Lonica fortwährend von einem Bein aufs andere.
»Niemand hat einen Verweis gekriegt«, mischte sich Cecconi eifrig ein. »Ich war auch dabei.«
Annarita würdigte ihn keines Blickes. Sie fragte Gorilla: »Was ist denn nun passiert?«
Diesmal antwortete Corda, ebenfalls ziemlich aufgeregt: »Er hat einen Eintrag im Schulverzeichnis.«
Während die anderen redeten, konnte Fostelli nicht anders, als gebannt den runden, weichen Po in Annaritas Jeans anzustarren. Mit einem übermenschlichen Kraftakt wandte er den Blick ab. »Ciao, ich muss da längs«, und er entfernte sich eilig.
Nur Lonica und Valentina erwiderten seinen Gruß.
»Ins Schulverzeichnis?«, rief Annarita aus. »Immerhin!«
Cecconi beugte sich zu ihr vor. »Tja, n normaler Eintrag im Klassenbuch reicht uns eben nicht. Alles oder nichts!«
Aber sie ließ sich nicht von Gorilla ablenken, wollte einen genauen Bericht über den Vorfall.

»Weißt du, was ich dazu sage?«, verkündete sie am Schluss. »Gut gemacht! Meinen Glückwunsch!«
Einen Augenblick lächelte Gorilla sie an. Aber dann fielen ihm seine Zähne ein, die blauen Flecken im Gesicht, und er drückte den Kopf wieder zwischen die Schultern, wurde ernst.
Sie gingen weiter. Ohne stehenzubleiben, zog Annarita Cummino einen kleinen Spiegel hervor, ließ ihn aufschnappen und frischte ihr Make-up auf. Als sie die verblüfften Gesichter von Cecconi und Ranacci hinter sich sah, schloss sie den Spiegel und ging schneller. »Peinlich«, murmelte Valentina. Nur Lonica hörte sie, der neben ihr ging, die Hände in den Hosentaschen vergraben.
Sie sah ihn an. »Warum sabberst du ihr nicht auch hinterher, wie deine Freunde?«
Lonica wusste nicht, was er antworten sollte. »Klar ... deine Schwester ist hübsch«, sagte er, »aber ich habe andere Dinge, an die ich denken muss.«
Valentina errötete unter ihrem burschikosen Bubikopf. »Und woran musst du denken, Giuseppe?«
Er mimte einen rechten Haken, dann einen linken, in rascher Folge. »Bordignon auf die Matte schicken.«
»Bordignon?«, fragte sie enttäuscht.
»Der von dem Match.« Rechts-links-Jab. »Er heißt Bordignon, und ich lass ihn nicht bis zur zweiten Runde kommen, das schwöre ich!«
Valentina lächelte.
Ranacci aber, der alles gehört hatte, lachte böse. »Meine Fresse, Lonì! Du bist vielleicht lustig! Hast du Bordignon schon mal kämpfen sehen?«
»Nein.« Seine Miene verdüsterte sich. »Warum? Hast du?«
»Und ob ich ihn gesehen habe. Letztes Jahr in Monteposcia.«
Lonica schluckte. »Und was ... was für ein Typ ist er?«
»Was für ein Typ er ist?« Ranacci grinste noch immer. »Was für ein Typ er ist, weiß ich nicht. Ich weiß nur eins von ihm.«

»Was?«
»Dass er zuschlägt«, antwortete er plötzlich ernst. »Bordignon schlägt zu.« Nachdem er das gesagt hatte, bog er ohne sich zu verabschieden in die Straße zu seinem Haus ein.
Lonica war kreidebleich geworden.
»Alles in Ordnung, Giuseppe?«, fragte Valentina.
Er nickte.
»Hast du Angst?«
»Spinnst du?« Er sprang auf wie von einer Nadel gestochen.
Wenige Schritte vor ihnen erging sich Cecconi in einem langen Monolog. Er erzählte die Geschichte ihrer Gefangenschaft im Büro des Schulleiters als Heldenepos.
Gorilla achtete nicht auf ihn, er überlegte, was er Annarita sagen konnte, die beim Gehen stur geradeaus blickte. So sehr er sich auch bemühte, nachdem er sie zum x-ten Mal von Kopf bis Fuß bewundert hatte, fiel ihm nichts anderes ein als das übliche, idiotische Bedürfnis, sich mit den Fäusten auf die Brust zu schlagen.
Aber er tat es nicht.
Niemand tat mehr etwas.
Sie erstarrten nur allesamt mit weit aufgerissenen Augen auf dem Gehweg. Gorilla blieb so abrupt stehen, dass Corda mit der Nase gegen seine Schulterblätter stieß.
»Manno«, flüsterte Cecconi, ohne die Augen von der Gestalt an der Ecke abwenden zu können.
»Ach du Schande!«, machte Valentina.
»Heilige Scheiße!«, war Gorillas Ausruf.
»Der Mexikaner!«, sagte Lonica.

»Ciao, Großmutter!«, sagte Billo, als er hereinkam. »Ich geh kurz ins Bad, mach mir solange ein Brötchen, bin schon spät dran mit der Beschattung.«
Er ging pfeifend ins Badezimmer.
Eilig legte die Großmutter ein Schnitzel zwischen zwei Scheiben Brot und bestrich eine Seite mit Mayonnaise.

Im Wohnzimmer lief die Seifenoper *Loving* im Fernsehen. Ein Typ fragte eine Tussi, wann und warum sie aufgehört habe, ihn zu lieben, aber sie antwortete nicht, ihr liefen nur zwei viel zu dicke Tränen die Wangen hinunter, ohne ihr Make-up zu zerstören. Billo kam mit nassen Händen aus dem Bad und warf einen Blick auf den Fernseher. »Immer diese Scheiße ...«, brummte er vor sich hin.

Auf dem Balkon rauchte die Mutter und bewegte von Zeit zu Zeit die Lippen, als spräche sie mit jemandem, der so nah bei ihr war, dass sie keinen Laut hervorbringen musste.

»Emanuè!«, rief die Großmutter aus der Küche. »Bist du immer noch im Bad?«

»Ich komme!« Er winkte der Mutter einen nutzlosen Gruß zu.

Das Brötchen war schon eingewickelt und in eine Einkaufstüte gepackt. »Ich hab dir auch eine Cola reingetan«, sagte die Großmutter. »Darum schaukel nicht so mit der Tüte, sonst schäumt sie.«

»Hm ...«, machte Billo, in der Tüte wühlend. »Mir scheint, da fehlt was.«

Die Großmutter verdrehte entnervt die Augen zum Himmel, dann fragte sie: »Sitzt deine Mutter draußen?«

»Wo denn sonst?«

Donna Giovanna griff sich rasch in den Ausschnitt. Billo guckte verlegen weg. Sie zog ein Päckchen heraus und reichte ihm eine. »Da!«

»Was soll ich denn mit einer einzigen?«

»Eine reicht völlig.«

»Drei, gib mir drei!«, bat Billo stirnrunzelnd. »Ich komme später nicht mehr vorbei, ich habe was mit meinen Freunden vor.«

»Zwei!«

»Drei!«

»Zwei!«

»Ich hab drei gesagt, Großmutter!«

Die Frau kniff die Lippen zusammen und blähte die Nüs-

tern auf, der Ausdruck eines Menschen, der auf seiner bereits bröckelnden Autorität beharrt. Dann ergab sie sich und rückte noch zwei Zigaretten raus. »Aber nicht alle auf einmal ... sonst kannst du heute Abend sehen, wo du bleibst!«
Billo fingerte ein halbes Dutzend Streichhölzer aus der Schachtel auf dem Tisch.
»He! Willst du den Pinienwald abfackeln?«, brummte die Großmutter. Aber er hatte schon die Plastiktüte genommen und war durch die Tür geschlüpft.

Ein paar von ihnen hatten ihn wenigstens einmal gesehen, aber damals waren sie kaum älter gewesen als Säuglinge. Auf seinem unbeschreiblich lauten, flammendroten Motron GTO durch Roccella streifend, die Züge vom Hass verzerrt, alles beobachtend und von allen beobachtet. Und jetzt war er hier.
Er kam von der Straßenecke schnurstracks auf sie zu, die schwarzen gelockten Haare streiften seine Schultern. Die Haut seines schönen, mageren Gesichts war dunkel, und zwischen seinen Lippen hing eine Zigarette.
Nach mindestens sieben Jahren aus dem Nichts wiederaufgetaucht, in das er verschwunden war. Urplötzlich. Ausgerechnet als er, mit nicht mal zwanzig, die ganze Stadt in der Hand hatte und es kein mehr oder weniger illegales Geschäft gab, das er nicht kontrollierte.
Jetzt ging er auf die dreißig zu. Das schwarze Hemd war über der Brust aufgeknöpft, man sah den Anhänger der Halskette mit dem Zeichen für Gut und Böse, Ying und Yang. Abgetragene Jeans, ebenfalls schwarz, von einem Gürtel aus Schuppengeflecht gehalten, wahrscheinlich die Haut eines exotischen Reptils, das er garantiert mit eigenen Händen getötet hatte.
Sein richtiger Name war Sebastiano Ardenti, aber für alle war er immer »der Mexikaner« gewesen.
In Roccella kursierten verschiedene Geschichten über ihn.

Gelegentlich schwor jemand, er habe ihn gesehen. Einige sagten scherzhaft: »Ich schick dich zum Mexikaner ...«, »Pass auf, das ist der Teufel!«, aber ein richtiger Witz war es nicht, und keiner lachte.

Oft hatten Billo, Gorilla und die anderen zu Hause nach dem Grund für diesen Spitznamen gefragt, aber wen sie auch fragten, die Antwort lautete immer: »Den Grund weiß ich nicht. Und ich will ihn nicht wissen.«

Der Mexikaner warf die Zigarette weg, das Grüppchen blieb zitternd, wie angewurzelt stehen.

Er war nur noch wenige Schritte entfernt, als er mit tiefer, heiserer Stimme sagte: »Aus dem Weg!«

Unwillkürlich klammerte sich Annarita an Gorillas Arm, aber er war zu erschrocken, um diesen Hautkontakt zu bemerken, den ersten seines Lebens mit einem weiblichen Wesen, das nicht blutsverwandt mit ihm war.

»Aber ... er ... er ...«, stotterte Corda.

»Er isses wirklich!«, kreischte Cecconi.

Der Mexikaner richtete seinen kalten grünen Blick auf die fünf reglosen kleinen Gestalten. »Habt ihr gehört?«, kam es drohend mit einem abgründigen Flüstern. »Verschwindet!«

Jetzt spürte Gorilla Annaritas Fingernägel im Fleisch seines Unterarms. Er öffnete den Mund, aber er schrie nicht.

Das tat Cecconi für ihn, für alle: »Abhauen!« Er schoss los wie eine Rakete, gefolgt von Corda, und winkte den anderen, sie sollten mitkommen. »Der macht uns alle kalt!«

Valentina packte Lonica an der Hand und versuchte, ihn wegzuziehen. Doch Lonica stand dort wie gelähmt und zitterte.

Cecconi und Corda waren schon etwa dreißig Meter weit gelaufen. Der Neapolitaner blieb stehen und drehte sich um. »Worauf warten die, warum verpissen die sich nicht?«, fragte er Corda.

Der Mexikaner schob sich zwischen den Jungen hindurch,

um zu dem silbergrauen Volvo zu gelangen, der hinter ihnen parkte. Er war schon an Gorilla vorbeigegangen, als er plötzlich mit einem Aufblitzen in den Augen stehenblieb. Er trat einen Schritt zurück, ergriff das Kinn des Jungen mit einer Hand und hob es zu sich hoch. Prüfend drehte er Gorillas Gesicht nach rechts und links. »Du bist der Bruder von Gorelli«, sagte er. »Oder irre ich mich?«

»St-stimmt«, nuschelte Gorilla. »Da-das bi-bin ich.«

Der Mexikaner ließ ihn los, der Junge schwankte und taumelte Annarita in die Arme.

Der Mexikaner grinste. »Und die da? Ist das deine Freundin?«

Sofort hatte Annaritas Selbstliebe die Oberhand. »Eher fall ich tot um!«, rief sie angewidert. Und setzte, ohne nachzudenken, in einem Atemzug hinzu: »Hast du bemerkt, wie ich aussehe, oder bist du blind?«

Die Reaktion amüsierte den Mexikaner, er streckte eine Hand aus, um ihr Kinn zu ergreifen und auch sie eingehend zu betrachten. Valentina, die die Spannung nicht mehr aushielt, schrie: »Hände weg!« Sie wollte noch hinzufügen: »von meiner idiotischen Schwester!« Doch aus irgendeinem Grund, den sie sich nie würde erklären können, schloss sie mit einem: »du Schwein!«

Da hörte der Mexikaner auf zu lächeln und sagte: »O nein, so geht das nicht ...« Er schubste Gorelli und Annarita zur Seite.

Lonica machte sich freiwillig aus dem Staub, die Freundin ihrem Schicksal überlassend.

Valentina hob den Kopf und blickte dem Mexikaner kühn ins Gesicht, gleichzeitig wusste sie, was ihr geschehen würde.

Ein Licht fuhr in die Augen des Mexikaners, kurz bevor das Mädchen sah, dass sie dunkel wurden wie das abgrundtief Böse. Ein schwindelerregendes Dunkel, in das sie hineinstürzte.

Der Mexikaner hatte noch keinen Finger gerührt, schon

überließ Valentina sich, mittlerweile in völlige Dunkelheit getaucht, der Stille, die ihr Gehirn überschwemmte.
Dann fiel sie um. Ohnmächtig.

Billo ging die Straße entlang, in der einen Hand die Tüte schwenkend, mit der anderen die Zigarette an die Lippen führend. Er dachte an das Spiel gegen Monteposchiese, an Melo, den Schuster, und an seinen Managerfreund. Schon sah er sich im Ballbesitz an der Seitenlinie entlanglaufen, vom Eckpunkt aus in den Strafraum vordringen und dem Torwart einen präzisen Diagonalschuss reinschieben, während der Schuster zu seinem Freund sagte: »Hast du das gesehen? Ich sag ja, ein klasse Spieler!«
Er war so in seine Phantasien versunken, dass er den dröhnenden Automotor nicht hörte.
Alles was er aus dem Augenwinkel sah, als er vom Gehweg auf die Straße trat, war ein silberner Lichtreflex, dann hörte er das Pfeifen der Lenkung und spürte den kalten Lufthauch, nachdem das Auto ihm um Haaresbreite ausgewichen war. Den Volvo mit verdunkelten Scheiben sah er gerade noch reifenquietschend um die Ecke biegen. »Wichser!«, brüllte er mit klopfendem Herzen und weichen Beinen. »Fick deine Schwester und die Trockenpflaume von deiner Mutter!« Dann merkte er, dass er die Zigarette fallen gelassen hatte. Er stieß einen viehischen Schrei aus, denn nichts war ihm heiliger als die erste Zigarette am Tag.
»Arschloch!«, brummte er noch einmal in Richtung Volvo.
Zum Glück war die Zigarette heil geblieben und qualmte noch ein bisschen. Er hob sie auf, blies sie sauber und roch daran. Dann nahm er misstrauisch einen Zug. Seine Miene entspannte sich.
Ein paar Minuten später hockte er schon im Graben vor dem hässlichen Mietshaus, in dem der Schwager seiner Großmutter residierte.
Der Balkon der Wohnung von Gaetano Moretti war der zweite. Die Balkontür stand offen.

Billo wickelte das Brötchen mit dem Schnitzel aus dem Papier und begann, daran zu knabbern. Von dort, wo er saß, sah er einen Teil des Wohnzimmertischs, einen Stuhl und den Widerschein des Fernsehbildes auf den Glasscheiben eines Möbelstücks, das eine Anrichte sein musste.
Er überprüfte die Uhrzeit auf seiner gefälschten Swatch: Es war erst viertel nach eins. Bis zwei Uhr würde er Wache stehen, dann wollte er sich mit den anderen auf der Piazzetta treffen. Er gähnte laut, öffnete die Cola und nahm einen tiefen Schluck. Er konnte eine Dose mit nur zwei Schlucken leeren, das hatte er Freunden und Verwandten oft vorgeführt, aber heute wollte er sich die Cola sparsam einteilen. Observieren war nicht nur langweilig, es machte auch Durst.
Er warf einen Blick auf die anderen Stockwerke. Die Wohnungen sahen aus wie erstarrte Tiere, deren einziges Lebenszeichen das Blinzeln der Fernsehbildschirme war. Außer Moretti kannte er keinen in diesem Haus, abgesehen von dem städtischen Vermessungstechniker Nazareno Soldoni, einen Kindheitsfreund seines Onkels Michele.
Während er überlegte, wie viele Tage seit dem letzten Anruf des Onkels aus Deutschland vergangen waren, wanderten seine Augen zunehmend schläfriger über die Hausfront. Seine einzige Gesellschaft war eine Grille mit ihrem nachmittäglichen Zirpen. Als sein Blick zu Morettis Wohnung zurückkehrte, blieb ihm der letzte Bissen im Hals stecken.
Auf den Teil des Tisches, der in seinem Blickfeld lag, waren jetzt zwei Beine gestiegen. Zwei blankpolierte schwarze Schuhe, ein Paar weißer Socken, der Hosensaum. Der Rest der Gestalt wurde von den zur Hälfte hinabgelassenen Rollläden verborgen.
Was tat der siebzigjährige Gaetano Moretti auf dem Wohnzimmertisch? Er staubte den Kronleuchter ab. Oder?
Billo schluckte den Bissen herunter und beugte sich vor, um mehr zu sehen. Und was er sah, war keine ältliche Geliebte, die sich an Morettis Hosenlatz zu schaffen machte.

Nein, Billo sah einen Strick. Zu einer Schlinge geknotet. Das andere Ende wurde von der zitternden Hand des Alten hochgehalten. Der höchstwahrscheinlich gerade versuchte, es an der Decke zu befestigen.
Warum zum Henker befestigt man einen Strick mit einer Schlinge an der Decke und steigt auf einen Tisch, wenn nicht mit der Absicht, sich zu erhängen?
»Verfluchter Mist!«, rief er aus, warf die Dose weg, sprang aus dem Graben und lief über die Straße, den Blick so lange auf das Geschehen in der Wohnung Moretti geheftet, wie er konnte. In einer Nanosekunde war er am Tor des Mietshauses. Hektisch wie ein Blinder suchte er Morettis Klingel, fand sie und drückte.
Einmal. Zweimal. Dreimal in rascher Folge.
Er musste es schaffen. Er musste diesen Mann von seinem ungeheuerlichen Vorsatz abbringen. Er, Billo, musste ein Leben retten.
Doch noch immer passierte nichts.
Er drückte abermals auf die Klingel. Diesmal nahm er den Finger nicht weg. Sogar von dort, wo er stand, konnte er das Schrillen der Klingel in der Wohnung hören.
Nichts.
Er wollte schon um Hilfe schreien, als eine Stimme aus den Ritzen der Gegensprechanlage kam. »Was zum Teufel ist da los?«, rief ein Mann mit tiefer Stimme, die ziemlich wütend klang.
Billo schrie in die Sprechanlage: »Signor Moretti, tun Sie es nicht! Um Himmels willen, tun Sie es nicht!«
Pause. »Wer bist du denn eigentlich? Was willst du?«
»Es gibt so viele Dinge, die das Leben lebenswert machen, glauben Sie mir, Signor Moretti!«, sagte er in einem Atemzug. Den Satz hatte er mal genauso in einem Film gehört.
»Was sagst du da? Wer bist du? Ist das ein Witz?«
»Nein! Ich habe gesehen ...«
»Denn wenn es ein Witz ist, hast du gerade noch genug Zeit, um wegzulaufen, bevor ich die Carabinieri hole!«

»Ja, ist vielleicht ganz gut, wenn Sie die Carabinieri holen«, sagte Billo erleichtert. »Die können Ihnen das besser ausreden als ich!«
»Aber ... Himmelherrgott noch mal, was redest du da bloß?«, brüllte Moretti. »Was sollen die mir ausreden?«
»Sich aufzuhängen!«, schrie Billo aus vollem Hals.
Wieder eine Pause. »Na, hör mal, Junge! Jetzt sag mir endlich, wer du bist! Und wer will sich hier aufhängen? Mit so etwas scherzt man nicht!«
»Genau«, bestätigte Billo. »Ich bin Emanuele Billo, der Enkel von Donna Giovanna, Ihrer Schwägerin, die hat mich geschickt, um Sie zu überwachen ... und da habe ich vom Graben aus gesehen, was Sie mit diesem Strick machen wollen!«
»Was redest du da? Von wo aus hast du mich gesehen?«
»Hab ich doch schon gesagt! Vom Graben sieht man den zweiten Stock und Ihre Wohnung. Ich habe Sie mit dem Strick in der Hand auf den Tisch steigen sehen!«
»Junge!«, donnerte Moretti. »Ich wohne im dritten Stock! Darf man erfahren, was hier vor sich geht?«
Billo wollte etwas erwidern, dann warf er zur Sicherheit noch einmal einen Blick auf das Klingelbrett. Neben dem Schild »Moretti-Summa« las er: »3. Stock«.
»Heilige Madonna!«, entfuhr es ihm. Er hatte alles falsch gemacht. Er hatte sich erwischen lassen, er hatte erzählt, wer ihn geschickt hatte, um Moretti zu beschatten, und noch immer gab es im zweiten Stock jemanden, der sich aufhängen wollte. »Aber ... da ist ein Strick ...«, murmelte er, »im zweiten Stock ... hängt sich einer auf ...«
»Welche Wohnung?«, wollte Moretti wissen. »Die rechts von dir oder die andere?«
»Die andere ...«
»Komm rauf!«, rief der Mann jetzt ebenfalls aufgeregt. Das Tor öffnete sich mit einem Ruck. »Das ist Sanzani! Ich geh runter nachschauen! Du kommst rauf!«
Billo drückte das Tor auf und ging in den Hof.

Sanzani? Ihm fiel niemand ein, der so hieß. Und wer auch immer dieser Sanzani war, im Grunde fürchtete sich Billo mehr davor, wie ein Idiot dazustehen, als vor allem anderen.

Dritter Stock! Nicht der zweite! Der dritte! Wenn die Großmutter das erfuhr ...

Sanzani. Jetzt, wo er sich diesen Namen im Geist wiederholte, während er über den Hof rannte, tauchte aus Abgründen langsam eine Erinnerung auf ...

Er drückte gegen die Haustür, trat ein und nahm zwei Stufen auf einmal. Vom Treppenabsatz hörte man schon die Stimme von Gaetano Moretti. »Errico! Errico, mach die Tür auf!«

Errico?

Billo bog um die Ecke der letzten Treppe und sah den Siebzigjährigen, dürr wie ein Strich, der mit seinen kleinen knotigen Fäusten gegen die Tür hämmerte.

»Errico, um Gottes willen, mach mir auf. Ich bin's, Moretti!«

Billo kam bei ihm an. Moretti erkannte ihn und wollte schon etwas sagen, da hörte man aus dem Inneren der Wohnung eine schwache Stimme. »Was wollt ihr?«

»Was ist denn hier los?«, Die Wohnungsnachbarin von Sanzani stand in ihrer Tür.

»Bitte, Signora!« Der Alte schrie fast. »Kümmern Sie sich um Ihre eigenen Angelegenheiten!« Die Frau warf beiden einen strengen Blick zu.

»Geh wieder rein, altes Klatschweib!«, befahl Billo.

Unter mehrmaligem Schnappen von Schlössern und Riegeln schloss die Frau sich wieder in ihrer Wohnung ein. Billo malte sich aus, wie sie jetzt hinter dem Guckloch stand, gierig nach Neuigkeiten.

Sanzanis Tür öffnete sich einen winzigen Spaltbreit. »Wer ist da? Was ist los?«, wiederholte die Stimme von eben.

Billo versuchte, durch den Spalt zu spähen. Nichts, fast völlige Dunkelheit.

»Errico ...«, keuchte Moretti. »Errico, könntest du bitte einen Augenblick die Tür aufmachen und mich reinlassen? Ich denke, das ist besser, weißt du, damit die anderen nicht erfahren, dass ...«, er ließ den Satz ins Treppenhaus fallen.
»Moment ...«, sagte der andere.
Errico Sanzani, dachte Billo. Sanzani ... Den Namen hatte er doch schon irgendwo gehört. Etwas, was ihm vor Jahren erzählt wurde. Sanzani. Ja! Ein kalter Schauer lief ihm über den Rücken. »Scheiße! Ja!«
Die Geschichte von Pietro und Emma Sanzani. Noch ein Schauer. Das mussten Erricos Eltern gewesen sein. Vielleicht war es besser, sich sofort aus dem Staub zu machen. Denn bei der Geschichte ging es um den Mexikaner!

Es war Anfang der achtziger Jahre. Die beiden waren gleichaltrig, neunzehn Jahre. Nur dass der Mexikaner schon der Mexikaner war, Sanzani aber bloß einer, der Errico hieß.
Es war eine heiße Zeit damals. Bedrängt von erbittert fortgesetzten Streiks und täglichen Morddrohungen hatte der Fabrikbesitzer Erminio Iezzi seinen Entschluss gefasst: Nachdem er den jüngsten Bericht über die unerledigten Bestellungen und seine äußerst schlechte Kreditlage gelesen hatte, schickte er die beiden jungen Uniformierten, die ihm als Personenschutz zugeteilt worden waren, zu den Carabinieri zurück und ließ den jungen Boss der lokalen Unterwelt anrufen. Sebastiano Ardenti natürlich, »der Mexikaner« genannt.
Sie trafen sich im Ortsteil Cuorbene, im Tennisclub.
Iezzi war in die Bar gebeten worden, wo man durch die Fenster auf den mittleren Platz blickte. Gerade fand ein Match statt. Der Kellner zeigte auf einen der beiden Spieler. »Er hat mich gebeten, Ihnen mitzuteilen, dass er nach dem Set zu Ihnen kommt, Signor Commendatore.« Dann stellte er ihm zwei Canapés und einen Martini mit Olive auf den Tisch.
Dem Unternehmer, der einen respektvolleren Empfang er-

wartet hatte, zitterte das Doppelkinn. Die Person, durch die er mit dem Mexikaner in Kontakt getreten war, hatte ihn informiert, dass der Mexikaner jung sei, denn bei jeder Etappe seines rasanten Aufstiegs habe er buchstäblich kurzen Prozess gemacht. Auch darum war er eine Legende. Doch diesen hochgewachsenen, braungebrannten Schönling in kurzen Hosen und T-Shirt, die Locken zu einem Pferdeschwanz gebunden, hatte Iezzi gewiss nicht erwartet. Unglaublich, er hätte ihn für nicht älter als sechzehn, siebzehn gehalten ... Er versuchte, sich zu beruhigen, hielt sich das Martiniglas an die Lippen und kostete den kalten, bitteren Geschmack. Dabei sah er dem Match zu. Ein bisschen was verstand er vom Tennis. Der Mexikaner spielte gut. Sein Stil war nicht der von Clubspielern, aber er war kräftig und gewandt, und der Commendatore hatte den Eindruck, dass er aus eigener Kraft gewann, nicht weil der Gegner ihm den Sieg überließ. Jeder seiner Punkte wurde von Applaus auf den Zuschauerrängen unterstrichen, wo ein Grüppchen wenig vertrauenerweckender junger Leute hockte. Iezzi nahm einen Schluck Martini. Das Schicksal dieser Jungen war vorgezeichnet, dachte er, sie würden entweder in irgendeinem Abflusskanal sterben oder mehr Zeit hinter Gittern verbringen als anderswo.
Nach einem ziemlich kämpferischen Ballwechsel landete der Ball des Gegners im Netz. Der Mexikaner hob die Faust zu den Zuschauerrängen, worauf ein längerer, lauterer Applaus losbrach. Die Partie war beendet.
Wieder fragte er sich, ob er gut daran getan hatte, bei dem Anführer dieser Gauner um Audienz zu bitten. Andererseits, das musste er zugeben, waren der Ruf und die Gewalttätigkeit des Mexikaners genau das, was er brauchte, um seine Probleme zu lösen.
Der Mexikaner gab seinem Gegner die Hand, küsste flüchtig ein Mädchen im Tennisdress und verließ eilig den Platz, gefolgt von zweien, die seine Leibwächter zu sein schienen. Kurz darauf wurde eine Seitentür aufgestoßen, das Licht

eines Kronleuchters schoss in den Raum, und der Mexikaner, noch immer in Tennishosen und Hemd, hielt seinen Einzug. Iezzi starrte auf die roten Sandflecken auf seinem Dress, als wäre es getrocknetes Blut.
Bei ihm waren die beiden Leibwächter.
»Commendatore«, sagte der Mexikaner und reichte ihm die Hand. Iezzi war unschlüssig, ob er aufstehen sollte oder nicht, der Zweifel hielt ihn wie gelähmt im Sessel zurück.
»Tut mir leid, dass Sie warten mussten.« Ihre Hände streiften sich nur kurz. Der Mexikaner setzte sich auf einen Stuhl vor Iezzi, schlug die Beine übereinander und verstreute roten Sand auf dem Teppichboden.
Iezzi konnte die Augen nicht von denen des Jungen lösen. Solche Augen hatte er noch nie gesehen, so grün und so böse. Wie in Hass eingefasste Steine. Neunzehn Jahre alt und sieht alles so an, als würde es ihm gehören!
Die beiden Untergebenen hatten sich hinter dem Rücken ihres Chefs postiert und durchbohrten Iezzi mit ihrem Blick, ohne mit der Wimper zu zucken.
Der war versucht, aufzustehen und dieser absurden Situation zu entfliehen. Vielleicht war noch nicht alles zu spät, er würde einen anderen Weg finden, um den Streik zu beenden. Vielleicht, warum nicht, indem er den Stundenlohn dieses undankbaren Gesindels wirklich ein bisschen, nur ein bisschen erhöhte. Immer noch besser, als hier zu sitzen, diesem kalten Mörderblick ausgesetzt.
Der eintretende Kellner löste die Spannung.
Der Mexikaner bemühte sich nicht einmal, den Kopf in seine Richtung zu drehen, er wies nur auf Iezzis Glas und sagte: »Meinen ohne Olive.«
Der Kellner verschwand mit einer halben Verbeugung, um eine Sekunde später wieder aufzutauchen, den Martini abzustellen und hinter die Theke zurückzukehren.
Der Mexikaner rührte den Drink nicht an. Keinen Augenblick lang wandte er seinen Blick von Iezzi ab, der wieder zu zittern begann.

Nach diesem Auftakt, der wie eine quälend lange Prüfung erschien, sagte der junge Boss: »Nun, Commendatore Iezzi, was kann ich für Sie tun?«
Die Stimme war nicht neunzehn Jahre alt. Sie gehörte einem Menschen undefinierbaren Alters, der in einem kurzen, legendären Dasein offenbar schon alles gesehen, gesagt, gehört und erlitten hatte.
Iezzi schluckte Spucke herunter, als wäre es ein Krümel Stahlbeton. Er versuchte, etwas zu sagen, dann griff er zum Glas und nippte daran. Er schwitzte wie einer seiner Arbeiter nach acht Stunden am Fließband.
»Ich ... ich habe Probleme in meinem Betrieb«, brachte er schließlich heraus, dann wartete er auf irgendeine Reaktion.
»Ich habe so etwas gehört ...«, bestätigte der andere. »Ihre Arbeiter streiken seit zwei Wochen, wenn ich nicht irre, verehrter Commendatore.« Das »verehrter« klang wie eine Beleidigung.
Plötzlich bekam Iezzi wirklich Angst. Angst, dass der Mexikaner trotz seines Rufs als Krimineller mit guten Kontakten zu Mafia und Camorra in Wirklichkeit ein Kommunist war! Angst, dass er auf der Seite seiner Arbeiter stand! Er hatte alles falsch gemacht. In einem einzigen Moment war er vom Regen in die Traufe gekommen.
Der Mexikaner fuhr fort: »Seit zwei Wochen ruht die Produktion bei Fortesa. Das ist ziemlich lang. Ich nehme an, dass Sie jeden Tag Millionen verlieren, wenn die Maschinen stillstehen.« Er stand auf und ging zu der Fensterfront, durch die man auf den Platz blickte. Hinter den Rängen sank die Sonne. »Noch so ein Monat, und Sie müssen den Laden dichtmachen, Commendatore. Oder liege ich da falsch?« Er drehte ihm beim Sprechen den Rücken zu.
»In weniger als einem Monat.« Endlich reagierte Iezzi. »Diese Hunde bringen mich schon früher an den Bettelstab!«

»Hunde«, sagte der Mexikaner ohne Betonung. Er drehte sich zu Iezzi um. »So bezeichnen Sie die Leute, die für Sie arbeiten? Hunde?«
Der Unternehmer rückte mit dem Hintern auf eine Seite des Sessels und schlug nervös die Beine übereinander. »Nun, vielleicht übertreibe ich ...«, sagte er und spähte verstohlen zu ihm auf. »Aber verflucht noch mal, eine so wichtige Fabrik! Zulieferer für den größten Automobilkonzern Italiens! Ich gebe praktisch ganz Monteposcia Arbeit, wussten Sie das? Diese Leute sind so undankbar ...« Er schüttelte betrübt den Kopf. »Sie können die Situation nicht verstehen, wenn Sie das nicht selbst erleben ...«
Der Mexikaner schaute wieder durch das Fenster, in der Scheibe spiegelte sich seine Gestalt in einem Spiel aus Helldunkelreflexen. »Doch, ich verstehe das.« Zu seinen Wachhunden: »Stimmt's?«
Die nickten murmelnd.
»Trotzdem«, fuhr er fort, »ist mir nicht klar, was Sie zu uns führt.«
Wieder wäre Iezzi am liebsten aufgestanden, um entweder vor den Mexikaner zu treten und zu verlangen, dass er ihm beim Reden ins Gesicht blickte, denn bis das Gegenteil bewiesen war, verdiente Erminio Iezzi Respekt und Aufmerksamkeit, oder aber einfach rauszugehen und die Sache fallenzulassen. Doch beides erschien ihm zu riskant.
In die Ecke getrieben, sagte er: »Es sind vor allem zwei Anstifter des Aufstands, die haben den größten Einfluss bei meinen Arbeitern.«
»Und das wären?«
»Ein Ehepaar, Pietro und Emma Sanzani. Volkstribune am Stammtisch, die alle mit Worten besoffen machen! Gott ist mein Zeuge, dass ich versucht habe, mich mit den beiden zu einigen. Ich habe ihnen verlockende Angebote gemacht. Nichts zu wollen! Diese Leute brennen vor Kampfeslust! Und sie ziehen mir den Boden unter den Füßen weg!« Der Commendatore beendete seinen Ausbruch, indem er mit

den Beinen in der Luft zappelte, um sein Ende mimisch darzustellen.

Der Mexikaner betrachtete die über dem Boden schwebenden Füße, die maßgeschneiderten Schuhe und die etwas zu kurzen Socken und fing an zu lachen. Erst sehr leise, indem er ein wenig Luft durch die Nase abließ. Dann aus voller Kehle, mit zurückgeworfenem Kopf, was das Lachen seiner beiden Bodyguards nach sich zog.

Iezzi runzelte besorgt die Stirn, dann entdeckte er seine in der Luft zappelnden Füße und stellte sie sofort wieder auf den Teppichboden. Danach versuchte auch er ein zaghaftes Lachen.

Noch immer lachend, kehrte der Mexikaner in die Mitte des Raums zurück und setzte sich wieder. »Herrlich, Commendatore!«, rief er aus. »Ich hätte Sie gar nicht für so melodramatisch gehalten!« Auf Iezzi zeigend, wandte er sich an einen seiner Leibwächter: »Keinen Boden mehr unter den Füßen!«

Iezzi hörte als Letzter mit dem Lachen auf, dann senkte sich ein bleiernes Schweigen über die Runde.

Der Mexikaner lehnte sich zurück. Schlagartig ernst, betonte er jedes Wort: »Ich habe mir Ihre Geschichte angehört, Commendatore. Wir haben sie angehört. Es tut mir leid für Sie. Das muss eine komplizierte Situation sein. Der Streik, diese Sanzanis ... Aber ich sage es Ihnen noch einmal: Ich verstehe nicht.«

»Was verstehen Sie nicht?«, fragte Iezzi, ohne zu bemerken, dass er einen Jungen siezte, der sein Enkel hätte sein können.

»Ich verstehe nicht, was Sie von mir wollen.« Der Mexikaner stützte die Ellenbogen auf seine schmutzigen Knie und blickte Iezzi durchdringend an. »Worum wollten Sie mich bitten? Sagen Sie es mir ganz offen, ohne um den heißen Brei herumzureden. Kein Wort verlässt diesen Raum. Hier drin sterben die Worte im selben Augenblick, in dem sie ausgesprochen werden.« Seine Stimme wurde zu einem

Hauch: »Darum seien Sie so freundlich, Commendatore, erklären Sie sich.«
Dieses Flüstern zerriss ihm schier das Trommelfell. Erminio Iezzi straffte die Schultern, um zu verhindern, dass die Angst ihn vollends verschlang.
Der Mexikaner lächelte ihn an wie ein Vater den Sohn. »Sie brauchen nicht zu zittern«, sagte er. »Sprechen Sie.«
Iezzi sah erst ihn an, dann die beiden jungen Männer hinter ihm, dann blickte er dem Mexikaner wieder in die Augen. Dantes Höllenkreis der Sünder war nicht schwarz und gelb vom ewigen Feuer, wie er ihn sich sein ganzes Leben lang vorgestellt hatte. Nein. Er war graugrün. Ein durchdringendes und bodenloses Leuchten.
Er sprach wie unter Hypnose: »Ich brauche jemanden, der den Sanzanis eine Lektion erteilt. Wenn diesen beiden der Kopf zurechtgerückt wird, parieren auch alle anderen Arbeiter wieder. Und die Produktion kann wieder aufgenommen werden.« Erst nachdem er sie ausgesprochen hatte, erkannte er die Tragweite seiner Sätze.
Ein Blitz zuckte in den Augen des jungen Kriminellen auf. »Und welche Art Lektion möchten Sie den Sanzanis erteilen, Commendatore?«
»Eine von der Sorte, die man nicht mehr vergisst«, antwortete der trocken, jetzt im Tonfall des Bosses. »Eine von denen, die wehtun.«
»Ein schneller, schmerzhafter und vor allem sauberer Job also? Ist es das, was Sie wollen?«
»Jawohl, verdammt!«
»Wenn diese Sanzanis sich aber wehtun, sehr wehtun, meine ich, könnte jemandem einfallen, dass Sie dahinterstecken.«
»Die Arbeit muss sauber sein, haben wir gesagt!«
»Commendatore, sie kann so blitzblank und unangreifbar sein wie die Schaufensterscheibe eines Juweliers, ein Verdacht wird trotzdem immer bleiben, glauben Sie mir. Ich habe eine gewisse Vertrautheit mit bestimmten Geschäften

erworben.« Er lächelte böse. »Früher oder später würde jemand zu Ihnen kommen, um Fragen zu stellen, Nachforschungen zu machen. Dafür bräuchte man eine ordentliche Dosis Kaltblütigkeit, mein lieber Commendatore. Polizisten, Verhöre, vielleicht eine bloße Verdachtsanzeige, aber immerhin eine Anzeige. Alles Sachen, die man nicht vom Tisch kriegt, indem man einfach nur die Beine hebt. Besitzen Sie diese Kaltblütigkeit, Commendatore Iezzi?«

»Ja, ja!«, stieß der ungeduldig hervor. »Man macht mir meinen Betrieb kaputt! Dabei werden mein Leben und auch mein Ruf ruiniert. Natürlich bin ich kaltblütig!«

Der Mexikaner klopfte zweimal mit der Hand auf das arthritische Knie des Unternehmers, als wollte er ihn beruhigen.

Aber er sagte: »Nun, ich persönlich glaube nicht, dass Sie kaltblütig genug sind. Ich glaube vielmehr, dass Sie zusammenbrechen würden, und alles andere«, mit einer Handbewegung wies er auf seine Umgebung, »würde mit Ihnen zusammenbrechen. Ich, die Leute, die ich ernähre, die von mir abhängen, wir alle würden mit Ihnen in den Abgrund stürzen.«

Iezzi wollte protestieren, doch der Mexikaner schnalzte dreimal mit der Zunge, wie man es bei Hunden macht, damit sie sitzen bleiben. »Na, Commendatore, nun seien Sie doch nicht gleich beleidigt ...« Der Ton war zartfühlend, als spräche er zu einem Kind. »Ich habe viele Gesichter wie Ihres gesehen, ich habe viele Wutausbrüche und Tränen der Enttäuschung erlebt ... und glauben Sie mir, ihr seid so ziemlich alle aus demselben Holz geschnitzt. Ach, von wegen Holz!« Er stand lächelnd auf. »Wachs seid ihr! Große Fische, kleine Fische, egal ... ein einziger Nachmittag im Kreuzverhör ausgequetscht, und ihr gesteht sogar einen Verstoß gegen die Straßenverkehrsordnung von vor zwanzig Jahren!« Er begann, um den Sessel herumzuwandern, in dem Iezzi versunken war. »O ja, Wachs, Commendatore, Wachs. Leute wie die Sanzanis aber geben nie auf. Was wollen Sie ihnen antun? Sie schlagen, sie verletzen, ihnen in die Beine schießen, wie die Roten Brigaden es jetzt machen?« Auf die Armlehne des Sessels gestützt, beugte der Mexikaner sich über Iezzi. »Glauben Sie mir, das würde nicht genügen. Diese Sanzanis schafft man sich niemals mehr vom Hals, die kommen noch ohne Beine angekrochen und fordern die Rechnung. Also, was können wir tun, Commendatore Iezzi, um uns diesen Zahn zu ziehen?« Er drückte das aufgedunsene Gesicht des Mannes mit beiden Händen. »Wir müssten sie umbringen und zwar sofort. Keine Gelähmten aus ihnen machen, sondern beide umbringen, den Mann und die Frau.« Er machte das Geräusch eines Maschinengewehrs nach und schüttelte dabei den Kopf des Unternehmers. Dann fuhr er mit den Daumen über seine Augen. Iezzi war gelähmt vor Schreck, ihm stockte der Atem. »Das ist es, worum Sie mich bitten wollten, nicht wahr? Sie möchten, dass ich die beiden umbringe. Mehr nicht. Sie wollen, dass der Mexikaner sie ins Jenseits schickt.«

»Ich würde bezahlen ... ich bezahle!«, nuschelte Iezzi zwischen den Fingern des jungen Mannes.

Der ließ ihn angewidert los und drehte sich zu seinen Bulldoggen um. »Und wie viel, Commendatore?« Jetzt schrie er. Die Fensterfront schien zusammenzuzucken. »Wie viel?«

»Millionen.« Iezzi erhob sich. »Ich gebe euch Millionen, wenn ihr mir diese Leute vom Hals schafft.«

»Millionen?« Das kam geflüstert.

»Millionen«, bestätigte der Unternehmer, während er sein Jackett zurechtzupfte.

»Millionen, um zwei Menschen umzubringen?«

»Genau!«

»Und was bekommen wir dafür, dass wir verhaftet werden, nachdem die Polizei Ihnen ein Geständnis entlockt hat, wie viel bieten Sie uns, damit wir ins Gefängnis gehen?«

»Wer sagt denn, dass ich gestehen würde?« Der Commendatore richtete sich zu seiner ganzen Größe auf, nun glich

er einer Schildkröte, die den Kopf aus dem Panzer steckt.
»Wer sagt das?«
»Ich sage das. Sie können mit Stress nicht umgehen, Sie leiden, wenn Sie unter Druck stehen. Ich sagte es bereits, Typen wie Sie habe ich schon zu Dutzenden gesehen, erst aufgeblasen und dann ist mit der Angst schlagartig die Luft raus.«
»Junger Mann!«, krächzte Iezzi. »Ich habe es ganz allein aus eigener Kraft so weit gebracht!«
Der Mexikaner trat einen Schritt auf ihn zu. Nur einen Schritt, doch der andere wich zurück wie eine Maus vor der Katze.
»Ja, und das sieht man, Commendatore.« Er grinste höhnisch. »Sie hätten besser daran getan, sich noch jemanden ins Geschäft zu holen, und sei es nur, um zu wissen, wem Sie in Fällen wie diesem die Schuld geben können. Sie sind viel zu feige für die Position, die Sie innehaben. Sie und alle, die so sind wie Sie, ihr fickt allein, aber die schmutzigen Laken wollt ihr dann gemeinsam waschen! Muschio!«, rief er. »Begleite den Commendatore zur Tür und verabschiede ihn mit allem, was dazugehört. Und sag ihm, dass der Mexikaner von niemandem Befehle entgegennimmt. Nicht mal von Gott persönlich. Und wenn er jemanden umbringt, dann nur den, den er will, und wann er will.« Nachdem er das gesagt hatte, verließ er den Raum und verschwand im Dunkel eines Flurs.
Muschio brachte den Unternehmer nach draußen. Bevor sie den Ausgang erreichten, stolperte Iezzi mehrmals und musste sich auf den Jungen stützen, als hätte man ihm die Beckenknochen zerschlagen.
Der andere Leibwächter, Giuliano Gorelli, blieb allein zurück. Er zündete sich eine Zigarette an und sah nach draußen auf den Platz, als hätte ein neues Match begonnen.

Es war bereits der zweite Versuch, den Errico Sanzani machte. Der erste war gescheitert, als wegen des Gasgeruchs eine

Menge Mitbewohner ins Treppenhaus gelaufen waren, darunter auch Gaetano Moretti, und die Feuerwehrleute die Tür eingetreten hatten, bevor es zu spät war.
Auch bei diesem Versuch hatte er Fehler gemacht. Die viel zu hoch angebrachte Schlinge hing noch am Kronleuchter wie eine von der Dummheit der Menschen angelockte Schlange. Doch selbst wenn es ihm gelungen wäre, den Kopf hindurchzustecken, hätte er den schweren Wohnzimmertisch unter seinen Füßen niemals wegstoßen können.
Billo, der viele Filme gesehen hatte, erkannte das mit einem Blick. Trottel, dachte er.
Gaetano Moretti sah sich die Szenerie an. Dann wandte er sich an Sanzani: »Was sind das bloß für Dummheiten, Errico? Herr im Himmel, hat dir das eine Mal denn nicht gereicht?«
Sanzani war um die dreißig, beleibt, blass und verschwitzt. Er betrachtete die Schlinge und sagte: »Wa-was wo-wollt ihr?«
»Wissen, was mit dir los ist!«, schrie Moretti, und Errico bückte sich, als müsste er einem Schuss ausweichen. »Wenn Emanuele nicht gewesen wäre ...«, fuhr der Alte fort und drehte sich zu Billo um. »Du heißt doch Emanuele?«
Billo lief rot an. Verdammte Scheiße! Wie sollte er sich da rauswinden? »Ich war im Graben ... hab da gespielt ... ja.«
»Hm«, machte Moretti, »natürlich«. Dann fuhr er fort: »Wenn er nicht zufällig da gespielt hätte und nicht gesehen hätte, was du hier anrichtest, Errico, ist dir klar, was dann wäre?«
»Signor Moretti, la-lassen Sie mich in Frieden, bi-bitte!« Sanzani sank auf einen Stuhl. Der Alte schwieg eine Weile. Dann setzte auch er sich langsam. Auf dem Tisch zwischen ihnen sah man die Abdrücke von zwei Schuhen. Nachdem er sie lange betrachtet hatte, begann Moretti, mit sanfter Stimme zu sprechen: »Ich weiß, was du durchmachen musstest ... aber sei doch vernünftig, glaubst du, der Tod löst alle Probleme? Guck mich doch an, ich bin alt und gerade

Witwer geworden ...« Seine Augen wurden feucht. »Was soll ich denn machen?«
Billo betrachtete die ärmliche Einrichtung der Küche. Staubbedeckte Möbel, der Herd verdreckt, in der Spüle Teller, die sich da schon wer weiß wie lange stapelten. Und die Trauerrede von Moretti, die ganz den Eindruck machte, als würde sie sich noch lang, sehr lang hinziehen, machte die Situation nicht besser.
Als hätte er in seinen Gedanken gelesen, unterbrach sich der Alte einen Augenblick. »Du geh ruhig nach Hause«, sagte er zu Billo. »Du hast schon genug getan.«
Billo fühlte sich erleichtert, er brauchte frische Luft. Und vor allem eine Zigarette.
»Tja«, machte er, »dann geh ich mal«, und schon war er an der Tür, die Hand auf der Klinke.
»Und bitte«, Moretti kam ihm hinterher, »beruhige Donna Giovanna. Sag ihr, dass es mir gutgeht, und dass sie sich nicht so viele Sorgen um mich machen soll.«
Billo kassierte den Hieb. Er öffnete die Tür und stürzte die Treppen hinunter.

Er konnte es kaum erwarten, auf die Piazzetta zu kommen und die Geschichte zu erzählen, wie er heroisch einen Selbstmordkandidaten gerettet hatte.
Er rannte so schnell, dass er fast gegen Corda und Lonica gestoßen wäre.
»Blödkopf! Wo warst du denn die ganze Zeit?«, fragte Gorilla. »Wir haben dich überall gesucht! Wir müssen dir was Unglaubliches erzählen!«
»Ich auch!«, keuchte Billo atemlos, die Hände auf die Knie gestützt.
Fostellis erwachsene Stimme donnerte: »Der Mexikaner ist zurück!«
Billo sprang auf wie eine Katze. »Wer hat dir das gesagt?«
»Niemand«, sagte Lonica, zu Boden blickend, »wir sind ihm persönlich begegnet!«

Unterstützt von ein paar saftigen Zugaben Cecconis, erzählten Gorilla und Corda alles. Vor allem die Sache mit Valentina Cummino. Denn nachdem sie in Ohnmacht gefallen war, hatte der Mexikaner den Volvo gestartet und war mit quietschenden Reifen zu der um das Mädchen stehenden Gruppe zurückgefahren. Das verdunkelte Fenster wurde heruntergelassen. »Wetten, dass es keine Toten gibt?«, hatte er gespottet. Dann hatte er die Wagentür geöffnet, einen Fuß herausgestreckt und Valentina leicht in die Seite getreten. Nach einem endlosen Moment, in dem alle schon ans Schlimmste gedacht hatten, war sie mit einem kleinen Schmerzenswimmern wieder zu sich gekommen.

»Seht ihr?«, hatte der Mexikaner gesagt. »Ich suche mir selbst aus, wen ich umbringe und wann. Und nicht mit einem einfachen Blick.« Er hatte gelächelt. »Noch nicht.«

Während sie von Valentinas Unglück erzählten, hielt Lonica sich abseits und machte sich noch kleiner, als er war.

»Und dann isser wieder in den Volvo gestiegen«, schloss Cecconi. »Und der Volvo ist weggefahren!«

Bei Billo löste der Bericht fast eher Verbitterung als Staunen aus. Diese Scheißer hatten den Mexikaner persönlich gesehen, was für ein verdammtes Schwein die hatten. Da konnte dieser vertrottelte Errico Sanzani natürlich nicht mithalten, wo er nicht mal einen Kratzer abbekommen hatte!

Im ehrfürchtigen Schweigen mit hastigen Blickwechseln erhob sich Fostellis Stimme: »Ich frage mich ...«, begann er und machte sofort eine wirkungsvolle Kunstpause, die auf eine Kanzel gepasst hätte, »ich frage mich, ob die Rückkehr des Mexikaners nicht so eine Art Zeichen ist, dass wir die Finger lassen sollten von ... von dem Verbrechen. Vielleicht ist es besser, sich eine neue Strategie zu überlegen, jetzt, wo hier echte Kriminelle rumlaufen.«

Lautes Stimmengewirr.

Billo schrie, als wollte man ihm seinen Traum mit einem

Schwammstrich wegwischen: »Was hat der Mexikaner mit uns zu tun? Was hat er mit unserem Bankraub zu tun?«
»Der Don hat recht«, sagte Ranacci. »Es ist gefährlich.«
»Für dich ist es gefährlich, weil du ein Hosenscheißer bist!«
Billo war kurz davor zu weinen. »Muss ich euch noch mal erzählen, was für arme Schlucker wir sind?« Er sah Corda an. »Oder zukünftige arme Schlucker?«
Er ging einen Schritt auf sie zu.
»Na?«
»Billo hat recht!« Gorilla hatte mehr Gründe für den Banküberfall als alle anderen. Außerdem hatten sie die Sache zusammen geplant. Auch den Marathonlauf. »Scheißt euch jetzt doch nicht in die Hose. Der Mexikaner ist der Mexikaner. Und wir sind wir.«
»Jetzt, wo er zurück ist, wird hier mehr Polizei herumlaufen!«, wandte Ranacci ein.
»Die sind doch alle in der Hauptstadt, um die Politiker zu beschützen!«, erwiderte Billo. »Hast du nicht gehört, dass die Roten Brigaden einen von denen umgebracht haben?«
Über den Mord an Senator Ruffilli wurde noch immer gesprochen. Alle hatten davon gehört, außer Cecconi, der aber nichts sagte, um nicht als Ignorant dazustehen. Denn bei ihm zu Hause guckte man zur Zeit der Fernsehnachrichten nur noch *Ken, der Krieger*. Auch sein Vater.
Ranacci spuckte den Radiergummi eines Bleistifts aus. »Da sind noch allerhand Fragen offen.«
»Ich weiß«, knurrte Billo.
»Zum Beispiel die Waffen! Woher nehmen wir die? Oder willst du Cecconis Tomaten nehmen oder das Weihwasser vom Don?«
Gorilla stellte sich hinter seinen Bundesgenossen. »Die Waffen kommen bei mir zu Hause an. In einem Paket. Billo und ich haben sie vor einer Woche bestellt. Lieferzeit etwa zehn Tage, also ist es bald soweit.«
»Waffen in einem Paket von der Post?«, fragte Ranacci. »Wer schickt sie dir?«

»Sie kommen aus Österreich«, erklärte Gorilla. »Wir haben sie in einer Jagdzeitschrift bestellt, die mein Vater liest. Es sind zwei Gewehre und fünf Pistolen.«
»Das verstehe ich nicht«, gestand Fostelli.
»Sie sind nicht echt!«, schaltete sich Billo ein. »Aber sie sehen genauso aus wie echte Waffen. Es sind Modelle für Sammler. Dafür braucht man keinen Waffenschein. Aber für die Bestellung muss man volljährig sein. Darum haben wir den Namen von Giuliano angegeben.«
»Weiß er das?«, fragte Cecconi bestürzt.
»Spinnst du?«, entgegnete Gorilla. »Ist sowieso besser, wenn sich das nicht rumspricht, sonst bin ich gearscht. Verstanden?«
Lonica nickte, obwohl die ganze Geschichte ihm weiterhin überhaupt nicht gefiel.
»Und wieso kannst du sie entgegennehmen, wenn sie an deinen Bruder adressiert sind?«, beharrte Corda.
»Bei Paketen per Nachnahme genügt die Unterschrift irgendeines Familienangehörigen«, erklärte Gorilla.
»Und wenn das einer weiß, dann er, wo seine Eltern doch bei der Post arbeiten!«, schloss Billo.
»Hm. Und dann? Wenn das Paket ankommt?« fragte Ranacci.
Gorilla warf Billo einen Blick zu. »Hier liegt tatsächlich das Problem.«
»Nämlich?«
»Nämlich, dass per Nachnahme gezahlt werden muss, sonst gibt's kein Paket.«
»Wie viel?«, fragte Fostelli für alle.
»Vierhundertzwölftausend Lire«, sagte Gorilla, sich am Nacken kratzend.
»Was?«, schrie Ranacci rot vor Zorn. »Wo zum Henker sollen wir die denn hernehmen?«
»Nur einer von uns kann so viel auf einmal zusammenkratzen«, sagte Billo.
Alle blickten Corda an.

»Ihr seid ja verrückt«, sagte der, ein paar Schritte zurückweichend. »Nicht mal im Traum!«
»Corda!« Billos Stimme wurde streng. »Wir wissen, dass du von deinen Großeltern zum Geburtstag eine halbe Million geschenkt bekommen hast. Hast du uns selbst gesagt.«
Das war ihm vor einem Monat rausgerutscht, nach der Familienfeier zu seinem zwölften Geburtstag.
»Aber ... was hat das damit zu tun?« Dann platzte es aus ihm heraus: »Nein!«
Billo packte ihn an den Schultern und schüttelte ihn heftig. »Denk doch mal nach! Wer außer dir könnte so viel Geld aufbringen?«
Ranacci warf sich zwischen die beiden. »Scheiße, hey, lass ihn los!« Er riss den Sohn des Anwalts aus Billos Griff. »Das soll also euer brillanter Einfall sein? So ein hirnverbrannter Kack?«, brüllte er zwei Zentimeter vor Billos Gesicht.
»Geh mir aus dem Weg!«
»Arschloch!«
»Verpiss dich, habe ich gesagt!«
»Glaubst du, ich hab Angst vor dir? Ich bin der Sohn eines Gewerkschaftlers, der seinen Job macht, obwohl er jeden Tag mit dem Tod bedroht wird, und zwar mit echten Pistolen, nicht mit so einem Kinderkram!« Er gab Billo einen Stoß. »Glaubst du etwa, ich hab Angst?«
Billo warf sich auf ihn. Grunzend wie Schweine stürzten sie zu Boden. Billo klammerte sich an Ranaccis Hemd und griff ihm in die Haare, so dass er sich nicht bewegen konnte. Trotzdem schaffte er es, Billo mit dem Knie so weit von sich zu stoßen, dass er einen ungezielten Boxhieb landen konnte, der Billo direkt in die Magengrube traf.
Billo blieb die Luft weg.
Er löste sich von seinem Gegner und fiel wenige Zentimeter von ihm entfernt auf die Knie, die Haare weiß vom Straßenstaub.
Ranacci wollte sich auf ihn stürzen und ihn erledigen, doch

Billo hatte nur darauf gewartet, er ließ ihn näher kommen, dann schnellte er hoch wie eine Sprungfeder und rammte seinen Kopf in Ranaccis Brustbein.
Der fiel überrascht nach hinten um.
Billo versetzte ihm einen Tritt, traf aber sein Knie und tat sich fast mehr weh als seinem Gegner. Er versuchte es erneut, und diesmal traf er die Rippen. Ranacci schrie auf, zwei Tränen, so dick wie Weintrauben, rollten über sein Gesicht.
»Ich bring dich um, du Wichser!«, zischte Billo, doch dann spürte er Arme, die ihn fortzogen, sein Hintern schleifte durch den Staub.
»Hört auf! Wir sind eine Bande!« Gorilla hielt ihn zurück. Weiter vorn hielt Fostelli auch Ranacci fest, doch weniger energisch. Denn der Sohn des Gewerkschaftlers war weit übler zugerichtet, und Tränen nahmen ihm die Sicht.

Keiner der beiden Rivalen, die verbeult, einer mit dem Rücken zum anderen saßen, sagte ein Wort. Gorilla lief zwischen ihnen als Botschafter hin und her, ohne etwas auszurichten.
»Corda hat recht«, sagte Fostelli schließlich, als er den Eindruck hatte, alles nur Denkbare sei gesagt worden, um den Riss zu kitten. »Und von eurem jeweiligen Standpunkt aus habt ihr auch recht. Alle beide.« Der sanfte, aber entschiedene Ton des Don schien etwas schärfer zu werden. »Billo hat recht, denn der Einzige, der über genügend finanzielle Mittel verfügt, um die Waffen zu bezahlen, ist Corda.« Er warf dem Anwaltssohn einen freundlichen, gewinnenden Blick zu, doch der tat, als suche er nach einem Fleck auf seinen Fiorucci-Bermudas. »Ranacci hat allerdings auch recht. Man kann keinen Banküberfall organisieren, indem man ausschließlich auf Cordas Geld baut.«
Jetzt blickten ihn alle an.
»Aber«, fuhr er fort, »wenn wir wenigstens den Versuch machen, Billo zu verstehen, könnte Corda uns vielleicht wirk-

lich entgegenkommen. Nicht weil er muss. Sondern, weil er kann.«

Corda hob die Augen zu Fostelli, obwohl Ranacci ihn mit einem bösen Blick drängte, hart zu bleiben. Doch mittlerweile hingen alle an Fostellis Lippen.

»Weil er kann! Nur darum ...«, fuhr der Don fort. »Ohne Waffen kein Banküberfall. Freilich muss noch genauer geklärt werden, wie das Ganze vonstattengehen soll, wie wir zuschlagen, die Flucht, das Versteck für die Beute ... aber ich denke, dafür haben wir noch Zeit.«

Billo und Gorilla nickten.

»Gut, gehen wir also der Reihe nach vor. Erst die Waffen. Zweitens geht es darum, sie zu bezahlen.« Er kauerte sich auf den Boden neben Corda, der ihn gebannt anschaute. »Natürlich wäre es ein Opfer für dich, aber denk mal nach. Es handelt sich um ein Darlehen, mehr nicht. Haben wir die Beute in der Hand, kriegst du dein Geld zurück. Dann hättest du deinen Teil vom Einbruch plus das, was du vorgestreckt hast. Recht betrachtet, handelt es sich um eine Investition.«

Er stand wieder auf.

Keiner hätte je gedacht, dass Fostellis Überredungskünste, die er durch langjährige Vertrautheit mit Klosterbibliotheken und Heiligen Schriften verfeinert hatte, eines Tages in den Dienst eines kriminellen Plans gestellt werden würden. Doch unleugbar hatte seine Rede die gewünschte Wirkung auf Corda.

»Okay«, sagte der wie hypnotisiert.

»Juhuuu! Wir ham die Kohle für die Pistolen!«, schrie Cecconi und begann, im Kreis um die anderen herumzulaufen. »Wir können Bankräuber sein!«

Endlich mussten alle lachen. Ranacci schüttelte den Kopf und sagte leise, ohne böse zu klingen: »Was für ein Schwachkopf!«

Als Cecconi wieder einmal an ihm vorbeiraste, hob Corda einen Fuß, Cecconi konnte nicht ausweichen und stürzte

vornüber zu Boden, eine Staubwolke um sich herum aufwirbelnd.
Das Gelächter nahm zu, und jetzt konnte auch Ranacci ein Grinsen nicht unterdrücken.
Am Boden liegend, völlig verdreckt, jubelte Cecconi noch einmal: »Juhuu!« und reckte die Arme zum Himmel.

»Wer hat dir erzählt, dass Bordignon zuschlägt?«, fragte Onkel Botta, sich zu Lonica hinunterbeugend.
Durch die kleine Turnhalle hallten die ungestümen Schläge, mit denen einige Jungen die Säcke traktierten. Onkel Botta trug seine blaue Kappe, den Schirm wie üblich auf den Nacken gedreht, den immer gleichen grünbraunen Trainingsanzug, den er einem Zimmerkameraden beim Militärdienst geklaut hatte, und ausgebeulte Turnschuhe. Zwischen den Lippen den Stummel einer erloschenen Zigarre und im rechten Ohr einen Baumwollstopfen, zum Schutz gegen die Schmerzen der Mittelohrentzündung. Die hatte ihn schon immer verfolgt. Diese Mittelohrentzündung, behauptete er, habe ihm in seiner Jugend verwehrt, bei der italienischen Meisterschaft im Mittelgewicht den Titel zu erkämpfen. Die dummen Launen eines verfluchten Trommelfells hatten seine Boxkarriere beendet.
Die beiden standen im Ring. Brutal fiel das Licht der Neonlampen auf die beiden Gestalten, den alle Gewichtsklassen sprengenden Körper von Onkel Botta und Lonicas schmächtige, knochige Gestalt. Dann wurde es vom blankgewienerten Boden des Rings zurückgeworfen und drang grell in die Augen.
Weiter hinten, in einer anderen Zwecken geopferten Hallenecke warfen vier Mädchen das rechte Bein in die Luft, während Fabiana zählte: »Sechs, sieben, acht, immer auf diesem Bein!«
Valentina Cummino war zum Glück nicht darunter.
Das hatte Lonica beim Reinkommen sofort überprüft. Diese Peinlichkeit hätte er nicht ausgehalten. Hatte er heute Mit-

tag doch gezeigt, dass er ein Feigling war, der sie nicht beschützen konnte.

»Wer hat's dir erzählt, will ich wissen!«, beharrte Onkel Botta.

»Ich hab es einfach so gehört.«

»Nun, wer Boxer werden will, muss damit rechnen, dass der Gegner zuschlagen wird. Alle Boxer schlagen zu. Du auch!«

Nein, das stimmte nicht mehr ganz. Früher, am Anfang, bevor der Vater krank wurde, war Lonica wirklich das gewesen, was man bei einem Zehnjährigen ein vielversprechendes Talent nennen konnte. Sein Vater liebte das Boxen. Er hatte den Jungen zu Onkel Botta gebracht und ihm gesagt, er solle den Roberto Duran Mittelitaliens aus ihm machen. Der Sohn schien wirklich begeistert, nie war er auch nur eine Minute zu spät zum Training gekommen. Immer wenn er konnte, saß Lonicas Vater auf der Bank, um diesen kämpferischen Dreikäsehoch zu bewundern. Nicht selten hatte Onkel Botta ihm vom Ring aus zugerufen: »Aus diesem Kind mache ich einen Boxmeister!« Dann war die Krankheit dazwischengekommen, der kleine Lonica schien die Lust, die Hoffnung und den letzten Rest Interesse verloren zu haben. Wahrscheinlich ging er nur noch zum Training, um seinen Vater nicht zu enttäuschen. Wenn der Vater starb, da war Onkel Botta sich sicher, würde der Junge die Boxhandschuhe an den Nagel hängen.

Nein, er würde keinen Champion mehr aus ihm machen. Aber er hatte ihn liebgewonnen. Er selbst hatte keine Kinder. Diese Jungen, die hier im städtischen Sportverein auf die Säcke eindroschen, das waren seine Kinder. Die, die nur einmal bloß zum Ausprobieren kamen, um dann wieder zu ihrem verfluchten Fußball zurückzukehren, genauso wie die, die hier drinnen heimisch wurden. Es war Onkel Bottas größte Freude, einen von ihnen zum zweiten Mal kommen zu sehen. Denn er wusste, dass der dann immer wiederkommen würde. So ist das Boxen: entweder hat einer es im Blut oder nicht, das merkt man sofort.

»Noch hast du deinen ersten richtigen Kampf nicht gekämpft und machst dir schon in die Hosen?« Er packte ihn an der Schulter und schüttelte ihn. »Lonì, mach mich nicht wütend. Wenn du keine Lust mehr auf diesen Sport hast, wenn du lieber zu Hause sitzt und über deine Probleme weinst, geht das für mich in Ordnung. Aber du selbst bist es gewesen, der mir gesagt hat, ich soll ein Match mit denen von Vincipasso organisieren. Du hast mir gesagt, dass du bereit bist, dass du schon ziemlich lange trainierst und dass es jetzt Zeit wird. Oder bilde ich mir das nur ein?«
Lonica betrachtete den Baumwollstopfen im Ohr des Trainers, um ihm nicht in die Augen sehen zu müssen. »Ich weiß, ich weiß. Ich hab ja nur gefragt, ob es stimmt, dass der Typ zuschlägt ...«
»Und ich sage dir, dass alle Boxer deswegen boxen, weil sie zuschlagen wollen. Wozu boxt du sonst?« Er zeigte auf die Jungen ringsum, die sich die Seele aus dem Leib trainierten. »Wozu boxen die sonst?«
Lonica nickte.
Er steckte sich den Zahnschutz in den Mund und reichte Onkel Botta die Handschuhe. Der musterte ihn einen Augenblick lang und entdeckte in seinem Blick das Licht der ersten Jahre wieder. Während er ihm die Handschuhe zuband, dachte er daran zurück, wie ihn das Verhalten des Jungen beeindruckt hatte, als er zum ersten Mal in den Ring gestiegen war. Wie ein Tier in seiner natürlichen Umgebung. Unversehens sprang er aus den Ecken hervor, nutzte geschickt die Seile, stellte sich selbstbewusst in die Mitte des Vierecks. Wenn er um ihn herumlief, folgte Lonica ihm aufmerksam, mit einem mordgierigen Blick, wie er ihn noch nie in den Augen eines Rotzbengels gesehen hatte, die Führhand nie zu hoch oder zu niedrig, die Schlaghand hinter der anderen, starre Körperhaltung in Erwartung des Angriffs.
Talent hatte er mehr als genug.
Vergeudetes Talent, dachte Onkel Botta jetzt, während er

den letzten Knoten machte und auf die Mitte des Rings zeigte.
»Bordignon ist nichts Besonderes, glaub mir.« Er öffnete die Hände, und Lonica schlug leicht auf seine rechte Handfläche. Früher hätte er sofort wie verrückt losgeschlagen. Onkel Botta hüpfte nicht, mit geöffneten Handflächen trat er mal einen Schritt nach links, mal nach rechts. »Er hat eine gute Gerade.« Er mimte einen Schlag aus der Mitte, Lonica wich rechtzeitig aus und traf ihn an der Schulter. Noch immer ohne Kraft. Doch mit gutem Reaktionsvermögen und treffsicher. »Bordignon ist natürlich bloß Durchschnitt, aber er hat etwas Böses. Einen nervösen Boxstil. Ich sage es dir ganz offen: Er ist heimtückisch! Du darfst ihm keinen Zentimeter Raum gönnen. Bei einem Stil wie seinem habe ich die mutigsten Jungen nach ein paar Schlägen zu kleinen Mädchen werden sehen.« Lonica wurde wütend. Er war kein kleines Mädchen. Ein harter, schneller Schlag.
»Oha! Da habe ich wohl einen wunden Punkt getroffen!«, verspottete ihn der Trainer. »Toscani!«, rief er.
Einer der größeren Jungen, um die vierzehn, kam von seinem Sack auf sie zu. »Ja, Onkel Botta?«
»Hilfst du mir bei diesem Kleinen hier?«
Der andere verzog die Lippen zu einem Lächeln, die weit auseinanderstehenden Schneidezähne entblößend. »Ich komme!«
Toscani war kein guter Boxer, aber er war größer und stärker als Lonica.
Er schlüpfte zwischen den Seilen hindurch in den Ring.
»Wo ist dein Zahnschutz?«, fragte Onkel Botta.
»Der reicht mir doch nicht mal bis zu den Zähnen. Er schlägt keine Gerade, so dünn wie der ist!«
Onkel Botta war aus dem Ring gestiegen, um mit zwei Helmen und einem Zahnschutz zurückzukommen, den er Toscani gewaltsam in den Mund drückte. Dann half er beiden Jungen mit dem Helm und zog die Riemen fest.

»Ihr seid aus zwei unterschiedlichen Klassen«, sagte er zu dem Vierzehnjährigen. »Er ist kleiner. Du darfst nicht übertreiben. Wenn du übertreibst, wenn du ihm wehtust, schmeiße ich dich für immer aus dem Verein.«
Er wusste, dass die Drohung ins Schwarze treffen würde. Außer dem Vater in der Autowerkstatt zu helfen, gab es für Toscani keinen anderen Zeitvertreib als das Boxen. Er lebte dafür. Dachte noch nicht einmal an Mädchen.
Toscanis Miene verfinsterte sich, aber er nickte.
»Das brauchst du mir nicht zu sagen, Onkel Botta«, sagte er ernst.
Ein wenig besorgt von Lonica beobachtet, flüsterte Onkel Botta dem Älteren ins Ohr: »Der Kleine hat nächste Woche einen Kampf. Ich will, dass du ihn am seitlichen Standortwechsel arbeiten lässt. Wenn er sich bewegt, bewegst du dich doppelt, am besten dreimal so viel. Schlag ihn nicht. Oder wenigstens nicht fest. Er soll sich bewegen, darauf kommt es an.« Toscani nickte. »Er hat Probleme zu Hause, sein Vater ist sehr krank. Boxen ist das Letzte, was ihm geblieben ist, und er war früher sehr talentiert. Mach, dass er wieder Lust kriegt! Hol mir diesen Jungen zurück, Toscani!«
So hatte Onkel Botta noch nie mit ihm gesprochen, er hatte ihn nie um etwas gebeten. Toscani warf einen Blick auf den kleinen Lonica und erkannte, dass der Junge sich verloren und einsam fühlte. Er war kein großes Licht, aber diesmal begriff er, dass er aufpassen musste. Immerhin hatte Onkel Botta ihn gefragt, keinen anderen.
Inzwischen war das gute Dutzend Jungen in der Halle auf das Geschehen im Ring aufmerksam geworden. Alle hörten mit dem Training auf, und die erfahrensten, die wussten, wann Onkel Botta Ernst machte, kamen auf das Quadrat zu. Die anderen blieben, wo sie waren, lehnten sich gegen die Säcke und wechselten rasche Blicke.
Onkel Botta beugte sich zu Lonica hinunter und flüsterte auch ihm ins Ohr, betonte aber jedes Wort: »Toscani ist ein

doppelter Bordignon, was das Gewicht angeht. Aber er hat nicht seinen Kampfgeist. Er kommt zum Boxen, um nicht in der Werkstatt arbeiten zu müssen. Das hier ist eine Art Paradies für ihn. Er will kein Champion werden. Er ist größer als du, aber du kannst ihm Angst machen, wenn du ihn so angreifst, wie du es früher gekonnt hast. Erinnerst du dich an diese Zeit, Lonì?«

Der Junge nickte.

»Dann bring mich in die Zeit zurück, als du noch ans Boxen geglaubt hast!«

Lonica hätte gerne geantwortet, dass er noch immer dran glaubte, dass er nie aufgehört hatte, ans Boxen zu glauben, doch er wusste genauso gut wie der Trainer, dass es eine der vielen Lügen gewesen wäre, um seine Nachmittage im Verein zu rechtfertigen.

Toscani lehnte sich an die Seile.

Onkel Botta warf ihm einen letzten ermahnenden Blick zu.

Lonica wandte sich zu den Mädchen um. Noch immer keine Spur von Valentina. Einige der Zuschauer zeigten grinsend auf ihn. Einer rief: »Toscani, tu dem Kleinen nicht weh!«, und lachte schallend mit den anderen.

Onkel Botta beobachtete Lonicas Reaktion. Er war blass geworden und hatte aufgehört, sich von einer Seite zur anderen zu wiegen, um seine Muskeln anzuwärmen. Er stand still, zu still, den Blick auf den Boden gerichtet.

»Seid ihr bereit?«, fragte Onkel Botta.

»Kann losgehen!«, rief Toscani.

Lonica schüttelte sich und nickte schwach.

»Fangt an.«

Toscani überragte seinen Gegner um gut fünfzehn Zentimeter, und der Unterschied wurde noch augenfälliger, als die beiden in der Mitte des Rings zusammenkamen.

»Hoch mit der Führhand, Lonì!«, rief der Trainer.

Doch bevor er die Ellenbogen heben konnte, machte Toscani eine nicht besonders gelungene Finte und holte von

rechts zu einem Jab aus, der den Zwölfjährigen am Kinn traf. Es war kein harter Treffer, aber Lonica rührte sich nicht mehr. In einem richtigen Kampf hätte er nach so einem Schlag bereits den Boden mit dem Rücken gefegt.
»Beweg deine Beine!«
Toscani sah zu Onkel Botta hin, dessen Blick sagte, dass der gezielte Treffer in Ordnung war. Dann machte er ihm ein Zeichen mit dem Finger. Es bedeutete: »Noch einmal.«
Lonica bewegte sich weiterhin nicht richtig, er machte nur kleine, langsame Seitenschritte und war schon bei den Seilen, ohne dass Toscani ihm nach dem Jab näher gekommen war.
»Beinarbeit, hab ich gesagt!«
Von den Zuschauern kam ein höhnisches »Buuuh!«
»Los, kämpf doch!«, rief einer.
Toscani wartete, dass der Junge zum Angriff überging, aber Lonica klebte förmlich an den Seilen. Also kam er näher, mimte einen linken Jab, Lonica versuchte, ihm den Weg zu versperren, bedeckte sich aber zu spät das Gesicht und sah die Gerade auf der Höhe seiner Nase ankommen.
Diesmal konnte Toscani den Schlag nicht rechtzeitig zurückziehen, er traf ihn am Nasenflügel. Nicht stark, aber Lonica spürte den Schmerz.
Toscani hielt einen Augenblick inne und blickte achselzuckend zu Onkel Botta, als wollte er sagen: Was soll ich machen, er ist langsam, reagiert nicht!
Wieder Gelächter im Publikum.
Stoisch ertrug Lonica den Schmerz, dann ging er unerwartet zum Angriff über. Unerwartet auch für ihn selbst, denn er sah sich wie von außen in die Mitte des Rings stürzen, sich leicht nach rechts beugen und mitten zwischen Toscanis etwas unbeholfene X-Abwehr einen Hieb auf seinen Solarplexus landen.
Der Schlag ließ den Vierzehnjährigen zurücktaumeln.
Lonica bewegte sich auf ihn zu, während Onkel Botta schrie: »Gut! Da bist du ja wieder!« Er machte eine Finte

mit der Rechten und verschaffte sich Raum mit der Linken, die auf Toscanis verwundertem Gesicht landete. Ein Volltreffer, den nur der Kopfschutz dämpfte. Bei einem olympischen Spiel hätten ihm alle Richter einen Punkt dafür gegeben.

»Der ist also doch kein Gespenst!«, kam es von unten.

Keiner lachte mehr. Onkel Botta kaute auf seiner Zigarre, dann sagte er: »Jetzt lauf um ihn rum, Lonì!«

Der Junge spürte den Adrenalinstoß, den er von früher kannte. Er umkreiste den Gegner, bückte sich, um einem Haken auszuweichen, richtete sich wieder auf und durchbrach Toscanis unsichere Verteidigung mit einer zweiten Geraden, diesmal etwas tiefer, auf der Höhe des Bauchnabels.

Ja, er spürte sie. Die Lust am Kämpfen. Das Bedürfnis, die Gewalt, die in seinem Inneren brodelte, herauszulassen. Er rückte einen Augenblick lang vom Gegner ab, hoch erregt, schnell auf den Beinen, bereit, erneut zum Angriff überzugehen.

»Toscani, du bist eine Flasche!«, lachten sie unten.

Lonica schien seine Angst beim Gegner abgeladen zu haben, der vor den anderen Boxern des Viertels nicht das Gesicht verlieren wollte, es aber nicht schaffte, sich zu bewegen wie er wollte. Wieder bekam er einen Jab von rechts. Dieser kleine Hurensohn verstand was vom Boxen, und wie! Der Hieb betäubte ihn fast.

Lonica ging wieder in Stellung, blickte Onkel Botta an und fing dessen vertrautes, zufriedenes Lächeln auf, das zu sagen schien: Genau so habe ich dich in Erinnerung! Doch als er wieder zu Toscani blicken wollte, sah er das, was er nicht hatte sehen wollen.

Valentina Cummino in der Nähe des Rings, ein wenig abseits von der Schar der brüllenden Zuschauer, die Arme vor der Brust verschränkt und im Gesicht einen bösen, spöttischen Ausdruck.

Lonica erstarrte.

Ausgerechnet in dem Moment, in dem Toscani, um sich nicht endgültig zu blamieren, in die Mitte des Rings zurückkehrte und ihn mit einer harten Gerade am Kiefer traf.

»Nein!«, schrie Onkel Botta und zwängte sich durch die Seile.

Es war nur ein Augenblick, aber er währte eine Ewigkeit.

Der Trainer fing Lonica auf, bevor er zu Boden ging, benommen, mit einer vagen Erinnerung an den Hieb von Toscani, den benebelten Blick auf Valentina gerichtet, die nicht einmal angesichts seines Missgeschicks ihre Haltung und Miene verändert hatte.

Sie hasst mich, dachte Lonica, und ließ sich in die Arme von Onkel Botta sinken. Ich bin ein Versager.

Nachdem Onkel Botta Toscani ordentlich angeschnauzt hatte, nachdem Toscani um Entschuldigung gebeten hatte, nachdem die anderen Boxer ihnen »Schlappschwänze!« hinterhergerufen hatten, nachdem Onkel Botta ihn direkt an Valentina vorbei in die Umkleidekabine begleitet und ihm Eis aufs Kinn gelegt hatte, zog Lonica sich eilig um, schlüpfte in die Straßenschuhe, raffte sein Zeug zusammen und lief zum Seiteneingang hinaus, die Augen voller Tränen, mit schmerzendem Kiefer und fest entschlossen, nie wieder an diesen verfluchten Ort zurückzukehren.

Was war das für eine Scheißidee gewesen, mit diesem blöden Sport weiterzumachen? Was wollte er damit beweisen? Und wem überhaupt noch? Wollte er einem krebskranken Vater zeigen, dass er ein Klasseboxer geworden war? Wozu?

Während er in diese Gedanken versunken war, fuhr ein Auto langsam neben ihm her, fast genau in seinem Schritttempo. Lonica sah es aus dem Augenwinkel und ging schnell weiter.

Die Straße war dunkel, und das Auto fuhr nicht weg.

Das Fenster an seiner Seite wurde heruntergelassen.

Lonica spürte, wie ihm das Blut gefror an diesem milden Abend, der schon nach Sommer roch, da hörte er die Stimme von Giuliano Gorelli: »Ciao Lonica! Willst du mitfahren?«
Er spähte ins Innere. Es war wirklich Gorelli.
»Los, steig ein!« Eine Hand auf dem Lenkrad, beugte er sich vor, um die Wagentür zu öffnen.
»Nein, danke«, sagte Lonica und beschleunigte seinen Gang.
Die Tür blieb offen. »Ich habe dich eben zu Boden gehen sehen.« Gorellis heisere Stimme versuchte, jovial zu klingen. Lonica war kurz davor, umzudrehen und so schnell er konnte zurück zur Turnhalle zu rennen, ohne einmal anzuhalten, und sollten ihm die Lungen platzen.
»Von wo?«, fragte er stattdessen.
»Durchs Fenster. Von Zeit zu Zeit schau ich mir an, wie ihr euch so macht.«
Lonica schwitzte aus allen Poren. Zu hoffen, dass jemand vorbeikam, war zwecklos. Um diese Zeit des Abendessens saßen in Roccella alle vor dem Fernseher.
Der Mexikaner und Giuliano Gorelli beide an einem Tag!
»Komm schon, steig ein. Ich bring dich nach Hause, Lonì!«
»Ich bin in fünf Minuten da, trotzdem vielen Dank.« Sein Herz hämmerte wie verrückt. Er dachte an die blauen Flecken auf Gorillas Gesicht.
»Lonì, hör mal. Mach keine Geschichten und steig jetzt ein. Ich muss dir was sagen.« Er bremste und machte den Motor aus.
Lonica erschauerte. Er überschlug die Entfernung bis nach Hause. Dann die bis zur Turnhalle. Er war genau in der Mitte, gleich weit entfernt von beidem.
Zitternd stieg er ins Auto und schloss die Tür.
»Das wurde auch Zeit«, sagte Gorelli. »Wovor hast du denn Angst?« Er zündete sich eine Zigarette an, startete und fuhr sehr langsam los. Klar, dass es ihm nicht in erster Linie darum ging, Lonica nach Hause zu bringen.

Er hielt ihm das Päckchen Zigaretten hin. »Rauchst du, Lonì?«
»Ich bin zwölf.«
»Was soll der Scheiß? Ich hab in der Grundschule angefangen.«
Der Rauch stieg Lonica beißend in die Nase, er konnte fast nicht mehr atmen. »Jedenfalls danke, aber ich rauche nicht, es schmeckt mir nicht.«
Gorelli warf das Päckchen aufs Armaturenbrett. Das Auto war schmutzig, die Sitze stanken. Auch Gorelli stank ein bisschen in seinem kurzärmeligen, weißen Hemd und den dunklen Jeans. Lonica sah die offenen Autofenster. Auch draußen stand die Luft, er fühlte sich dem Ersticken nahe.
»Als Boxer bist du nicht besonders gut.«
Dem Jungen schwanden fast die Sinne, zum ersten Mal hatte jemand den Mut, es ihm ins Gesicht zu sagen.
»Aber das könntest du zu deinem Vorteil ausschlachten«, fuhr Gorelli fort, den dritten Gang einlegend.
Lonica verstand nicht, aber er schwieg. Er hatte das Gefühl, dass Gorelli es ihm gleich erklären würde.
»Bei Bordignon, meine ich«, sagte der. »Bei dem Kampf in Vincipasso am Donnerstag. Der schon heiß erwartet wird.«
Lonica blieb stumm.
Er war jetzt nur noch knapp fünfhundert Meter von seinem Elternhaus entfernt. Fast geschafft, dachte er. Er hatte keine Ahnung, was Gorelli ihm sagen würde, aber was es auch immer war, es interessierte ihn nicht. Sein einziger Gedanke war, zu seiner Familie zurückzukommen.
Gorelli öffnete das Handschuhfach und zog mehrere Papiere heraus. »Du und Bordignon, ihr seid zwei Newcomer im Ring, über die man sich viel Gutes erzählt. Bordignon gilt als Favorit, aber ihr seid praktisch gleich stark.«
»Gleich stark?«
Gorelli musterte ihn. Als er endlich erkannte, dass der Junge nicht begriff, fragte er: »Hast du mal was von Wetten gehört, Lonì?«

Lonica wusste nicht, was er sagen sollte.
»Wetten, Lonì! Einsätze machen! Geld gewinnen!«
»Ja, ja, ich weiß, was das ist«, antwortete er endlich.
»Gut.« Gorelli senkte die Stimme. »Dann weißt du ja auch, dass auf den Gewinner zu setzen, nur eine von vielen möglichen Wetten ist. Und dass es andere gibt, bei denen die Wettenden auf Ergebnisse mit höheren Quoten tippen. Nehmen wir zum Beispiel an, dass Bordignon den Kampf gewinnt, aber wie wird das laufen? Durch K.o. oder Sieg nach Punkten? Und wenn es durch K.o. geschieht, in welcher der drei Runden wird Lonica zu Boden gehen?«
Er blickte ihn durchdringend an.
Lonica widerstand ein paar Sekunden lang, dann spähte er in Richtung Elternhaus.
»Ich erkläre es dir«, fuhr Gorelli fort. »Lonica geht in der dritten Runde K.o., das bedeutet siebenmal den Einsatz. Wer zehn auf den Sieg von Bordignon durch K.o. in der dritten Runde setzt, gewinnt siebzig. Zieht man den Einsatz von zehn ab, macht das sechzig. Hast du's kapiert, Lonì?«
»J-ja.«
»Ich nehme die Wetten entgegen, aber ich wette selbst auch. Ich setze einen schönen Batzen Geld.« Er bohrte ihm einen Finger in die Schulter. »Fest steht, dass du den Kampf am Donnerstagabend verlierst. Aber wenn du ihn so verlierst, wie ich es dir sage, verdienen wir alle daran, du, ich und Bordignon.«
Lonica schwitzte so stark, dass er fürchtete, auf dem nassen Sitz nach vorn zu rutschen. Oder hatte er sich vollgepinkelt, ohne es zu merken? Er versuchte, zwischen seine Beine zu spähen, doch Gorelli drückte immer noch einen Finger gegen seine Schulter.
Er hatte vom Verdienen gesprochen. »Was heißt das?«
»Es heißt, dass du am Donnerstag als tapferer Boxer in den Ring steigst, zwei Runden lang mutig kämpfst und dann in der dritten von Bordignon getroffen wirst. Du fällst auf

glaubwürdige Weise zu Boden und stehst nicht mehr auf, bis der Schiedsrichter das Ende des Kampfs und den Sieg deines Gegners verkündet.« Er beugte den Kopf, um Lonica direkt in die Augen zu schauen. »Verstanden?«

»Und wenn Bordignon stärker ist und mich schon vorher auf die Matte schickt? Wenn ich nicht bis zur dritten durchhalte?«

»Mensch, Lonì, wach doch auf!« Er klopfte ihm auf den Kopf. »Bordignon ist einer von uns. Er lässt dich bis zur dritten rumhüpfen, dann wirft er dich um. Mit Bordignon sind wir uns schon einig.«

»Und die Leute, die wetten? Lassen die sich einfach so betrügen? Wissen sie nichts von der Abmachung?«

»Vergiss sie. Bei dieser Sache sind wir zu dritt, niemand sonst hat damit zu tun. Ich setze zuletzt. Und die Bank zahlt.«

»Wer ist die Bank?«

»Auch das geht dich einen Scheißdreck an, Lonì. Ich sage dir nur, dass ich das Geld einsammle, wie viele andere auch, dann übergebe ich es der Bank und mache meine eigene Wette. Du gehst in der dritten Runde zu Boden und schnappst dir ein Stück von der Torte.«

Lonica wollte nicht einwilligen, er wollte nicht einmal den Kampf verlieren, aber er hätte gerne gewusst, wie groß sein Tortenstück sein würde. »Wie viel geht an mich?«

»Eine Million.«

Als Lonica begriffen hatte, dass der andere keinen Witz machte, fing er an zu zittern.

Eine Million Lire.

Die vielen Nullen der Zahl brummten ihm im Kopf herum wie Frühlingsbienen.

»Ich kann nicht.« Er lehnte nicht nur ein Angebot mit sechs Nullen ab, sondern auch das Angebot eines Kriminellen. Eines gefährlichen Kriminellen, der wahrscheinlich mit dem Mexikaner unter einer Decke steckte, dem mächtigsten Mann der Welt. Und er lehnte es ab, nachdem die anderen schon alles mit Bordignon organisiert hatten.

»Du tust es«, sagte Gorelli, als gelte Lonicas Antwort gar nichts. »Du tust es, basta. Wenn du dich weigerst, wird es dir schlecht ergehen. Und nicht nur dir wird es schlecht ergehen, auch deinen Eltern. Deine Mutter verliert schon morgen ihre Arbeit, und dein Vater ... naja, der hat ohnehin keine große Zukunft mehr vor sich!« Er öffnete wieder das Handschuhfach. Anscheinend nur, um die Papiere wieder hineinzulegen. In Wirklichkeit, damit Lonica sah, was darin war.

Eine Pistole.

Schwarz im schwarzen Dunkel des Fachs, kaum erkennbar in ihrer metallischen L-Form, aber zweifellos eine Pistole.

Lonica spürte ein eiskaltes, stechendes Kribbeln am ganzen Körper, wie wenn man in der kalten Jahreszeit ins Meer springt.

»Du tust es«, wiederholte Gorelli. »Erstens, weil du den Kampf mit Bordignon auch ohne diese Abmachung verlierst und in dem Fall bloß zu Boden gehen würdest, ohne irgendwas dabei zu verdienen. Zweitens, weil deine Familie eine Million im Moment gut gebrauchen kann, das weiß ich, und ich weiß auch, dass du es weißt. Auf euch kommen beträchtliche Ausgaben zu.« Er meinte das Begräbnis. Das Begräbnis seines Vaters. »Drittens, weil Folgendes passiert, wenn du wegläufst oder erzählst, was ich dir gesagt habe: Deine Mutter verliert ihre Arbeit, dein Vater krepiert, da er sowieso krepieren muss, und du«, er zeigte auf die Pistole, »und du verlierst womöglich ein Bein.« Nachdem er das gesagt hatte, hieb er Lonica mit dem Finger hart auf einen Oberschenkel.

Lonica schrie.

»Oder einen Arm.« Er schlug ihn auf die Armbeuge.

»Genug!« Lonica wurde noch kleiner, als er sich im Sitz zusammenkrümmte. »Genug!«

»Ich warte darauf, dass du ja sagst. Du musst sagen: ›Ja, Giuliano, ich nehme den Vorschlag an. Und ich werde mit keiner Menschenseele darüber spreche.‹ Na los, sag das!« Er machte Anstalten, ihm ins Gesicht zu schlagen.

»Ja, in Ordnung!«, schrie Lonica. »In Ordnung!« Er weinte. Wegen sich, wegen seiner Eltern, wegen Valentina, wegen allem, was in seinem jungen Leben nicht richtig lief.
»Lass hören.«
»I-ich ne-nehme d-deinen Vo-vorschlag an, Giuliano.« Der Satz kam unter Schluchzern heraus.
»Und?«
Eine Träne bahnte sich ihren Weg bis zu den Lippen. »Und i-ich werde mit k-keiner Menschenseele drü-drüber sprechen.«
Sofort beugte Gorelli sich über ihn und öffnete die Wagentür. »Steig aus!«, knurrte er. »Ich melde mich bei dir.«
Lonica fand sich auf der Straße wieder, während das Auto schnell davonfuhr.

Nachdem er Lonica abgefertigt hatte, fuhr Gorelli zu Beppos Bar in der Mitte des Ortes, wo er und seine Leute einen Billardraum für sich allein hatten.
Er parkte im Dunkeln hinter dem Lokal. Dann ging er zu einer Metalltür und klopfte dreimal.
Ugo Spataro, den Queue in der Hand, machte ihm auf. »Hey, Boss!«, sagte er. »Wir müssen reden.«
»Erst lass mich rein in dieses beschissene Loch, dann reden wir.« Gorelli schubste ihn zur Seite und trat in den Saal. Alle waren da: Spataro, Muschio, Jovine, Scaglione und Mizzini. Jungen, mit denen er aufgewachsen war. Trotzdem hätte er den einen manchmal nicht vom anderen unterscheiden können. Sie machten auf harte Typen und hatten sich allen künstlichen Hass, den sie bis jetzt in ihrem Leben zusammenkratzen konnten, ins Gesicht gepappt.
Alle hielten einen Queue in der Hand und stützten sich darauf, außer Mizzini, der das Spiel nie hatte lernen wollen. Gorelli warf einen Blick auf den grünen Tisch und berechnete sämtliche möglichen Stöße und Bahnen. Wollte man keine Probleme bekommen, blieb nur der Versuch, die 4 ins Eckloch zu stoßen. Er nahm Spataro den Queue ab, doch

als er ihm ins Gesicht blickte, erkannte er, dass dies nicht der Moment für ein Spiel war.
»Was ist passiert?«, fragte er.
»Dein Bruder. Er hat heute in der Schule Scheiße gebaut. Zusammen mit diesem verblödeten Sohn vom Gemüsehändler hat er meine Mama beleidigt.«
Jovine, braungebrannt und muskulös, ein begeisterter Gewichtheber, stellte sich neben seinen Cousin.
»Lass hören«, sagte Gorelli. »Was willst du machen?«
»Eine Abreibung für die beiden Gören, eine von denen, die noch lange brennen.«
»Meinen Bruder rührst du nicht an. Um den kümmere ich mich.« Er brauchte die Rotznase und würde sie in Zukunft noch öfter brauchen. Früher oder später würde er es mit genügend Schlägen schon schaffen, ihn für immer zu seiner rechten Hand zu machen. »Was den Sohn des Gemüsehändlers betrifft, mit diesem Hungerleider könnt ihr machen, was ihr wollt, der geht mir am Arsch vorbei. Verstanden?« Jovine nickte, nach einem Blick auf den Cousin.
Gorelli machte Muschio ein Zeichen, ihm ein Bier zu geben. »Aber tut dem Kleinen nicht weh«, fügte er hinzu. »Wenigstens nicht so, dass es auffällt. Der Zeitpunkt ist nicht günstig.«
»Wieso?«, fragte Scaglione.
Gorelli nahm einen Zug. »Ich hab da eine nette Geschichte gehört. Ihr glaubt ja nicht, was man alles so entdeckt, wenn man ein bisschen aufmerksam ist.« Das war ein Vorwurf an seine Männer, die sich nicht dafür interessierten, was auf der Straße los war. Sie hörten sich nicht um, was die Leute so redeten. Verkrochen sich hinter dieser idiotischen Draufgänger-Miene, einem halb irren, halb von Drogen verfälschten Ausdruck. »Und dieses Gerücht höre ich nicht erst seit kurzem.«
»Worum geht es? Was für ein Gerücht?« Spataro legte den Queue auf das Tuch.
Doch bevor Giuliano Gorelli sprechen konnte, wurde die

Tür zur Bar aufgerissen. Beppo, der Besitzer, erschien leichenblass auf der Schwelle.

»Was zum Teufel willst du?«, brüllte Gorelli.

»Es ...«, fing er an. Doch er musste von neuem ansetzen. »Es gibt Besuch.«

Er zog den Bauch ein und presste sich an den Türrahmen, um jemandem Platz zum Eintreten zu machen.

Scaglione, der Einzige im Raum, der bewaffnet war, tastete nach der Pistole in seiner Armeehose und umfasste eilig den Knauf.

Im Dunkel der Tür zeichnete sich eine Silhouette ab. Nur noch ein Schritt fehlte. Dann wurde die Silhouette im Lichtkegel zum Mexikaner.

Scaglione ließ sofort den Pistolenknauf los, und seine Hand baumelte über dem Boden, als gehörte sie nicht mehr zu seinem Körper. Spataro klappte der Mund auf, sein Gesicht verlängerte sich zu einem Ausdruck der Fassungslosigkeit; Muschio stieß an das Tischchen mit den Bieren, eine Flasche fiel herunter und rollte über den Boden; Mizzini wich ruckartig zurück, als wäre ein Vogel zu dicht an seiner Nase vorbeigeflogen; Jovine riss den Mund auf, als würde ihm das Kinn zu schwer.

Gorelli blieb wie angenagelt auf seinem Platz stehen.

Sebastiano Ardenti, genannt der Mexikaner, machte einen Schritt ins Innere des Billardraums. Zerstreut schweifte sein Blick über alle Gesichter, bis er bei Giuliano ankam und seine Augen sich auf ihn hefteten.

Die beiden sahen einander an. Wenige reglose, stumme Sekunden lang.

Der Mexikaner deutete ein Lächeln an. »Ich habe lange auf Apfelsinen und Schokolade von dir gewartet.«

Gorelli schluckte. Er hatte einen bitteren Geschmack im Mund und versuchte ebenfalls ein Lächeln. »Hey! Nun guck mal einer an, wer da wiederauftaucht! Wir hatten keinen Schimmer, wo du gelandet warst. Wo bist du gewesen?«

Der Mexikaner schnalzte mit der Zunge. Er ging um den Billardtisch herum. »Och, weißt du, erst in Pescara, dann habe ich eine Tour durch ganz Italien unternommen, eine Zelle nach der anderen. Mailand, Neapel, Palermo. Interessante Rundreise. Aber ich wünsche sie euch nicht. Besonders das Zuchthaus Ucciardone nicht.« Seine Stimme durchschnitt die stickige Luft im Raum. Obwohl er einen leisen, fast freundlichen Ton anschlug, lastete die Drohung auf den Worten.
»Wir wussten nicht, wo ... wo du warst. Sonst ...«, stammelte Muschio.
Der Mexikaner schleuderte ihm einen bösen Blick zu. »Sonst?«
Muschio starrte auf den Boden. »Hätten wir dich besucht.«
»Klar«, sagte der Mexikaner ironisch. »Denk dir einfach, du wärst gekommen.« Er betrachtete eine Wand. Überall war die Farbe abgeblättert, und die Ecke zur Zimmerdecke war mit Spinnweben, dick wie Lianen, bedeckt. »Ein hübsches Plätzchen habt ihr euch hier geschaffen, alle Achtung.« Er wandte sich an Gorelli: »Ich habe gehört, dass es seit einiger Zeit für euch nicht so gut läuft.«
»Man schlägt sich so durch«, sagte der.
»Aha, ihr schlagt euch so durch, das scheint mir zuzutreffen. Aber seltsam ist es auch.« Er griff nach einem Stuhl und setzte sich, nachdem er ihn mit dem Ärmel seines Jacketts saubergewischt hatte.
»Was ist daran seltsam?«, fragte Jovine.
»Ich habe euch ein Imperium hinterlassen. Sieben Jahre später finde ich euch in einem Loch wieder, das sogar Schweine anwidern würde.« Er schüttelte den Kopf. »Meinen Glückwunsch.«
Gorelli stützte sich auf den Billardtisch. »In Wirklichkeit hast du uns in der Scheiße zurückgelassen, Mexikaner. In der allertiefsten Scheiße. Nachdem du weggegangen bist, hat man hier nicht mal mehr atmen können, so viele Bul-

len in Uniform oder Zivil wie hier herumgeschlichen sind. Scheiße, kannst du dir das nicht denken?«
Früher hätte Giuliano Gorelli sich niemals erlaubt, so mit dem Mexikaner zu reden. Doch die Zeiten hatten sich geändert. Jetzt war er der Boss, und vor ihm stand einer, der im Knast gewesen war.
»Das bezweifle ich nicht«, sagte der Mexikaner, Gorellis Ton ignorierend. »Aber sieben Jahre sind lang, und wenn die Bullen sich nicht gerade in jedem Haus von Roccella unter die Fliesen gelegt haben, um euch ständig hinterherzuspionieren, kann ich mir nicht vorstellen, dass ihr niemals Zeit und Gelegenheit gefunden habt, den Laden wieder in Schwung zu bringen. Vielleicht ...«, und hier hob er die Stimme, »habt ihr einfach nicht die Eier dafür gehabt!«
Halbherzig mit der Idee liebäugelnd, sich aus dem Staub zu machen, warfen Muschio und ein paar andere einen beunruhigten Blick zur Tür.
Hinter Gorellis gekräuselten Lippen erschien das blasse Zahnfleisch. »Es ist deine Schuld, dass das Stück von der Torte kleiner geworden ist«, zischte er. Im Kopf waren ihm diese Worte noch wie mutiges Gebrüll erschienen, doch sobald er sie ausgesprochen hatte, verloren sie an Kraft. Denn es stimmte zwar, dass er jetzt der Boss war, aber in Wahrheit war der andere es immer geblieben.
Der Mexikaner stand auf und stützte sich ebenfalls auf den Billardtisch. »Aha, den Hähnen schwillt der Kamm. Im Grunde bist du schon immer ein Hähnchen gewesen, Gorelli. Aber an der falschen Stelle.«
Gorelli brach in schallendes Gelächter aus, um die Beleidigung für wirkungslos zu erklären.
Ohne Grund und ohne zu verstehen, fielen seine Leute in das Gelächter ein.
»Sanzani«, sagte der Mexikaner plötzlich, als hätte er einen Royal Flush auf das grüne Tuch gelegt.
Von den Lachern blieb nur das Echo.

»Mann und Frau«, fuhr er fort. »Beide tot. Ihr Fiat Uno geriet auf die Gegenfahrbahn und stieß frontal mit einem anderen Auto zusammen. Erinnert ihr euch?«

Noch immer Schweigen.

»Der Mann starb sofort. Sie gleich danach, als die Feuerwehrleute sie aus dem Blechhaufen zogen.«

Sein Ton hatte etwas Zerstreutes angenommen, als wäre er im Geist woanders. Er ließ eine Billardkugel kreiseln.

»Man fand schnell heraus, dass der Unfall provoziert worden war ... Ein paar Tage später, was für ein Pech, verschwindet der Commendatore Iezzi spurlos, und keiner hat je wieder von ihm gehört.«

Eine zweite Kugel geriet ins Rollen und prallte an der Bande ab.

»Obwohl sie keinerlei Beweise hatten, habe ich zwölf Jahre kassiert. Und mehr als die Hälfte davon abgesessen. Die anderen haben sie mir auf Bewährung erlassen. Aber wir alle hier im Raum kennen die Wahrheit. Und die Wahrheit ist, dass ich niemals den Befehl gegeben habe, die Sanzanis kaltzumachen.« Er ließ eine erdrückend lange Pause folgen. »Also hat jemand anderes das Geld des Commendatore genommen. Jemand anderes hat den Befehl gegeben. Jemand anderes hat mir die Schuld an den Morden in die Schuhe geschoben. Jemand anderes hätte diese zwölf Jahre an meiner Stelle kriegen müssen.« Er drehte sich vom Billardtisch weg. »Erinnert ihr euch nicht mehr?« Dann machte er eine Runde um den Tisch bis zu Gorelli. »Nun, seit einem Monat bin ich draußen. In diesem einen Monat habe ich ein bisschen herumgefragt, meine Lieben. Bemerkungen, die zu weiteren Bemerkungen führen. Namen, die zu weiteren Namen führen. Wer hat hinter meinem Rücken gehandelt? Ich bin nach Norden gefahren. Obwohl ich riskierte, verhaftet zu werden, bin ich bis nach Deutschland gekommen. Schönes Land, dieses Deutschland, nicht wahr?«

Gorellis rechtes Ohr zitterte.

Der Mexikaner taxierte die anderen. Nein, die wussten gar

nichts. Die fielen aus allen Wolken. Sie waren von einem Boss zum nächsten gewechselt, ohne dass sie Zeit gehabt hätten, etwas zu begreifen.
Wieder fixierte er Giuliano Gorelli. »Da oben habe ich mich ein bisschen mit einem Typen unterhalten. Der war schlau genug, zu kapieren, dass er mir, ob er will oder nicht, die ganze Geschichte erzählen musste. Also hat er sich nicht lange bitten lassen. Ich bin sieben Jahre älter geworden ...«, plötzlich donnerte er: »ABER ICH BIN IMMER NOCH DER, DER ICH WAR!«
Keiner rührte sich, am wenigsten Gorelli. Der Schrei des Mexikaners hatte ihm das Trommelfell zerrissen und ihn um den letzten Rest Mut gebracht, der ihm noch geblieben war.
Sebastiano Ardenti ging zurück in Richtung Tür, damit alle ihn noch einmal in vollem Licht sehen konnten. Er warf einen verächtlichen Blick auf die, die einmal seine Männer gewesen waren. In den vergangenen Jahren hatte er im Gefängnis gesessen, während Gorelli, Muschio und die anderen weiter munter durch die Gegend geflitzt waren. Doch diese sieben Jahre Kleinkriminalität und in die Venen geschossene Drogen schienen sich unter und auf die Haut eines jeden gebrannt zu haben und hatten sie gealtert, fett und faul zurückgelassen. Er dagegen war noch immer genauso wie in den alten Zeiten. Noch immer jung. Noch immer schön. Noch immer von dieser Aura unangreifbarer Macht umgeben.
»Ich habe eine Erklärung, unterschrieben von diesem Typen, mit dem ich in Deutschland gesprochen habe. Er gibt zu, dass er den Befehl hatte, die Bremsen am Auto der Sanzanis zu manipulieren. Vor allem aber nennt er den Namen seines Auftraggebers. Die Erklärung befindet sich in den Händen von vertrauenswürdigen Leuten. Wenn mir etwas zustoßen sollte, und sei es nur eine Erkältung, oder wenn dem Typ in Deutschland was passiert, landet dieses Dokument bei den Ermittlungsbehörden.« Er durchbohrte Go-

relli mit einem kalten Blick. »Und der unter euch, der mir sieben Jahre meines Lebens genommen hat, wird seines im Gefängnis beenden, ein paar Zuchthäuser kennenlernen und viel Zeit in Gesellschaft wirklich interessanter Leute verbringen ...«

Ganz langsam dämmerte es den Untergebenen. Einer nach dem anderen, sogar Muschio, blickten sie schockiert auf den Boss, der stocksteif am Billardtisch stand.

Der Mexikaner kam zum Punkt. »Will dieser Mensch, dieser Verräter, diese Schlange, dass die Gerechtigkeit ihren Lauf nimmt, oder zieht er es vor, sich auf einen Kompromiss einzulassen, der ihm erlaubt, sagen wir ...«, er grinste, »sein Gesicht zu wahren?« Dann wiederholte er fast sanft: »Will er das?«

Innerlich knurrte Gorelli wie ein Hund an der Kette. »Was schlägt er denn vor, der Mexikaner? Wir hören! Was will er haben für sein Angebot?«

»Zeit! Jahre! Die, die ich verloren habe, die mir gestohlen wurden.« In seiner Stimme war mehr Bitterkeit als Zorn. »Ich will meine Vergangenheit zurückhaben. Meine Stellung ...«

»Du hast gesessen, Mexikaner. Und wer das nicht wusste, wird es bald erfahren.« Gorelli schien wieder ein wenig Mut zu fassen. »Außerdem ... vor Jahren hast du mal eine gute Figur abgegeben, stimmt. Aber jetzt bist du aus der Mode gekommen.«

Die Züge des Mexikaners verhärteten sich, als er diese Worte kassierte.

Er machte drei Schritte, riss Spataro den Queue aus der Hand und schlug damit auf den Tisch, so dass er in zwei Teile zerbrach.

»Ich bin der Mexikaner!«, flüsterte er, und dabei strich er mit dem zersplitterten Ende des Queues über Gorellis Kehle. »Und ich bin zurück!« Er warf den Stock auf das Tuch und verschwand in dem Dunkel, aus dem er gekommen war, während die nummerierten Kugeln gegeneinanderstießen.

Gorilla war kurz vorm Einschlafen, als sich die Tür zu seinem Zimmer öffnete.
Schon wieder, dachte er. Er stützte sich auf die Ellenbogen. Im Halbschlaf, den er Annarita Cummino gewidmet hatte, hatte er seinen Bruder nicht nach Hause kommen gehört. Der machte das Licht an und stand vor ihm.
Giuliano sah angespannt aus, seine Pupillen waren geweitet. Er zog ein Päckchen aus der Tasche und warf es dem Bruder aufs Bett. »Das bringst du morgen du weißt schon wem. Lass dich von niemandem beobachten, sonst hänge ich dich am Kirchturm auf.«
Gorilla konnte nicht rechtzeitig antworten.
»Und lass dir nicht noch mal einfallen, die Leute von meiner Bande wütend zu machen, untersteh dich, die Mutter von einem von denen zu beleidigen. Wenn du das noch mal machst, bringe ich dich eigenhändig um.« Er schwitzte stärker als sonst.
Dann machte er das Licht aus.
Gorilla spitzte die Ohren. Giuliano ging wieder raus, die Haustür hinter sich zuschlagend.
Er seufzte. Schob das Päckchen unter die Matratze. Vom Turm der Kirche von Roccella schlug es zwölf, als er in Gedanken zu Annarita zurückkehrte.

3

FREITAG, 23. MAI

In der Schule wurde am nächsten Tag von nichts anderem als dem Mexikaner gesprochen. Wie er plötzlich wiederaufgetaucht war, was er mit Valentina Cummino gemacht hatte und wie wenig Mut diejenigen bewiesen hatten, die bei ihr waren.

Beim Appell in der üblichen Schulhofecke, bevor die Glocke schellte, fehlte nur Gorilla, der krank gespielt hatte, um auf die Waffenlieferung zu warten. Am Abend zuvor hatte Corda das Geld gebracht und Billo in einer Socke versteckt überreicht. Und Billo hatte sie am Morgen seinem Kumpan mit der Ermahnung überlassen: »Aber hau nicht ab mit dem ganzen Schotter!«

»Weggehen werde ich. Aber mit anderem Geld«, hatte Gorilla augenzwinkernd geantwortet.

»Und du hast bloß zugeguckt, ohne was zu tun?«, fragte Billo jetzt Lonica. Das hatte er gestern, als sie ihm die Geschichte erzählt hatten, nicht richtig verstanden. Alle wussten nämlich, dass zwischen dem kleinen Lonica und der weniger ansehnlichen der Schwestern Cummino was lief, auch wenn keiner genau wusste, was. Cecconi hatte mal gesagt, dass die beiden seiner Meinung nach gut zusammenpassten. »Aber diese Arschgeige ist ja zu blöd für so was, denkt bloß ans Boxen!« Sein Ton war abschätzig und neidisch zugleich.

Lonica hatte in der Nacht kein Auge zugetan, der zweite Chemo-Zyklus seines Vaters hatte verheerende Nebenwirkungen. Andauernd stand er auf, um ins Bad zu rennen und zu kotzen. Außerdem musste Lonica an die Sache Gorelli-Bordignon denken. Und an die Blamage im Ring gestern. Valentina hatte ihm zugeschaut und musste ihn jetzt verachten. Seine Augenlider waren schwer, jedes Wort der Freunde schien gedämpft, wie aus einem anderen Raum bei ihm anzukommen.

Darum brauchte er eine Weile, um zu verstehen, was Billo von ihm wollte.

»Immerhin war nicht nur ich dabei!«, entgegnete er endlich.

»Stimmt«, bemerkte Fostelli. »Wir haben alle Schuld in solchen Augenblicken.«

Während er das sagte, tauchte Valentina Cummino hinter seinem Rücken auf. »Kompliment für das große Match gestern, Giusè!«, sagte sie mit einer Spur Bosheit in der Stimme.

»Was für'n Match?«, fragte Cecconi. Auch er war nicht in Bestform, am frühen Morgen hatte er seine fiebernde Mutter auf dem Großmarkt vertreten und sich von seinem Vater Ohrfeigen für alles eingefangen, was er sagte und tat. Mama hat recht, hatte er beschlossen, während er die Kisten auf den Pritschenwagen lud. Er musste sich mehr um die Schule kümmern. Dieses Leben hier wollte er nicht führen! Doch gleich war ihm das Gesicht von Ayroldi eingefallen, sein wölfisches Grinsen.

Valentina erzählte vom Kampf zwischen Lonica und Toscani, ohne ein einziges Detail auszulassen. »... und am Ende ist er auf die Matte gegangen«, schloss sie, einen bösen Blick auf Lonica werfend. »Wie ein Sandsack!«

Die Freunde des Boxers lachten.

»Ich wurde abgelenkt!«, versuchte er, sich zu retten. Im Grunde war das die Wahrheit.

»Ts!«, machte Ranacci. »Was für eine Lusche von Boxer bist du denn, wenn du im Ring ans Blümchenpflücken denkst, statt auf deinen Gegner zu achten!?«

Die Gruppe aus der Dritten kam an ihnen vorbei, in der Mitte Annarita. Von den Fragen und faszinierten Blicken der Schüler bestürmt, erzählte auch sie vom Mexikaner.

»Schon gut, ich muss eben mehr trainieren«, beendete Lonica das Gespräch und verließ die Gruppe.

Cecconi zischte ihm verächtlich hinterher. Ranacci wurde ernst und schob die Murmel, in der das Gesicht des Rennfahrers Saronni abgebildet war, von einer Backe in die andere. Er hatte erwartet, dass Lonica sich beleidigt rechtfertigen würde, so war es gar nicht lustig gewesen, ihn zu verarschen. Fostelli dagegen war betroffen und wusste nicht, was er tun sollte.

Nur Billo rief ihm hinterher: »He, Lonì, wir wollten doch nur hören, wie es war!«

Doch der drehte sich nicht um, mit gesenktem Kopf ging er vor den Jungen aus der Dritten auf den Eingang der Schule zu. Valentina machte einen Schritt in seine Richtung, dann kniff sie die Lippen zusammen und blieb abrupt stehen.

Cecconi lachte noch immer, zusammen mit Corda, der Ellenbogenstöße vom Neapolitaner bekam. Doch plötzlich blieb Corda das Lachen im Hals stecken, und seine Augen, die auf etwas hinter Cecconi blickten, waren von Angst verschleiert.

Cecconi drehte sich um. Weniger als einen Meter entfernt, hinter dem halb offenen Tor zum Schulhof, standen Ugo Spataro und Antonio Jovine und starrten ihn an.

»Aufgepasst!«, rief Fostelli.

Der Neapolitaner wich zur Seite aus, doch er kam nicht schnell genug vom Gitter weg. Spataro steckte den Arm durch die Eisenstäbe und packte ihn an den Haaren. Cecconi brüllte sich die Angst aus dem Leib.

Alles, was sich auf dem Schulhof bewegte, blieb stehen. Alle beobachteten die Szene oder wiesen andere darauf hin.

Spataro zog Cecconis Kopf so grob zu sich heran, dass er gegen das Gitter schlug. Das eigenartige metallische Geräusch des Aufpralls wurde nur halb vom Schrei des Jungen übertönt.

»Hiiiiilfe!«

»Du verfickter kleiner Wichser!«, brüllte Spataro. Mit der anderen Hand packte er Cecconi am Hals. »Ich könnte dir

deinen beschissenen Kopf mit einem Ruck abtrennen, weißt du?«
Jovine lehnte am Tor, ein Auge auf das, was sein Cousin tat, mit dem anderen kontrollierte er den Schulhof.
Corda, der Einzige, in den wieder Leben kam, rannte zur Gruppe aus der Dritten und versteckte sich dahinter.
Spataro hielt Cecconi noch immer am Hals und an den Haaren fest und zog an seinem Kopf, als wollte er ihn durch die Stäbe quetschen.
»Auuu!« Das Gesicht des Jungen wurde immer fester gegen die rostfleckigen Gitterstäbe gepresst.
Es war Billo, der etwas tat.
Er machte einen Sprung nach vorn, klammerte sich an den rechten Arm von Spataro und biss ihm ins Handgelenk.
Spataro brüllte wie noch nie in seinem Leben und ließ Cecconi los, der zu Boden fiel. Mit dem anderen Arm versuchte er, Billo abzuschütteln, zerrte an ihm und hob die Faust, um ihm auf den Kopf zu schlagen, doch Billo wich dem Schlag aus, löste seine Zähne aus dem Fleisch des Schurken und warf sich zur Seite.
Jovine, der bis zu diesem Moment vor Erstaunen wie gelähmt gewesen war, schoss los, um einzuschreiten.
Billo wäre nicht entkommen, wenn Ranacci nicht einen Fuß gerade hoch genug gehoben hätte: Jovine stürzte schwer der Länge nach, mit dem Gesicht voran auf den Zement. Er brach sich nur nicht die Nase, weil er instinktiv den Kopf zur Seite gedreht hatte. Doch als er sich langsam erhob, betastete er sein Gesicht mit den Fingerspitzen und sah, dass sie voller Blut waren.
Eine Salve spitzer weiblicher Schreie ertönte.
Jovines Augen waren vor besinnungsloser Wut weit aufgerissen, sein Blick kreuzte den von Ranacci. Billo hatte sich aufgerappelt und stellte sich neben seinen Kameraden.
Ranacci spuckte die Murmel mit Saronni auf den Boden, um sich selbst und allen Zuschauern zu zeigen, dass er keine Angst hatte. Den Mythos vom Mut hatte er mit der Mut-

termilch eingesogen. Ein armer Schlucker, aber Sohn eines Gewerkschaftlers mit Eiern.
Spataro hatte unterdessen die Arme aus dem Gitter gezogen und war auf den Schulhof gekommen.
Billo und Ranacci drückten sich eng aneinander.
Die beiden Verbrecher waren riesige Ungeheuer. Die Jungen zwei dürre Zweige, die darauf warteten, zerbrochen zu werden. Fostelli hatte nicht mal den Mut zu beten.
Während Jovine von der einen und Spataro von der anderen Seite auf Billo und Ranacci zukamen, erschütterte plötzlich ein donnernder Schrei die Szene.
»Stehenbleiben!«
Die beiden Berserker blieben stehen. Sie hatten die Stimme sofort erkannt.
Der Mexikaner kam in den Hof.
»He, Mexika...«, stammelte Spataro, trotz seiner Wut nicht besonders überzeugt, »das hier sind Sachen, die dich nichts angehen.«
»Ab jetzt geht mich alles was an!«
»Heilige Madonna, hilf mir ...«, krächzte Cecconi, die Hände am Hals.
Billo und Ranacci hörten ihn nicht einmal.
Sie hatten den Mexikaner noch nie persönlich gesehen. Aber nach diesem Mal würden sie ihn nicht mehr vergessen.
Da läutete die Schulglocke.

Die glaubwürdigste unter den zahlreichen Legenden über den Ursprung dieses Namens war jene, die den Ermittlern von Vito Camerale erzählt wurde, einem kleinen Dealer aus Cuorbene, der vor langer Zeit indirekt für den Mexikaner gearbeitet hatte.
»Ich hab die Geschichte bloß von anderen gehört, ich war nicht dabei«, hatte er während des Verhörs gesagt. Später wurde berichtet, dass er gezittert habe und man panische Angst in seinen Augen las.

Sebastiano Ardenti muss damals ungefähr zehn Jahre alt gewesen sein, ein Kind, das nicht mehr und nicht weniger schrecklich war als andere Kinder, als er und ein Grüppchen Spielkameraden eines Morgens die Schule schwänzten und auf die Kornfelder vor dem Dorf spielen gingen. Einige hatten vor kurzem einen Film gesehen ... darum spielten sie den amerikanischen Bürgerkrieg. Nordstaatler gegen Südstaatler, die Blauen gegen die Grauen. Alle wollten bei den Guten mitspielen, denen, von denen man wusste, dass sie gewonnen hatten. Aber wer machte dann die Bösen? Sie beschlossen, abzuzählen. Eine Hälfte würde die Soldaten der Nordstaaten, die andere die der Südstaaten spielen. Doch ihre Anzahl war ungerade. Und als Letzter blieb Sebastiano Ardenti übrig.
Noscita, der Anführer der Nordstaatler, sagte: »Er ist als Letzter abgezählt worden, darum spielt er nicht mit, sonst sind wir ungleich.« Er ging zu Sebastiano und schubste ihn. »Hast du kapiert? Du musst gehen.« Der andere reagierte nicht, was Noscita noch nervöser machte. Denn er konnte Sebastiano Ardenti nicht ausstehen. Es war ein glühender, unschuldiger Hass, wie nur Kinder ihn verspüren können. Doch vielleicht war da noch etwas. Denn Noscita, der Sohn des Wurstwarenhändlers, war hässlich, und jedes Mal, wenn er diese wasserhellen Augen und dieses spöttische Lächeln sah, versetzte es ihm einen Stich. Schon jetzt liefen die Mädchen Sebastiano hinterher. Die anderen, die auch neidisch waren, beeilten sich, Noscita beizustehen. Einschließlich Gorelli: »Ja, hau ab. Hier ist kein Platz.«
Sebastiano Ardenti sagte nur: »Ich bleibe. Und ich kämpfe allein.«
Sie lachten ihn aus. »Wenn du weder Nordstaatler noch Südstaatler bist, was kannst du dann sein?«, fragte Gorelli.
Noscita sagte, nur einen Zentimeter von seiner Nase entfernt: »Einer wie du kann nur ein Indianer sein, denn die Indianer haben sie alle umgebracht!« Und wieder Gelächter.
Sebastiano Ardenti dachte nach und antwortete: »Nein, ein Indianer nicht. Aber Amerika ist dicht dran an Mexiko, und dahin reißen alle Soldaten aus, die Schiss haben ... Darum spiele ich den Mexikaner. Ich lebe in der Wüste. So bringe ich euch alle an der Grenze um, einen nach dem anderen.«

»Der, der damals dabei war«, erzählte Vito Camerale, »hat mir gesagt, dass der Mexikaner sprach, ohne das Gesicht zu verziehen, und seine Stimme war härter als diese Gitterstäbe.«

Bisher hatte keiner den Mexikaner gefürchtet, sie beneideten ihn, aber richtig fürchten, nein. Doch als er sich diese Rolle im Krieg ausgesucht hatte, als er das mit der Grenze gesagt hatte – dass er sie alle einen nach dem anderen umbringen würde –, gefror ihnen das Blut in den Adern. Als hätte er sie alle zusammen auf einer einzigen kalten Klinge aufgespießt.

Dann verteilten sie sich für das Spiel. Das Korn war grün und stand hoch. Wenn einer von der Hand eines Feindes berührt wurde, musste er sagen: »Ich bin Nordstaatler, und ich bin tot«, und umfallen.

Sie spielten ein, zwei Stunden, und von Zeit zu Zeit erhob sich aus einer Ecke des Feldes eine traurige Stimme: »Ich bin Nordstaatler, und ich bin tot«. Oder: »Ich bin Südstaatler, und ich bin tot.« Die, die tot waren, setzten sich unter einen Baum. Den größten Teil von ihnen hatte der Mexikaner getötet. Nach fast vier Stunden waren sie nur noch zu dritt im Korn.

Zwei Nordstaatler. Und der Mexikaner.

Noscita und Gorelli. Gegen den Mexikaner.

Nach einer Weile ertönte ein Schrei: »Ich bin Nordstaatler, und ich bin tot.« Sie sahen Gorelli zwischen den Halmen auftauchen. Er hatte sich in die Hose gemacht und zitterte. »Er hat mich von hinten gepackt«, sagte er weinend. Die anderen schwiegen. Endlich die nächste Stimme aus dem Korn. Es war die von Sebastiano Ardenti. Juhu, dachten alle, Noscita hat ihn getötet! Aber die Stimme sagte: »Gerade habe ich den Letzten von euch umgebracht. Ich bin kein Nordstaatler und kein Südstaatler. Ich bin der Mexikaner, und ich bin der Einzige, der noch lebt!«

Noscita fanden sie weit weg, mit Eisendraht an einen Baum gefesselt. Er hatte weder Kratzer noch Schnitte. Nur einen Ausdruck des Entsetzens in den Augen, der nie mehr daraus wich. Im verzweifelten Bemühen, sich zu befreien, war er zu Boden gerutscht, während seine Arme, in den Fesseln des Drahts gefangen, an dem

knotigen Baumstamm hängen geblieben waren und ihm beide Handgelenke gebrochen hatten.
Jetzt war Noscita erwachsen und lebte in Bari, wo er Wurstwaren verkaufte wie sein Vater. An kalten Tagen konnte er nicht mal die Fensterläden schließen, ohne dass die Handgelenke höllisch schmerzten. So hatte Sebastiano Ardenti ihn an dem Tag zugerichtet, an dem er der Mexikaner geworden war. Er war nur zehn Jahre alt.
Danach hielt ihn nichts mehr auf.

Alle staunten über den Mut, den Billo und Ranacci bewiesen hatten. Während der Pause kamen Mitschüler an, um sich zu überzeugen, dass sie wirklich noch am Leben waren. Sogar eine der Schönheitsköniginnen, Tiziana Pesce, sagte zu Ranacci: »Ihr habt ne ganz schöne Traute gehabt!«, und berührte ihn am Arm.
In einer ruhigen Ecke in der Vorhalle nahmen sich die beiden Helden gegenseitig in Augenschein. Der Einzige, der wirklich Blessuren davongetragen hatte, war Cecconi, der eine Schürfwunde an der Stirn hatte und gebetsmühlenartig wiederholte: »Manno, tut mir der Kopf weh!« Er hatte sich noch nicht ganz von dem Schock erholt. Ständig blickte er in Richtung Treppe, als erwartete er die Rückkehr der Cousins, und hielt einen Fuß bereit für die Flucht ins Lehrerzimmer.
»Mach dir keine Sorgen«, sagte Billo abwesend, »ich ... wir sind doch hier, um dich zu beschützen.«
Ranacci schüttelte den Kopf, aber auch er genoss diesen Moment des Ruhms.
»Ich glaube, der Mexikaner hat sie erst einmal kaltgestellt ...«, sagte Fostelli.
»Vielleicht hat er sie sogar kaltgemacht und in Stücke geschnitten«, schlug Corda vor, mit Zeige- und Mittelfinger die Luft durchschneidend.
Einer aus der Dritten schlug Billo auf die Schulter. »Kompliment für die Eier!«, sagte er, sah ihn bewundernd an und kehrte zu seiner Gruppe zurück.

Lonica, der vor den anderen in die Schule hineingegangen war und nichts gesehen hatte, stand stumm ein wenig abseits. Er spähte in die Ecke, wo Valentina während der Pause meistens stand, und fand ihre Augen auf sich gerichtet. Aber ihm blieb keine Zeit zu reagieren, denn kaum hatten sich ihre Blicke gekreuzt, wandte sie sich ruckartig ab, um mit ihren Freundinnen zu sprechen. Auch Valentina schien ihn auszuschließen, sogar aus ihrem Mitleid. Lonica fühlte sich überall an den Rand gedrängt.

Als die Glocke schellte, griff Billo nach Ranaccis Arm, bevor er wieder in seine Klasse ging. »Danke«, sagte er, ohne ihn anzusehen.

»Hätte ich für jeden getan«, sagte Ranacci, um ihn herabzusetzen.

Arschloch, dachte Billo.

Idiot, dachte der andere.

In diesem Moment imitierte Gorilla gerade die Unterschrift seines Vaters im Absenzenheft. Inzwischen war er perfekt darin. Früher hatten ihm die beiden L von Gorelli, die in einer unmöglichen Verklammerung geschrieben wurden, ziemliche Schwierigkeiten gemacht. Dann hatte er begriffen, dass sein Vater alle Doppelbuchstaben miteinander kreuzte, so dass sie eine Art X ergaben, und alles war einfacher geworden. In die Spalte »Grund der Abwesenheit« schrieb er das Übliche, unangreifbare »Familiäre Gründe«. Dann klappte er das Heft zu und warf den hundertsten Blick auf das Paket, das am Morgen von einem total genervten Boten geliefert worden war.

Auch auf dem Nachnahmeformular hatte er eine Unterschrift gefälscht, die seines Bruders, und dann hatte er das riesige Paket, das viel schwerer war, als man dachte, in die Wohnung hereingezogen.

Drinnen hatte er sich mit Feuereifer darangemacht, Schnüre und Plastikstreifen zu zerschneiden.

Das Erste, was er aus dem Paket geholt hatte, war keine

Waffe gewesen, sondern ein kleines braunes Etui mit der Aufschrift: »Röntgenbrille«. Er hatte das Etui aufgeklappt und eine Brille à la John Lennon in der Hand gehabt, allerdings aus Plastik und mit dunklen Gläsern. Ganz anders als die, die er vor etwa zehn Tagen mit Billo in der Zeitschrift gesehen hatte. Ja, denn außer Spielzeugwaffen lieferte der geheimnisvolle österreichische Versandhandel Von Schlauss die gesamte Ausrüstung des »Perfekten Geheimagenten«: einen unsichtbar machenden Regenmantel, den die beiden wegen der Übergröße nicht bestellt hatten; eine Lupe, Modell Sherlock Holmes, von der sie nicht annahmen, dass sie in irgendeiner Weise ihren Zwecken dienen konnte, und die sowieso in jedem beliebigen Optikergeschäft erhältlich war; und schließlich die Röntgenbrille, die sogar zwei Funktionen hatte. Die erste, den Männern unter die Kleidung zu sehen, um zu überprüfen, ob sie bewaffnet waren. Die zweite, den Frauen unter die Kleider zu sehen, um zu überprüfen, wie sie bewaffnet waren. Wörtliches Zitat aus der Anzeige: »Eine Brille, die gestattet, unterhalb der Kleidung von einigen anderen zu sehen, zur Prüfung, ob einige andere tragen Waffen an sich, oder auch die erotische Möglichkeit, zu sehen unter Kleidung den Körper von Frau wie Mutter Natur geschaffen.«

»Die brauchen wir!«, hatte Billo gerufen. »Um zu sehen, ob ... jemand Pistolen trägt!«

»Genau, dann können sie uns nicht reinlegen!«, pflichtete Gorilla eilig bei.

Darum war das Erste, was er tat, mit der Brille auf den Balkon zu rennen, um auf die Straße zu gucken. Bei dieser Hitze würde es für die Röntgenstrahlen noch leichter sein, durch die Kleider zu dringen, denn die Mädchen, Mütter und Haushaltsgehilfinnen von Roccella liefen in diesen Tagen alle leichtbekleidet herum, wie er schon mehrmals erregt hatte feststellen können.

Er blickte auf die Straße vor dem Haus, den Corso, an dem auf einer Seite große Wohnhäuser und auf der anderen kleine Läden lagen. Er entdeckte eine junge Frau um die zwanzig, die mit einem kleinen Rucksack spazieren ging. Vielleicht die Tochter von Dottore Marrese. Ja, sie war es, Cinzia Marrese. Nicht gerade das schönste Mädchen von Roccella, ein bisschen bucklig und der Gang schlurfend ... doch nach dem, was alle sagten, war sie mit »ansehnlichen Titten ausgestattet«.

Schwitzend vor Erregung setzte Gorilla die Brille auf. Endlich würde er in aller Ruhe einen Blick auf diese ansehnliche Ausstattung werfen können.

Was er ohne Brille gesehen hatte – die den Rucksack schwingende, leicht verschwitzt wirkende junge Frau in eng anliegendem T-Shirt und Jeans – änderte nur die Farbe. Dasselbe Bild, doch von den Brillengläsern verdunkelt. Als wäre das eine stinknormale Brille, überdies von primitiver Machart, und sie kniff sogar ein bisschen in die Nase.

Gorilla wartete, damit die Röntgenstrahlen das Bild besser fokussierten und ihr Werk taten. Doch Cinzia Marrese wurde in den folgenden zwei Minuten von keinem einzigen Röntgenstrahl entkleidet. Das T-Shirt blieb an seinem Platz, ebenso die Jeans.

Gorilla nahm sich die Brille ab und prüfte, ob sie heil war, keinen Kratzer oder Schadstellen hatte. Sie schien in Ordnung zu sein. Er setzte sie wieder auf. Cinzia bog gerade um die Ecke, immer noch angezogen ...

»Scheiße, ich glaub, diese Brille ist Beschiss«, murmelte der Junge tief enttäuscht.

Er ging in die Wohnung zurück, warf den Schwindel auf den Tisch und betete insgeheim, dass wenigstens die Pistolen keine bösen Überraschungen bargen.

Er zog die kleineren Pakete aus der Riesenschachtel, dann machte er sich verärgert und misstrauisch daran, sie zu öffnen. Die beiden längsten, schmalen Pakete mussten die mit den Gewehren sein. Als er wütend die Pappe abriss, fielen aus der seitlichen Öffnung der Kolben eines Gewehrs und ein langer Lauf auf das Sofa. Sie glänzten und rochen

gut, und, was noch wichtiger war, sie waren aus einem sehr harten und gut verarbeiteten Plastik. Er hob den Lauf hoch und bewunderte ihn im Licht. Wirklich nicht übel.
Den Zeichnungen über der Bastelanleitung in einer unbekannten Sprache folgend, begann er, das Gewehr zusammenzusetzen, und je mehr fein gearbeitete Stücke er zusammensetzte, desto breiter wurde das Lächeln auf seinem Gesicht.

Um viertel nach eins läutete es an der Tür, wie vereinbart. Nachdem er sich durch den Spion vergewissert hatte, dass es wirklich Billo war, hob Gorilla die Pistole in seiner rechten Hand, entriegelte mit der Linken die Tür, riss sie auf und ging in die Knie, die Waffe auf Billo gerichtet.
Der kreuzte instinktiv die Arme vor dem Gesicht.
»Peng! Peng! Peng!«, schrie Gorilla.
Billo auf der Fußmatte ließ die Arme sinken. »Bist du bescheuert, blöder Wichser!«, rief er aus, doch schon während er die Tür schloss, fiel er in Gorillas Gelächter ein. Er beugte sich über Gorilla, nahm ihm die Pistole aus der Hand und betrachtete sie. Er prüfte den Griff, der für ihre Hände zu groß war, und strich wie mit einer Liebkosung über den Lauf. »Wahnsinn, die sieht ja aus wie die von Charles Bronson!« Dann zielte er auf die Wand und drückte auf den Abzug. Das Trommelmagazin drehte sich, und die Pistole gab das gleiche metallische, frustrierte Klicken von sich wie ungeladene Pistolen im Kino.
»Ist alles vollzählig?«, fragte er.
Gorilla packte ihn am Ellenbogen und führte ihn ins Esszimmer.
Akkurat aufgereiht und glänzend im Licht, das durch die Balkontür fiel, lagen die anderen vier Pistolen auf dem Tisch. Auf einem Stuhl die beiden Gewehre.
»Waren nicht mal schwer zu montieren! Hab ich im Handumdrehen geschafft!«

Billo stand da wie früher als kleiner Junge, wenn er die Pakete unter dem Weihnachtsbaum anstaunte.
Die Waffen. Die Waffen für den Bankraub waren perfekt!
»Und die Brille?« Auch an der lag ihm viel.
Gorilla reichte sie ihm. »Eine Verarschung.«
»Och, neee ...« Er griff danach, aber lustlos.
»Ich hab sie schon ausprobiert. Das ist bloß eine nutzlose dunkle Brille.«
Billo rannte auf den Balkon und setzte die Brille auf. Er fluchte ein paar Mal derb. Von draußen sagte er: »Vielleicht hängt es von der Sonne ab, vom Licht, wer weiß das schon?«
»Die funktioniert nicht und basta.«
Billo kam wieder herein. »Fuck!« Er warf die Brille gegen die Wand, dann stürzte er sich auf die Waffen.
In den nächsten Minuten taten sie nichts anderes als Pistolen und Gewehre ausprobieren, die sie miteinander tauschten oder einander aus den Händen rissen, um sich mit verträumter Miene als Bankräuber, Soldaten, Polizisten, Cowboys oder sogar junge Selbstmörder zu fühlen.
»Pass auf, ich mach dir De Niro!«, rief Billo. Er steckte sich die Pistole in die Hose, zog das T-Shirt darüber und ging zum Spiegel im Flur. Grinsend beobachtete Gorilla, wie Billo zu seinem Spiegelbild sagte: »Meinst du etwa mich? Meinst du mich? He, hier bin nur ich! Was glaubst du wohl, mit wem du redest? Ja, ja, okay ...«, dann verfinsterte sich seine Miene, er zog die Pistole hervor und zielte auf sein Spiegelbild. »Hm, ich erinnere mich nicht mehr, was er dann sagt. Was sagt er?«, fragte er den Freund, der ihm vom Sessel aus zusah, das Gewehr auf den Knien.
»Wer zum Henker erinnert sich daran?«
»Ach ja ...«, sagte Billo, die Pistole immer noch auf sein Gesicht im Spiegel gerichtet. »Was glaubst du wohl, mit wem du redest, hä? Was glaubst du wohl ...«
»Schrei nicht so, Blödmann.«
Billo zielte mit der Pistole auf ihn. »Scheiße, was hast du da

gesagt, Gorilla, du verfickte Arschgeige? Was, hey?«
Gorilla stand auf und zischte mit zusammengebissenen Zähnen: »Wenn ein Mann mit Pistole einem Mann mit Gewehr begegnet, ist der Mann mit der Pistole ein toter Mann!«
Dann begannen sie, aufeinander zu schießen. Manchmal starb Billo, indem er erstarrte und sich, die Hand aufs Herz gedrückt, fallen ließ. Manchmal warf sich der andere rücklings auf den Fußboden und verschied unter schrecklichen Krämpfen, Friede seiner Asche.
Lachend verstauten sie die Waffen schließlich unter Gorillas Bett. Als sie wieder aufstanden, fragte der: »Nun, wie ist es heute in der Schule gelaufen?«
Billo schlug sich mit der Hand gegen die Stirn. »Mensch, das hätte ich ja fast vergessen! Der totale Wahnsinn ist passiert, Gorì!« Und er erzählte alles haarklein, wobei er seine Rolle hervorhob und Ranaccis herunterspielte, während ein zunehmend verblüffter Gorilla ihn immer wieder an den Schultern packte: »Neee, echt jetzt oder ist das Scheiß? Und das erzählst du mir einfach so?« Als er erkannte, dass der andere nicht log, ja, die Geschichte sogar damit endete, dass Ranacci und er Cecconi, »der sich in die Hosen gemacht hatte«, nach der Schule bis vor die Haustür hatten begleiten müssen, einer Augen links, der andere rechts, und er oder Ranacci abwechselnd vorlaufen mussten, um zu überprüfen, wer oder was hinter der nächsten Ecke lauerte, ob Spataro oder Jovine, der Mexikaner oder ein verdächtiges Auto, da rief Gorelli wie von Sinnen: »Verdammter Mist! Ein einziges Mal geh ich nicht zur Schule und dann passiert so was!«
»Tja, was will man da machen ... Sei auf jeden Fall vorsichtig, denn Spataro hat's auf euch abgesehen!«
»Hm ... und der Mexikaner? War der sauer?«
Billo nickte. »Stinksauer. Aber wenn ich nicht dazwischengegangen wäre, hätten die Cecconi kaltgemacht!«
Einen Augenblick lang stellten sie sich Cecconi tot in einer

Blutlache liegend vor, mit heraushängender Zunge, die Augen zum letzten Ausdruck des Entsetzens in seinem kurzen Leben aufgerissen. Und sie lachten schallend.
»Okay«, sagte Billo, auf die Tür zugehend.
»Warte!«, hielt Gorilla ihn zurück. »Ich muss dir auch eine Wahnsinnsgeschichte erzählen, Billo!«
Er berichtete vom nächtlichen Besuch seines Bruders Giuliano und dass er gleich danach wieder weggegangen und bis jetzt noch nicht zurückgekommen war.
»Meine Fresse«, sagte Billo. »Das bedeutet, dass der Mexikaner sie aus Roccella vertrieben hat!«
»Dass er zurückgekommen ist, um wieder die Macht zu übernehmen!«
»Dass wir von jetzt an bis zum Tod unter der Herrschaft des Mexikaners leben!«
»Dass mein Bruder vielleicht stirbt oder jedenfalls hier keinen Fuß mehr reinsetzt!«
Sie waren erschrocken und fröhlich, eher fröhlich als erschrocken.
»Und der Marathonlauf?«, fragte Gorilla.
»Heute um drei. Wer nicht antritt, kriegt Speckbacke.«
»Cecconi?«
»Hat gesagt, dass er kommt.« Er imitierte Cecconis Neapolitanisch: »Das fehlte grad noch, dass er Speckbacke abkriegt bei dem ganzen Pech, was er sowieso schon hat!«
Gorilla lachte. Billo öffnete die Tür: »Ich geh nach Hause, staube ein paar Kippen bei meiner Großmutter ab, und dann sehen wir uns!«
Darauf verschwand er.

Als es drei Uhr nachmittags schlug, waren noch nicht alle sieben versammelt.
Plötzlich tauchte Cecconi am Ende der Piazza auf.
»Was zum Henker macht der da?«, fragte Gorilla.
Cecconi bewegte sich mit Unterbrechungen vorwärts, spähte immer wieder nach allen Seiten wie ein gehetztes Tier

und lief, statt direkt auf sie zuzukommen, bis zur Straßenecke am Ende der Piazza, hockte sich einen Augenblick hinter den Zeitungskiosk, um dann wieder loszulaufen und sich erneut hinter einer nicht weit entfernten Straßenlaterne zu verstecken.
»Völlig durchgeknallt«, bemerkte Billo.
Nachdem Cecconi seitlich an der Bar Gianni vorbeigeschlichen war, entschloss er sich endlich, die in der prallen Sonne liegende Piazzetta zu betreten. Einen kurzen Abschnitt legte er noch im Zickzack zurück, doch auf den letzten Metern trug er eine heitere Gelassenheit zur Schau, kam mit ruhigen Schritten und einem gequälten Lächeln näher.
Jetzt fehlte nur noch Lonica, der eine Minute später erschien.
Endlich blickten sich alle sieben schweigend an. Kurze Hosen und T-Shirt, Socken und Turnschuhe, die sie ohnehin jeden Tag und zu jedem Anlass trugen.
Billo warf einen Blick in den klaren Himmel von einem unwirklichen Blau. Die Sonne stand hoch und blendete. Obwohl keiner sprach, herrschte nicht die elektrisierende, angespannte Atmosphäre vor einem Wettkampf. Alle wirkten schon erschöpft, bevor es überhaupt losgegangen war.
»Einen Moment Aufmerksamkeit!« Unerwartet richtete Billo das Wort an die Truppe.
Alle starrten auf seinen ausgestreckten Arm und folgten der Richtung, die sein Finger in die klebrige Luft zeichnete, bis ihr Blick gegen die offene Tür der Bar Gianni prallte. Unter dem Schild der Bar schüttelte Speckbacke gerade ein Tischtuch aus. Ihre Haare standen noch wirrer als sonst vom Kopf ab, der massige Körper wogte.
Lieber eine ganze Nacht im Zimmer mit dem Lämpchen, dachte Corda.
Ranacci spuckte eine blitzsauber polierte Nuss auf den Boden, die mit einem trockenen Geräusch abprallte und auf Gorillas Fuß landete, der sie unter seiner Schuhsohle zerquetschte.

Ja, jetzt erkannte Billo seine Leute wieder.
»Habt ihr endlich wieder ein bisschen Pfeffer im Arsch?« war der Schlachtruf.
Und alle schossen los.

Nach dem, was weniger wie ein Start als eine Flucht ausgesehen hatte, wurden die sieben nach und nach langsamer. Den ersten Kilometer legten sie in gemessenem Tempo zurück, fast gehend. An der Spitze Billo, gelegentlich von Gorilla eingeholt.
Corda hielt sich konstant hinter ihnen; seine Strategie, nicht als Letzter anzukommen, bestand darin, hinter dem Stärksten oder den zwei Stärksten zu bleiben, zu beschleunigen, wenn sie beschleunigten, Atem zu holen, wenn sie Atem holten, kurzum, es ihnen so weit wie möglich nachzutun, doch ohne zu übertreiben.
Die anderen verloren abwechselnd ihre Position und gewannen sie zurück, ohne einander anzusehen, bis auf verstohlene Blicke. Es war noch zu früh, um auf den Gesichtern der Gegner die Zeichen von Erschöpfung zu erkennen, die sie ermutigt hätten, einen Überholspurt zu wagen.
Man hörte nur das Keuchen von Fostelli und Cecconi, den beiden rundlichsten Jungen.
Doch als sie die Asphaltstraße verließen und den Schotterweg einschlugen, der sich durch die Felder schlängelte, fielen Billo und Gorilla in schnelleren Laufschritt und sorgten für erste größere Unterschiede.
In dieser Gegend waren sie schon oft um die Wette gelaufen. Es war die Strecke für Traktoren, ein Weg, der am Horizont vom Himmel verschluckt wurde, kurz vorher aber abknickte und an Monteposcia vorbei zur Provinzstraße zurückführte. Ringsumher Wiesen, Äcker, Bäume, die im Sommer üppig Laub trugen und im Winter furchterregend wie mit nackten Krallen nach dem Himmel griffen. Doch jetzt, Ende Mai, waren sie voller Blätter und Früchte, Eichhörnchen wohnten in den Stämmen, Eidechsen bohrten sich in die

Rinde und tauchten frühlingsträge wieder auf, um ihr Blut in der Sonne aufzuwärmen. Der Weg war aus Sand, aber gut begehbar, vor allem dort, wo er parallel zur Provinzstraße verlief. Bloß, dass er sehr heiß war und mindestens zwei Kilometer lang keinen Schatten bot. Im Hochsommer lief man hier Gefahr, dehydriert in Ohnmacht zu fallen. Und es waren noch gut sechs Kilometer bis zum Ziel.
Die Gruppe zerfaserte. Nur Ranacci konnte mit den beiden Schrittmachern mithalten und holte sie ein, aber weniger aus Kampfgeist als um seines persönlichen Ansehens willen. Obwohl er durchaus eine leise Hoffnung auf den Sieg hegte. Billo atmete ruhig durch die Nase, sorgsam bedacht, nicht zu viel Kraft zu verlieren im Hinblick auf das morgige Spiel zwischen Roccellese und dem Tabellenzweiten, wo Melo, der Schuster, und sein Managerfreund nur für ihn auf den Rängen sitzen würden. Das und kein anderer war der wirklich entscheidende Marathon.
Gorilla dachte an die Waffen. Er fürchtete, Giuliano würde sie finden, wenn er nach Hause kam. Dann wäre die Hölle los. Hoffentlich sorgte der Mexikaner dafür, dass der Bruder ihm wenigstens bis zum Bankraub nicht auf die Eier ging. Nein, lieber bis zur Aufteilung der Beute und seiner Flucht!
Etwa zehn Meter hinter ihnen lief der zweite Teil der Gruppe. Fostelli schien trotz Gekeuche und dicker Schweißtropfen der Erfahrenste. Er hatte vorhergesehen, dass er mit den üblichen drei Schnellläufern nicht mithalten und bei den Schwächsten landen würde. Auf den Sieg setzte er nicht mal im Traum, aber er wollte in seiner Kategorie der Erste sein. Wichtig war, dass es am Ende nicht zum Spurt kam, er wusste, dass er dann keine Kraft mehr haben würde. Er musste den Kampf auf Vorsicht und Wachsamkeit aufbauen. Von beidem hing ein Großteil seiner Zukunft ab.
Cecconi und Corda waren dicht hinter Fostelli. Immer wieder streiften sie sich mit den Ellenbogen, aber sie achteten nicht darauf. Beide dachten an Speckbacke, an ihr Fett, das

gewackelt hatte wie eine Qualle, als sie das Tischtuch ausschüttelte.
Als Letzter, aber nicht weit hinter ihnen, Lonica. Im Vergleich zu den anderen war der kleine Boxer ein einziger Wirbel aus negativen Gedanken: der erpresserische Vorschlag von Gorelli, der Zustand seines Vaters, die Angst, dass er und seine Mutter allein zurückblieben. Und damit nicht genug, jetzt auch noch das wahrscheinliche Pech, als Letzter am Ziel auf der Piazzetta von Roccella anzukommen. Ein Sportler der B-Klasse: von Bordignon in der dritten Runde K.o. geschlagen und die große Lachnummer beim Marathonlauf. Seit Billo und Gorilla vorn losgespurtet waren, spürte er Schwindelgefühle und Übelkeit im Magen.
Der Zustand der Straße war schlechter, als sie ihn in Erinnerung hatten. Sogar Billo, der Geschickteste von allen, verstauchte sich fast die Knöchel beim Versuch, ein paar Löchern auszuweichen. Und seine Fußgelenke waren wichtiger als sein Gesicht, die Nase, die Schultern. Sie waren unverzichtbarer Teil seines Schicksals als Fußballer. Es war todesmutig, sie aufs Spiel zu setzen.
Gorilla blickte hinter sich und überschlug die Entfernung zu den vom Don angeführten Verfolgern, dann überließ er Ranacci den zweiten Platz. Wenn sie, wie jetzt, im Gänsemarsch liefen, konnte er sich in Ruhe umdrehen und die Lage überprüfen. Sobald Ranacci nur um einen Zentimeter nachgab, würde er ihn hinter sich lassen. Und Billo genauso. Ihr Plan war, allein auf der Piazzetta anzukommen und kackfrech ins Ziel zu schlendern, während sie beobachteten, wie ihre unendlich weit entfernten Gegner sich die Beine ausrissen, jeder, um ja nicht Letzter zu werden. Vielleicht würden sie auch losen, um zu entscheiden, wer von ihnen der Gewinner war, aber alles in größter Ruhe. Sie mussten nur abwarten, bis der Sohn des Gewerkschaftlers einen Augenblick lang nachgab.
Sie waren kurz davor, den Schotterweg zu verlassen und

wieder auf der Asphaltstraße Richtung Monteposcia zu laufen. Von hier würden sie die Abzweigung nehmen, die zu der gefährlichen Schlaglochstraße mit den Geisterhäusern von Cuorbene führte. Fostelli beschleunigte und löste sich ein paar Meter weit von den anderen. Er wollte vor dem schlimmsten Abschnitt unbedingt als Vierter laufen und alles im Griff haben bis zur ersten Überführung, wo, da war er sicher, einer von der Gruppe Lonica, Cecconi und Corda seine letzten Kräfte verbraucht haben und bis zum Ende auf die letzte Position zurückfallen würde.
»Streberarsch!«, rief Cecconi, als er den Don schneller laufen sah. Er hielt nur wenige Sekunden mit ihm Schritt, stieß noch mehr Flüche gegen seinen Rücken aus. Dann wandte er sich resigniert zu Corda und Lonica um, gegen die es jetzt um alles ging. Er biss die Zähne zusammen und bog in die Überführung ein. Sofort wurde der Boden uneben, er setzte einen Fuß falsch auf und verlor das Gleichgewicht, stürzte mit einem Schrei zu Boden.
Corda, gleich hinter ihm, konnte nur knapp ausweichen. Lonica aber, der zu sehr in Gedanken versunken war, fiel der Länge nach über ihn.
Cecconis verzweifelter Schrei erregte die Aufmerksamkeit der vordersten Front. Die drei Zugläufer drehten sich um.
»Natürlich, immer derselbe Idiot!«, rief Ranacci.
Auch Fostelli wandte sich um, und einen Augenblick lang lächelte er. Sich über den Fall der beiden zu freuen erschien ihm zwar nicht recht, aber verflucht! Immerhin ging es um nichts weniger als Speckbacke.
Ohne mit der Wimper zu zucken, spannte Corda die Waden an, um schneller zu laufen und von den Gefallenen wegzukommen. Seine Taktik, Billo immer im Auge zu behalten, war den Bach runtergegangen, aber dieser Unfall schien ein Wink des Schicksals zu sein. Es schien ihm zu sagen: »Ich hab deinen Arsch gerettet, Corda, aber rechne mir das hoch an!«, und er gehorchte im Geiste.
Ausgelaugt, zerknautscht und verdreckt auf dem Boden lie-

gend, schafften Lonica und Cecconi es einfach nicht, wieder zu Kräften zu kommen. Sie schnappten nach Luft wie Fische, schluckten aber mehr Staub.
Lonica setzte sich hin und wollte aufstehen, doch er zögerte. Corda war schon weit weg und schien schneller zu laufen, er wurde zusehends kleiner. Blieb ihm also nur, mit Cecconi fertigzuwerden, und er schwor sich, wenn er gegen diesen Penner verlor, würde er jede Art von Wettkampf aufgeben, sogar Damespielen.
Mit aufgeschürften Knien, ein Gemisch aus Blut und Staub am Kinn, hatte der Neapolitaner sich unterdessen mühsam erhoben. Er sah Lonica an. Hau ab, sagte er zu sich selbst. Doch er konnte die Augen nicht von seinem Kameraden lösen, diesem kraftlosen Winzling inmitten der Löcher und Steine.
Er reichte ihm seine Hand. »Tschuldigung«, sagte er nur.
Lonica sah ihn erstaunt an, als sähe er ihn an diesem Tag zum ersten Mal.
Er klammerte sich an die verschwitzte Hand des anderen, der sich auf seine blutenden Beine stemmte und ihn mit einem gekeuchten »Hoppla!« hochzog. Sie standen eine Weile stumm da.
Cecconi trat gegen einen Stein. »Lauf!«, sagte er. Innerlich verspürte er mehr Scham als Angst vor Speckbacke.
Cecconi war ein Volltrottel, wohl wahr. Aber einer mit Würde. Einer, der andere niemals wegschubsen würde, um sich einen Vorteil zu verschaffen, einer, der niemals über Leichen gehen würde, um als Erster am Ziel anzukommen. Das dachte Lonica. Er warf einen Blick auf das Ende der Straße. Dann sagte er: »Komm, ich glaub, wir holen Corda wieder ein! Los!«
»Ich blute, Lonì!«
»Den Schmerz merkst du erst hinterher! Jetzt musst du ans Laufen denken. Komm schon!« und er begann, auf der Stelle zu hüpfen. »Den kriegen wir, der ist verschnarcht geboren!« und er lächelte.

Auch der Neapolitaner lächelte, blutverschmiert und die Haare weiß vom Straßenstaub.
»Los geht's! Holen wir uns diese Pfeife!«
Und sie liefen weiter.

Corda war nur noch zehn Meter hinter Fostelli, aber dieser verfluchte Seminarist lief wie ein Metronom, und nichts deutete darauf hin, dass er auch nur einen Schritt zurückfallen würde. Manchmal blickte er hinter sich. Dann biss Corda die Zähne zusammen und schickte einen Fluch in Richtung des Don, als wollte er ihm zeigen, dass er nicht aufgeben würde.
Das Sträßchen nach Cuorbene, einem Ortsteil von Monteposcia, war schlechter als der Traktorenweg, denn auf den anliegenden Feldern säte niemand. Stattdessen ragten die Skelette von Bauruinen am Straßenrand auf: illegale Bauten, wo die Arbeiten seit Jahren stillstanden. Die Rechtecke nie eingesetzter Türen und Fenster ähnelten leeren Augen, die ins Nichts blickten; halb eingestürzte Treppen waren wie Zahnreihen, in eine Verlassenheit verbissen, die mit der Zeit eher makaber als traurig geworden war. Ein unheimlicher Ort, in den alle Einwohner dieser Gegend ihre Ängste und Gespenster stopften, wo sie sich zusammendrängten und mit der Zeit zu Geschichten und Legenden vervielfachten, die die sieben Läufer schon allzu oft gehört hatten. Das waren die Geisterhäuser, die Jahr um Jahr mehr zerfielen und aus ihrem von Gestrüpp überwucherten, mit Tümpeln gefüllten Bauch Gespenster und wilde Tiere ausspien. Mehrere Bauern von Roccella hatten jüngst geschworen, sie hätten dort einen gewaltigen, prächtigen Bären herauskommen sehen.
Dieses traurige Schauspiel dauerte gut drei Kilometer auf beiden Straßenseiten.
Corda spähte hinter sich, nach den anderen beiden Ausschau haltend. Er konnte sie nicht entdecken. Ha, die waren erledigt! Überflüssig, sich jetzt noch anzustrengen, um

den Don aufzuholen, das Einzige, was er machen musste, um Speckbacke zu entgehen, war, gemächlich bis nach Roccella zu wandern. Vielleicht lagen Lonica und Cecconi ja noch am Boden. Vielleicht hatte einer der beiden sich ernsthaft verletzt. Der Gedanke beunruhigte ihn einen Moment lang. Womöglich machte ein solcher Unfall, zum Beispiel ein gebrochener Knöchel bei Cecconi oder eine Wunde an Lonicas Bein, die genäht werden musste, den Wettkampf ungültig?
Nein!
Und wenn sie sich den Hals gebrochen hatten, er würde weitermachen. Tot oder lebendig, heil oder verkrüppelt, dem Letzten würde Speckbacke drohen, es gab keine Regeln, die Ausnahmen zuließen. Er würde den Wettlauf nicht wiederholen! Er würde als Fünfter ankommen und basta. Die Zielgerade auf der Piazzetta würde besiegeln, dass er der Gefahr entronnen war.
Fünfter!
Er grinste.
Fünfter!
Er drehte sich um.
Keine Spur von den beiden.
Fünfter!
Da sprang eine schwarze Katze aus dem Dunkel eines der Fenster der Geisterhäuser und verkrallte sich in seinem Nacken.

Die drei Vorläufer hatten die Straße der Geisterhäuser hinter sich gelassen und den nächsten asphaltierten Streckenabschnitt erreicht, der von Cuorbene nach Roccella führte. Auch hier sengende Sonne. Inzwischen troff ihnen der Schweiß aus allen Poren.
Ab hier wird's noch gemeiner, dachte Gorilla besorgt. Und das stimmte. Denn zweihundert Meter weiter vorn hob sich die Asphaltstraße zu einer Überführung in Achterbahnhöhe, die irrsinnig steil war. Wer auch immer sie entworfen

hatte, schien vergessen zu haben, dass darunter eine stinknormale Landstraße verlief, die nur von kleinen Traktoren und Familienautos auf Landausflügen befahren wurde. Doch unter diesem enormen Bogen hätten ein Öltanker oder die Freiheitsstatue durchfahren können.
»Wo ... wo sind ... die ... die anderen?«, keuchte Gorilla.
Ranacci und Billo drehten die Köpfe. Man sah nur Fostelli.
»Ihr Bier«, sagte der Sohn des Gewerkschaftlers.
Doch auch Billo machte sich Sorgen. Es war noch nie vorgekommen, dass die drei Schwächsten so weit abfielen.
»Ich glaube, jemand hat sich verletzt«, sagte er.
»Das ... glaube ich ... auch.«
»Noch mal ihr Bier!«
Ranacci sah die Überführung, die sie erwartete, als Erster. Ihm ging es gut. Dort oben würde er einen der beiden abschütteln. Mit dem anderen, wahrscheinlich Billo, würde er sich erst auf der Zielgeraden beschäftigen.

Trotz ihrer Verletzungen war der Laufschritt der beiden Letzten nicht übel. Natürlich nicht gerade schnell, aber regelmäßig. Sie liefen nebeneinander her, den anderen aus dem Augenwinkel musternd.
»Wie geht's?«, fragte Lonica irgendwann, blickte dabei aber zur anderen Seite, als fragte er bloß so nebenbei.
»Super!«, antwortete Cecconi. Der Schmerz war gar nicht mal so stark, und er hoffte, dass auch bei Lonica alles in Ordnung war. »Los, schnappen wir uns den Penner!«
Lonica wollte gerade entgegnen, dass es bis Roccella noch weit war und dass Corda sicher aufgeben würde, als sie etwa zwanzig Meter vor sich jemanden auf der Erde liegen sahen. Es war Corda.
»Was is'n passiert? Wenn er nu tot ist?«
Lonica sagte nichts und rannte erschrocken zu Corda. Bei den Geisterhäusern musste man mit allem rechnen, auch mit einem wahnsinnigen Messerstecher, der aus dem Nichts hervorstürzte! Oder einem ... Bären!

Jetzt, als sie näherkamen, hörten sie Cordas Wimmern. Er blutete an den Händen und vor allem am Hals. »Hilfe! Helft mir!«
Cecconi blieb als Erster stehen. »Wer war das?«, fragte er atemlos, sich nach allen Seiten umblickend. Sie hatten recht gehabt, diesen Ort zu fürchten! Er war verflucht!
Lonica beugte sich über Corda. »Lass mal sehen.«
Ein paar Kratzwunden auf den Handrücken und ein tieferer, unregelmäßiger Kratzer am Hals. Das muss man bloß desinfizieren, dachte er.
»Nun?«, fragte Cecconi, der noch immer gehetzt nach rechts und links blickte. Auch er kannte die Geschichte vom Bären.
»Heute stirbst du noch nicht«, sagte Lonica.
»Helft mir, geht mit mir nach Hause, das brennt so furchtbar!«
Cecconi und Lonica blickten sich an.
Der Neapolitaner runzelte die Stirn. »Vorhin bist du auch nicht stehengeblieben!«
»Stimmt«, bestätigte Lonica. »Du hast unser Pech sogar ausgenutzt!«
»Nein!«, schrie Corda, weil er sich schämte und weil die Kratzer teuflisch schmerzten. »Ich wollte euch nicht im Stich lassen. Und dann ... dann wollte ich sogar, dass der Wettkampf abgebrochen wird, weil ihr euch verletzt hattet!«
»Ts, ts«, machte Cecconi. »Komm, Lonì, wir gehen!«
»Scheißer! Ihr seid keine Freunde! Blöde Scheißer seid ihr!«
»Du hast uns am Boden liegen lassen«, erinnerte ihn Lonica. »Von wegen, du wolltest, dass der Wettkampf abgebrochen wird. Meinetwegen kannst du hier liegen bleiben, Corda.«
Es war eine schwierige Entscheidung, aber er stellte sich vor, dass die Regel in solchen Fällen eine Art »Auge um Auge« sein musste. Er sagte es: »Auge um Auge ...«
»... Zahn um Zahn!«, ergänzte Cecconi.

Corda rappelte sich mühsam auf. Er sah Cecconi an, dann Lonica. Er betrachtete das Blut auf seinen Händen. Zu Hause hätte man ihn verarztet, natürlich. Doch danach hätte der Vater ihn im Zimmer mit dem Lämpchen eingesperrt. Er war verloren. Tränen stiegen ihm in die Augen. »Ihr könnt mich doch hier nicht allein lassen ... das ist nicht gerecht.«

»Was meinst du?«, fragte Lonica Cecconi.

Der machte eine finstere Miene. »Der hat uns am Boden liegen lassen und is einfach abgehauen!«

»Ich weiß. Aber schaffst du das, ihn hier zu lassen?«

Sie konnten es nicht. Weder Lonica noch Cecconi hätten mit Worten erklären können, warum, ebenso wenig wie sie sich selbst hätten erklären können, was passiert war, als sie der Länge nach auf der Straße gelandet waren.

»Hör auf zu weinen«, sagte Cecconi resigniert. Lonica hatte recht. Dann blickte er sich wieder um. »Aber jetzt verpissen wir uns von hier. Los, los!«

Auch Cecconi blutete. An den Knien. Er hatte Schmerzen und war müde.

Er ging los.

Sie würden nur gehen, das wussten sie inzwischen. Alle drei. Bis nach Roccella. Was auch immer passierte!

Corda wischte sich über die Augen und schmierte dabei noch mehr Staub in sein Gesicht. Dann folgte er mit Lonica dem Neapolitaner.

»Ich ... ich seh nur ... den Don«, keuchte Gorilla, während sie die wadenkrampfträchtige Überführung hinaufliefen. Die drei Ersten klebten noch immer aneinander. Kurz vor dem Gipfel versuchte Ranacci die Flucht und gewann gut zehn Meter Abstand. Doch er hielt den Vorsprung nur wenige Minuten. Es dauerte nicht lange, bis die übertriebene Anstrengung ihm die Rechnung präsentierte. Vor dem Ende des wahnsinnig steilen Gefälles, das eigens gemacht schien, um sich die Knie zu brechen, holten die beiden ihn wieder ein.

Verbittert über den fehlgeschlagenen Versuch sagte Ranacci: »Wenn ihr auf sie warten wollt, bitte sehr.«
Billo verachtete ihn mehr denn je. »Du Schwein! Du würdest jeden krepieren lassen, bloß um zu gewinnen, was?«
»Fick dich.«
»Schönes Beispiel an Selbstlosigkeit, dein Vater wäre stolz auf dich!«
»Wenigstens habe ich einen Vater!«
Die anderen beiden trauten ihren Ohren nicht.
»Arschloch!«, schrie Billo.
»Elendes Stück Scheiße!«, echote Gorilla.
Ranacci wurde zu spät bewusst, was er gesagt hatte. Aber jetzt konnte er es nicht mehr zurücknehmen. Und er würde niemals um Entschuldigung bitten können.
Billo lief an seine Seite, die Wut machte das Laufen noch anstrengender. »Was willst du, Ranacci? Willst du als Erster ankommen? Du kotzt mich an. Hau ab. Lauf los und werd Erster. Du bist sowieso nur ein halber Mann.«
Nach diesen Worten blieb er abrupt stehen. Und Gorilla mit ihm.
»Lauf, Ranacci!«, schrie Billo grimmig. »Du bist wir alle!«
»Los!«, feuerte ihn Gorilla schreiend an. »Hol dir die Goldmedaille, die silberne und die bronzene gleich dazu. Und dann steck sie dir alle in den Arsch!«
In diesem Moment erkannte Ranacci, was passiert war. Dass er Erster war, klar. Aber auch, dass er allein war. Er konnte sich in aller Ruhe den Sieg holen, aber so machte das keinen Spaß. So war das echt beschissen. Er hatte einen Fehler gemacht. Er hatte etwas Schreckliches gesagt. Also blieb auch er stehen.
Er wartete, vornübergebeugt, um Atem zu holen.
Billo und Gorilla flüsterten sich etwas zu, dann gingen sie weiter, als wenn nichts wäre.
Als sie bei Ranacci ankamen, war der auf eine körperliche Auseinandersetzung gefasst, auf Beschimpfungen, und er brachte sich in Stellung, um den ersten Schlag abzufangen.

Aber die beiden wechselten nur rasch einen Blick, dann flitzten sie los, so schnell, dass sie ihn umrissen.
Ranacci blieb gut fünf Sekunden lang mit offenem Mund zurück.
Dann begriff er. Er wollte ihnen schon Flüche hinterherschicken, als er in seinem Rücken eine Stimme hörte: »Was ist los?«
Verschwitzt, aber heiter, fast selig, hatte Fostelli ihn eingeholt.
Ranacci antwortete nicht, sondern schoss davon.
Ohne aus der Fassung zu geraten, lief der Don mit seinem regelmäßigen Schritt weiter. Sein Plan war, als Vierter anzukommen. Und als Vierter würde er ankommen, so Gott wollte.

Die Überführung endete dort, wo sie in eine andere asphaltierte Provinzstraße überging, und auch diese hatte ihre Tücken: eine zweite Überführung, nicht ganz so kräftezehrend bei der Steigung, aber abwärts äußerst gefährlich, wegen einer Art Haarnadelkurve. Höchstwahrscheinlich hatte der Erfinder dieses zweiten Monsters an derselben Universität promoviert wie der andere.
Ranacci hatte Billo und Gorilla noch nicht wieder einholen können. Sie wechselten sich ab, hielten ihn auf etwa zwanzig Meter Abstand und blickten nicht einmal hinter sich, um zu kontrollieren, wo er war.
Er war ihnen scheißegal. Und er hatte sich reinlegen lassen. Er schäumte vor Wut, schwitzte und spuckte, versuchte zu beschleunigen, aber vergebens. Sie waren zu weit. Ihre Bewegungen waren perfekt koordiniert. Er würde sie nicht mehr einholen. Fast war er versucht aufzugeben, einen Augenblick anzuhalten, auf Fostelli zu warten und dann in dessen Rhythmus zu laufen, betont desinteressiert, als ginge ihm das alles am Arsch vorbei. In Wirklichkeit fraß es an ihm. Dieser dritte Platz und auch die böse Bemerkung, die er über Billos Vater gemacht hatte. Nervös und verlegen –

schlechter hätte er sich nicht fühlen können. Er stellte sich die Enttäuschung auf dem Gesicht seines Vaters vor, wenn er erfuhr, wie sein Sohn sich verhalten hatte. Aber niemals aufgeben! Aufgeben nie!
Er wandte sich um. Fostelli war wieder weit entfernt, kein Problem. Sieh dir den an, dachte er. Was für eine Seelenruhe! Solche wie der Don, das sind die Menschen, die mitten in den entsetzlichsten Katastrophen die Ruhe bewahren, die die Welt in Gang halten.

Lonica, Corda und Cecconi nahmen die Steigung der ersten Überführung mit größter Ruhe. Der Sohn des Anwalts blutete nicht mehr, es blieben die Spuren der Krallenhiebe und das Brennen auf der Haut. Außerdem Scham darüber, wie er sich verhalten hatte. So war er nicht, dieser gleichgültige Junge, der seine Kameraden im Augenblick der Not im Stich gelassen hatte, das war er nicht. Er war besser.
Das musste er den anderen beweisen. Und dafür gab es nur einen Weg. Ein Ekelschauer stieg ihm in die Kehle.
Cecconi hielt den Stängel einer orangefarbenen Blume im Mund, ließ ihn zwischen seinen Zähnen hin und her wandern, saugte daran. »Schmeckt gut«, sagte er.
Lonica grinste. »Das ist eine Pissnelke«.
»Was'n das?«
»Das sind Blumen, die dort wachsen, wo Hunde hinpissen. Eine Pissnelke!«
»Igitt!« Cecconi spuckte die Blume aus.
Er wischte sich über den Mund. Dabei drehte er sich um und sah einen roten Panda, der sich rasch näherte. »Achtung!«
Lonica hörte das Dröhnen eines Motors nahen. Sie waren auf der Hälfte der Steigung, mitten im Nichts, und es gab nur sehr wenig Platz zum Ausweichen.
Sie beobachteten das näherkommende Auto.
»Der überfährt uns!«, schrie Corda.
»Scheißkerl!«

Der Fahrer sah sie im letzten Moment, und seine Konzentration reichte knapp aus, um das Lenkrad herumzureißen. Als er sie überholte, schrie er mit bebender Stimme: »Verdammt, was macht ihr mitten auf der Straße?«
Doch die drei Jungen hörten ihn nicht einmal. Corda hatte sich schon als Leiche gesehen, auf dem Asphalt zermalmt, und Cecconi quetschte zu Tode erschrocken Lonicas Arm.
Der sah dem entschwindenden Auto hinterher. »Scheiße! Wer weiß, was den anderen passiert!«

Fostelli lief auf dem höchsten Punkt der zweiten Überführung, bevor sie mit der üblen Kurve nach Roccella hinunterführte. Er hörte das Brummen des Motors und drehte sich rechtzeitig um, so dass das Auto eine Handbreit vor seiner Nase an ihm vorbeifahren konnte.
Der Fahrer sah den Don nicht. Selbst wenn er ihn angefahren hätte, er hätte es erst nach gut zwanzig Metern bemerkt.
Er bemerkte nicht einmal Ranacci, der das Motorengeräusch, das die Luft durchschnitt, zum Glück gehört und sich an den Straßenrand gepresst hatte.
»Arschloch!«
Doch der Mann fuhr ungerührt weiter. Er blickte nach unten, zwischen seine Beine, die eine Bierdose pressten. Genau in dem Moment, in dem Gorilla Billo links überholte, um ihn abzuwechseln.
Der rechte Seitenspiegel des Panda stieß gegen Gorillas Ellenbogen, der verlor das Gleichgewicht und fiel zur Seite, Billo bei seinem Sturz mitreißend. Sie rollten über den kleinen grasbewachsenen Abhang, der die Straße säumte. Dann stürzten sie mit einem Schrei von der Überführung auf den darunterliegenden Pfad.

Fostelli und Ranacci sahen den Sturz der beiden Freunde. Der Don war noch zu weit entfernt, um etwas sagen oder tun zu können.

Der Sohn des Gewerkschaftlers lief schneller und kam an die Stelle, wo die beiden von der Straße gefallen waren.
»He!«, schrie er. »Billo! Gorilla!«
Nichts.
Er fuchtelte wild mit den Armen in Richtung Fostelli, der etwa dreißig Meter entfernt war. Der Don hätte sich gerne beeilt, aber er hatte keine Kraft mehr. Und er war zu Tode erschrocken.
Ranacci spähte wieder nach unten. »He! Hallo!«

Der Sturz war nicht tödlich gewesen, wie sie befürchtet hatten. Die beiden waren auf dem Weidepfad gelandet. Der Boden war hart und Steine gab es auch, doch ihr Flug war kurz gewesen, nicht mal zwei Sekunden.
»Auuu!«
»Scheiße!«
Und andere Ausrufe dieser Art.
Billo war mit dem Ellenbogen aufgekommen, dann hatte er sich auf die Seite rollen können, um den Aufprall zu dämpfen.
Gorilla hatte sich die Knie aufgeschlagen, doch an einer Stelle, wo der Boden weniger fest war. Als er feststellte, dass er noch heil und ganz war, wandte er sich an den Freund:
»Billo, wie sieht's aus?«
»Noch lebendig. Du?«
»Ich auch!«
»Dieses Scheißauto!«
»Hätte mich fast überfahren, entschuldige bitte ...«
»Ist doch nicht deine Schuld, Gorì!«
»Trotzdem Entschuldigung.«
Dann hörten sie Ranaccis Stimme.
»Hallo! Wo seid ihr?«
»Hier sind wir«, antwortete Gorilla.
»Geht es euch gut?«
»Leck mich, Ranacci!«, brüllte Billo.
Stille von oben.

Dann ein Lachen, das böse Lachen von Ranacci. »Als Versager passt ihr echt gut zusammen!«
»Arschloch!«
»Jetzt hole ich mir den Sieg!«, tönte der Rivale genüsslich. »Das war ja wohl Schicksal!«
Billo und Gorilla blickten sich an. »Schaffst du es?«
Gorilla versuchte, sich aufzurichten. »Aua!«, sagte er, und das war gleichbedeutend mit einem Nein.
»Ich auch nicht.«
»Okay!«, stieß Gorilla hervor. »Er kann uns mal.« Dann, mit lauterer Stimme: »Verstanden, Ranà? Du kannst uns mal!«
Keine Antwort.
»Dieser Feigling ist schon wieder losgelaufen«, sagte Billo.
Sie lächelten sich an. Sie lebten. Alle Stellen, an denen sie aufgeprallt waren, wurden kontrolliert. Kratzer und Blutergüsse mit blauen Flecken, die noch kommen würden, aber waren sie daran nicht gewöhnt?
»Was für ein Flug!«, lachte Billo.
»Es war ein roter Panda. Nicht vergessen!«
»Hast du das Nummernschild im Kopf?«
»Nee, aber fast hatte ich die Stoßstange im Kopf!«
Wieder lachten sie.
»Wie geht's euch? Ich höre, dass ihr lacht!« Das war Fostelli, außer Atem wegen des Laufens und der Sorge.
»Alles okay. Nichts gebrochen.«
»Nur ein sagenhafter Flug«, rief Billo.
»Dann ist also alles in Ordnung bei euch?«
»Lauf los, Fostelli! Mach ihn fertig!«
»Und ihr lauft nicht mehr weiter?«
»Naja, ein paar Schrammen haben wir schon, Don!«
»Wenn das so ist ... gegen den zweiten Platz hätte ich nichts einzuwenden.«
»Absahner!«
Fostelli lachte. Ein Blick zu Ranacci. Zu weit weg. »Ich geh

mir Silber holen!«, schrie er begeistert und fing wieder an zu laufen.
Viel konnten Billo und Gorilla nicht machen. Also streckten sie sich dort unten im Schatten der Länge nach aus.
»Ist doch ganz gemütlich«, sagte Billo.
»Stimmt. Aber ein bisschen Wasser wär nicht schlecht.«

Ranacci lief dem Lorbeerkranz entgegen. Der Marathon! Er war kurz davor, den Marathon zu gewinnen. Nach der langen Haarnadelkurve fand er sich auf dem ebenen Asphalt nach Roccella wieder. Wenn er in dieser Richtung weitergelaufen wäre, wäre er mitten im Ort herausgekommen. Doch die Strecke sah etwas anderes vor: die Äcker des Bauern Cosimo Sammariva und sein Gewehr.
Und hier erwarten uns die Schrotkugeln dieses Wichsers, dachte Ranacci, als das Haus des Bauern in Sicht kam. Rings um dieses baufällige, feuchte, abbruchreife Gebäude lagen nur bestellte Äcker. Alle gehörten dem Mann oder waren von ihm gepachtet.
Wenn er jetzt einfach geradeaus weiterlief, würde niemand von der Bande es bemerken, dachte Ranacci.
Er konnte sich das Risiko ersparen, wenn er wollte.
Doch er war an diesem Tag schon zu oft feige gewesen, überlegte er. Er war Erster, aber er wusste, dass er es nicht verdiente.
Widerstrebend verließ er die Straße und sprang über den Bewässerungsgraben, der sie von den Äckern trennte. Was hier angebaut wurde, hätte er nicht sagen können. Der Geruch nach Gras stieg ihm in die Nase.
Er befand sich hinter dem Gebäude.
So tief wie möglich gebückt, schlich er weiter, den Blick starr auf die Fenster und den Hühnerhof gerichtet.
Scheiße, die Hühner!
Es waren die Hühner, die seine Anwesenheit bemerkten, denn während er am Haus vorbeischlich, fingen sie an zu gackern.

Er warf sich neben den Pflöcken des Geheges zu Boden, wo der Duft des Grases vom Geruch nach Erde und dem ekelhaften Gestank von Hühnerscheiße abgelöst wurde.
»Was ist da los?«, krächzte eine heisere Männerstimme.
Ranacci hielt den Atem an.
Sammariva hatte die quietschende Tür des Hühnerhofs geöffnet und war, eine Mistgabel in der Hand, zwischen die Hühner getreten. Der Bauer war untersetzt, die von der Sonne gegerbte Haut durchfurchte sein kleines, eckiges Gesicht mit Falten. Der Stiel der Mistgabel überragte ihn um mindestens zehn Zentimeter. »Nun?«, brüllte er die Tiere an. »Was ist hier los?«
Ranacci presste sich hinter dem Zaun auf den Boden.
Sammariva blickte nach rechts, nach links. Er schlug mit der Mistgabel nach den Hühnern, die mit einem erstickten Glucken flügelschlagend davonstoben.
»Blöde Viecher!«, knurrte der Mann. »In Brühe koch ich euch, alle miteinander. Nächstes Mal pack ich euch am Hals und dreh ihn um!«
Seine winzigen Augen wanderten in alle Ecken, streiften über Ranacci hinweg, ohne ihn zu sehen.
Der Junge drückte sein Gesicht in eine schmutzige Erdscholle und hoffte nur, dass es sich nicht um getrocknete Scheiße handelte.
Es war getrocknete Scheiße.
Dann nahm er eine Bewegung wahr.
Er hob vorsichtig sein verschmiertes Gesicht.
Sammariva öffnete die Tür zum Hühnerhof und ging weg.
Jetzt musste er sich nur vorsichtig vorwärts bewegen, aufpassen, dass die Hühner ihn nicht hörten, und bis zur Straße kriechen. Kein Problem.
Es war geschafft.
Die Goldmedaille! Doch genau in diesem Moment durchbohrte ein stechender Schmerz in rascher Folge dreimal seine um den Maschendraht geklammerten Finger.
»Aaaauuu!«, schrie Ranacci. »Verfluchtes Biest!«

Der Hahn hüpfte davon, nicht mal besonders eilig.
Sammariva musste den Schrei gehört haben.
Tatsächlich brüllte er: »Wer ist da?«
Ranaccis linke Hand schmerzte und blutete. Aber an die Hand dachte der Sohn des Gewerkschaftlers nicht. Er dachte an seinen restlichen Körper. Er dachte, dass jetzt wirklich die Kacke am Dampfen war.
»Wer ist da?« Sammariva kehrte in den Hühnerhof zurück und ging in Ranaccis Richtung.
Ranacci rollte sich zusammen. Dann richtete er sich auf, die gesunde Hand auf den Boden gestützt, und sah sich dem Bauern Auge in Auge gegenüber. Nur der Maschendrahtzaun trennte sie.
»Wer zum Teufel bist du?«, schrie der Bauer mit hervorquellenden Augen.
Doch Ranacci war ihm schon direkt vor der Nase davongestürmt, und jetzt rannte er wie ein Besessener auf das Feld vor dem Haus.
Fluchend stürzte Sammariva zur weit offen stehenden Tür des Hühnerhofs.
Ranacci rannte quer über die Besitztümer des Bauern, den Blick unverwandt auf den Durchschlupf zwischen den Büschen am Feldrand gerichtet, der ihn auf den Weg nach Hause bringen würde. Da hörte er einen lauten Knall.
Er brauchte einen Moment, um zu begreifen, dass es ein Schuss aus einem Gewehr war. Und das war genau der Moment, in dem das präzise gezielte Gummigeschoss seine linke Hinterbacke traf.
Ranacci schrie vor Schmerzen und Angst, dass dieser wahnsinnige Bauer ihm eine echte Kugel verpasst hatte. Dass deren Blei die Haut seines Hinterns durchbohren und ihn für den Rest seines Lebens zum Rollstuhl verdammen würde. Dass er zum Krüppel geschossen war, nur weil er den idiotischen Regeln dieses beschissenen Marathons gehorcht hatte!
Während er sich unter brennenden Schmerzen im Gras

krümmte und nicht wagte, die schmerzende Stelle anzufassen, malte er sich aus, dass Sammariva ihn mit einem zweiten Schuss erledigen würde. Oder schlimmer, er würde ihn im Hühnerhof einsperren und dort verbluten lassen, während die Hühner sich tagelang von seinen Eingeweiden ernährten.
Unterdessen kam Sammariva mit gezücktem Gewehr auf Ranacci zu, ein Auge zugekniffen, das andere weit genug aufgerissen, um genau zu zielen, falls der Eindringling etwas versuchen sollte, egal was.
In diesem Moment tauchte der zweite Junge in seinem Gesichtsfeld auf.
»Nehmen Sie das Gewehr runter!«, rief Fostelli ernst und scheinbar unerschrocken.
Sammariva öffnete das andere Auge und musterte den Don von Kopf bis Fuß. »Und wer bist du jetzt noch?«
Fostelli tat einen Schritt in seine Richtung. »Wir sind nur zwei Jungen, die eine Abkürzung nehmen, um nach Hause zu gehen. Schämen Sie sich nicht? Legen Sie das Gewehr weg!« In seiner Stimme war kein Zittern und nicht der geringste Zweifel.
Sogar Ranacci, der sich doch fast schon im Jenseits wähnte, staunte.
Der Don fuhr fort: »Jetzt lassen Sie mich erst mal den Zustand meines Freundes kontrollieren. Danach werden wir, von Geschrei oder Schüssen unbehelligt, in diese Richtung weitergehen«, und er zeigte auf die Landstraße, »damit wir keinen Fuß mehr auf dieses Gelände setzen müssen. Schämen Sie sich!« Nachdem das gesagt war, ging Fostelli zu Ranacci und kniete sich neben ihm nieder. »Wie geht's dir? Lass mal sehen«, und er drehte ihn auf eine Seite.
»Es war nur ein Gummigeschoss«, erklärte Sammariva, das Gewehr auf dem Boden ablegend. »Er kriegt nur einen blauen Fleck.«
»Aber es tut weh, verdammte Scheiße!«, protestierte Ranacci.
»Das soll es ja auch!«, erwiderte der Bauer.

Fostelli half dem Freund aufzustehen. Dann blickte er Sammariva streng an. »Und wenn Sie ihn an einer anderen Stelle getroffen hätten? Womöglich am Kopf oder einem anderen lebenswichtigen Organ?«
Sammariva zeigte auf das Gewehr. »Ich kann gut zielen ...«, aber es klang schon so, als müsste er sich verteidigen.
»Hier geht es nicht darum, ob man gut zielen kann, mein Herr! Bei Waffen kann es immer zu Unfällen kommen. Denn das ist eine Waffe, ist Ihnen das klar?«
»Ja.« Dann kam der Bauer wieder zur Besinnung. »Aber ihr seid über mein Land gelaufen.«
»Eben«, erwiderte Fostelli. »Wir sind nur gelaufen, mehr nicht!«
»Und wenn ihr Hühnerdiebe gewesen wärt?«
»Fahr doch zur Hölle, du und deine Scheißhühner!«, schrie Ranacci.
Fostelli brachte den Freund mit einer gebieterischen Geste zum Schweigen.
Sammariva griff wieder nach dem Gewehr. Doch er richtete es nicht auf die beiden. »Wenn ich hier nicht andauernd aufpasse, wird mein Acker doch zum Rummelplatz ... oder nicht? Alle können hier vorbei, wenn ich da nicht ... sonst verwüsten sie mir die Felder. Oder etwa nicht?«
Der Don nickte würdevoll. »Ich verstehe Ihren Standpunkt, Signore. Aber es ging nur um dieses eine Mal.«
»Das ist eine Lüge!«, rief Sammariva, dem plötzlich eine Erinnerung kam. »Ihr seid schon öfter hier vorbeigekommen! Verfluchte Halbstarke, was anderes seid ihr doch nicht!«
»Schon gut, ja«, räumte Fostelli ein. »Es kommt gelegentlich vor. Aber ich verspreche Ihnen, dass es von jetzt an nicht mehr passiert. Sie wiederum wagen es nicht noch einmal, mit Blei oder Gummi oder mit was auch immer auf harmlose Passanten zu schießen! Das ist Machtmissbrauch! Sie sind doch auch mal Kind gewesen, oder?«
Diese Worte rührten an eine Saite des Kindes Sammariva,

das in dem erwachsenen Sammariva mit Gewehr in der Hand noch immer lebendig war. »Ja gut, es war das letzte Mal«, stammelte er. »Aber ihr lauft hier nicht mehr über die Felder.«
»Wir sind uns einig«, sagte Fostelli, der jedoch schon an die anderen dachte. Hatten sie den Wettlauf wieder aufgenommen? Würden sie hier vorbeikommen? Was würden sie dabei riskieren? Für sie konnte er nichts mehr tun. Nicht alle Schafe können gerettet werden. Er wandte sich an Ranacci: »Gehen wir?«
Der nickte nur schwach.
»Auf Wiedersehen, Signore«, sagte Fostelli und hob die Hand, während er dem Bauern ein offenes, wohlwollendes Lächeln schenkte.
»Du solltest Politiker werden«, bemerkte Sammariva, und sein Ton war halb belustigt, halb ernst.
»Danke!«
»Oder Priester!«
Darauf sagte der Don nichts.
»Und du bedank dich bei ihm!«, schloss der Bauer, zu Ranacci gewandt.
»Leck mich«, flüsterte der.
Von Cosimo Sammariva genau beobachtet, gingen Ranacci und Fostelli bis zur Landstraße.
Weniger als einen Kilometer vor dem Ziel sagte Ranacci, sich die schmerzende Hinterbacke reibend: »Los, Don. Lauf los und werde Sieger. Ohne dich wäre ich ...«, er beendete den Satz nicht.
Unter diesem Aspekt hatte der Don die Sache noch nicht gesehen. »Hm, aber ...«
»Jetzt bist du dran«, sagte Ranacci.
Fostelli lächelte. Die herrische Miene, die er aufgesetzt hatte, um mit dem Bauern zu verhandeln, verschwand in einem Ausdruck der Begeisterung – der eines Zwölfjährigen angesichts einer einzigartigen Chance. »Schaffst du es allein?«
»Lauf, Don!«

»Sicher?«
»Hau ab, hab ich gesagt!«
Fostelli zögerte noch.
Ranacci lächelte.
Und so fiel der Don wieder in seinen Laufschritt, der alles andere als losstürmend war. Er war wie vorher: gemessen, präzise, ohne Ausreißer. Beständig.

In diesem Moment wanderten die restlichen fünf der Truppe zerbeult, aber belustigt über diese massenhafte Niederlage, im Gänsemarsch am Straßenrand entlang. Jeder erzählte seinen Teil des Abenteuers und präsentierte den anderen seine Verletzungen als wären es Ehrenabzeichen.
»Wahrscheinlich hat dieses Schwein Ranacci gewonnen«, sagte Gorilla.
»Bestimmt!«, bestätigte Cecconi.
»Sackgesicht«, sagte Billo.
»Und der Don wird Zweiter geworden sein ... unglaublich!«, sagte Corda.
Sie lachten.
Dann gab Lonica der Frage Ausdruck, die alle beschäftigte: »Aber wer ist dann Letzter? Wie wird das entschieden?«
»Ich habe schon drüber nachgedacht«, sagte Billo seufzend. »Vielleicht ein Fußballmatch ...«
»Pah!«, empörte sich Cecconi. »Da gewinnst du doch haushoch! Das gilt nicht!«
Billo und Gorilla grinsten.
»Ja, aber was machen wir denn nun?«, fragte der kleine Boxer beharrlich. »Einen Wettkampf, auszählen, ein Spiel, losen ... was denn?«
»Nichts von alledem«, sagte Corda, inzwischen wild entschlossen. »Speckbacke übernehme ich.«
Alle blieben gleichzeitig stehen.
Lonica wollte etwas sagen, aber Corda schnitt ihm das Wort ab.
»Speckbacke übernehme ich«, wiederholte er in einem eben-

so ergebenen wie entschiedenen Ton. »Als du und Cecconi gestürzt wart, bin ich nicht stehengeblieben, um euch zu helfen. Ihr ja, ihr habt bei den Geisterhäusern angehalten. Ihr hättet mich dort liegen lassen können, wie ich es getan hatte. Stattdessen habt ihr mir geholfen.« Seine Stimme wurde heiser. »Ich bin der Einzige hier, der seine Position nicht aufgeben musste, um jemandem zu helfen. Darum gehört Speckbacke mir.« Er sah sie alle einen nach dem anderen an. »Schluss, aus, fertig.« Damit ging er weiter und ließ die anderen wie vom Donner gerührt zurück.

Bis Billo sagte: »Ihr habt es gehört, oder? So hat er es beschlossen. Er fühlt sich schuldig. Vielleicht hat er recht, vielleicht nicht. Aber er hat es selbst beschlossen, niemand hat ihn gezwungen.«

Cecconi tat einen Seufzer der Erleichterung.

»Corda!«, riefen alle gleichzeitig. Sie holten ihn ein.

Billo schüttelte seine Hand. »Du bist ehrlich, Corda. Alle Achtung.«

Auch Gorilla griff nach der Hand des Kleinen. »Stimmt. Echt super ...«

Dann war Lonica an der Reihe. »Ich bewundere dich, Corda«, sagte er. Und der wusste, dass es nicht bloß so dahergesagt war.

Zum Abschluss der feierlichen Zeremonie umarmte Cecconi den Freiwilligen. Dabei sagte er augenzwinkernd: »Ich glaub ja, dass dir Speckbacke im Grunde immer gefallen hat, darum tust du das!«

Ein Mann allein in Führung. Eher ein Junge als ein Mann. Die Straße verläuft schnurgerade, wie ein Band rollt sie unter seinen genau bemessenen Schritten ab. Ein langsames, unerbittliches Trippeln. Der Atem geht schnell, der Schweiß tropft ihm unaufhörlich mit kitzelnden Tropfen vom Nacken mitten über den Rücken. Er ist wie aus dem Wasser gezogen, auch seine Schuhe sind nass. Der Einzige, dem sich keine Widrigkeiten in den Weg gestellt haben, aber er

ist völlig fertig. Trotzdem ... trotzdem bringt ihn etwas zum Lachen.
Er lacht allein, keuchend. Ein schwieriges Lachen, es stolpert wegen seiner Atemnot.
Noch hundert Meter.
Als er auf die Piazzetta zuläuft, bekommt er eine Gänsehaut vor Rührung. Er ist jung, frei, hat sein ganzes Leben in Reichweite vor sich. Dieses Gefühl wird er für den Rest seiner Erdentage nicht vergessen, das weiß er jetzt schon.
Er ist auf der Piazza. Das Sonnenlicht scheint es sich auf einer Seite des Platzes bequem gemacht zu haben, um den Sieger zu empfangen.
Die überschüssigen Pfunde zittern unter dem ausgeschnittenen T-Shirt.
Er wird sich selbst nicht mehr vergessen. Wenn in den kommenden Jahren etwas seinen Weg durch die Welt verdunkelt, wird er im Geist immer zu diesem Moment zurückkehren, zu diesen wenigen Metern.
Da, er ist angekommen.
Mit einer Hand berührt er den Brunnen.
Bleibt stehen.
Er hebt die Hände zum Himmel, fast entwischt ihm eine Träne.
Erster.
Erster!
Dann stützt er eine Hand in die Seite, beugt sich vor. Die Freude, diese herrliche Lebensfreude, diese wütende Lust des Existierens entgleitet und verschwindet.
Sie wird nie mehr wiederkommen.
Fostelli schlägt ein Kreuzzeichen.

Als Corda zu Hause ankam, war es halb acht. Eine Stunde Verspätung, gemessen an der vorgeschriebenen Abendessenszeit. Den ganzen Weg von der Piazza bis zu dem eleganten Haus mit Eigentumswohnungen war er sich selbst und seiner Entscheidung sicher gewesen: Er verdiente es,

auf den letzten Platz relegiert zu werden. Und sich mit Speckbacke befassen zu müssen. Es war ihm egal, dass man ihn jetzt sofort in das Zimmer mit dem Lämpchen schicken würde. Er hatte in den Augen seiner Freunde Mut bewiesen, und jetzt wollte er weiterhin mutig sein.
Seufzend bedeckte er seine Kratzer mit dem Kragen des Polohemds, steckte den Schlüssel ins Schloss und trat in die Wohnung.
Er hatte erwartet, dass sofort Nenette auftauchen würde. Aber nein.
Im Speisezimmer war der Tisch zum Abendessen gedeckt, doch die Pasta lag unangerührt und kalt in den Tellern. Auf dem Sofa saßen, eng aneinandergeschmiegt, seine Mutter und seine Schwester und weinten verzweifelt. Die Schluchzer seiner Schwester erschienen Corda allerdings ein bisschen theatralisch, wie letztes Jahr, als sie beim Theaterstück der Klosterschule das traurige Engelchen spielen durfte.
»Sieh mal, Mama, wer da gekommen ist«, sagte Ludovica in vorwurfsvollem Ton und blickte auf die Uhr an der Wand.
»Was ist passiert?«, fragte Corda.
Die Mutter löste sich aus der Umarmung ihrer Tochter. »Man hat uns aus dem Internat in Zürich angerufen«, sagte sie schniefend. »Germano hat einen Brief hinterlassen und ist verschwunden. Ohne Koffer. Ohne Geld. Das ist passiert, Vittorio!«
Germano, der Stolz der Familie. Schlechterdings das Beste, was man sich unter einem männlichen Erstgeborenen erhoffen konnte. Sein Bruder Germano. Abgehauen.
»Verflixt!«, sagte Corda ein wenig fröhlicher, als es hätte klingen sollen. »Und was steht in dem Brief?«
Einen Augenblick lang fehlte seiner Mutter die Kraft zu antworten. Dann nahm sie sich zusammen: »Er sagt, dass er im Internat nicht glücklich ist. Dass er leben will, nicht lernen. Dass er es leid ist, all das zu tun, was ihm befohlen wird. Dass er uns alle ... hasst!«

Sie machte eine Pause.
»›Ich hasse euren Lebensstil!‹, hat er geschrieben!« Dann schrie sie: »›Ich hasse euren Reichtum!‹«
Corda setzte sich auf einen Sessel. »Allerhand!«, sagte er.
»Ist dir klar, was das bedeutet?«, heulte seine Mutter. »Er hasst unseren, seinen eigenen Reichtum ... ja, was denn für ein Reichtum, wo doch alles, was wir ihm gegeben haben, was wir euch gegeben haben, jedem von euch dreien, nichts als die Frucht saurer Jahre, harter Arbeit ist ...«
Sie verstummte augenblicklich, als der Vater aus seinem Arbeitszimmer kam und mit schweren Schritten das Speisezimmer betrat. »Ich habe gerade mit dem Direktor des Internats gesprochen. Offenbar hat dein Sohn in letzter Zeit seinen Freunden gegenüber den Wunsch geäußert, nach Paris zu flüchten, um dort als ... als Bohemien zu leben!«
Ein Ausdruck des Abscheus stand ihm im Gesicht geschrieben.
»Oh mein Gott!«, rief die Frau des Anwalts.
»Was ist ein Bohemien?«, fragte Ludovica, und ihr Ton war plötzlich viel lebhafter.
»Ein Hungerleider!«, brüllte der Vater. »Das ist ein Bohemien!«
Corda sah zu, wie die Schwester sich erneut zwischen die Arme der Mutter flüchtete.
»Er ist abgehauen, und man weiß nicht wohin. Aber ich wette, dass er noch nicht über die italienische Grenze ist!«, fuhr der Anwalt fort. »Wir müssen so schnell wie möglich jemanden nach Zürich schicken!« Und er verließ den Raum.
Die Schluchzer der Frau setzten wieder ein, von dem Mädchen prompt nachgeahmt.
Corda blickte auf seine Schuhspitzen. Er hatte sich mit den anderen am Brunnen notdürftig gewaschen. Seine Hände und der Hals bluteten nicht mehr, doch die Kratzer waren nur allzu deutlich sichtbar. Dennoch schien niemand etwas bemerkt zu haben.

Ohne Aufmerksamkeit zu erregen, schlüpfte er hinaus, um in der Küche nach etwas Essbarem zu suchen.
Nenette stand vollkommen in Gedanken versunken am Fenster und bemerkte ihn nicht einmal, sondern blickte weiter nach draußen, während sie leise eine zarte französische Melodie summte.

Als Lonica nach Hause kam, fand er seine Mutter am Telefon. »Mit wem spreche ich denn?«, fragte sie in besorgtem Ton. »Und was wollen Sie von meinem Sohn?«
Lonica erstarrte in der Tür. Dann machte er ihr ein Zeichen, ihm den Hörer zu geben.
»Einen Moment«, sagte seine Mutter in den Apparat. Sie legte die Hand über die Sprechmuschel. »Er sagt, er ist ein Mitarbeiter von Onkel Botta, er will mit dir sprechen. Aber warum ruft er bei uns zu Hause an?«
Lonica begriff sofort. »Ja, das ist wegen der Sache ... gib ihn mir!«, und er riss ihr den Hörer aus der Hand. »Es geht ums Boxen, Mama!«
Die Frau runzelte die Stirn und blieb wie angewurzelt vor ihrem Sohn stehen.
Er wartete, dass sie ging, aber nein, sie rührte sich keinen Zentimeter vom Fleck.
»Hallo?«, sagte er schließlich in den Hörer. Seine Hand zitterte ein bisschen.
»Das wurde auch Zeit«, antwortete die Stimme von Giuliano Gorelli. »Ich hätte deine Alte fast schon zur Hölle geschickt.« Dann, nach einer Pause: »Ist sie noch da?«
»Ja«, sagte Lonica, seine Mutter fest anblickend.
»Egal, wir müssen ja keine Liebesschwüre austauschen. Ich wollte mich nur vergewissern, dass du es nicht vergessen hast.«
Lonica seufzte. »Nein, nein ...«
Am anderen Ende der Leitung ertönte ein Lacher. »Braver Junge. Ich werde dich so bald wie möglich wieder kontaktieren, damit wir die Einzelheiten absprechen.«

»Aber ich will es vorher«, klärte Lonica.
»Eine Hälfte vorher. Die andere Hälfte nachher. Ich melde mich bei dir. Bleib gesund. Und denk dran: dritte Runde zu Boden.« Gorelli hängte ein.
Lonica ebenfalls.
»Nun?«, fragte seine Mutter.
»Das war einer, der bei Onkel Botta trainiert«, erfand er aus heiterem Himmel. »Er fragt, ob ich in den nächsten Tagen bei den Arbeiten in der Turnhalle mithelfen kann. Onkel Botta möchte alles weiß streichen.«
Die Mutter schien sich einen Augenblick lang zu entspannen. »Und warum bittet er kleine Jungen, ihm zu helfen?«
»Hör mal, Mama, ich zahle keine Lira für das Training, da kann ich ihm doch wenigstens mal zur Hand gehen, oder?«
Sie wollte etwas erwidern, als aus dem Schlafzimmer die Stimme des Vaters kam. »Giuseppe, bist du zurück?«
»Ich komme, Papa!«
Er ließ die Mutter stehen.

Bei Ranacci zu Hause führte sein Vater Andrea wie üblich das Wort. »Bevor du geboren wurdest«, sagte er zu seinem Sohn, »und deine Mutter ist mein Zeuge, war ich nicht so mutig wie heute. Ich habe hier und da ein bisschen gejobbt, außerdem habe ich fleißig gelernt, im Gegensatz zu gewissen, hier anwesenden Personen ...«
Ranacci war nicht schlecht in der Schule, aber große Anstrengungen unternahm er gewiss nicht. Er betrachtete die Krümel auf dem Tisch.
Doch der Vater lächelte ihn an. »Ach, du kommst auch noch aus dir raus, mach dir keine Sorgen. Bist du etwa nicht der Sohn eben dieses Vaters?«, und er zeigte stolz auf sich. Mit der anderen Hand streichelte er das Gesicht seiner Frau. Er schaffte es immer wieder, Frau und Sohn damit in Verlegenheit zu bringen, dass er ihnen seine Liebe so demonstrativ gewährte, als verdienten sie sie in Wirklichkeit gar nicht.

»Wo war ich stehengeblieben ... ach ja, ich war damals nicht so mutig, stimmts, Ida? Ich stand vor den Fabriktoren mit den ältesten Gewerkschaftlern, Leuten, dermaßen abgebrüht, dass ihnen ein so breiter Buckel gewachsen war«, und er deutete mit der Hand die Breite ihres Buckels an. »Männer mit einem warmen Herzen für die Kollegen und einem Herzen kalt wie ein Eisberg für die Bosse ... ich hab dir doch schon mal von Giacomo Rovelli erzählt?«

Giacomo Rovelli war der älteste und erfahrenste Gewerkschaftler nicht nur von Roccella, sondern der ganzen Region. Inzwischen war er über neunzig und verbrachte seine ganze Zeit in den Büros der Gewerkschaft, um den Neulingen Ratschläge zu geben.

Während der Sohn nickte und sich diesen mythischen Giacomo Rovelli ausmalte, den der Vater ihm nie vorgestellt hatte, klingelte das Telefon.

»Verdammt!«, rief Andrea Ranacci aus. Er stand auf und hielt seine Frau mit einer liebevollen Geste auf dem Stuhl zurück. Der Sohn bewunderte seine Größe, seine breiten Schultern, und einen Augenblick lang schloss er die Augen, um sich selbst in fünfzehn Jahren als das Ebenbild dieses Vaters zu sehen.

Der Mann hob den Hörer ab und knurrte ein »Hallo!«, das der anderen Seite zu verstehen geben sollte, wie unangebracht ein Anruf in seinem Haus zur Abendessenszeit war. Schlagartig erschlafften seine Züge, er drehte ihnen den Rücken zu und flüsterte: »Wa-was ist passiert?«

Ida und der Sohn wechselten einen besorgten Blick. So einen Ton hatten sie noch nie von ihm gehört.

»Ja, Ruhe be-bewahren, Herrgott noch mal! Hörst du mich! Im-immer mit d-der Ruhe!« Der Gewerkschaftler nickte ein paar Mal, versuchte zu sprechen, doch offenbar gelang es der Stimme am anderen Ende, ihn bis auf ein paar einsilbige Einwürfe nicht zu Wort kommen zu lassen. »Ein-einverstanden, ich nehme den ersten Zug. Ciao«, sagte er zuletzt und legte den Hörer extrem langsam, wie in Trance, auf.

Dann drehte er sich endlich wieder zu seiner Familie um. »Es hat ... das war ein Kollege ... es hat Scherereien in einem Betrieb in Bologna gegeben. Ich muss sofort abreisen.«
»Sofort?«, fragten Frau und Sohn.
Andrea Ranacci schien sich wieder zu fangen. »Sofort!«, rief er aus. »Helft mir beim Kofferpacken. Diesmal müssen mindestens hundert Arbeitsplätze gerettet werden!«
Sie gehorchten.

»Francesco!«, sagte Fostellis Mutter, als er nach Hause kam. »Was ist passiert, mein Sohn? Warum kommst du so spät?«
Fostelli lächelte sie an: »Ich habe den Marathon gewonnen, Mama!«, und umarmte sie. »Ich kann ganz viel schaffen, ich muss mich nur anstrengen!« Sein Sieg ließ ihn noch immer strahlen. Trunken vor Befriedigung war er durch die Straßen von Roccella geirrt, dabei hatte er das Zeitgefühl verloren.
»Ich weiß«, sagte die Mutter, sich aus seiner Umarmung lösend. »Du bist bereit, Gott zu dienen, mein kleiner Francesco.« Sie küsste ihn auf die Stirn. »Aber von welchem Marathon sprichst du? Was ist das für ein Marathon?«
Der Don stand noch eine Weile an sie geschmiegt. Am liebsten hätte er die Zeit angehalten, damit alles für immer so stehenblieb, ohne Zukunft, wie auf einem Foto.

4

SAMSTAG, 24. MAI

Die Kollegen des Italienisch- und Geschichtslehrers Ayroldi hatten sich inzwischen an den Gedanken gewöhnt, dass man bei Cecconi auch mit größtem Druck auf keinen grünen Zweig kommen würde. Darum hatten sie es seit geraumer Zeit aufgegeben, ihre pädagogische Mission in seinem Fall über die vier Grundrechenarten und die Fähigkeit, den eigenen Namen und Nachnamen unter offizielle Dokumente zu setzen, hinaus fortzusetzen. Sie wussten oder ahnten, dass der Junge am Ende der dreijährigen Mittelschule, wenn die Schulpflicht endete, in die Fußstapfen seiner Eltern treten würde, indem er ihnen erst zur Hand ging und sie dann im Laufe der Zeit am Steuer des Pritschenwagens ersetzte. Also lautete die stillschweigende Übereinkunft im Kollegium, Cecconi Jahr um Jahr die Versetzung zu erleichtern, indem man ihm überall ein aberwitziges Genügend gewährte, um ihn dann in eine Zukunft zu entlassen, die so schon kompliziert genug schien.

Doch in Galeazzo Ayroldi hatten sie, seit dieser in der Mittelschule sein Amt als Italienisch- und Geschichtslehrer der Abteilung B angetreten hatte, keinen Komplizen gefunden.

»Im Lebenskampf verdient man sich seine Orden nur auf dem Schlachtfeld!«, verkündete er bei jeder Klassenkonferenz. Diese Metapher, die schlichte Schüler einer Mittelschule in der Provinz mit mutigen, im Krieg kämpfenden Soldaten verglich, wirkte auf die Kollegen und erst recht auf die Direktorin Angela Bianchini ziemlich einschüchternd.

So hatte sich Cecconis Lage, als sein alter Lehrer, ebenfalls ein aktiver Vertreter des gnädigen Genügend für die größten Pechvögel, verdient in Pension gegangen war und Ayroldi das Feld überlassen hatte, dramatisch verschlechtert.

»Cec-co-ni«, buchstabierte Ayroldi am Samstagmorgen langsam. Vor der Klasse stehend, der Bart etwas länger als gewohnt, wenngleich sorgfältig geformt, blätterte er im Klassenbuch, und sein Zeigefinger streichelte die Namen der Schüler der 2B.

»Ich habe gestern mal einen Blick auf deine Klassenarbeit geworfen. Das Einzige, was mir dazu einfällt, ist, dass es sich bei dir und der Geschichte offenbar um Antipoden handelt!« Bei der vor etwa einer Woche geschriebenen Klassenarbeit war es um die Aufklärung und die Französische Revolution gegangen.

Cecconi stellte die Füße fest auf den Boden und straffte den Rücken. Die Verletzungen am Knie, die er sich beim Marathonlauf zugezogen hatte, waren unter einer durchgeschwitzten grünen Hose verborgen. »Hab nich verstanden, Professore! Ist die Klassenarbeit schlecht?«

»Schlecht ist gar kein Ausdruck. Der Terminus ›schlecht‹ ist in deinem Fall ein Euphemismus.« Ayroldi genoss es, Worte zu benutzen, die Cecconi nie verstehen würde. Um die Wahrheit zu sagen, war Cecconi nicht der Einzige in der Klasse, der die Bedeutung von Begriffen wie von ›Antipoden‹ und ›Euphemismus‹ nicht kannte, aber er war der Einzige, an den sie gerichtet wurden.

Martina Guerra lachte wie immer über die Scharmützel zwischen dem Lehrer und dem Sohn der Gemüseverkäufer. Und die anderen lachten mit ihr. Außer Corda und, seltsamerweise, Ranacci.

»Ich werd fleißiger lernen, Professore!«

»O ja, natürlich!«, rief der aus, ein Grinsen wie eine weiße Wunde mitten in seinem Bart. »Du wirst noch mehr tun, Cecconi. Du wirst denselben Gegenstand auch im nächsten Jahr lernen. Ach, was sage ich«, er legte das Klassenbuch weg und blickte einen Augenblick lang augenzwinkernd in

Richtung Martina Guerra, »im nächsten Jahr wirst du das ganze Programm von Anfang an noch einmal durchnehmen. Kapitel für Kapitel. Literatur, Geschichte. Mathematik natürlich auch, bei dem Herrn Kollegen. Alles wieder von Anfang an für dich, Cecconi. Denn du wirst in der Zweiten bleiben!«

Ein allgemeines Murmeln erhob sich. Corda und Ranacci blickten sich verblüfft an.

Cecconi traten die Tränen in die Augen. »Sie wollen mich durchfallen lassen, Professore?«

Dessen Lächeln erstarb. »Schon das ganze Jahr über lässt du dich selbst durchfallen, mein Junge!«

Cecconi fiel das Kinn auf die Brust.

Ranacci und Corda hätten gerne etwas gesagt oder getan, um ihm zu helfen. Der Sohn des Gewerkschaftlers warf Ayroldi einen verächtlichen Blick zu. Aber der bemerkte es nicht einmal.

Der Mexikaner warf die Kippe vom Balkon, ging wieder rein, machte die Balkontür fest zu und nahm den Telefonhörer ab. »Ja?«

»Ich bin's.« Es war Gorelli.

»Nun? Hast du getan, worum ich dich gebeten habe? Und sei vorsichtig, wenn du sprichst.« Es war möglich, dass sie abgehört wurden.

Der andere kapierte den Wink. »Ich hab's versucht. In beiden Häusern.« Das bedeutete: sowohl bei den Großhändlern im Norden als auch im Süden. Die Rede war von Drogen. »Vorläufig haben sie nicht die Absicht, einem ehemaligen Verkäufer zu vertrauen. Sie warten lieber ab.«

»Gut. Sag ihnen, sie sollen mir Bescheid sagen, wenn sie keine Lust mehr zum Warten haben«, und er beendete das Telefonat, ohne noch etwas hinzuzufügen.

Wenn Gorelli gelogen hatte, um die schmutzige Krone zu behalten, die er sich auf den Kopf gesetzt hatte, würde er nicht lange brauchen, um es herauszufinden.

Er würde warten.
In sieben Jahren hatte er das gut gelernt.

Als er wegen des Doppelmords Sanzani erst in Pescara und dann in Mailand im Gefängnis saß, hatte der Mexikaner mit niemandem Kontakt. Die anderen Gefangenen mieden ihn sorgfältig, er war zu hochmütig und undurchschaubar. In seiner Gegenwart fühlte sich nicht nur der junge Schutzgelderpresser, sondern auch das alte Mitglied einer sizilianischen Familie wie ein kleiner Wurm, der im Licht seiner Sonne verschmorte. Seine Zellengenossen gingen auf Zehenspitzen, wenn er schlief, flüsterten, wenn er wach war, niemand sprach ihn je direkt an. Wer ihn sah, richtete den Blick zu Boden und ließ die Arme hängen. Keiner stellte ihm Fragen, nicht mal harmlose, wer er sei, woher er komme. Auf dem Hof ging der Mexikaner langsam, die Hände in den Taschen einer Uniform, die alle gleich aussehen ließ. Mit einer Ausnahme: Seine schien anders zu sein, eleganter, besser genäht, fast wie maßgeschneidert. Wenn beim Fußball auf dem Hof der Ball zufällig in seiner Nähe landete, war das Spiel beendet. Niemand hätte sich diesem sonderbaren Neunzehnjährigen mit den hellen, bedrohlichen Augen genähert, um den Ball zu holen. Lieber ging man zu einer anderen Beschäftigung über, Kartenspielen zum Beispiel.
Beim Kinoabend blieb die mittlere Sesselreihe vollkommen leer, dort saß er allein. Er rauchte im Kino, während er auf die Leinwand starrte, ohne sich je zu einem einzigen Ausruf hinreißen zu lassen. Als Aschenbecher benutzte er die Hälfte einer kleinen, ausgeschabten Kokosnuss.
Egal in welchem Gefängnis, immer gab es einen, der seinen Spitznamen kannte. Der Neuankömmling, der wieder einmal verlegt worden war, gab seine persönlichen Gegenstände am Eingang ab, und schon hatte sich die Nachricht von seiner Ankunft verbreitet.

Billo kam pünktlich auf dem Platz an.
Von diesem Spiel hing sein ganzes Leben ab, wenn nicht noch mehr.
Seit er mit Melo, dem Schuster, gesprochen hatte, waren im-

mer neue Einzelheiten zu der ersten, damals noch vorsichtig entworfenen Träumerei hinzugekommen. Inzwischen würde man von seiner Leistung im Spiel gegen Monteposchiese noch in den kommenden Generationen sprechen, und sein Name würde stets in ehrendem Andenken gehalten.

»Billo!«, rief ihn eine Stimme, während er schon vollkommen konzentriert auf die Umkleideräume zuging.

Melo, der Schuster. Neben ihm, in Jackett und Krawatte, ein großgewachsener, blonder Mann.

»Das ist Santovito, der Manager«, stellte ihn Melo vor. »Santovito, das ist der Junge, von dem ich dir erzählt habe. Emanuele Billo.«

Santovito musterte ihn lächelnd. Langsam, von Kopf bis Fuß und dann wieder zurück. »Er ist schmächtig«, sagte er schließlich.

»Ach was!«, rief Billo verärgert aus. »Ich bin kein bisschen schmächtig!« Und er streckte keck die Hand aus. »Angenehm, Billo.«

Santovito schien von dieser Selbstsicherheit beeindruckt. Sie schüttelten einander die Hand.

»Außerdem ist er kein Mittelstürmer, sondern Spielmacher. Für diese Rolle braucht man keinen starken Körperbau«, fügte Melo hinzu.

Billo gefiel, wie Melo seine Sache vertrat. Er schien wirklich an ihn zu glauben. Andererseits, dachte er stolz, hat er mich ja auch schon spielen gesehen!

»Das stelle ich nicht in Abrede«, bemerkte der Manager, der sich hinter seinem merkwürdigen Gesichtsausdruck versteckte. »Aber ich bin derjenige, der bewertet.«

»Lassen Sie mich spielen, dann zeige ich es Ihnen!«

Melo, der Schuster, lachte schallend. »Hast du gehört? Was für ein Charakter, nicht wahr Santovì?«

Der Manager wirkte nachdenklich. »Gehen wir uns auf die Tribüne setzen«, sagte er dann.

Billo sah ihnen nach, während sie zu den vier Treppenstufen

an der einen Seite des Fußballplatzes gingen, die Tribüne genannt wurden. Dann schlug er sich mit einer Faust auf die Brust, ein bisschen so, wie Gorilla es in Gegenwart eines Mädchens gemacht hätte, und ging in die Umkleide.
Auf einer der Türen des kleinen Häuschens, das die Stadt ihnen zur Verfügung gestellt hatte, prangte die Aufschrift: »Gäste«. Dahinter hörte man ein aufgeregtes Stimmengewirr. Billo war versucht, auf die Klinke zu spucken, doch er verzichtete. Er hatte an wichtigere Dinge zu denken.
Mit dem Feuer eines Gladiators riss er die Tür auf, an der geschrieben stand: »Roccellese Fußball«.
In dem kleinen, schlecht gelüfteten und nach Schimmel riechenden Raum waren alle seine Kameraden versammelt.
Der Trainer Capobianco, ein magerer, nervöser Mittdreißiger, hatte offenbar gerade seine übliche Motivationstirade vor dem Spiel beendet. Denn der Vereinsvorsitzende und Manager De Somma, ein Altersgenosse des Trainers, aber im Gegensatz zu diesem fett und friedliebend, klatschte in die Hände, was er an dieser Stelle immer tat.
»Wo hast du denn gesteckt?«, donnerte Capobianco, als er Billo erblickte. »Du kommst zu spät!«
»Ich wurde zu Hause aufgehalten«, log Billo, der erst in diesem Moment merkte, wie viel Zeit er durch das Gespräch mit Melo und Santovito verloren hatte.
»Ausgerechnet am Tag des wichtigsten Spiels der Meisterschaft?«, schrie der Trainer noch hysterischer.
»Ausgerechnet.«
»Und was ist passiert?«
»Was geht dich das an?«, rutschte Billo in schneidendem Ton heraus, und eine Sekunde später wurde ihm bewusst, wie ungeheuerlich diese Bemerkung gewesen war.
Der Coach sah die anderen Jungen an. Er sah De Somma an, der den Kopf schüttelte. Dann stürzte er sich auf den Korb mit den Trikots und warf Billo ein in einem Nylonsäckchen verpacktes Trikot zu.
Armer Kerl, frohlockte Billo, er weiß genau, dass er dieses

Spiel ohne mich verliert. Ich bin der Stärkste in der Mannschaft. Ich bin der Stärkste der ganzen Meisterschaft! Alles schwieg, während er das Säckchen öffnete und das Trikot herauszog. Das Grinsen blieb ihm im Hals stecken. Auf dem Trikot stand nicht seine gewohnte Nummer 10, sondern die 14. Gerade wollte er den Coach auf die Verwechselung aufmerksam machen, als der sagte: »Heute sitzt du auf der Ersatzbank. Wegen deines schlechten Benehmens!«
Entsetzt blickte Billo wieder auf das Trikot mit der Nummer 14. Das mit der 10 sah er in den Händen von Danese, einem ausgemachten Trottel, der praktisch noch nie gespielt hatte.
Er wollte etwas sagen, doch in dem Moment kam der Schiedsrichter in den Umkleideraum. »Darf ich? Fertig mit der Aufstellung?«
»Fertig!«, sagte De Somma und übergab ihm die Liste.
Zum Protestieren blieb keine Zeit und Möglichkeit mehr.
Alle sahen Billo an, während der Schiedsrichter begann, ihre Namen aufzurufen.
Verfluchte Scheiße! Was sollte er jetzt tun?

Sie verließen die Umkleide zusammen mit den Gegnern von Monteposchiese. Allesamt stille Jungen, angeführt von einem Trainer um die vierzig, bärtig, todernst.
Die Stollen ihrer Schuhe machten ein Geräusch wie Hagel auf dem zementierten Innenhof, um dann schlagartig zu verstummen, als sie auf die Wiese vor dem Fußballfeld traten.
Die Nummer 10 von Monteposchiese, ein Junge, dem Billo schon öfter auf verschiedenen Spielfeldern begegnet war, und der Villalta hieß, winkte ihm. »Bist du bereit, Billo?«, flüsterte er.
Billo schüttelte den Kopf. »Ich fange auf der Ersatzbank an ...«
Villalta konnte es nicht glauben, er beugte sich vor, um die Nummer auf Billos Trikot zu sehen. »Hey, Scheiße!«, rief er

aus. Dann wandte er sich an die anderen. »Billo ist heute Auswechselspieler!«
»Ruhe!«, zischte der bärtige Trainer. Doch er ging die Sache überprüfen, sah die 14 und war einen Augenblick lang versucht, etwas zu fragen. Dann lächelte er zufrieden unter seinem Schnurrbart.
Capobianco öffnete die halb aus den Angeln gebrochene Gittertür zum Spielfeld, ließ den Schiedsrichter vorbei, dann die Gegner einen nach dem anderen.
Zuletzt seine Mannschaft.
Der Letzte, der aufs Spielfeld lief, war Billo, seine Augen wanderten zur Tribüne. »Melo!«, rief er. Doch vergebens. Der Schuster hörte ihn nicht, er hantierte mit einem riesigen Fotoapparat ... oder vielleicht war es gar kein Fotoapparat?
»Eine Filmkamera, Mist, verdammter!«

Das Spiel lief genauso, wie es nur hatte laufen können.
Es wurde eine verheerende Niederlage.
Für die Mannschaft, natürlich, aber vor allem für Billo.
Eine Niederlage, die dadurch noch bitterer wurde, dass Villalta phantastisch spielte. Er schoss drei Tore. Und was für Tore ...
Billo hatte sofort bemerkt, dass Melos Filmkamera, nachdem sie auf dem ganzen Feld vergeblich nach ihm gesucht hatte, Villalta ins Visier genommen und sich nicht mehr von ihm gelöst hatte.
»Der versaut mir die Karriere«, brummte er. »Sie kommen meinetwegen, und dann bringen sie diesen Spasti in die erste Liga!« Er musste unbedingt mit seinem Onkel Michele darüber sprechen. Er würde wirklich zu ihm nach Deutschland gehen und in die Jugendmannschaft von Leverkusen einsteigen. Er würde die deutsche Staatsbürgerschaft annehmen. Und dann würde er die Weltmeisterschaft für Deutschland gewinnen, indem er Italien beim Endspiel 3:0 schlug. Denn natürlich würde er alle Tore schießen. Und

nach dem Spiel würde er den Sportreportern sagen, dass er den Cup seinem ehemaligen Trainer, diesem Arsch Capobianco widmete. Ja, genau das würde er machen. Und die ganze Stadt würde diesen Versager dafür hassen, dass er dem größten Spieler aller Zeiten die Karriere in Italien vermasselt hatte. Vielleicht würde man ihn sogar einsperren.

Als der Schiedsrichter das Spiel abpfiff und Billo seinen Traum in Scherben liegen sah, schaute Lonica zu Hause, neben seinem Vater auf dem Sofa ausgestreckt, Fernsehen. Die Mutter war bei der Arbeit, an diesem Samstagnachmittag musste sie die Mansardenwohnung der Cottafava putzen, wo es, wie sie sagte, schlimmer aussah als in einem Schweinestall. Sie hatte sich mit einem Kuss auf die Stirn von den beiden verabschiedet, dann war sie mit ihrem zerschlissenen Blümchenkleid und den abgenutzten flachen Schuhen nach draußen gegangen.
Das Gesicht des Vaters hatte nicht die übliche schaurige Blässe, es glühte vor Begeisterung. Gleich würde die Wiederholung des Jahrhundertkampfs beginnen: der Boxkampf zwischen Ali und Foreman in Kinshasa, Zaire, am 30. Oktober 1974.
Lonica war glücklich. Der Schlauch des Katheters lief bis zu dem Beutel am Boden, doch keiner der beiden schien darauf zu achten.
»*The rumble in the jungle*«, sagte sein Vater.
Für Lonica klang das wie ein Röcheln, und einen Moment lang ängstigte er sich. »Wie bitte?«, fragte er.
»*The rumble in the jungle.* Das ist Englisch. Es bedeutet ›das Erdbeben im Dschungel‹«, erklärte er. »So wurde dieser Boxkampf genannt«, und er zeigte auf den Fernsehschirm, wo noch Waschmittelwerbung lief. »Weil es in Afrika, in Zaire war und ein Erdbeben in der Welt des Sports.«
Lonica hatte diese Geschichte schon tausendmal gehört, doch er fragte trotzdem: »Warum?«
»George Foreman war der amtierende Weltmeister. Muha-

mad Ali hatte seit drei Jahren nicht gekämpft, weil ihm die Boxlizenz entzogen worden war: Er hatte den Wehrdienst im Vietnamkrieg verweigert, und die Regierung hatte ihn bestraft. Foreman war dick, groß und stark, er hatte eine stählerne Faust, und er hatte den Titel erobert, als er Frazier besiegte. Frazier war drei Jahre zuvor Alis letzter Gegner gewesen, bei einem anderen unvergesslichen Kampf. Der Weltmeister hatte verloren. Für die Buchmacher war klar: Wenn Foreman Frazier besiegt hatte, der wiederum Ali besiegt hatte, dann musste Foreman problemlos über Ali siegen. Er galt als der absolute Favorit.«

In solchen Momenten hörte Lonica dem Vater gern zu. Es schien nur sie beide und das Boxen zu geben. Die leise Stimme des Vaters erfüllte das Zimmer, er ließ sich von ihr wiegen.

»Was geschah stattdessen?«, fragte er.

Der Vater lächelte und wollte etwas hinzufügen, als das Schrillen der Gegensprechanlage den Zauber zerstörte.

Sie sahen sich erstaunt an.

Dann stand der Junge auf und ging antworten. »Wer ist da?«

»Gorelli. Mach auf und komm runter, los, beweg dich, ich habe keine Zeit.«

»Ich kann nicht ...«

»Beweg deinen Arsch!« Es klang wie ein Kläffen.

Lonica bekam Angst. »Ja, okay.« Er öffnete.

Er trug den Tod im Herzen, als er zu seinem Vater zurückkehrte. Der blickte ihn erwartungsvoll an. »Wer war das?«

»Ein Freund von mir«, sagte Lonica. »Ich geh kurz runter und komme gleich wieder. Es dauert nur einen Moment.«

Der Vater zeigte auf den Fernsehschirm. »Aber es fängt gleich an ...«

»Fünf Minuten, Papa, ich bin sofort zurück.«

Er schnappte sich die Schlüssel von dem Ring in der Wand und lief hinaus.

Lonica fühlte sich wie in einem Käfig gefangen. Ihm war,

als wäre das alles festgelegt worden, ohne dass er sich jemals wirklich hätte weigern können. Man hatte ihn reingelegt, aber schon lange bevor dieser Dreckskerl ihn auf der Straße abgefangen hatte. Genau in dem Moment, in dem Onkel Botta den Kampf mit Bordignon organisiert hatte, war die Sache in den Machtbereich von Giuliano Gorelli und seinen schmutzigen Geschäften übergegangen. Und er selbst hatte nur noch Ja sagen können.

Er ging die Treppe hinunter und auf die Haustür zu, als eine Hand ihm die Schulter harpunierte und ihn zwang, sich umzudrehen. »Hier bin ich, Idiot!«

Gorelli war blass, roch schlecht und Bartstoppeln zeichneten dunkle Flecken auf seine Wangen und das Kinn. Wahrscheinlich kann er sich kaum mehr frei durch Roccella bewegen, dachte Lonica, muss sich verstecken wie ein Ausbrecher, um dem Mexikaner nicht zu begegnen.

Er hielt einen weißen Briefumschlag in der Hand. Sein nervöser Blick wanderte in alle Ecken. »Ich hoffe, du bist bereit für Donnerstagabend.«

»Ja.«

»Braver Junge. Hier ist der Vorschuss.« Er reichte ihm den Umschlag.

Aus dem Inneren sah Lonica eine rosa Banknote hervorschauen. Und darunter weitere.

Er presste die Kiefer aufeinander. Und nahm den Umschlag.

»Wie-wie viel ist es?«

»Die Hälfte. Eine Hälfte jetzt, die andere nach dem Kampf, wie ich dir gesagt habe.«

Die Hälfte von einer Million Lire? In seinen Händen? Genau in diesem Moment?

Zitternd holte er die Scheine heraus. Es waren zehn Fünfzigtausender, und sie dufteten. Fünfhunderttausend Lire!

»Tu sie wieder rein«, befahl Gorelli. »Und dann versteck sie irgendwo an einem sicheren Ort, wo es sicherer nicht geht.«

Lonica steckte den Umschlag in seine hintere Hosentasche. »O-okay.«
Unversehens packte Gorelli ihn am T-Shirt. Er zog ihn dicht vor sein Gesicht. »Keine Tricks, sonst ruiniere ich dir dein Leben. Dir und diesen Unglücksmenschen um dich herum. Dem wahren Kenner genügen ... na, Lonì?«
»Was?«
»Dem wahren Kenner genügen ... wie viele Worte?«
»Wenige«, hauchte der Junge schließlich.
»In welcher Runde gehst du zu Boden?«
»In der dritten.«
»Sags mir noch einmal, Lonì!«
»Ich gehe in der dritten Runde zu Boden«, schrie Lonica mit geschlossenen Augen.
Als er sie wieder öffnete, waren sie voller Tränen, und Giuliano Gorelli verschwand schon durch die Hintertür.

Lonica hatte sich gerade umgedreht, um die Treppe wieder hinaufzugehen, sich in der Wohnung zu verkriechen und über seine Probleme zu grübeln, als er ein energisches Klopfen hörte.
An der Glasscheibe der vorderen Eingangstür drückte sich das Gesicht von Cecconi platt. Er zog Grimassen, ließ die Zunge rotieren und riss die Augen auf. Die Hand, die neben ihm gegen die Tür hämmerte, gehörte Gorilla.
Hatten sie ihn mit Giuliano gesehen? Unmöglich, der eine machte blöde Späße wie eh und je, und der andere grinste fröhlich. Jedenfalls waren sie nicht besonders aufgeregt.
Lonica öffnete die Tür. »Was macht ihr denn hier?«
»Weißt du, wo Billo ist?«, fragte Gorilla. Seine Stimme hallte durch das Treppenhaus. »Er hat sich nach dem Spiel nicht blicken lassen. Heute hatten sie doch ein Heimspiel, oder?«
»Ich glaube ja ... keine Ahnung.«
»Was hastn grade gemacht?«
»Ich war bloß einen Augenblick runtergegangen, aber ... jetzt muss ich wieder hoch zu meinem Vater.«

»Nee, komm mit uns! Auf der Piazza ist Corda, der Speckbacke anbaggern muss!«
»Du musst mitkommen, Lonì!«
»Ich kann nicht, meine Mutter ist bei der Arbeit, und ich muss auf meinen Vater aufpassen.« Er versuchte, bestimmt und gleichzeitig heiter zu wirken.
Gorilla hielt Cecconi zurück, der protestieren wollte.
»Wann kommt sie zurück?«
»Weiß nicht ... ein Stündchen.«
Eine Weile sagte niemand etwas. Gorilla blickte sich um, er wollte sich nicht einmischen, aber er konnte sich nicht zurückhalten. »Wie geht es deinem Vater, Lonì?«
»Gut. Besser.«
Wieder ein drückendes Schweigen.
»Ich muss rauf, Leute. Ich muss den Boxkampf mit ihm ansehen.«
»Hey, du bist ja echt besessen von diesem Boxen!«
»Was für ein Kampf?«, fragte Gorilla, dem es in Wirklichkeit völlig wurscht war.
»Ali gegen Foreman, vor vielen Jahren. Es ist eine Wiederholung.«
»Warum guckstn dir das an?« stieß Cecconi hervor. »Wenn man das Ergebnis schon kennt ...«
»Es ist einfach zu schön ...«, gab Lonica zu. Dann schlug er zögernd vor: »Wenn ihr wollt ... kommt doch mit rauf.«
Gorilla und Cecconi wechselten einen Blick.
»Ihr müsst ja nicht.« Lonica wollte nicht länger warten. »Wenn ihr keine Lust habt ...«
Seit sein Vater krank geworden war, hatte er niemanden mehr zu sich nach Hause eingeladen. Allerdings stand man im Ort auch nicht gerade Schlange, um die Familie Lonica zu besuchen. Die Nachbarn erkundigten sich höflich, wenn sie Mutter und Sohn im Treppenhaus trafen. Und die antworteten höflich. Das war alles.
»Also ich hätte Lust, den Boxkampf zu sehen!«, sagte Gorilla.

Cecconi nickte, auch er fand die Idee gut. »Vielleicht kommt Corda sowieso nicht, dieser Feigling!«
Erst hatte Lonica gehofft, sie würden einwilligen. Die Vorstellung, mal wieder jemanden ohne Leichenbittermiene zu Hause zu haben, gefiel ihm. Dann war ihm der Beutel am Katheter eingefallen. Welchen Eindruck würde der machen? Gorilla hätte vielleicht den erforderlichen Takt. Aber Cecconi mit seinen Albernheiten? Kurz, es wäre ihm lieber gewesen, wenn sie Nein gesagt hätten. Stattdessen ...
»Ja, gehen wir rauf!«, sagte der Neapolitaner.
Gorilla rannte schon die Treppe hinauf.
Lonica folgte ihm und versuchte, ihn einzuholen, doch plötzlich fühlte er, dass jemand an seine Hose fasste. Er drehte sich um. Cecconi hatte ihm den Umschlag mit dem Geld aus der Hose gezogen!
»Was haste da drin?«, fragte er und wollte ihn schon öffnen, doch Lonica riss ihm den Umschlag aus der Hand und stopfte ihn sich in die Unterhose. Er hielt den Atem an, um einen nicht vorhandenen Bauch abzuflachen.
»Ach, was kann das schon sein!«, sagte der Neapolitaner geringschätzig, wich Lonica aus und rannte an ihm vorbei die Treppe hinauf. »Irgendeine letzte Pfandrate!«, rief er.
Lonica blieb stehen, seinen dicken Hintern im Blick. Eine Sekunde später, und Cecconi hätte eine halbe Million Lire bei ihm gefunden!
Die Schritte seiner Freunde hallten schon aus größerer Entfernung. In wenigen Momenten würde sein Vater diese beiden Bulldozer in seiner Wohnung haben.
»Wartet doch!«, schrie er.
Als er sie einholte, hatte Cecconi schon geklingelt. Umgeben von seinen Schläuchen und Beuteln, öffnete Signor Lonica die Tür.
Vor sechs Monaten hatten die beiden ihn zum letzten Mal gesehen, in der Turnhalle bei Onkel Botta. Sie hatten eine genaue Erinnerung an ihn, die eines kräftigen und immer sehr höflichen Mannes.

Ein Augenblick verlegener Erstarrung folgte. Es war Gorilla, der als Erster die Sprache wiederfand, nachdem er sich umständlich geräuspert hatte. »Guten Tag, Signor Lonica. Ihr Sohn sagt, dass es einen schönen Boxkampf im Fernsehen gibt. Dürfen wir mit Ihnen zuschauen?«
Cecconi sprach, die Augen auf die Fußmatte gerichtet: »Wenn wir nicht stören ...«
Der Mann sah seinen Sohn an. Dann ging sein Blick wieder zu Gorilla und Cecconi, und er zwinkerte ihnen zu. »Ein schöner Boxkampf?« sagte er. »Viel, viel mehr, Jungs! Der Kampf des Jahrhunderts! Kommt rein!« Und er lächelte, während er in seinem abgewetzten Pyjama zur Seite trat. Der Sohn liebte ihn mehr als je zuvor.

Auf den beiden seitlichen Sesseln sitzend, hüteten sich Cecconi und Gorilla, Signor Lonica anzusehen. Immer wieder hörte man das Geräusch der Verdauungstätigkeit durch die Schläuche gurgeln, und in diesen Momenten schienen die beiden Jungen vom Geschehen auf dem Fernsehschirm besonders gebannt.
Gerade hatte die zweite Runde begonnen. Der größere Boxer, schwärzer und mächtiger, zwang den anderen in die Seile. Der war von hellerer Hautfarbe und offensichtlich entschlossen, in einer wenig eleganten Hochdeckung zu verharren.
»Ali, das ist der Boxer, der hier gerade in Deckung geht, galt als verloren«, erklärte Renato Lonica den Neuankömmlingen. Er erzählte die ganze Geschichte noch einmal von Anfang bis Ende, Vietnam und die Disqualifizierung. »Alis Strategie baute eher auf einer verbalen als einer körperlichen Auseinandersetzung auf. Seht ihr, in diesem Moment redet er auf Foreman ein, er beleidigt ihn. Er bringt ihn zur Weißglut, versteht ihr?« Die Kommentare von Signor Renato waren viel interessanter als die des Sportreporters. Cecconi und Gorilla nickten, ohne den Blick vom Fernseher zu lösen.

Lonica stand auf. »Ich hole Kartoffelchips.« Die anderen reagierten nicht einmal.
Der Vater erklärte, dass Ali in seiner ganzen Karriere noch nie auf diese Weise gekämpft hatte, er war keiner, der Schläge einsteckte, im Gegenteil. Bei diesem denkwürdigen Kampf aber hatte er erst die üblichen Tänzchen im Ring angekündigt und dann alle mit einer abwartenden Haltung überrascht.
Lonica eilte in sein Zimmer. Er öffnete seine Sporttasche, wühlte sich durch die Sachen, hob den festen Boden der Tasche an und schob den Umschlag mit dem Geld darunter. Er machte den Reißverschluss der Tasche wieder zu und betrachtete sie. Das Versteck war sicher. Seine Mutter hatte einen Sauberkeitsfimmel, sie stöberte überall herum. Dies war der einzige Ort, an den sie sich nicht wagte, denn es war abgemacht, dass nur er seine Boxtasche leerte, um den Inhalt in die Wäsche zu geben.
Aus der Küche holte er Chips, Plastikbecher und eine große Flasche Cola, dann kehrte er ins Wohnzimmer zurück.
»Wahnsinn«, sagte Cecconi gerade, fasziniert von Foreman, der Ali einen so schweren Treffer verpasste, als hätte er Steine in den Handschuhen. Doch er sah den Gegner nicht zu Boden gehen, ja sogar die Befriedigung eines ängstlichen Blicks blieb ihm verwehrt: Ali lächelte immer noch breit, zeigte seinen Zahnschutz und fuhr fort, leise auf den Weltmeister einzureden. »Mann, der haut zu«, rief Cecconi, »uns hätt der längst auf'n Friedhof geschickt.« Sofort wurde ihm bewusst, dass er das Falsche gesagt hatte. Gorilla warf ihm einen bösen Blick zu.
Lonica blieb eine Weile reglos stehen, die Chips in der einen, die Plastikbecher in der anderen Hand, unter dem Arm die Colaflasche.
Renato Lonica lachte herzhaft. »Genau! Unsereins hätte der alle auf den Friedhof geschickt!« Ohne den Blick vom Fernseher abzuwenden, machte er seinem Sohn ein Zeichen, dass er einen Becher wollte. »Vergesst nicht, dass Fore-

man alles andere erwartete als einen Ali, der sich so wenig bewegte und so gut im Nehmen war. Seht mal, wie er schwitzt. Er trifft ihn und schwitzt, immer stärker.«
»Aber wie der zuschlägt«, bemerkte Gorilla, eine Handvoll Chips nehmend.
»Was rufen die denn da?«, fragte Cecconi, während Lonica ihm Cola eingoss.
Das Publikum rief immer wieder zwei Worte, eine Litanei aus geheimnisvollen Silben.
»Stimmt«, sagte Lonica und setzte sich endlich wieder auf das Sofa, »schon seit der Kampf begonnen hat, rufen sie das.«
»Ali hatte ganz Zaire auf seiner Seite«, begann der Vater zu erklären. »Alle liebten ihn. Und verachteten den amtierenden Weltmeister. Denn Ali war nicht nur ein großartiger Boxer, er war auch ein geschickter Propagandist in eigener Sache. Während des Trainings hatte ihm ein Junge zugerufen: Ali, boma ye! Ali, töte ihn!«
Jetzt hörte man unter der Stimme des Fernsehreporters deutlich die Anfeuerung des Publikums: »A-li-bo-ma-ye!«
»Im Moment kassiert er aber noch reichlich Hiebe«, wandte Gorilla ein, ohne den Mund vom Plastikbecher zu nehmen. »Hat Ali am Ende verloren, Signor Lonica?«
»Sieh es dir an«, antwortete der Mann. »Sieh hin.«
Gerade hatte die siebte Runde begonnen.
Das Drehbuch war unverändert: Foreman, der angriff, Ali ständig in Deckung.
Doch allmählich schlich sich eine fast unmerkliche Veränderung ein: weniger in dem, was geschah, als in der Haltung Foremans. Er wurde nervös, es ärgerte ihn, dass sein Gegner mit einer so starren Deckung kämpfte, auf eine solche Begegnung war er offensichtlich nicht vorbereitet. Und je nervöser er wurde, desto weniger überzeugend wurden seine Schläge. Weniger präzise. Ali schien ihnen leichter ausweichen zu können als zu Beginn.

»Es sieht so aus wie in der ersten Runde«, erklärte Renato Lonica. »Aber alles ist anders.«
Foremans Treffer hatten nicht mehr die Wucht von Schlägen mit Backsteinen, sondern trafen höchstens wie fallende Dachziegel, dachte Lonica. Ali brachte Foreman außer Atem, ohne das Feuer zu erwidern, er selbst blieb unerschütterlich. Was für ein Schauspiel! Lonica fühlte, wie ihm das Herz aufging, als er sich vorstellte, dort im Ring zu stehen, den Schlägen seines Gegners auszuweichen und ihn hinter dem Zahnschutz zu verspotten.
Doch dann fiel ihm das Geld drüben in der Sporttasche ein. Er spähte kurz zu seinem Vater hinüber und hoffte, dass der nie davon erfahren würde.
»Passt auf«, sagte sein Vater langsam, als die achte Runde begann, »jetzt werdet ihr etwas Außergewöhnliches erleben.«
Die Jungen beugten sich gespannt vor, die Augen magnetisch vom Bildschirm angezogen.
In den ersten zwanzig Sekunden löste sich Ali noch nicht ganz von den Seilen, aber er klebte nicht mehr so daran wie vorher. Foreman war unsicher, versuchte jedoch, ihn am Rand des Rings zu halten. Aber Ali bewegte sich vorwärts, indem er tief mit einem linken Jab traf, und gelangte so zusammen mit seinem Gegner in die Mitte.
Es folgte ein heftiger Schlagabtausch, der Weltmeister drängte den Herausforderer wieder in die Ecke und holte zu einem linken Haken aus, doch Ali, der den Oberkörper bis zu diesem Moment nicht bewegt hatte, duckte sich und entwich wie ein Derwisch. Ein Vogel, der sich einen Moment, bevor der Schuss fällt, in die Lüfte erhebt.
Der Weltmeister hatte so viel Schwung in seinen Schlag gelegt, dass er die Bewegung nicht mehr abfangen konnte und vornübergebeugt auf den Seilen landete.
»Meine Fresse! Wahnsinn!«
Das Publikum brüllte, der Schiedsrichter schob den Herausforderer weg, der sich hinter Foreman aufgepflanzt hatte, so dass der sich nicht mehr aufrichten konnte.

In der nächsten Minute blieb Ali in der Ecke, die Foreman soeben frei gemacht hatte. Der legte wieder los: ein paar Sekunden Scharmützel, eben angedeutete Schläge, deutliche Zeichen von Müdigkeit, ein paar Eingriffe des Schiedsrichters.
Mit seiner unteren Deckung riskiert Ali viel bei einem gefährlichen Eins-zwei-Schlag des Gegners. Er kassiert die Treffer mit Mühe, bleibt aber auf den Beinen. Foreman erzielt links drei Körpertreffer.
»Was der für Muskeln haben muss, um solche Treffer nicht zu spüren«, sagte Gorilla.
»Das ist nicht nur eine Frage der Bauchmuskeln«, erklärte Renato Lonica. »Er ist sehr konzentriert, inzwischen weiß er, was er noch riskieren kann. Foreman trieft vor Schweiß und schleppt sich nur noch durch den Ring.«
Lonica drückte den Arm seines Vaters, als wäre er wieder Ali und bräuchte Hilfe.
Die Ecke ist glitschig.
Man meint, den säuerlichen Schweiß der beiden Boxer zu riechen.
Harte, aber ungenaue Schläge des Mannes, der schwärzer ist als der im schwarzen Schatten liegende Hintergrund. Ali weicht zurück, sein Oberkörper ragt über den Ring hinaus, die Füße stehen fest auf dem Quadrat.
Er bricht nicht zusammen.
Der Schiedsrichter trennt sie, Ali verlässt die Ecke, aber Foreman drängt ihn wieder hinein. Die ganze Runde scheint sich in diesem feuchten Winkel abspielen zu müssen. Ali zielt zweimal mit der Linken auf die Wangenknochen des Weltmeisters, die Schläge beginnen gut, erschlaffen aber beim Auftreffen.
Foreman spürt sie trotzdem, er muss klammern, die Arme um die Hüften des Gegners gelegt. Wieder schreitet der Schiedsrichter ein.
In diesem Moment kommt Ali aus der Ecke, umkreist Foreman, erobert sich zum ersten Mal die Mitte des Rings.

Foreman setzt ihm nach: drei rechte Haken ins Gesicht, einer mühsamer als der andere. Ali erträgt den ersten und dämpft die beiden anderen ab.
Doch jetzt ist er schon wieder an den Seilen, auf der gegenüberliegenden Seite.
Foreman: rechts, links, rechts, links, er krümmt sich, mit der Rechten auf den Oberkörper, die Linke ins Gesicht. Ali macht dicht.
Jeder Schlag von Foreman kann ein K.o. bedeuten, doch Ali hält durch.
Jetzt schlägt Foreman mehr mit den Armen als mit den Fäusten. Von der Seite gesehen, wirkt sein Blick erloschen, er versteht nicht, wieso der andere nicht aufgibt, warum dieser ganze Kraftaufwand sich nicht zu seinen Gunsten auswirkt.
»Aliiii!«, schrie Cecconi hingerissen, vom Kampfgeist gepackt.
Fünfzig Sekunden bis zum Ende der Runde. Immer noch das gleiche Bild: Foreman schlägt zu, schlecht, aber er schlägt, Ali kassiert. Blitzlichter flackern auf, alles wartet auf den Siegestreffer des Weltmeisters.
Vier Körpertreffer von Foreman, er schnaubt vor Wut; Ali umklammert seinen Kopf, drängt ihn weg.
Der Schiedsrichter trennt die beiden.
Foreman holt Luft, dann legt er mit gesenktem Kopf wieder los. Ali, der so still steht wie noch nie in seiner Karriere, erwartet ihn.
»Jetzt!«, sagte Lonicas Vater.
Foreman kommt Ali mit dem Kopf zu nah, seine Deckung ist zu schwach, Ali verpasst ihm eine linke Gerade auf die Schläfe. Nicht präzise gezielt, aber der Champion schwankt. Er verliert das Gleichgewicht.
Noch zwei Schläge von Ali auf den Kopf des Gegners, der zum zweiten Mal in dieser Runde bäuchlings über den Seilen hängt.
Ali kommt aus der Ecke, trifft Foreman, der auf wackeligen

Beinen steht, sich aufrichtet, aber den anderen nicht zurückhalten kann. Er hebt den Arm, um die Schläge abzufangen, aber seine Bewegungen sind müde und ungeschickt. Ali umkreist ihn und lädt alles auf ihm ab, was er noch im Körper hat.
Foreman, der gewaltige Foreman, der bis dahin noch keinen einzigen Kampf verloren hat, dreht sich wie ein Kreisel unter den Hieben des Gegners.
Nach einer rechten Geraden, die nicht mal besonders hart, aber genau ist, sieht er Sterne.
Foreman steckt den Schlag ein und droht frontal zu fallen, doch dann dreht er sich mit einer unbegründeten Wucht wie in einem zuckenden Todestanz um sich selbst und landet rücklings auf dem Boden.
»Jaaaa!«, schrie Gorilla.
»Das ist es!«, schrie Cecconi.
»Genauso!«, rief Lonica.
»Er ist K.o.«, kommentierte sein Vater nickend.
Der Schiedsrichter zählt rasch aus. Foreman betrachtet die Finger des Mannes im gestreiften Hemd.
Der ganze Körper liegt am Boden, doch der Weltmeister, der entthront zu werden droht, hebt den Kopf.
Und genau in dem Moment, in dem der Schiedsrichter das Auszählen beendet, versucht Foreman, aufzustehen. Er schafft es.
Aber es ist zu spät.
Der Schiedsrichter hat den Kampf für beendet erklärt.
Ali hebt die Arme in den Himmel von Kinshasa. Zuschauer und Journalisten strömen in den Ring, dem italienischen Reporter fehlen die Worte.
Alle umarmen Ali, den neuen Weltmeister im Schwergewicht. Die Kühnsten stemmen ihn in die Höhe.
Und unterhalb dieser Szene, als stiege er von unten in das Bild auf, noch immer der Ruf, der jetzt alles andere übertönt: »A-LI-BO-MA-YE!«
Die drei Jungen fielen sich in die Arme und schrien sich die

Kehle aus dem Leib, während sie einander auf die Schultern, an die Brust und auf den Kopf schlugen. Signor Lonica lachte und sagte immer wieder: »Das ist Boxen. Das ist Boxen. Das ist Boxen.«
Mit Tränen in den Augen bückte sich sein Sohn, um ihn zu umarmen.

Als Billo nach dem Spiel mit der Mannschaft in die Umkleide zurückkehrte, mied Capobianco seinen Blick. Er sagte nur: »So ist es halt gelaufen.«
Alpizzi, der rechte Verteidiger, nach Billo der Zornigste der Spieler, erwiderte: »Warum hat Billo nicht gespielt, Coach?«
»Das sind Sachen, die ihr verstehen werdet, wenn ihr erwachsen seid.«
»Aber als Erwachsene werden wir dieses Match nicht noch einmal spielen! Heute mussten wir es spielen, und zwar mit Billo auf dem Platz!«
Capobianco sah De Somma an, weil er sich Unterstützung von ihm erwartete. Aber der erwiderte den Blick nur, ohne etwas hinzuzufügen.
»Man kommt nicht zu spät. Schluss, aus, fertig!«, schrie der Coach, dem vielleicht zum ersten Mal bewusst wurde, dass er einen Fehler gemacht hatte.
Billo stürzte noch im Trikot aus dem Umkleideraum. Wie gut, dass sie bald den Banküberfall machen würden! Er würde sich den ganzen Fußballverein Roccellese Calcio kaufen. Als Erstes würde er Capobianco kaltstellen. Und diesen nutzlosen Vollidioten De Somma gleich dazu! Präsident und Spieler würde er sein! Und Trainer auch!
Draußen lief er Melo und Santovito direkt in die Arme. Bei ihnen war Villalta.
»Billo!«, rief Melo glücklich.
Was hatte dieser Kerl zu lachen?
Santovito musterte ihn abermals von Kopf bis Fuß. Dann sagte er: »Obwohl du heute nicht gespielt hast, Billo, verlasse

ich mich auf Melos Einschätzung. Wenn er sagt, dass du stark bist, glaube ich das.«

»Er ist stark, und ob er stark ist ... er ist auch ein Champion, und was für einer!«, bestätigte Melo.

Billo erfasste eine ungeheure Freude, und er empfand eine Zuneigung für den Schuster, wie er sie noch für keine Menschenseele verspürt hatte.

Villalta grinste Billo an. »Hurra!« Sie schlugen jubelnd die flache Hand gegeneinander.

Santovito sagte zu Melo: »Du hast mich wegen eines kleinen Champions geholt und stattdessen finde ich zwei!«

Der Mann lächelte zufrieden, und Billo freute sich für ihn. Es war sicher nicht besonders erhebend, jeden Morgen aufstehen zu müssen, um die Schuhe anderer Leute neu zu besohlen und zu polieren. Vielleicht war es immer schon sein Traum gewesen, Sportskanonen zu entdecken.

»Tu mir einen Gefallen«, sagte der Manager, »nimm sie mal beide zusammen auf, genau so wie sie jetzt sind.«

Stolz und gehorsam holte Melo seine Filmkamera aus der Tasche.

»Hakt euch unter!«, sagte Santovito.

Die beiden blickten sich kurz an, dann schob Villalta einen Arm unter Billos Arm. »So?«

»Sehr gut«, antwortete Melo hinter der Super 8.

»Enger zusammen«, befahl Santovito.

Die beiden gehorchten.

»Sind eure Väter hier?«, fragte der Trainer, nachdem er Melo ein Zeichen gegeben hatte, die Filmkamera abzustellen.

Beide Jungen verneinten kopfschüttelnd. Villaltas Vater war Minenarbeiter in Belgien. Der von Billo war ... nun ja, irgendwo.

»Schade. Sonst hätte ich euch sofort unterschreiben lassen!« Ihr seid minderjährig, allein unterschreiben dürft ihr nicht. Kommt mit mir.«

Sie gingen zu einem glänzenden schwarzen BMW. »Lasst

euch auf keinen Fall von anderen Beobachtern oder Managern ansprechen«, sagte Santovito. »Gerade um diese Zeit kriechen sie überall aus ihren Löchern. Nicht so wie ich, der ich zwölf Monate im Jahr auf Talentsuche herumreise. Ja, es ist sogar besser«, und er machte Anstalten, sich hinter dem Auto zu verstecken, »wenn keiner mich sieht, während ich mit euch spreche, sonst stürzen die sich auf mich wie Piranhas.«

Billo und Villalta blickten sich nach allen Seiten um. Tatsächlich, zwei verdächtige Typen schienen sie von der Tribüne aus zu beobachten.

»Hört zu«, sagte Santovito. »Ihr sprecht mit niemandem über unser Treffen. Ja, sogar nicht mal mit euren Eltern. Damit ihnen keinesfalls was entwischt, vielleicht den Mamas, die ja, wie man weiß«, und er lächelte, »unter Freundinnen nur allzu gern Vertraulichkeiten austauschen und den Dorfklatsch weitertragen.«

Billo dachte an seine Mutter auf dem Balkon. Sie hatte keine Freundinnen und war mit niemandem vertraut.

»Wir werden ein Treffen organisieren am ... mal sehen«, er zog einen Terminplaner aus der Tasche. »Habt ihr Mittwochabend Zeit?«

»Was für ein Treffen?«

»In Vincipasso versammeln sich am Mittwoch die Vorsitzenden der Tochtergesellschaften der großen Mannschaften der ersten und zweiten Liga. Und da will ich euch vorstellen!«

Melo pfiff anerkennend.

Villalta und Billo hätten platzen können vor Begeisterung. Wieder schlugen sie die Handflächen gegeneinander.

»Ich glaubs nicht!«, rief Billo.

Melo umarmte beide, als hätte er in diesem Moment entdeckt, dass er zwei Söhne hatte. »Was für Neuigkeiten, Santovì!« Gerührt sah er die Jungen an, während der Manager den allgemeinen Jubel befriedigt zur Kenntnis nahm. »Ihr seid großartig! Ich bin stolz auf euch!« Die Augen des Schusters wurden feucht.

Vielleicht war das der Moment, der sein Leben für immer verändern würde. Billo würde ihn nie vergessen, das wusste er.
Der Manager warf einen Blick auf seine funkelnde Armbanduhr. »Jetzt muss ich mich aber beeilen«, sagte er. »Es gibt noch ein Spiel in der Nähe der Provinzhauptstadt, man hat mir von zwei Verteidigern erzählt, die nicht übel sein sollen.« Er wandte sich an die Jungen. »Na, was sagt ihr? Mittwochabend um acht Uhr komme ich hier vorbei, um euch abzuholen, und dann fahre ich euch nach Vincipasso?«
Billo und Villalta nickten. »Danke!«
»Nichts da, danke! Ich danke euch! Und ihr bedankt euch bei eurem Talent!« Er öffnete die Tür des BMW. Ein intensiver Duft nach Zitrone, Sauberkeit und Eleganz schlug ihnen entgegen. Santovito sagte zu Melo, er solle ihm den Film so bald wie möglich bringen. Dann stieg er ins Auto und fuhr mit einem weichen Zischen des Motors davon.
Billo war, als schwebte er auf Wolken.

Auf der Piazzetta waren nur Corda und Fostelli, die erwartet hatten, dass sie alle anderen hier treffen würden.
Beide spähten in Richtung Bar.
»Ich habe keine Lust«, sagte Corda. Auf seinem Hals bedeckte ein breites Pflaster die Kratzer. Zum Glück achtete zu Hause im Moment keiner auf ihn.
»Aber du musst es tun.« Fostellis Stimme war tief, ernst und bezwingend. »Alles hängt von dir ab, Corda. Das Schicksal deiner Freunde liegt in deinen Händen.«
»Aber selbst wenn ich an sie rankomme ... ich meine, warum sollte sie sich in mich verlieben?«
Nach einem langen Seufzer antwortete Fostelli: »Vielleicht weil keiner sie liebt.«
Corda starrte ihn an. Auch mich, dachte er, liebt keiner.
Fostelli las es ihm aus dem Gesicht. »Tja«, meinte er nur, »ich weiß, dass du Angst hast. Ich weiß, dass sie ... nicht ge-

rade eine Schönheit ist.« Er legte Corda eine Hand auf die Schulter. »Aber in einem Fall wie diesem solltest du meiner Meinung nach das Schöne auch dort suchen ... wo es nicht ist!«

»Das verstehe ich nicht, Don.«

»Naja, tu so, als würdest du sie lieben, wenn du sie anschaust ... denk einfach an ein anderes Mädchen und tu das, was du tun würdest, wenn sie dir gefallen würde.«

»Aber sie gefällt mir ja nicht!«

»Du sollst schauspielern, habe ich gesagt!« Dann wechselte er den Ton. »Nein, wir machen es anders ... Stell dir vor, es wäre eine Aufgabe. Und denk dir, dass du, wenn du diese Aufgabe schaffst, von da an alles schaffen wirst, was du dir vornimmst.« Fostelli sprach voller Überzeugung, er redete sich in Begeisterung, und ein kleiner Teil dieser Begeisterung übertrug sich auf den Sohn des Anwalts wie ein Fieber, das ihn wärmte. »Es ist eine Probe, Corda, die Neunerprobe deines ganzen Lebens!«

»Echt?«

»Ja. Es ist ein Wendepunkt für dich. Du kannst dabei deine Anziehungskraft messen, deine Fähigkeit, andere Menschen zu verführen. In diesem Fall ist dieser andere Mensch leider Speckbacke. Aber blick über sie hinaus! Denk mal an mich: Ich ... ich liebe Jesus, und das Bild von Jesus, das wir am häufigsten sehen, ist das seines Todes am Kreuz, stimmt's?«

Corda nickte.

»Du musst zugeben, dass es nicht gerade ein ... besonders verlockendes Bild ist. Aber ich blicke darüber hinaus, ich blicke auf sein Opfer, sein Leiden. So meine ich das«, schloss er, »das ist so ungefähr das, was du bei Speckbacke tun müsstest.« Fostelli zitterte bei dem Gedanken, dass Christus mit der Speckbacke zu vergleichen eine halbe Gotteslästerung sein könnte. Aber im Grunde versuchte er ja nur, einen Freund zu motivieren, der Probleme hatte.

Corda schien allmählich überzeugt, er spähte etwas ge-

lassener in Richtung Bar, sein bis jetzt angespannter Kiefer lockerte sich. »Hm, dann geh ich mal die Lage sondieren«, sagte er schließlich, ließ Fostelli stehen und schritt auf das Lokal zu.
Dem Don blieb vor Staunen der Mund offen stehen: über Cordas entschlossenen Ton und über seine eigene unfehlbare Überredungskunst.
In diesem Augenblick wichtiger Offenbarungen tauchte plötzlich Ranacci neben Fostelli auf: »Wo geht denn Corda mit diesem total bescheuerten Gesichtsausdruck hin?«

Resolut marschierte er bis zur Tür. Als er sie aufdrückte, schwand ein Teil seiner Kräfte. Sie verließen ihn gänzlich, als er eintrat.
Die Bar war menschenleer, bis auf Speckbacke.
So wie sie hinter dem Tresen saß, erschien sie Corda wie ein Buddha aus Keramik. Völlig vertieft in die Lektüre eines Buchs, hatte sie ihn nicht mal hereinkommen hören. Sie bewegte die Lippen beim Lesen, ihre Haare waren zu einem Pferdeschwanz gebunden, das üppig gerundete Doppelkinn trennte ihr Gesicht vom Buch, ihre Aufmachung war die übliche aus weißem T-Shirt und riesigen Männerhosen.
Corda blieb wie angewurzelt in der Tür stehen. Der Don hat gut reden, dachte er. Wenn man so einen Elefanten vor Augen hat, wie soll man darüber hinausblicken?
Letizia schien seine Gedanken zu hören, denn sie blickte schlagartig zu ihm auf. »Was willst du?«, fragte sie Kaugummi kauend, während sie das Buch auf die Theke legte.
Corda zitterte wie ein Kerzenflämmchen. Am liebsten wäre er weggerannt. Die anderen hätten das verstanden.
Dann fielen ihm die Worte des Don ein: Es war die Neunerprobe! Wenn er die bestand, würde ihm sein ganzes Leben zu Füßen liegen, alles, ohne dass er je wieder Angst haben musste.
Er fand zu der Entschlusskraft zurück, mit der er zum Angriff losgestürmt war, und ging mit großen Schritten zur

Theke. Schwungvoll stützte er einen Ellenbogen darauf. Speckbacke versteifte sich auf ihrem Hocker, dann wich sie zurück.

»Hallo Letizia«, sagte er, »eine Granita mit Pfefferminz bitte!«

Sie blickte ihn eine ganze Weile lang reglos an. Als sie begriffen hatte, dass dies kein versuchter Überfall oder wer weiß was sonst war, ließ sie das Kaugummi im Mund knallen und fragte: »Hast du überhaupt Geld?«

Corda kramte in der Tasche seiner Bermudas und zog die kleine Geldbörse mit Klettverschluss heraus. Er öffnete sie, nahm einen Tausendlireschein und legte ihn auf den Tresen. »Ich bin der Sohn des Anwalts Corda. Ich glaube nicht, dass er je zum Frühstücken hierhergekommen ist, aber ich nehme an, dass du weißt, um wen es sich handelt. Ich heiße Vittorio. Gibst du mir jetzt die Granita?«

Das Mädchen wurde puterrot im Gesicht. Nicht, dass sie wirklich eingeschüchtert gewesen wäre oder so, doch dieser Nachname tat seine Wirkung. Unter einigen Mühen kletterte sie vom Hocker, nahm die tausend Lire und kam hinter der Theke hervor, um sich in ihrer ganzen Massigkeit zu präsentieren.

Corda spürte ein Jucken an den Fußsohlen. Oder waren das Schwindelgefühle?

Sie öffnete den Kühlschrank und rührte mit den Händen im Eis.

Corda, der hinter ihr stand, beobachtete sie stumm.

Sie schloss die Kühlschranktür, kehrte langsam hinter die Theke zurück und stellte den kleinen Becher mit der Granita vor ihn hin.

»Ich möchte dich mal was fragen«, begann sie dann. »Warum hängt einer aus guter Familie wie du eigentlich mit diesen Hungerleidern herum?«

Aus guter Familie, ha! Corda dachte an Germano, den vogelfreien Flüchtigen in den Schweizer Tälern oder vielleicht schon in irgendeiner Bohemienkaschemme in Paris.

Und er beneidete Germano, denn er war weit weg von allem, was aus einem Leben ein anständiges Leben macht. Also erwiderte er, während er den Plastikdeckel abhob: »Gute Familien gibt es nicht«, und sofort wurde ihm bewusst, dass er einen Gedanken ausgesprochen hatte, der ihn nie wieder verlassen würde.

Letizia fand einen Plastiklöffel und reichte ihn Corda. »Sieh mal einer an«, sagte sie interessiert, »hört, hört ...«

Corda setzte sich und nahm die Granita in Angriff, obwohl der Löffel an dieser unzugänglichen Pfefferminzmelange zu zerbrechen drohte. Er fühlte Speckbackes Blick auf sich gerichtet. Was sollte er jetzt tun? Wie zog man einen Flirt ab, der das Herz dieses Mädchens rührte? Er verfuhr instinktiv. »Und du, wie läuft's mit deiner Familie? Arbeitest du gerne hier?«

Sie nahmen einander in Augenschein. Zum ersten Mal bemerkte Corda, dass Speckbacke in ihrem breiten Gesicht zwei Augen verbarg wie alle Menschen. Blaue überdies.

Letizia Contini hatte offenbar schon lange nicht mehr über sich selbst gesprochen. Zunächst schien sie gar nicht zu wissen, was sie antworten sollte. Sie riss sich mühsam auf ihrem Hocker zusammen und ließ den Blick durch das ganze Lokal wandern. »Ich wollte weiter zur Schule gehen«, sagte sie endlich. »Doch gleich nach dem Abschluss der Mittelschule haben sie mich gezwungen, hier zu arbeiten.«

Corda hörte auf, mit dem Löffel zu hantieren, er wäre sowieso zu keinem Ergebnis gekommen. »Das tut mir leid. Was wolltest du lernen?«

»Naja ... ich wäre gern aufs Kunstgymnasium gegangen.«

Sie tat jemandem leid – diesem Jungen!

»Hm«, machte Corda. »Auf mich wartet ein Schweizer Internat, stell dir vor!«

»Ist doch toll!«, rief Letizia aus. »Hast du etwa keine Lust dazu?«

»Machst du Witze? Kein bisschen. Das ist wie in einer Kaserne. Mein Bruder ist schon da.« Jedenfalls war er da. Corda

warf einen Blick auf das Buch, das auf der Theke lag. *Sturmhöhe.* Hä? Wahrscheinlich ein Gebirgsroman. Vielleicht über eine Expedition. Aber auf dem Titel sah man ein baufälliges Haus und einen Mann auf der Veranda. Der Mann blickte in den Himmel. Vielleicht war er kurz davor, zum K2 aufzubrechen.
»Manchmal denke ich ... dass ich abhauen möchte!«, vertraute Corda ihr an, ohne recht zu wissen, was er sagte.
»Aber du bist doch reich! Du hast doch alles!«
Das ärgerte ihn. Sie war wirklich hässlich, fett und dumm! Er wollte sie schon zur Hölle schicken, besann sich aber noch rechtzeitig. »Stimmt nicht«, entgegnete er. »Mir fehlt eine ganze Menge.«
»Zum Beispiel?« Speckbacke war beharrlich und neugierig. Jetzt zog Corda sein Ass aus dem Ärmel: »Zum Beispiel mich in die zu verlieben, die ich möchte. Mit einem Mädchen zu gehen.«
Speckbacke zitterte die Unterlippe. »Kannst du das nicht?«
»Nein«, erklärte Corda. Dann warf er ihr einen Blick voll – er wusste selbst nicht was – zu. »Sieh über sie hinaus!«, ermahnte er sich leise. »Ich möchte sehr gerne. Aber meine Familie würde mir verbieten, mit einer zu gehen, die ... die nicht ...«, er fand die richtigen Worte nicht.
Sie ja: »Reich und studiert ist?« Und auch ihre Oberlippe zitterte.
Corda nickte. »Sie dulden es, wenn ich mit Leuten ausgehe, die ... nicht reich sind, aber sie würden mir niemals erlauben, einen von denen zu lieben. Eine, meine ich. Eine, die nicht reich ist. Und nicht studiert.«
Sie rückte die Ellenbogen auf der Theke zusammen, ballte die Fäuste und stützte ihr Mondgesicht darauf. Ihre Miene war sehr konzentriert. »Gibt es zufällig eine, die dir gefällt?«
In diesem Augenblick erkannte Corda, dass der erste Annäherungsversuch seines Lebens an das schöne Geschlecht sich als siegreich erwiesen hatte. Schon sah er sich als unverbesserlichen Weiberhelden, als Verführer sämtlicher

Frauen, die ihm vor die Flinte kamen. »Eine gibt's«, bestätigte er und blickte ihr direkt in die zwischen feisten Wangen halb versunkenen Augen.
»Oh!«, rief Speckbacke aus. »Ist sie von hier? Aus Roccella?«
Corda wollte ihr gerade etwas nicht allzu Verräterisches hinwerfen, damit sie weiterhin auf glühenden Kohlen saß, als Speckbackes Vater Gianni Contini die Bar betrat.
Er blieb an der Schwelle stehen und betrachtete die beiden jungen Leute.
Speckbacke hob die Ellenbogen von der Theke. Corda setzte seinen Versuch fort, die Granita zu zerbröckeln.
»Ciao.« Letizia begrüßte ihren Vater. Doch der kam mit böser Miene auf Corda zu. Der Junge krümmte sich auf seinem Hocker zusammen.
»Die Granita hat er bezahlt«, beeilte sich Letizia zu erklären. »Das ist der Sohn des Anwalts.«
Der Mann blieb stehen. »Welcher Anwalt?«
»Corda. Es ist der Sohn des Anwalts Corda.«
Durch Gianni Continis Augen fuhr ein Blitz. Ein Blitz, in dem sich mehrere ganz einfache Gedanken zusammenballten: Sohn eines reichen Mannes plaudert mit meiner Tochter. Folge: Schwiegervater eines reichen Schwiegersohns, also ebenfalls reich. Eine größere Bar. Vielleicht sogar in der Hauptstadt.
»Oh!«, rief er. »Ich habe dich nicht gleich erkannt!«, und er versetzte ihm einen freundlichen Schlag auf den Rücken. »Wie geht es deinem Vater?«
Corda begriff sofort, woher der Wind wehte. »Gut, danke, Signor Contini«, sagte er.
»Grüß ihn von mir. Er ist schon lange nicht mehr vorbeigekommen.«
Bevor der Vater von Speckbacke sich neben ihn setzen konnte, was er zu beabsichtigen schien, stand Corda auf und nahm die Granita. »Ich gehe jetzt. Meinen Vater grüße ich gerne von Ihnen. Guten Tag!« Und zur enttäuschten,

auf glühenden Kohlen sitzenden Speckbacke: »Bis irgendwann, Letizia.«
Schnell ging er zur Tür hinaus.
Gianni Contini erkannte seinen Fehler. In den Augen der Tochter las er Verachtung. »Seit wann kennst du ihn?«
Sie zog es vor, den Vater zu ignorieren, und griff wieder nach der *Sturmhöhe*.
Signor Contini zündete sich eine Zigarette an, ging zur Tür und sah den kleinen Corda davontrotten. »Ich habe nichts dagegen«, sagte er, »wenn er dich von Zeit zu Zeit besuchen kommt.«
Speckbacke tat, als läse sie. »Er wird wohl kaum wiederkommen, wenn du ihn so erschreckst.«
Der Mann biss sich auf die Lippe.
Letizia Contini blätterte die Seite um. Heathcliff und Catherine waren jetzt weit weg. Sie seufzte.

»Na, wie ist es gelaufen?«, fragte Fostelli. Sie hatten die Piazza verlassen und schlenderten unter dem Bogengang, wo der Laden von Melo dem Schuster lag.
»Ganz gut, glaube ich.«
»Habt ihr es schon getrieben?«, Ranacci grinste.
»Sehr witzig!«
»Erzähl!«, drängte der Don.
Corda versuchte, genau und gleichzeitig knapp zu sein. Er wollte keinen Zweifel an seinen Verführungskünsten aufkommen lassen, hoffte aber auch, dass seine Methoden nicht als süßliches Getue abgetan würden. Vor allem nicht von Ranacci.
»Siehst du?«, rief der Sohn des Gewerkschaftlers dann auch prompt. »Wenn wir uns an sie rangemacht hätten, Söhne von Nobodys, hätten ihr Vater und sie uns nicht mal mit dem Arsch angeguckt. Du aber bist genau der Richtige, die ziehen dich sofort in ihre Familie rein, wenn du einen Moment lang nicht aufpasst!«
»Lass das«, sagte Fostelli nachdenklich.

»Ich hab aber doch recht, Don, oder nicht? Wie mein Vater sagt: Es ist immer eine Frage der sozialen Herkunft, des Geldes.« Und an Corda gewandt, fügte er hinzu: »Pass auf, wenn du sie vögelst, gebrauch dein Hirn. Sonst musst du sie womöglich heiraten, mein kleiner Cordino!«

»Hör jetzt auf!« Nicht die Zielscheibe der Frotzelei, sondern Fostelli schrie. »Denken wir lieber an den Bankraub, verdammt noch mal!«

Verwundert über diese Reaktion, tauschten Ranacci und Corda einen Blick.

»Wollt ihr endlich kapieren, dass unsere Zukunft vom Erfolg der Anmache ... der Verführung abhängt?« Dann beruhigte er sich. »Darum jetzt mal im Ernst. Corda sagt, dass Speckba... dass Letizia ein Buch las, als er reinkam.«

»Ja.«

»Was hat das mit uns zu tun?«, fragte Ranacci.

Der Don schnaubte durch die Nasenlöcher, und wenn er ein Drache gewesen wäre, hätte er ihn von Kopf bis Fuß in Flammen gesetzt.

Ranacci zog den Kopf zwischen die Schultern. »Ich versteh's halt nicht«, entschuldigte er sich, »das ist alles.«

»Dann fasse dich in Geduld«, erwiderte der Don. »Wir müssen einen Weg in Speckba... in Letizias Herz finden. Sie muss sich in Corda verlieben.«

Corda errötete, er dachte an die kleinen blauen Augen von Speckbacke, nein, von Letizia.

»Mehr noch: Sie muss Corda vertrauen. Damit er an den Fünf-Uhr-Kaffee rankommt.«

Ranacci zeigte, dass er verstanden hatte.

»Sturm ... *Sturmhöhe*!«, sagte der Sohn des Anwalts. »So hieß das Buch, das sie gelesen hat.«

»Hm ...«, Fostelli strich sich mit der Hand über das Kinn, als wollte er einen nicht mal ansatzweise vorhandenen Bart glätten. »Den Film habe ich, glaube ich, mal gesehen.«

»Wahrscheinlich eine Abenteuergeschichte«, überlegte Corda. »Bergsteigen, so was in der Art.«

»Quatsch!«, rief Fostelli. »Das ist ein Roman, eine Liebesgeschichte.«
»Hm ...« Ranacci imitierte die nachdenkliche Geste des Don. »Nie gehört.«
»Bist du sicher?«, fragte Corda. »Hat das nichts mit dem Aufstieg auf den K2 zu tun, mit Hunden, die einen Schlitten ziehen?«
»Das ist doch *Wolfsblut*, Dumpfbacke!«, entgegnete Ranacci. Aber er war sich nicht ganz sicher. Auch hier ging es weniger um das Buch als um den Film, den er mit seinem Vater gesehen haben musste, er hatte vergessen, wann.
»Seid mal einen Augenblick still!«, ermahnte sie Fostelli. Und er führte ihnen eine endlose Minute Meditation vor, die mit dem begeisterten Ausruf schloss: »Klar doch! *Sturmhöhe* ist die Liebesgeschichte zwischen, den Namen hab ich vergessen, und einem Mann! Eine wahnsinnig tragische, richtig traurige Geschichte, aber auf jeden Fall eine Liebesgeschichte. Ich werde meine Mutter fragen, die weiß das bestimmt. Die Namen und so was, ihr werdet sehen, sie erinnert sich. Aber entscheidend ist, dass es sich um eine Liebesgeschichte handelt.«
»Warum?«, fragte Corda.
»Weil unsere Letizia offenbar ein romantischer Typ ist. Und es gibt eine unfehlbare Methode, um sich ihre Liebe und ihr absolutes Vertrauen zu sichern, mein lieber Corda.«
»Welche?«
»Ein Brief«, sagte Fostelli, mit einer Spur Irrsinn in den Augen ins Leere starrend. »Ein Liebesbrief!«
Ranacci wusste nicht, ob er lachen oder den Krankenwagen für Fostelli holen sollte. Doch der fuhr fort, von Corda ängstlich beobachtet: »Ein Brief hilft, Eindruck bei ihr zu schinden, glaub mir. Und er wird die Sache beschleunigen.«
»Aber ich habe keine Ahnung, wie man so was macht!«, jammerte Corda.
»Das kann doch nicht so schwer sein.« Dann wandte er sich an Ranacci: »Ruf die anderen zusammen für ein Tref-

fen heute Abend, an einem sicheren Ort. Am besten bei jemandem von uns im Hof oder in der Garage. Wir müssen es alle zusammen machen.«
»Was denn?«
»Den Brief schreiben. Einen perfekten Brief. Genau.« Er nickte sich selbst zu, während Corda und Ranacci sich verblüfft ansahen. »Ich bringe Papier und Füllhalter.«

Noch vor dem Abendessen hatte Ranacci alle anderen benachrichtigen können.
Billo und Gorilla beschlossen, dass das abendliche Treffen im Innenhof ihres Wohnblocks stattfinden konnte, denn in jüngster Zeit hatte sich Giuliano fast überhaupt nicht mehr blicken lassen.
Zum verabredeten Zeitpunkt um halb neun kam Gorilla als Letzter. Er hatte seinen Rucksack dabei.
»Was soll das denn, musst du zur Abendschule?«, fragte Cecconi lachend. Er klopfte sich auf die Schenkel und stieß Corda seinen Ellenbogen in die Seite.
»Nee, aber du kannst zur Hölle fahren.« Gorilla reichte ihm den Rucksack. »Und das kannst du gut gebrauchen, was hier drin ist, glaub mir!«
Billo war drauf und dran, alle zum Zuhören zu zwingen, um seine Geschichte mit dem Manager und dem Spiel gegen Monteposchiese zu erzählen. Aber dann sagte er doch nichts. Das bis jetzt bewahrte Schweigen hatte als Abwehr gegen Pech und Unglück aller Art prima funktioniert, wo doch sogar der unvorhergesehene Reinfall mit der Ersatzbank gut ausgegangen war. Jetzt fehlte nur noch die Unterschrift unter den Vertrag, also schwieg er besser noch eine Weile. In ein paar Tagen würde es sowieso ganz Roccella wissen. Und wenn es einer der größeren Vereine war, ganz Italien. »Vielversprechendes junges Talent des italienischen Fußballs eingekauft von ...«, er sah die gigantische Überschrift in der *Gazzetta dello Sport* schon vor sich. Den Namen der Mannschaft wagte er sich nicht auszumalen.

»Kommt, wir setzen uns in die Ecke unter den Baum«, sagte Fostelli. In der Hand hielt er ein Heft und einen Füllhalter.
»Nun?«, fragte Billo, als alle im Kreis saßen. Er war sauer auf Gorilla. Der hob den Kopf. Von den Balkonen regnete es Babygeschrei, ohrenbetäubenden Fernsehlärm, Gesprächsfetzen. Doch keine Menschenseele schaute in den Hof. Das Laub über ihren Köpfen erlaubte ihnen zu sehen, ohne gesehen zu werden.
»Jetzt sperrt die Augen auf«, sagte Gorilla. »Ich zeig sie euch nur einmal und ganz schnell.« Er zog sich den Rucksack vom Rücken und kippte den Inhalt aus: drei schwarz schimmernde, brandneue Pistolen lagen vor ihnen.
»Jesus!«, rief der Neapolitaner.
»Teufel auch! Verkackte Axt!«, Ranacci.
Und nacheinander auch die anderen: ein lautes Konzert aus derben Flüchen, gefolgt von einem angespannten Schweigen.
»Heiliges Kanonenrohr!«, sagte der Don nach einer Weile.
»Die Pistolen für den Bruch«, sagte Gorilla, auf die Waffen zeigend, als würden die anderen sie nicht schon längst bewundern. »Oben habe ich noch zwei. Plus zwei Gewehre, aber die gingen nicht in den Rucksack.«
»Die sehen total echt aus!« Cecconi beugte sich vor, um eine anzufassen.
Billo haute ihm auf die Hand. »Finger weg. Sonst packt Gorilla sie sofort wieder ein.«
Lonica schluckte bittere Spucke. Corda starrte gebannt auf die Pistolen, bis Gorilla sie im Rucksack verschwinden ließ. Es war ein feierlicher Moment. Alle verstanden, dass es von nun an keine Umkehr mehr gab. Doch keiner zog sich zurück, vielleicht weil die Waffen schön waren und niemandem Schaden zufügen würden, vielleicht weil sie das erste greifbare Zeichen waren, dass der Bankraub stattfinden und es bald viel Geld für alle sieben geben würde.
Sie würden die Bank von Roccella wirklich und tatsächlich ausrauben.

Fostelli fühlte, wie ein Gewicht von ihm abfiel und sich gleich danach das nächste auf ihn legte. Doch der winzige Augenblick, in dem er ganz ohne Gewicht war, erfüllte ihn mit Begeisterung.

»Jetzt zu Speckbacke«, sagte Billo, seine Führungsrolle wieder an sich reißend. »Wie weit sind wir?« Er blickte Corda an.

Der Don ergriff das Wort. Von Zeit zu Zeit mischte sich der Anwaltssohn ein, präzisierte, korrigierte, doch es war Fostelli, der alles haarklein erzählte. Und er legte sein ganzes Können als Kommunikator hinein, denn am Ende seiner Rede war der Funke übergesprungen, alle strahlten entzückt.

Cecconi drückte Corda an sich. »Guter Junge! Hast es wirklich geschafft! Hätt ich nie gedacht!«

Gorilla verstrubbelte ihm das Haar. Billo zwinkerte ihm zufrieden zu. Nur Ranacci runzelte die Stirn: So wie der Don sie erzählt hatte, hörte sich die Geschichte viel besser an, als sie ihm vorgekommen war.

Fostelli dämpfte die Freudenausbrüche. »Nun mal halblang. Noch muss der Brief geschrieben werden.«

»Was willst du da groß schreiben?«, fragte Cecconi. »Ein paar nette Worte genügen doch, etwa: Speckbacke, ich liebe dich, wollen wir heiraten, morgen kauf ich 'n Brautkleid aus dem Laden mit den Größen Superextralarge! Danach machen wir viele Kinder! Hoffentlich kommen die mehr nach mir als nach dir, sonst sind sie arm dran, denk bloß, was für'n Scheißleben das wär!«

»Verpiss dich!«, knurrte Corda.

Cecconi stieß ihn mit dem Ellenbogen an und fing an zu singen: »A cor' a cor', facimm' a mmore!!! A cor' a cor' ...«.

»Das reicht jetzt!« Wieder rief Fostelli sie zur Ordnung. »Es muss ein echter, ein richtig romantischer Brief sein«, sagte er zu Cecconi, »nicht eine von deinen hirnrissigen Albernheiten.«

»Stimmt«, meinte Billo, »Mädchen mögen so was.«

»Aber wie machen wir das jetzt?«, fragte Ranacci. »Cecconi,

warum diktierst du uns den Brief nicht?« Er nahm Fostelli das Heft aus der Hand. »Na los, du bist doch so toll, lass hören.«
»Ja«, stimmte Corda zu, »schreib uns den Brief. Dann bringen wir ihn Ayroldi zum Korrigieren!«
Ein böses Gelächter erhob sich.
Cecconi blickte in die Ferne, in seinen Augen lag plötzlich ein matter Schimmer.
»Okay«, sagte Fostelli zum Abschluss der Kabbeleien. Er nahm Heft und Füllhalter wieder an sich und reichte sie Corda. »Es muss deine Handschrift sein. Wir müssen uns jedes Detail genau überlegen und dürfen keinen Fehler machen!«
Corda nahm das Schreibwerkzeug zögernd entgegen.
»Ich habe meine Mutter gefragt«, berichtete der Don. »Die Hauptfiguren von *Sturmhöhe* heißen Heathcliff und Catherine. Es ist ein Liebesroman. Er will sie, und erst will sie ihn nicht. Dann will sie ihn doch, aber da ist es zu spät, denn er stirbt. Ende.«
»Männer, fasst euch schnell an die Eier!«, riet Cecconi.
»Die Handlung ist ziemlich verwickelt. Aber wenigstens wissen wir ungefähr, worum es geht. Um Liebe«, und er begleitete seine Worte mit einem alles verstehenden Lächeln. »Darum muss dieser Brief mit Zartgefühl geschrieben werden. Es müssen die richtigen Worte sein. Keine Dummheiten. Sonst erschrecken wir sie.«
Ein verlegenes Schweigen breitete sich aus.
Cecconi fing an: »Liebe Speckbacke ...«
»Bist du verrückt?«, brüllte Gorilla.
»Liebe Letizia«, begann der Don mit lauter Stimme. Corda schrieb.
»Was hab ich denn gesagt?«, ereiferte sich Cecconi.
»Pssst!« Billo hob die Hand: »Liebe Letizia ...«
Lonica nickte und sagte: »Liebe Letizia ...«
Gorilla nickte anerkennend. »›Liebe Letizia‹, das ist absolut richtig als Anfang.«

Um nicht hintanzustehen, pflichtete der Sohn des Gewerkschaftlers bei und wiederholte seinerseits: »Liebe Letizia ...«.
Schweigen.
»Und dann?«, fragte Fostelli.
Allgemeines Räuspern, Seitenblicke, keiner sprach.
Fostelli: »Ihr müsst nicht unbedingt an Speckba... an Letizia denken. Stellt euch vor, was ihr dem Mädchen schreiben würdet, in das ihr verliebt seid, um sie zu erobern.«
Alle wurden rot.
Gorilla dachte an Annarita Cummino.
Lonica dachte an Valentina.
Cecconi erstaunlicherweise an Martina Guerra.
Ranacci an alle drei Schönheitsköniginnen, ohne sich entscheiden zu können.
Der Don bemühte sich, an die Jungfrau Maria zu denken.
Billo aber, wer weiß warum, dachte an seine Mutter.
Das kam dabei heraus:

Liebe Letizia,
ich weiß nicht, wie du reagieren wirst, wenn ich dir diesen Brief bringe. Ich habe Angst, dass du ihn vor meinen Augen zerreißt, ohne ihn zu lesen. Vielleicht liest du ihn nicht und lachst mich aus. Oder du liest ihn und lachst mich trotzdem aus. Wie du siehst, habe ich am allermeisten Angst davor, dass du über mich lachst.
Denn das würde mir das Herz brechen.
Aber ich versuche, ihn dir trotzdem zu geben. Mir bleibt nur die Hoffnung, dass du ihn liest, ohne zu lachen.
Ich kann nicht länger so tun, als wenn nichts wäre. Ich muss es dir sagen. Als ich heute in die Bar gekommen bin, wollte ich es dir sagen, aber mir fehlte der Mut. Und dann kam dein Vater rein. Aber ich verspreche dir, dass er es nicht schaffen wird, uns zu trennen.
Ich habe mich in dich verliebt.
Hast du gesehen, dass ich jeden Tag auf der Piazzetta vor eurer

Bar stehe? Ich habe dich schon oft durch Roccella laufen sehen und in der Kirche. Aber neulich bist du mit dem Tablett in der Hand über die Piazzetta gegangen, und da habe ich gefühlt, wie mein Herz klopfte. Erst konnte ich es selbst nicht glauben, ich meine nicht, dass ich mich nicht in dich verlieben könnte, sondern dass es mir schon mit zwölf Jahren passiert. Aber es ist passiert. Tschock! Ein Blitzschlag.
Darum bin ich heute in die Bar gekommen. Bestimmt nicht wegen der Granita (obwohl die gut war, Kompliment!), sondern um zu sehen, ob es wieder passiert. Und der Blitz hat noch einmal eingeschlagen: Tschock! Ich wollte dich kennenlernen, ich dachte, vielleicht ist sie bloß schön und innen dumm. Aber nein. Ich habe weiter hinausgeblickt und habe erkannt, dass du sehr intelligent und nett bist. Jetzt gefällst du mir noch mehr.
Ich liebe dich. Das wollte ich dir sagen, darum habe ich beschlossen, es dir zu schreiben.
Vielleicht zeigst du diesen Brief allen Leuten, und ihr lacht alle über mich. Aber das ist mir egal. Mach mit mir, was du willst. Für mich wirst du immer meine Sturmliebe bleiben
Vittorio XXX

PS. Ich hoffe trotzdem, dass du nicht lachst. Sag mir Bescheid.

Mit unzähligen Entwürfen und der Reinschrift brauchten sie etwa zweieinhalb Stunden, um den Brief zu schreiben. Und natürlich spielte sich das Ganze unter aufgeregtem Geschrei, Gelächter, Schulterklopfen, unvermuteten dichterischen Eingebungen und Momenten ab, in denen die Peinlichkeit mit Händen zu greifend war. Am Ende verspürten sie ein undefinierbares Gefühl der Vollendung, als hätten sie etwas geschaffen, was größer war als sie selbst, etwas Reifes und Bedeutsames.
Wahr ist allerdings auch, dass achtzig Prozent des Briefes sich Fostellis natürlicher Begabung für einen gepflegten Briefstil und seiner Geduld verdankten, da er schwierige Worte mehrmals buchstabieren, bei der Zeichensetzung in-

tervenieren und Corda wiederholt ermahnen musste, dass man »verliebt« und »lieben« mit »ie« schreibt.
Der Rest der Komposition war die Frucht der Lebensweisheit von Billo, welcher hier und da kluge Vorschläge machte, vor allem was die Erwähnung von Speckbackes Intelligenz betraf. »Frauen mögen es, wenn sie sich auch intelligent fühlen dürfen!«, während der abschließende krönende Treffer der *Sturmliebe* mit deutlichem Bezug auf das Buch, das Letizia gerade las, einer völlig unerwarteten, äußerst nützlichen Eingebung Ranaccis entsprungen war.
Das knappe, konzise Postskriptum hingegen war Gorillas Idee. »Sonst denkt sie, dass es dir eigentlich egal ist!«
Die lobende Erwähnung der Granita war Lonica eingefallen. »Sonst sieht es so aus, als würde dir vor ihrer Arbeit ekeln!«
»Aber es war gar keine selbstgemachte Granita!«
»Je mehr Komplimente du ihr machst, desto mehr Chancen hast du.«
Ein unwiderlegbares Argument, keine Frage.
Corda warf sich engagiert auf den praktischen Teil, die Lippen vor lauter Konzentration zusammengekniffen, schrieb er alles in Reinschrift. Doch von ihm stammten auch die Fortführungspunkte, das »Tschock!« – er war der Einzige, der sich Comic-Elemente erlauben konnte – und die XXX nach der Unterschrift.
Cecconis Beitrag, obgleich im geschaffenen Werk selbst nicht sichtbar, war dennoch entscheidend, da er die Gruppe in den Augenblicken größter Anspannung aufgeheitert und während kreativer Blackouts für unterhaltsame Einlagen gesorgt hatte.
Nachdem Fostelli den Brief schließlich im Licht einer Laterne laut vorgelesen, ja, deklamiert hatte, war niemand enttäuscht.
Als die Stimme von Billos Großmutter über den Hof schallte – »Emanuè, komm rauf, es ist spät! Emanuè!« – waren alle sehr müde.

Ranacci hörte die Stimme seines Vaters schon auf dem Treppenabsatz. »Er ist wieder da, das ging ja schnell!«, dachte er glücklich. Und drehte eilig den Schlüssel im Schloss um.
Das Gefühl, dass etwas nicht stimmte, übermannte ihn, noch bevor er das leise Weinen seiner Mutter hörte.
Dann legte sich die Stimme von Andrea Ranacci über das betrübte Wimmern. »Sei nicht hysterisch, Ida. Das kommt alles in Ordnung.«
Eine andere Stimme, eine Frauenstimme, nie gehört, ließ ihn auf der Stelle erstarren: »Hamm' Sie gehört, Signò? Wie ich schon gesagt hab, für ihn kommt immer alles in Ordnung. Aber dann kommt rein gar nichts in Ordnung!« Der neapolitanische Akzent war so ausgeprägt wie bei den armen Schluckern in den alten Schwarzweißfilmen, die Gorilla so gern sah, und er hatte etwas Vulgäres.
Ranacci erschien in der Tür zur Küche, von wo die Stimmen kamen. Seinem Vater blieb vor Staunen der Mund offen stehen. Seine Mutter sank, kaum dass sie ihn sah, in sich zusammen, ihr Kopf fiel auf die Arme über dem Küchentisch. Unterdrückte Schluchzer schüttelten ihren Rücken.
»Ah, der andre Unschuldige«, sagte die Frau mit dem hässlichen Akzent. Sie hatte blond gefärbte Haare, man sah den dunkel nachgewachsenen Ansatz. Verwischte Schminkspuren umgaben ihre großen schwarzen Augen. Das Gesicht war feist, aber attraktiv. Wie zwei Flecken auf einem Kleid stachen an ihr das Rot der Lippen und der lackierten Fingernägel ins Auge. Sie stand mit verschränkten Armen und gekreuzten Beinen, der enge Rock passte farblich nicht zu den braunen Schuhen mit hohem Absatz.
»Guten Abend«, sagte Ranacci mechanisch zu der Unbekannten. Sein Blick flitzte mehrmals zwischen Vater und Mutter hin und her.
»Ciao Italo«, begrüßte ihn der Mann.
»Warum weint Mama?« Er ging zum Tisch und berührte

ihre Schulter. Sie hob ruckartig den Kopf, ihre Augen schwammen in Tränen.
»Weil er uns betrogen hat.«
»Ida!«, donnerte der Vater.
»Er hat uns betrogen, Italo.«
Wenn dein Vater binnen weniger Minuten von einer mythischen Gestalt zu einem Betrüger wird, hast du keine große Wahl. Entweder du hörst trotzdem nicht auf, ihn zu lieben, wie seine Schuld auch immer aussieht, oder du fängst an, ihn für immer zu hassen.
Ohne zu wissen, was überhaupt passiert war, entschied sich Ranacci dafür, ihn zu hassen. Eine instinktive Entscheidung. Vielleicht war es das unerträgliche Mitleid mit der am Tisch kauernden Frau, die in diesem Moment die schwächste Person zu sein schien.
Liebevoll streichelte er den zitternden Rücken seiner Mutter, als hätte er verstanden, dass von nun an in seiner Familie alles anders sein würde und er die Rolle des Trösters übernehmen musste. »Was hast du ihr angetan?«
Der Mann antwortete nicht. Er senkte die Augen und legte die Hände vors Gesicht, ohne zu weinen, ohne irgendetwas zu tun.
Ranacci blickte die Frau böse an. Die zögerte ein paar Sekunden, dann sagte sie: »Ich heiße Milena. Ich wohne in Latina und bin mit deinem Vater zusammen. Wir haben einen gemeinsamen Sohn, Luca. Er ist dreieinhalb, fast vier und ... und dein Vater lebt mal bei euch und mal bei uns.«
Ranaccis Mutter atmete tief ein, drückte die Hand ihres Sohnes und küsste sie.
»Er hat zwei Familien«, fuhr Milena fort. »Er ist ein erbärmlicher Schurke, und ich weiß nicht mal, ob ich ihn noch liebe. Aber Luca braucht jetzt einen Vollzeitvater. Du bist schon groß, dich hat er aufgezogen ... Nu, hab jetzt keine Lust mehr zu warten, bis er sich endlich entscheidet. Also bin ich hergekommen.« Ihre Stimme wurde leiser. »Ich wusste von euch. Aber ihr habt nichts von mir ge-

wusst ... von unserem Sohn.« Sie presste die Lippen zusammen, setzte eine entschlossene Miene auf. »Er muss mit mir nach Latina kommen. Euch wird er versorgen, so wie er uns auch immer versorgt hat. An Geld fehlt's ja nicht.«
Ranacci begriff nicht. »Was für Geld?«
Milena beobachtete den Gewerkschaftler. Der drehte sich zum Fenster um und wandte ihnen den Rücken zu, als wollte er seiner Geliebten freie Bahn geben.
»Er nimmt Schmiergelder, so sieht's aus ... jetzt wisst ihr, wie er jahrelang zwei Familien ernähren konnte. Er kriegt Geld von den Fabrikbesitzern, damit er die Arbeiter überredet, mit den Streiks, den Demonstrationen und diesem ganzen Kram aufzuhören. Keiner weiß das, ein paar haben ihn in Verdacht. Er nimmt Schmiergelder und ernährt uns alle miteinander. Das macht dein Vater.«
Ranacci starrte auf den Aschenbecher und stellte sich vor, wie er ihn mit aller Kraft gegen den Menschen schleudern würde, den er bis zu diesem Moment am meisten geliebt und bewundert hatte. Er stellte sich vor, dass er schreien, sich auf ihn stürzen, ihn schlagen, kratzen, ihm ins Gesicht spucken würde.
Er umarmte seine Mutter so fest er konnte.
»Geht weg«, sagte er zu Milena, ohne sie anzusehen.
Als der Mann die Worte seines Sohnes hörte, legte er den Kopf an die Wand.

5

SONNTAG, 25. MAI

Corda stand allein vor der Bar Gianni. Die Luft war klar, der Tag schon um neun Uhr morgens strahlend hell. In der Tasche hatte er den gefalteten und in einen Umschlag mit der Aufschrift »FÜR LETIZIA« gesteckten Brief.

An diesem Morgen war er vor allen anderen aufgewacht. Seine Waschungen und das Ankleiden hatte er vollzogen, als bereite er sich auf einen Appell im Kasernenhof vor.

Die tiefe Stille, in der die ganze Wohnung lag, unterbrachen nur das Ticken von Nenettes Schritten und das Klappern von Besteck und Tassen, mit denen das Mädchen den Tisch fürs Frühstück deckte.

Ordentlich gekämmt und gut riechend war Corda aus dem Badezimmer gekommen und auf Zehenspitzen am Schlafzimmer seiner Eltern vorbeigegangen, die Ohren gespitzt, um zu hören, was darin vor sich ging. Durch die geschlossene Tür drang das drohende Murmeln seines Vaters, gelegentlich unterbrochen vom mütterlichen Zwitschern, wie ein zusammenhangloses Konzert für Violine und Fagott. Titel der Komposition: *Der flüchtige Germano.*

Im Speisezimmer angekommen, hatte er Nenette beobachtet, wie sie Kissen auf die Stühle legte und eine Falte des Tischtuchs zurechtzupfte. Ein entrücktes und gleichzeitig amüsiertes Lächeln begleitete ihre Gesten. Sie freut sich über die Katastrophe in der Familie, hatte Corda gedacht. Das sonst immer so pflichtbewusste und nachdenkliche Mädchen schien seit einigen Tagen viel fröhlicher. Wer weiß, vielleicht war seine Mutter vom Drama des verschwundenen Sohnes so mitgenommen, dass sie weicher geworden war und Nenette nicht mehr wegen jeder Kleinigkeit anschnauzte. Vielleicht hatte sie sogar vergessen, dass das

Mädchen da war. Auf jeden Fall wirkte Nenette auf Corda mittlerweile wie ein ganz anderer Mensch, entschieden besser als vorher.

»Vittorio ...«, hatte sie geflüstert, als sie ihn geschniegelt und gestriegelt an der Tür sah. »Wieso schon fix und fertig?«

»Ich habe zu tun, Nenette ... Sag ihnen, dass ich früher raus musste. Aber ich bezweifle, dass sie meine Abwesenheit bemerken werden.«

Sie war hinter ihm hergekommen, als er zur Tür ging. »Warte ...«, hatte sie geflüstert. Sie hatte sich über ihn gebeugt und ihm einen Kuss unter jedes Auge gehaucht. »Sei vorsichtig, Vittorio ...«, hatte sie liebevoll gesagt und sich dann umgedreht, um ins Wohnzimmer zurückzugehen.

Achselzuckend, als verstünde er die Welt nicht mehr, hatte Corda beobachtet, wie sie verschwand, dann war er rausgegangen.

Nun stand er schon seit einer Weile zögernd am Rand der Piazzetta, dann rang er sich endlich durch. Noch einen Augenblick zuvor war seine Miene zweifelnd gewesen, als fragte er sich, wer ihn eigentlich zu dieser Sache zwang, jetzt sah man ihn schwungvoll auf die Tür der Bar zugehen.

Seine eiligen Schritte endeten erst direkt vor der Theke.

Speckbacke sah verändert aus. Eine rosa Bluse in Übergröße statt des üblichen T-Shirts, die Haare offen.

»Ciao«, grüßte sie ihn errötend, ihre dicken Finger zerrten an einem Putzlappen.

Seit gestern hatte sie keinen einzigen Augenblick lang nicht an ihn gedacht. In der Nacht hatte sie sich unruhig im Bett gewälzt. Das Quietschen der Sprungfedern bildete die Hintergrundmusik zu den vagen Worten, die sie gewechselt hatten und an die sie sich möglichst genau zu erinnern versuchte.

Corda zog den Brief aus der Tasche und legte ihn auf der Fläche ab, die sie voneinander trennte. »Das ist für dich, Letizia«, sagte er in einem Atemzug. »Ein Brief ... von mir an dich.«

Dann stürzte er noch schneller als zuvor in Richtung Tür,

auf die Piazza und auf die Straße, die zur Schule führte. In seinem Geist hatte sich ihr Bild eingeprägt, wie sie mit offenem Mund den Umschlag betrachtete, das hässliche Gesicht vom Staunen verschönt.
Speckbacke hörte die Stimme ihres Vaters aus dem anderen Raum: »Wer war das, Letì?«
Sie griff nach dem Umschlag, steckte ihn unter ihre Bluse und lief, ohne zu antworten, ins Hinterzimmer, um ihn unbeobachtet zu lesen.

Während Corda im Laufschritt zu den anderen eilte, die auf den Stufen zur Kirche Santo Carmelo dell'Abbandono warteten, bis die Zehn-Uhr-Messe anfing, war Ranacci mit seiner Mutter zu Hause, und beide hatten etwa die gleiche Haltung eingenommen wie am Vorabend, als er zu Milena gesagt hatte, sie solle mit dem Vater weggehen. Ranacci stand, seine Mutter saß, sie schlürften einen Tee nach der schlaflosen Nacht.
Bevor sein Vater mit der Geliebten abgefahren war, die ohne sich zu verabschieden unten im Auto auf ihn wartete, hatte er ein paar persönliche Sachen zusammengerafft und war, Schubladen aufziehend, Anzüge von Bügeln nehmend, mit einem Gesicht durch die Wohnung gelaufen, das seine Verlegenheit zur Unkenntlichkeit verwandelt hatte. Halblaut hatte er eine seltsame Litanei gemurmelt, eine Aufzählung der Dinge, die zu tun, mitzunehmen, zu erinnern, zurückzulassen waren.
Nach dem Gottesdienst fand Ranacci sich vor der Kirche ein. Mit dunkel umränderten Augen hörte er Fostelli zu, der ihm erklärte, wie die Sache mit dem Brief voranging. Ranacci lag jetzt äußerst viel am Gelingen ihres Plans. Höchstwahrscheinlich war das die einzige Möglichkeit, seine Mutter und sich selbst vor einem Leben voller Entbehrungen zu retten. So feige wie sein Vater sich gezeigt hatte, würde er sicher nicht lange brauchen, um sie beide für immer zu vergessen.

»Was ist los mit dir, Ranà?«, fragte Billo.
»Geht dich einen Scheiß an.« Ranacci wandte sich an Corda. »Und du, pass ja auf. Geh richtig mit ihr um. Diese Mülltonne ist meine ... unsere letzte Chance.«
»Sieh mal einer an«, sagte Gorilla. »Warst du nicht derjenige, der sich den Bruch ersparen wollte? Der bloß gezwungenermaßen mit drinhängt?«
»Nun spielt die Musik schon«, stammelte Ranacci. »Also tanzen wir. Amen.« Nie hätte er auch nur ein Sterbenswörtchen von dem erzählt, was bei ihm zu Hause passiert war. Obwohl er sicher war, dass ganz Roccella es bald wissen würde.
Sie gingen in Richtung Bar Gianni.
Corda hatte unaufhörlich an den Brief gedacht, während Padre Fabrizios vom Lautsprecher verstärkte Worte in seinem zerstreuten Geist verhallten. Nur der Chor und schräge Gitarrenakkorde, die das zigste Neuarrangement eines »Hosanna« einleiteten, rissen ihn von Zeit zu Zeit aus seinen Gedanken. Offen gestanden, auch wenn es sich um Letizia, die Speckbacke, handelte, war es doch das erste Mal, dass er sich dem anderen Geschlecht anbot. Und die Vorstellung, bei einem der unbeliebtesten Mädchen des Erdkreises abzublitzen, brannte ihm im Magen wie Alkohol.
Cecconi und Lonica unterhielten sich.
»Was meinst du, schafft er's?«
»Hoffentlich!«
»Meiner Meinung nach vermasselt er's.«
»Glaub ich auch.«
Zerstreut mimte Lonica in der Luft einen Rechts-Links-Schlag.
Cecconi runzelte die Stirn. »Und du, schaffst du's, bei dem Kampf zu siegen?«
»Hm ...«, machte Lonica und blickte woanders hin.
»Ich glaub ja.« Cecconi grinste ihn an.
Sie erreichten die Piazzetta. Corda voran und die anderen in geordneten Zweierreihen.

»Und wenn sie Nein sagt?«
»Das überlegen wir uns, wenn es denn passiert«, antwortete Fostelli.
»Und wenn sie Ja sagt?«
»Dann bist du arm dran!«, rief Cecconi aus.
»Wenn sie ja sagt«, meinte Gorilla, »müssen wir schnell handeln und den Kaffee präparieren, sobald sich die Gelegenheit ergibt.«
»Ja, aber was tun wir da überhaupt rein?«, fragte Ranacci. »Das hab ich noch gar nicht kapiert.«
»Meine Mutter nimmt ein Schlafmittel«, erklärte Billo. »Eine halbe Pille jeden Abend, dann schläft sie sofort ein. Ich klau ihr zwei, die machen wir zu Pulver. Und Corda schüttet sie in den Kaffee. Eine pro Kopf müsste genügen.«
Ranacci sah keinen Grund, etwas einzuwenden. Ja, er war sogar zum ersten Mal richtig zufrieden mit dem Plan.
Die Bar war nur noch wenige Meter entfernt.
»Was soll ich tun?«, fragte Corda.
Cecconi stieß ihn in die Seite. »Geh zu deiner Liebsten!«, rief er lachend. »Verflucht, fast werd ich eifersüchtig!« Doch er dachte dabei an die kalten Morgen auf dem Großmarkt.
»Geh jetzt«, bestätigte Billo.
»Wir sind alle bei dir«, sagte Lonica.
»Echt wahr!«, Cecconi.
»Beweg deinen Arsch, Corda!«, Ranacci.

Den Brief hatte Letizia Contini mindestens zwanzig Mal gelesen. Schon nach den ersten Worten hatte sie den Inhalt erahnt. Inzwischen konnte sie ihn praktisch auswendig, sie rezitierte ihn im Kopf wie eine Litanei und las nur die Stellen noch einmal, an die sie sich nicht genau zu erinnern meinte.
Anfangs hatte sie an einen Scherz gedacht. Einen hässlichen, gemeinen Scherz, etwas, was sie für immer zeichnen würde und für das sie bis zu ihrem Tod auf Rache sinnen

würde. Zum Beispiel den Sohn des Anwalts mit eigenen Händen erwürgen.

Doch wie sie es auch drehte und wendete, das Verhalten von Vittorio Corda passte einfach zu gut zu dem Brief. Dieser durchdringende Blick, als er sie um die Granita gebeten hatte. Und der, den er ihr zugeworfen hatte, als er ihr den Brief überließ. »Von mir. An dich.«

Sie hatte zerstreut gearbeitet und war den ganzen Vormittag lang, während sie zur Piazzetta hinüberspähte, gegen Dinge gestoßen, hatte Gläser und Tassen umgeworfen, sich am elektrischen Öfchen verbrannt und Kaffees zubereitet, die allesamt etwas zu dünn gerieten.

Das Ganze unter dem aufmerksamen Blick von Vater Gianni. Der ihr ein paar Mal unbemerkt ins Hinterzimmer gefolgt war und beobachtet hatte, wie sie wieder und wieder dieses Papier las. Mich soll der Schlag treffen, hatte der Mann gedacht, wenn das kein Liebesbrief ist! Es kostete ihn wenige Sekunden, um den Freier per Ausschlussverfahren zu ermitteln. Der Anwaltssohn war das einzige menschliche Wesen männlichen Geschlechts, gleichaltrig und ohne Blutsbande, das je aus anderen Gründen als Hänseleien oder dem Bestellen einer Limonade das Wort an seine Tochter gerichtet hatte. Wenn da mal nicht ... Gianni Contini hatte den Gedanken aus abergläubischer Furcht lieber nicht zu Ende gedacht.

Mitschwiegervater des Anwalts Corda! Freund des Anwalts Corda! Vom Anwalt Corda bei allen zukünftigen Unternehmungen üppig alimentiert! Wer weiß, womöglich eine über ganz Mittelitalien verteilte Kette von Bar Giannis. Und dann noch eine in Mailand, warum nicht?

Und so brach er, als der Junge gegen ein Uhr zögernd sein Lokal betrat, fast in ein Triumphgeheul aus.

»Ciao!«, empfing er ihn hinter der Theke, breit über alle verbliebenen Zähne lächelnd.

»Guten Tag, Signor Contini«, flüsterte Corda. Was hatte der so zu grinsen? War das ein gutes Zeichen?

Letizia erschien mit dem Tablett in der Hand. Als sie Corda erblickte, blieb sie schlagartig stehen, so dass alles, was sie in der Hand trug, zu Boden fiel. Signor Contini beeilte sich, ohne einen Vorwurf die Scherben einzusammeln, nahm der Tochter das Tablett aus der Hand, warf dem Jungen noch einen freundlichen Blick zu und verschwand im Nebenzimmer.
Es war ein gutes Zeichen.
Corda und Letizia sahen sich an.
»Ist das ein Witz?«, platzte sie schließlich heraus. »Denn in dem Fall ...«
»Nein, ich schwör's!«
»Nicht?«
»Nein, es ist alles wahr.«
Sie war kurz davor, einen ihrer gewaltigen Monsterarme auszustrecken und sein Gesicht mit den Fingerspitzen zu berühren. Aber sie hielt sich zurück. »Dann ... dann freue ich mich«, sagte sie nur.
Zum ersten und einzigen Mal erschien sie ihm wunderschön.

»Wenn die Dinge laufen wie gewünscht und Speckbacke mitspielt, dann sollten wir lieber jetzt schon überlegen, wie es weitergeht«, sagte Billo, in Richtung Bank blickend. Sie hatten sich an den Rand der Piazza verlagert, um von der Bar aus nicht gesehen zu werden.
»Genau, wie räumen wir diese Bank aus?«, fragte Lonica.
Ranacci spuckte einen Legostein aufs Pflaster, auf dem er bis jetzt herumgekaut hatte.
»Stellen wir uns vor, der Wachmann und der alte Angestellte trinken ihren Kaffee«, hub Billo wieder an. »Wir beobachten alles von dort aus.« Dort, das war der Hof hinter dem Gebäude neben der Bank. »Sobald die beiden umfallen, müssen wir unser Gesicht bedecken ... das ist ganz entscheidend, verflucht!«
»Womit?«, wollte der Neapolitaner wissen.

»Mit einer Sturmhaube«, antwortete Gorilla und stellte sich neben Billo. »Oder einem Nylonstrumpf, den wir von unseren Müttern klauen. Irgendwas, womit wir unser Gesicht verstecken können.«

Fostelli nickte. Mit einem Auge beobachtete er die Bank, mit dem anderen die Bar.

»Dann holen wir die falschen Waffen und zwei große Taschen raus, das bring ich alles mit«, fuhr Gorilla fort. »Und treten in Aktion!«

»Ich will 'n Gewehr!«, schrie Cecconi.

»Wir laufen auf die Tür zu, die diese beiden Schwachköpfe offen gelassen haben«, erklärte nun Billo. »Ich und Gorilla gehen als Erste rein, mit angelegten Gewehren. Lonica und Ranacci geben uns Rückendeckung. Cecconi übernimmt meinen Posten vorne, wenn ich der Mutter von Muschio das Gewehr vors Gesicht halte und ihr befehle, den Safe aufzumachen. Lonica und Fostelli halten die Kassierer mit gezückten Pistolen in Schach. Und an der Tür kontrolliert Corda sämtliche Bewegungen.«

»Ich will 'n Gewehr!«

»Ruhe! Dann gehen Ranacci und ich mit der Mutter von Muschio in den Tresorraum. Lonica und Fostelli halten noch immer die Kassierer in Schach. Gorilla folgt uns und füllt die Taschen mit Geld. Wenn er fertig ist, bringen er und Ranacci die Taschen weg. Ich überwache die Vizedirektorin. Draußen hilft Corda euch die Taschen tragen. Vorher haben wir alle unsere Schulrucksäcke im Hof gelassen. Ranacci, Gorilla und Corda holen das Geld aus den Taschen und stopfen es in die Rucksäcke. Wenn Gorilla uns ein Zeichen gibt, gehen Cecconi, ich, Lonica und Fostelli einer nach dem anderen aus der Bank. Wir laufen zum Hof. Wir nehmen uns die Sturmhauben und Nylonstrümpfe ab. Dann greift sich jeder seinen Rucksack, und wir trennen uns, jeder geht in eine andere Richtung, und genau eine Stunde später treffen wir uns in Cuorbene. Bei den Geisterhäusern! Mit dem Geld.«

Eine lange Schweigeminute folgte.
»Und wenn sie uns kriegen?«, fragte Ranacci schließlich.
»Niemand kann uns verdächtigen!«, behauptete Gorilla ohne große Erklärungen.
»So junge Diebe hat's noch nie gegeben!«, beharrte Billo.
Ranacci sah Lonica an. Lonica blickte zu Fostelli hinüber, der abwesend schien.
Cecconi, mit aufgeregter Stimme: »Krieg ich nu das Gewehr oder was?«
Dann sagte Lonica, dass er bereit sei.
Sie standen im Kreis. Gorilla streckte seine Hand in die Mitte des Kreises aus. Lonica legte seine darüber. Dasselbe tat Cecconi. Dann Fostelli, dann Billo. Zuletzt legte Ranacci seine Hand über die seines Rivalen.
Genau in diesem Moment kam Corda aus der Bar.
Cecconi wollte auf ihn zugehen, doch Gorilla hielt ihn zurück.
Einen Augenblick später kam Speckbacke durch die Tür und gesellte sich zum Sohn des Anwalts. Sie gingen dicht nebeneinander her, fast streiften sie sich. Sie schlugen die entgegengesetzte Richtung der Jungen ein, blickten sich an, lächelten. Corda kickte Steinchen vom Weg. Sie gingen um die Bar herum.
»Es hat geklappt!«, schrie der Don. »Er hat's geschafft!«
Ein Jubelchor erhob sich.

Die Signora und das Töchterlein hielten gerade ihr Nachmittagsschläfchen, als sie den rotlackierten kleinen Koffer schloss – derselbe, mit dem sie angekommen war. Bevor sie diese Räume für immer verließ, verweilte ihr Blick noch einmal auf dem Sofa, wo Germano und sie sich an einem Tag im September den ersten heimlichen Kuss gegeben hatten. Seit dem Moment, in dem sie im vergangenen Sommer das Heim der Familie Corda betreten hatte, waren sie ineinander verliebt. Der Rest war die natürliche Folge dieses Gefühls.

Nenette lächelte. Sie strich über den Brief, den er ihr aus Genf geschickt hatte. Mit einer Pariser Adresse in Druckbuchstaben mitten auf dem Blatt. Der Brief schloss mit den Sätzen: »Ich erwarte dich ungeduldig, und ich liebe dich. Dein Germano.« Außer von jenem Sofa verabschiedete sie sich weder von Menschen noch von Sachen.
Sie hob den rotlackierten kleinen Koffer an, legte einen Brief in einem verschlossenen Umschlag vor den Wandspiegel im Eingang und verließ die Wohnung.

6

MONTAG, 26. MAI

Der Rest des Sonntags flog nur so dahin und zog einen Großteil des Montags mit sich, als sollte dies eine Pause sein zwischen dem, was passiert war, und dem, was passieren sollte.
Im Hof bei Billo und Gorilla musste Corda sich noch immer derbe Kommentare der Freunde über sein romantisches Abenteuer anhören. Durch die freilich auch ein wenig Neid hindurchschimmerte. Immerhin war er der Erste von ihnen, der es geschafft hatte, das Herz eines Mädchens zu erobern. Eines ganz gewöhnlichen Mädchens.
Cecconi fragte, ob er ihr einen Zungenkuss verpasst hätte.
»Das geht dich einen Dreck an!«
Billo und Gorilla unterdrückten ein Lächeln.
»Kommen wir zur Sache.« Ungewöhnlich nervös rief Fostelli sie zur Ordnung. »Sind alle einverstanden, dass wir es morgen machen?«
»Ist vielleicht ein bisschen früh«, meinte Lonica.
Darauf Gorilla: »Besser früh als zu spät, glaub mir. Morgen ist okay.«
»Sturmhauben? Strümpfe?« fragte Fostelli.
Alle zogen etwas hervor. Cecconi eine orangefarbene Sturmhaube, die doppelt so groß war wie sein Kopf.
»Was soll der Scheiß? Willst du aussehen wie ein Kürbis?«, fragte Ranacci. Zu Hause gab es keine Nachricht vom Vater. Beim Abendessen hatten er und seine Mutter sich kaum angeschaut. Er hatte einen neuen Nylonstrumpf dabei, den er aus der Schublade mit ihren Wintersachen genommen hatte.
Lonica hatte zunächst an einen gepolsterten Helm gedacht, den er aus der Turnhalle klauen würde. Dann hatte er be-

schlossen, bis zum Tag des Kampfes keinen Fuß mehr in den Verein zu setzen. Er hielt eine aufgekrempelte Wollmütze in der Hand, in die er zwei etwas schiefe Schlitze für die Augen geschnitten hatte.
Fostelli, der sich sogar unter der Folter standhaft geweigert hätte, Unterwäsche von seiner Mutter zu tragen, und der keine Sturmhaube gefunden hatte, prunkte mit einer Pappmaske von Spiderman, die er mit chirurgischer Präzision aus einer Zeitschrift ausgeschnitten hatte.
Gorilla und Billo hatten zwei identische Sturmhauben mit militärischen Abzeichen dabei, die sie im letzten Winter auf einem Wochenmarkt geklaut hatten. Gorilla war in die Pedale getreten, Billo hatte sich vom Gepäckträger aus über die Stände gebeugt und mal hier, mal da blindlings etwas gegriffen.
Der Strumpf, den Corda dabeihatte, war von einer ungewöhnlichen Farbe: rot.
»Der ist von Nenette. Das Au-pair-Mädchen, das bei uns arbeitete.«
»Meine Fresse. Die ist geil!«
»Die *war* geil.«
»Was soll das heißen?«
»Sieht aus, als wär sie abgehauen. Jetzt ist sie bei meinem Bruder in Paris.« Und er erzählte die ganze Geschichte.
Billo sagte: »Alle Achtung! Dieser Germano! Immer so ernst ... und dann schleppt er die kleine Französin ab!«
»Für den einen die kleine Französin, für den anderen Speckbacke!«
Alle lachten, außer Corda.
»Mit dem Geld vom Bankraub fahre ich zu ihnen nach Paris.«
»Du gehst weg?«, fragte Ranacci.
»Ja, ich geh weg.« Aber er wirkte nicht sehr überzeugt.
»Wollen die dich denn haben?«
»Logisch ...«
Ranacci spielte mit dem Streichholz, das er zwischen den Lippen hielt. »Wenn du es sagst.«

Fostelli lächelte Corda an. »Warum denn nicht?«, sagte er. »Jeder von uns hat eine Zukunft, die auf ihn wartet. Jeder wird das tun, was er will.«
Bei diesen Worten kam Lonica die Idee, dass er den getürkten Boxkampf vermeiden konnte. Er könnte mit seinen Eltern auch nach Frankreich gehen. Er hatte gehört, wie seine Mutter mit dem Arzt über eine Stadt dort oben sprach, wo man seinen Vater möglicherweise heilen konnte. Vielleicht würde das Geld aus dem Bankraub sein Leben retten. Und zum Teufel mit allen anderen!
Der Himmel verdüsterte sich, ihre Schatten krümmten sich zitternd auf dem Hof. Gorilla sammelte Mützen und Strümpfe ein und stopfte sie in einen Sack.
Wie auf ein verabredetes Zeichen kramte Billo in seiner Hosentasche und zog eine Folienpackung mit zwei noch unangetasteten Kapseln heraus. Er zeigte sie den anderen. »Hier drin sind die Schlaftabletten.«
»Mann, sind die dick«, sagte Corda.
»Wann triffst du Speckbacke morgen?«, fragte Billo.
»Wir haben uns um vier verabredet. Aber nenn sie nicht Speckbacke!«
»Kurz vor der Verabredung zerdrücken wir die Tabletten und machen sie zu Pulver. Das schütten wir in einen Umschlag. Du spielst den Gentleman und bietest ihr an, das Tablett für sie bis zur Bank zu tragen. Während wir sie ablenken, schüttest du das Schlafpulver in die Kaffees. Ein bisschen in die eine, ein bisschen in die andere Tasse.« Billo steckte die Tabletten in den Sack mit den Masken. »Alles klar?«
»Okay.«
Dann standen sie auf und probten den Bankraub.
Sie stellten sich vor, auf die Bank zuzugehen. Vorne Billo und Gorilla. Dann die anderen, jeder für sich. Corda zuletzt, damit er sich nach allen Seiten umguckte.
»Peng! Peng!«, schrie Cecconi. »Ich leg sie alle um, so wie sie dastehen!«

»Hör auf!«
Sie probten die Bewegungen siebenmal hintereinander. Der Ungeschickteste war Fostelli. Fast immer stellte er sich falsch auf, er war zu nervös.
»Mensch, Don!«, ermahnte ihn Ranacci.
Die beiden letzten Probedurchläufe klappten perfekt. Zehn Minuten später verabschiedeten sie sich voneinander. In der feierlichen Dunkelheit machte keiner mehr Witze.
»Morgen fängt ein neues Leben an«, erklärte Billo.
Alle taten einen tiefen Atemzug. Dann trennten sie sich.

7

DIENSTAG, 27. MAI

Vier Uhr nachmittags und die Sonne noch hoch am Himmel.
Sieben Rucksäcke, eine leere Tasche und eine zweite mit den Waffen.
Alle sieben hatten kaum geschlafen. Ranacci war mehrmals aufgestanden, hatte die leeren Bügel betrachtet. Niemals würden sie auch nur einen Centesimo von diesem elenden Betrüger nehmen! Er würde sich um die Familie kümmern.
»Wie viel holen wir da raus, was glaubt ihr?«, flüsterte er. Es war die erste Frage, seit sie sich vor fast einer Stunde im Hof des Hauses neben der Bank versammelt hatten.
»Millionen!«, antwortete Gorilla. Von ihrem Versteck aus sahen sie die untersetzte Gestalt des Wachmanns.
»Ja gut, aber wie viele?«
Gorilla zuckte mit den Achseln. Keiner wusste es.
»Und wenn gar keins da ist, kein Geld? Oder wenig?«
»Ranà!«, schnitt Billo ihm das Wort ab. »Du nervst!«
»Ein paar Minuten nach fünf werden wir es wissen«, psalmodierte Fostelli. Er hatte die ganze Nacht lang dafür gebetet, dass alles nach Plan klappte.
»Und die Pistolen?«, fragte Cecconi. Er schwitzte und hatte sichtlich Angst.
»Sind bereit.«
»Aber wenn jemand sieht, wie Corda das Schlafmittel in den Kaffee schüttet? Oder wenn er es nicht schafft?«, fragte Lonica.
»Ich schaff das schon! Und ich pass auf, dass niemand mich sieht«, erklärte der Anwaltssohn empört. »Ich will schließlich auch nach Paris!« Doch auch er hatte die ganze

Nacht nichts anderes getan, als sich das Schlimmste auszumalen. Stolpern, Kaffeetassen am Boden, Schlafmittel verloren, Letizia ertappt ihn, Polizei, Gefängnis. Von wegen Paris!
Gorilla hockte sich hin, öffnete einen Rucksack und holte die Tabletten heraus. Er ließ sie aus der Blisterpackung in einen der kleinen Umschläge fallen, in die der Tabakhändler Briefmarken steckt. Dann nahm er ein Hämmerchen und zerschlug sie, sorgsam bedacht, dass der Umschlag heil blieb.
Als die Tabletten zu Pulver zerstoßen waren, nahm Billo den Umschlag und klebte ihn zu. »Fertig?«
Corda steckte sich den Umschlag in die Tasche. »Ich gehe.«
»Warte!«, hielt der Don ihn zurück. Unter seinen geröteten Augen lagen dunkle Schatten. Sein Blick war leicht irre.
Alle sahen ihn stumm an, jeder lauschte auf den Schlag seines eigenen Herzens.
»Viel Glück«, sagte er und machte Corda ein Zeichen zu gehen, als hätte er ihn soeben gesegnet.

Um fünf vor fünf sagte Corda zu Letizia: »Ich komme mit dir, dann kann ich dir helfen.«
Gianni Contini betrachtete ihn bewundernd. »Mein Schwiegersohn!«, wiederholte er sich unaufhörlich im Geiste. »Das ist mein Schwiegersohn!«
Die beiden jungen Leute hatten die ganze Zeit, durch die Theke getrennt, einander gegenübergesessen und über dies und das geplaudert, doch Gianni Contini war ihre Aufregung nicht entgangen. Die nervösen Hände des Jungen, die ständig nach etwas in seiner Hosentasche tasteten. Ihr nicht zu übersehendes Erröten, die gespielte Ungezwungenheit, mit der sie ihn anblickte.
»Nein, warte hier. Das schaffe ich allein«, erwiderte Letizia. Corda erbleichte.
Signor Gianni fürchtete, sie habe ihn beleidigt. Sofort

wandte er sich an die Tochter: »Lass ihn doch mit dir gehen, wenn er möchte!«
Sie schien unschlüssig. »Vielleicht hat er es nur aus Höflichkeit gesagt ...«
»Nein, bestimmt nicht!« Corda sprang auf. »Ich helfe dir sehr gern, Letizia.«
Sie wurde glutrot, beide Hälften ihres Doppelkinns zitterten im Gleichtakt. Sie mochte es, wie er ihren Namen aussprach. »Wenn du wirklich willst ...«
»Er will! Er will!«, mischte sich der Vater ein.
»Komm schon ...«, drängte Corda.
Letizia reichte ihm das Tablett. Darauf zwei dampfende Tässchen mit den dazugehörigen Untertassen, zwei Tütchen Zucker, zwei Servietten und zwei Löffel.
Corda hielt den Atem an.

»Da sind sie«, sagte Billo und schaute auf die Uhr.
Cecconi lief ein Schweißtropfen über die Stirn.
Jetzt waren er und Ranacci dran. Sie erhoben sich von den Bänken auf der Piazza und gingen auf das Pärchen zu.
Hinter ihnen rief Fostelli: »Lasst sie in Ruhe!« Keiner hatte je einen so wenig überzeugenden Ton bei ihm vernommen.
Speckbacke sah die böse Grimasse Ranaccis, den blöden Ausdruck des Neapolitaners. Die beiden kamen näher, waren weniger als zehn Schritte entfernt. »Was wollen die?«, fragte sie Corda.
»He, Specki!«, brüllte Cecconi plötzlich aus Leibeskräften. »Du bist echt 'ne richtige Speckbacke!« Etwas Besseres fiel ihm nicht ein.
»Was wollt ihr Arschgeigen?«, fauchte sie.
»Bloß mit dem Signorino Corda reden!«, rief Ranacci.
»Hey, lasst sie in Ruhe, hab ich gesagt!« Das war wieder Fostelli von hinten.
Letizia stellte sich zwischen Ranacci und Corda. »Verpisst euch!« Sie war eine Tigerin, die ihr Junges verteidigt.

Corda versteckte sich hinter ihrem breiten Rücken. In einer Hand hielt er das Tablett. Mit der anderen holte er den Umschlag heraus und öffnete ihn mit den Zähnen. Er warf einen Blick zurück in die Bar. Und einen zur Bank, wo der letzte Kunde kurz zuvor herausgekommen war.

»Geh mir nicht auf'n Sack!«, sagte Cecconi zu dem Mädchen.

Die trat einen Schritt nach vorn und stand vor Ranacci, der angewidert zurückwich. »Bleib mir vom Hals!«

»Lass uns mal mit Corda sprechen, Speckbacke!«

Letizia versuchte, dem einen und dem anderen ein paar Stöße zu versetzen, doch ohne Erfolg.

Von der Bank aus mimte Gorilla ein Hohngelächter.

Billo schrie: »Mach sie fertig, Specki!«

Unterdessen hatte Corda in jede Tasse ein wenig von dem Pulver geschüttet. Ein Teil war danebengefallen und auf dem Tablett gelandet. Er pustete, und die wenigen übriggebliebenen Körnchen verflüchtigten sich. Sollte er jetzt mit dem Löffel umrühren? Hm, an dieses Detail hatten sie nicht gedacht. Also hob er die Hand, das verabredete Zeichen für die anderen auf der Bank, dass er es geschafft hatte.

»Lasst sie endlich in Frieden!« Dieses Mal hallte Fostellis Stimme wie ein Donner über die Piazza.

Ranacci und Cecconi sahen sich an. Sie sahen Corda an.

»Wir sehen uns, Corda!«, drohte Cecconi. Sie drehten sich um und kehrten zur Bank zurück.

Letizia wandte sich erneut an ihren Verehrer. »Was wollen die denn von dir?«

»Die ... die sind eifersüchtig!«, fiel ihm ein.

»Flachwichser!« schrie sie ihnen zornig hinterher. Aber sie war auch geschmeichelt. Vittorio Corda hatte sie seinen lebenslangen Freunden vorgezogen und sich zu Feinden gemacht.

»Hau ab, Specki!«, war der letzte Schrei von Cecconi.

»Komm«, sagte Corda, »der Kaffee wird kalt.«

Letizia nahm ihm das Tablett aus der Hand, das er ihr nur zu gerne überließ, und begleitete ihren Geliebten aufmerksam in Richtung Bank.

Doch der ließ sie schon nach wenigen Schritten stehen. »Ich hab gerade meinen Vater gesehen«, sagte er aufgeregt, »ich komme sofort zurück, Letì!« Und rannte davon, so schnell er konnte.

»Wo ist er denn?«, schrie sie ihm hinterher, mitsamt dem Tablett zur Salzsäule erstarrt. Beklommen sah sie ihn wegrennen. Er hatte gesagt, er würde sofort zurückkommen. Sie ging weiter. Er kommt gleich wieder, sagte sie sich. Da ertönte eine Klingel.

»Es ist so weit«, sagte Billo.

Und alle fingen gleichzeitig an zu laufen, Adrenalin wie Stecknadeln im Blut.

Im Hof stießen sie auf Corda, den Nylonstrumpf schon über dem Kopf und eine Pistole in der Hand, die größer schien als er selbst. Aber keiner hatte den Mut, Witze darüber zu machen. Außerdem nicht genug Zeit.

Jeder versteckte sein Gesicht hinter der eigenen Sturmhaube, dem eigenen Strumpf.

»Hast du es in beide Tassen getan?«, fragte Fostelli hinter seiner Spiderman-Maske.

»Ja!«

»Bestimmt?«

»Ich habe Ja gesagt!«

Gorilla und Billo griffen nach den Gewehren. An die anderen verteilte Corda die Pistolen.

»Endlich, Letizia!«, sagte der Wachmann, als er mit seinem buckeligen Kameraden aus der Bank kam. Beide schirmten ihre Augen gegen die Sonne ab wie Maulwürfe, die aus ihrem Bau hervorkriechen. »Wir dachten schon, du kommst nicht mehr!«

»Entschuldigt bitte«, sagte sie, das Tablett anreichend.

»Du hast abgenommen, Letì!«, lachte der Angestellte.

Dann zum Wachmann: »Heute bist du dran mit Bezahlen, Miché!«
»Hungerleider!«, tönte der andere. Er schüttete Zucker für sich und den Freund in die Tassen. Sie griffen nach den Löffeln.
Der Wachmann rührte um, führte die Tasse an die Lippen.
Letizia stand reglos dabei, das Tablett in der Hand, und suchte ringsumher mit Blicken nach Corda.
»Der ist ja schon kalt, Letizia!«, klagte der Wachmann, als er einen Schluck getrunken hatte. Sofort sekundierte ihm der Freund, der das Gesicht verziehend, ausrief: »Igitt! Heute ist er noch ekliger als sonst, pass auf, ich werde mich bei deinem Papa beschweren!« Und er hustete.
»Stimmt«, sagte der Wachmann und legte ein paar Münzen auf das Tablett.
»Entschuldigt!«, erwiderte Speckbacke in sarkastischem Ton. »Aber ihr beklagt euch ja sowieso immer.«
Die beiden starrten sie einen Moment lang an, dann brachen sie in Gelächter aus. Der Wachmann sagte zu dem Angestellten: »Siehst du! Jetzt hast du sie wütend gemacht!« Erneutes Gelächter.
»Bis morgen«, fertigte Letizia sie ab. Keine Spur von ihrem Geliebten. Immer noch lachend stellten die beiden ihre Tassen auf das Tablett zurück.
Sie drehte den Männern den Rücken zu und eilte so schnell sie konnte zur Bar.

Die sieben beobachteten, wie Speckbacke sich entfernte, während der Wachmann und der Angestellte sich Zigaretten anzündeten. Sie lachten und plauderten noch immer.
»Wie lange dauert es, bis das Zeug wirkt?«, fragte Ranacci unter seinem Strumpf.
»Einen Moment Geduld, verfluchte Scheiße!«, sagte Billo.
»Bist du denn sicher, dass eine pro Kopf reicht?«, fragte Fostelli.

»Sterben werden sie nicht davon, aber einschlafen ja!«
Er hatte den Satz noch nicht beendet, als der Angestellte schon schwankend auf seinen Kameraden zu fallen drohte. Der wollte ihn zurückhalten, an der Unterlippe des weit geöffneten Mundes baumelte noch die Zigarette. Dann begann auch der Wachmann zu taumeln. Mit verstörter Miene machte er Anstalten, sich auf den Stufen niederzulassen, doch statt sich zu setzen, legte er sich hin.
Der andere fiel vornüber zu Boden.
Über ihren ausgestreckten Körpern stand die Tür zur Bank weit offen.

»Jetzt!«, rief Billo. Er zückte das Gewehr. Gorilla mit ihm. Sie stürmten alle zusammen los, jeder von den anderen mitgerissen, die Anspannung konzentrierte ihre Gedanken, in ihren Händen schaukelten die Waffen.
Sie sprangen auf den Gehweg gegenüber der Bank, einladend öffnete sich vor ihnen der Eingang. Nur noch wenige Schritte die Stufen hinauf, über die beiden Körper steigen, eindringen.
Da raste plötzlich ein Auto heran und bremste wenige Zentimeter vor ihnen scharf, um ein Haar hätte es sie erfasst.
In diesen hektischen Momenten hatte es keiner gesehen oder herankommen hören, bis es direkt vor ihnen stand und ihnen den Weg versperrte. Dahinter ein zweites. Zu dritt stiegen sie aus dem ersten, zwei weitere aus dem anderen. Bekleidet mit Tarnanzügen und Springerstiefeln.
Vielleicht waren es Soldaten, ja genau, das Militär hatte jede ihrer Bewegungen bis zu diesem Moment verfolgt. Und jetzt waren sie gekommen, um sie zu verhaften.
Allerdings trugen die Soldaten Nylonstrümpfe über dem Kopf, alle fünf.
Einer pflanzte sich vor den Jungen auf und zielte mit der Pistole auf sie. Da gab es keinen Irrtum: Die war echt. Man brauchte sie nur aus der Nähe zu sehen, den

kalten, reglosen Lauf; man brauchte nur zu sehen, wie schwarz das Loch war, aus dem die Kugel herauskommen würde.

»Keine Bewegung!«, krächzte der Mann, der auf sie zielte.

Die sieben hockten sich auf den Boden, einer dicht neben dem anderen. Cecconi spürte einen Tropfen zwischen seinen Beinen. Noch einen. Dann ließ er zu, dass ihm die Pisse aus den Unterhosen hervorquoll.

Während der Zeit, die die Jungen damit zubrachten, auf die Pistole zu starren, drei, vier endlose Minuten, gingen die anderen von der Bande mit gezückten Waffen in die Bank hinein und kamen jeder mit einem Sack wieder heraus. Sie kletterten über die bewegungslosen Körper des Wachmanns und des Angestellten und verschwanden wieder in den Autos.

Der Mann zielte noch ein paar Augenblicke mit der Pistole auf die Jungen, ohne sich zu rühren, bis eine Autotür sich öffnete und er hineinstürzte. Die Autos starteten mit quietschenden Reifen.

Eine Alarmglocke schrillte.

Fostelli war der Erste, der reagierte. »Weg hier, sofort!« Er musste sie einen nach dem anderen in den Nachbarhof drängen. »Schnell! Schnell! Schnell!«

Alle wurden gleichzeitig von wütender Panik gepackt. Sie rissen sich die Sturmhauben und Strümpfe vom Kopf und stopften sie in ihre Rucksäcke. Gorilla zerlegte rasch die beiden Gewehre, warf sie in die Tasche, dann explodierte er: »Verdammte Scheiße, was ist passiert? Scheiße, was ist passiert? Scheiße, Scheiße, Scheiße!«

»Da ist uns jemand zuvorgekommen«, sagte Billo, während er die Rucksäcke zuzog. »Sie haben unseren Plan geklaut!«

»Nein!«, schrie Ranacci. »Nein, das ist nicht wahr!«

Lonica und Corda sahen sich entsetzt an.

»Lasst uns abhauen, schnell!«, sagte Billo. »Nehmt eure

Rucksäcke, bevor die ...«, und noch während er sprach, hörte man deutlich das Heulen einer Sirene. »Scheiße! Weg, weg, weg!«
Zu sechst rafften sie Rucksäcke und Taschen zusammen.
»Hinten raus! Und dann einen großen Bogen!«
Nur einer rührte sich nicht.
»Ich hab mich vollgepinkelt«, murmelte Cecconi unter Tränen. »Ich bin vollgepisst!«
»Los jetzt!«
Fostelli packte Cecconi am Arm, nahm auch seinen Rucksack und konnte ihn wegziehen, während in nächster Nähe ein Streifenwagen der Carabinieri bremste.

Innerhalb von zwanzig Minuten versammelte sich der ganze Ort vor der Bank.
»Gibt es Tote?«
Ein Krankenwagen hatte den beiden Ohnmächtigen Erste Hilfe geleistet.
»Nein, aber sie haben die Bank ausgeraubt.«
Pino Da Risio, der Oberleutnant der Carabinieri, befahl seinen Leuten, die Umgebung zu räumen. Doch er hatte nur fünf Mann, während sich die Neugierigen zu Dutzenden drängten.
Keuchend und bleich kam Muschio an, auf der Suche nach seiner Mutter.
»Das ist der Sohn der Vizedirektorin«, sagte jemand in der Menge.
»So einer?«
»Mama!« Ein Carabiniere hielt ihn zurück und fragte, wer er sei. »Lass mich durch, Scheißbulle!«
Ungerührt beobachtete Da Risio die Szene. Mit seinem eckigen Gesicht, der großen Nase in der Mitte und den wachen Augen sah er aus wie unter vierzig, nicht achtundvierzig, wie in seinem Ausweis stand.
Er ließ ein Absperrband um das Gebäude spannen.
»Wie viele waren es?«, fragte er Signora Muschio, während

ein Pfleger sie zum Krankenwagen brachte. Sie stand unter Schock.
»So was ist noch nie passiert ... noch nie«, sagte sie immer wieder. Dann entdeckte sie ihren Sohn. »Raffaele!« Sie wollte, dass er zu ihr lief und sie umarmte. Doch der Carabiniere hielt den jungen Mann fest.
»Beantworten Sie meine Frage!«
»Vier ... ich habe vier gesehen.«
»Haben sie gesprochen?«
»Ich weiß nicht, ich weiß es nicht ...«
»Was können Sie uns sagen?«
»Es hat alles weniger als fünf Minuten gedauert.«
Da Risio gab vorerst auf. Er verhörte die Kassierer.
»... ging alles viel zu schnell, um irgendwas zu bemerken. Sie hatten Strümpfe über dem Gesicht. Sie sahen alle gleich aus. Sie haben wenig gesprochen. Sie haben mehr mit Waffen auf uns gezielt als gesprochen.«
»Was für Waffen?«
»Pistolen.«
Mehr Polizisten trafen ein. Bald erfuhr man, dass es zwei Autos gewesen waren. Und die Diebe nicht mehr als sechs oder sieben. Der Carabiniere sprach mit dem Bankdirektor, der sofort herbeigeeilt war, als er die Nachricht hörte. Er drehte seinen Hut in der Hand, dachte an die Versicherung und dass er die Zentrale benachrichtigen musste. Nein, er hatte nichts Auffälliges bemerkt.
Da Risio verhörte den Wachmann vom Sicherheitsdienst. Sein Blick war leer. Das Halfter mit der nutzlosen Pistole baumelte locker an seinem Oberschenkel.
»Da war was im Kaffee ... Ich weiß nicht, wie mir das sonst hätte passieren können.«
Der Angestellte bestätigte diese Aussage.
Ein bis ins Detail ausgefeilter Plan, dachte der Oberleutnant lächelnd. Er ging in Richtung Bar.
Da sah er den Mexikaner auf der Piazza.

Unterdessen flüchteten sich die Sieben mit hüpfenden Rucksäcken und schweißgetränkten T-Shirts in Billos Garage.
Billo schloss die Tür, und sie tauchten in ein atemloses, misstrauisches Halbdunkel.
»Verbrennen wir die Waffen?«, schlug Gorilla sofort vor. Das hatte er mal in einem Film gesehen.
»Immer mit der Ruhe«, hielt Billo ihn zurück. »Erst versuchen wir zu verstehen, was zum Henker da gerade passiert ist!«
»Du hast es doch schon gesagt!«, schrie Ranacci hysterisch. »Da sind uns welche zuvorgekommen.«
»Aber wer?«
»Echte Diebe«, stellte Lonica fest. »Das waren echte Diebe mit echten Pistolen!« Er zitterte. Nach der Aufregung hatte sie jetzt die nackte Angst gepackt.
»Die haben uns gesehen, wie wir andauernd da rumhingen ... und Speckbacke und alles andere«, erklärte Gorilla, während er noch immer überlegte, was mit den Waffen geschehen sollte. »Dafür braucht man kein Genie, wir haben uns wie Idioten aufgeführt. Verflucht, warum waren wir nur so blöd!?« Er schmetterte den Rucksack mit den Pistolen auf den Boden, dann schlug er ihn gegen die Wand. »Verfluchter Mist!«
»He!« Billo riss ihm den Rucksack aus den Händen. »Wir müssen jetzt vernünftig nachdenken. Ruhig bleiben. Und vorsichtig sein.« Den letzten Satz flüsterte er. Gorilla ließ sich gehorsam in eine Ecke führen. Er setzte sich zu den anderen.
Cecconi schämte sich in Grund und Boden. Niedergeschlagen betrachtete er seine mit Urin getränkte Hose, deren Gestank alle rochen. Aber keiner hatte den Mut, etwas zu sagen. Vielleicht hatten sie sich ja auch vollgepisst, ohne es zu merken, nicht nur er.
»Das war's mit dem Geld«, sagte Ranacci bitter.
Das war's.

Mit dem Geld.
Die Worte hallten durch das Halbdunkel der Garage. Lonica begann, laut zu schluchzen, das Gesicht zwischen den Händen. »Ich bin erledigt! Ich bin erledigt!«
»Wir sind alle erledigt«, sagte Ranacci.
»Aber ich noch mehr.« Er zeigte auf Gorilla. »Ich habe seinen Bruder an der Hacke, mit dem Geld wollte ich aus der Abmachung rauskommen.«
»Was für eine Abmachung?«
Unter Schluchzern, in abgehackten Sätzen erzählte Lonica nun die ganze Geschichte von Giuliano Gorelli und Bordignon. Von dem getürkten Kampf. Der Erpressung. Der halben Million Lire. »Wenigstens hätte ich sie ihm zurückgeben können. Dann wäre ich nach Frankreich abgehauen. Mit meinen Eltern. Meinem Vater. Da können sie Tumore heilen!«
Mit feuchten Augen setzte Fostelli sich neben ihn. »Beruhige dich. Du wirst sehen, dein Vater wird gerettet. Auf die eine oder andere Weise ...«
»Was ist mein Bruder bloß für ein beschissener, arschiger Dreckskerl!« schrie Gorilla wütend.
Ranacci dachte an seinen Vater. Er fuhr sich mit einem Finger übers Knie, vor und zurück.
»Aber wer war das?«, fragte Corda noch einmal. »Wer waren diese echten Diebe?«
Schweigen, man hörte nur Lonicas Schluchzer.
Dann sprach Cecconi zum ersten und letzten Mal dort drinnen: »Wir sind am Arsch, Leute! Ganz übel am Arsch!«

Bleibt nur der Fußball, dachte Billo, als er abends ohne Vorsichtsmaßnahmen auf dem Balkon neben seiner Mutter rauchte. Sie hatte schweigend zugesehen, wie er sich die Zigarette anzündete.
Plötzlich drehte sich Billo zu ihr um und starrte sie aus verstörten Augen an. »Wieso sitzt du eigentlich den ganzen Tag hier herum? Worauf wartest du? Der Typ kommt doch

sowieso nicht zurück!« Dann ließ er sie sitzen und ging zurück in die Wohnung. Er musste der Großmutter ausweichen, die, ebenfalls mit einer Zigarette in der Hand, in der Balkontür stand.
Donna Giovanna fing den entsetzten Blick ihrer Tochter auf, die die Zeitschrift zuschlug und die Arme an die Brust drückte. Doch keine der beiden sagte ein Wort.

Durch das Fenster sah Cecconi Vater und Mutter in den Pritschenwagen steigen. Es war noch nicht halb fünf Uhr morgens, und er hatte kein Auge zugetan.
Müde und schlaftrunken, sprachen seine Eltern nicht miteinander. Cecconi dachte daran, dass er eines Tages an der Reihe sein würde, und das nicht nur ein, zwei Mal. Sondern jeden Morgen, für immer. Illegaler Gemüseverkäufer auf den Straßen Roccellas, der sich die Kehle aus dem Leib schrie, um die Hausfrauen auf sich aufmerksam zu machen. Sein Leben eine Waage, auf der die Rechnungen aufgehen mussten. Von Spataro und Jovine, die ihm den Garaus machen wollten, ganz zu schweigen. Und in ein paar Tagen würde dieses Schwein Ayroldi ihn offiziell sitzenlassen.
Als der Pritschenwagen nicht mehr zu sehen war, ging er auf den Hof, in die feuchte, blauviolette Luft, die dem Sonnenaufgang vorausgeht. Zerstreut trat er gegen ein paar große Steine. Es war vorbei, was auch immer jetzt beginnen würde, es war auf jeden Fall vorbei.

Okay, er würde die Situation doch nicht so schnell in den Griff kriegen. Nicht über illegale Umwege jedenfalls. Kein Geld, vorerst. Ranacci ordnete Bücher und Hefte in seiner Schulmappe und warf einen Blick auf seine Mutter, die in der Küche das Frühstück zubereitete.
Okay, sie würden anfangen müssen, ihr Leben ohne den Vater zu organisieren. Nächstes Jahr, nach der Mittelschule, würde er sich eine Arbeit suchen. Was hatte er von seinem

Vater, diesem Lügenmaul, nicht alles über diese verfluchten Arbeitsplätze hören müssen! Aber er hätte nie gedacht, dass er schon so bald selbst an der Reihe sein würde.

Fostelli kniete mit gefalteten Händen, den Blick auf das Kruzifix gerichtet, das über seinem Bett hing. Er bat um Vergebung. Und dieses Mal wusste er, warum.

Gorilla verließ die leere Wohnung und ging die Treppen hinunter. Seit Tagen ließ sein Bruder sich nicht blicken. Was war mit ihm passiert? Er blieb im Hof stehen, um auf Billo zu warten. Die aufgeregten Momente des Banküberfalls gingen ihm durch den Kopf, er sah die Umrisse der fünf echten Diebe vor sich. Er kannte die Antwort. Da brauchte man wahrhaftig kein Genie, um zu wissen, wer das gewesen war.

Lonica zählte zum hundertsten Mal das Geld. Er hatte gehofft, es zurückgeben und sich aus der Vereinbarung rausziehen zu können. Aber nein. Er würde auf die Matte gehen. Das Einzige, was ihn ein wenig tröstete, war, dass er den anderen seine Zwangslage gestanden hatte. Wenigstens würden sie nicht über ihn lachen, wenn Bordignon ihn niederstreckte. Aber das war ein ziemlich dürftiger Trost. Er hörte den Vater drüben im Schlafzimmer husten, seine Mutter flüstern. Kein Frankreich. Keine Hoffnung.

»Einen ganzen Mann!«, brüllte der Anwalt Corda seine Frau an, während sie bei Tisch saßen. »Ich wollte einen ganzen Mann aus diesem Unglücksbengel machen. Und wozu all die Mühe? Und auch du« – er blickte seinen Zweitgeborenen an – »auch du wirst mich enttäuschen, ach was, du hast mich bereits enttäuscht! Ich bin der Einzige mit Verantwortungsgefühl in dieser Familie! Der Einzige mit ein wenig Rückgrat!« Und er hieb mit der Faust auf den Tisch.

Ludovica klammerte sich an den Arm der Mutter, beide stumm vor Angst.
»Wegen einer kleinen französischen Hure! Eine Schlange an meinem Busen! Und mein Sohn ... mit neunzehn ein lasterhafter Schlappschwanz!« Wieder schlug er auf den Tisch. »Und das einem Mann mit meinem Ruf ... welch eine Schande! Mit der Hausangestellten nach Paris! Was werden die Leute von mir denken? So eine Schande!«
Corda, den Blick auf den Teller gesenkt, beneidete seinen Bruder.

8

MITTWOCH, 28. MAI

Billo und Gorilla begrüßten sich mit einem Kopfnicken. Zusammen verließen sie den Hof und gingen mit langsamen, vorsichtigen Schritten durch die Straßen.
»Auch gestern Nacht ist Giuliano nicht nach Hause gekommen«, sagte Gorilla.
Billo tat, als hätte er ihn nicht gehört. Er hatte dieses ganze Elend satt. Lieber dachte er an das Treffen mit den Vereinspräsidenten, das ihm an diesem Abend bevorstand. Auch ohne den Bankraub würde er die Weichen für seine Zukunft stellen können. Da war er sicher.
»Mensch, Billo, lass uns doch mal drüber reden! Wer sonst hier in Roccella könnte den Bruch organisiert haben? He? Billo!«
»Ja, ich weiß, ich weiß«, brummte der. »Ich bin ja nicht blöd, Gorì!«
»Na, und was machen wir jetzt?«
»Beweise haben wir nicht. Doch wenn wir zwei und zwei zusammenzählen können, dann können die Bullen das auch, oder?«
»Aber wir hängen selbst mit drin!« Er versuchte, Billo an einer Schulter zu packen, doch der wich aus und ging weiter. Gorilla wurde lauter: »Der Wachmann und der andere fallen nach dem Kaffee um, stimmt's? Und wer hat ihnen den Kaffee gebracht, ausgerechnet dieses eine Mal? Scheiße, das war zufällig Corda! Oder etwa nicht?«
»Ja, ja ... hör auf!«
»Mit wem hängt Corda rum? Mit uns! Also werden sie kommen und uns ausfragen ... Wo wart ihr um fünf Uhr? Warum wart ihr dort und nicht da? Sie werden uns ausquetschen.«
»Kann sein!« Billo blieb stehen, richtete einen Finger auf

Gorilla. »Aber fest steht, dass wir den Bankraub nicht gemacht haben! Wir wollten, das stimmt, aber man hat uns reingelegt. Hier geht es um was anderes, Gorì, reden wir nicht lange drum herum.«
Gorilla begriff, worauf der andere hinauswollte.
»Wie zum Teufel konnte dein Bruder und seine Gang von der Droge im Kaffee wissen? Woher wussten sie, dass die beiden den Kaffee um fünf Uhr trinken würden? Wie konnten sie genau wissen, von wo wir kommen würden, um uns aufzuhalten?«
»Jemand hat uns verpfiffen.«
»Und wer war das, Gorì?« Billo musterte ihn von Kopf bis Fuß. »Wer?«
»Denkst du etwa, ich hätte uns verraten?« Gorillas Gesicht rötete sich. »Wo ich meinen Bruder hasse?« Fast hätte er Billo geschlagen, aber er bezwang sich.
»Wenn du es warst, hat er dich bestimmt gezwungen.«
Gorilla wurde bewusst, dass sein bester Freund ihn für einen Verräter hielt. Einen feigen Arschkriecher. »Wichser!«, schrie er. Dann lief er weg.
Billo blickte ihm nach und biss sich auf die Lippe.

Als Billo am Abend zum Treffen mit dem Manager ging, stieß er zufällig auf Cecconi. Er saß ganz allein auf einer Bank der Piazzetta.
»Was machst du hier?«, fragte er ihn.
»Nichts. Zu Hause gucken alle so ’ne bescheuerte wissenschaftliche Sendung im Fernsehen. Und du?«
»Ich habe ein wichtiges Treffen«, antwortete Billo sybillinisch.
»Mit wem denn?«
Noch hatte er mit niemandem darüber gesprochen. Von seinem Onkel hörte er schon lange nichts mehr. Er hatte nicht übel Lust, es zu erzählen, blieb aber vage. »Einer vom Fußball. Der kann mich in einer wichtigen Mannschaft spielen lassen.«

»Mensch!« Der Neapolitaner geriet in Fahrt. »Was für eine Mannschaft?«

»Die müssen wir noch aussuchen. Aber auf jeden Fall in der ersten Liga. Ich spiele ein paar Jahre in ihrer Jugendmannschaft, dann fange ich in der ersten Mannschaft an.

»Echt wahr?«

»Ja, das ist wahr.«

Cecconi taxierte ihn prüfend, auf der Suche nach Anzeichen, die eine Lüge verrieten. »Na, dann viel Glück«, sagte er schließlich.

Billo überlegte, dass Cecconi sich, mutterseelenallein auf dieser Bank, wahrscheinlich im Kummer über den geplatzten Bruch vergrub.

»Willst du mit mir zu dem Treffen gehen?«, hörte er sich fragen.

»Okei!« Der Neapolitaner sprang sofort auf. »Wohin gehen wir denn?«

»Sie kommen mich am Fußballplatz abholen.«

Auf dem Weg kam Cecconi plötzlich mit seiner Meinung heraus: »Also, ich glaube«, setzte er an, als wäre das etwas, worüber er stundenlang nachgedacht hatte, »dass es Giuliano Gorelli war.«

»Glaube ich auch.«

»Aber ich versteh nicht, woher sie das mit dem Kaffee wussten.«

Billo schwieg. Cecconi war ein anständiger Kerl. Niemals hätte er einen von ihnen beschuldigt, am allerwenigsten Gorilla. Wenn man ihm gesagt hätte, der Plan sei Giuliano Gorelli von Außerirdischen zugeflüstert worden, hätte er eher das geglaubt, statt an einem Freund zu zweifeln.

»Vielleicht haben sie uns ausspioniert«, warf Billo ohne Überzeugung hin. Aber warum eigentlich nicht? Konnte es nicht genau so gewesen sein? Mist, warum hatte er Gorilla zu verstehen gegeben, dass er ihn verdächtigte? Verdiente er nicht wenigstens die Unschuldsvermutung im Zweifelsfall?

»Das glaub ich auch«, sagte Cecconi.
Sobald er wieder zu Hause war, würde er, egal um welche Uhrzeit, zu seinem Freund gehen und ihn um Entschuldigung bitten.
»Aber die haben das ganz genau nach unserem Plan gemacht ...«
»Der war ja auch perfekt«, sagte Billo, obwohl er davon nicht mehr so recht überzeugt war. »Sie haben uns das Geld vor der Nase weggeschnappt.«
»Im Fernsehen war nichts drüber. Aber mein Vater hat gehört, dass es hundert Millionen waren.«
»Wirklich?«
»Ja. Wie viel ist hundert Millionen durch sieben?«
Billo machte eine Überschlagsrechnung mit Hilfe der Finger. »Vierzehn und etwas.«
»Wahnsinn!«
»Viel.«
»Mehr als viel!«
Sie bogen um die Ecke und hatten die Turnhalle von Onkel Botta vor sich.
»Hm«, machte Cecconi. »Morgen Abend geht Lonica also auf die Matte ...«
Sie betrachteten das niedrige Gebäude, wo noch Lichter brannten. »Sieht ganz so aus«, bestätigte Billo. »Gorelli, dieses Arschloch ... was kann man da schon machen?« Aber im Grunde hätte er wirklich gern gewusst, was man da machen konnte.
»Schade. Vielleicht hätte er sogar gewonnen.« Und nach einer Weile fügte er hinzu: »Mir ist 'ne Idee gekommen ... warum wetten wir nicht auch, wo wir doch wissen, dass Lonica in der dritten zu Boden geht?«
»Nee, besser nicht, da bleiben wir draußen.«
»Warum?«
»Erstens«, Billo hob den Daumen, »weil nur Erwachsene wetten dürfen, wir nicht.«
»Wir geben das Geld einem Erwachsenen, der setzt es für

uns!« Cecconi strahlte übers ganze Gesicht, er war überzeugt, den Ausweg gefunden zu haben.
»Zweitens«, fuhr Billo etwas lauter fort, »kontrolliert Gorelli die Wetten, und du glaubst doch selbst nicht, dass er es nicht merkt, wenn wir genau auf das richtige Ergebnis setzen.«
»Hm.«
»Drittens«, schloss Billo, »woher nehmen wir das Geld, um zu wetten? Ich hab keins, du?«
Cecconi blickte zur Seite. »Trotzdem schade. Wegen allem.«
Eine halbe Biegung, dann waren sie nur noch zwanzig Meter vom Fußballplatz entfernt. Sie sahen jemanden am Straßenrand stehen.
»Mo, und wer ist das?«
»Villalta. Spielt bei Monteposchiese. Er wurde auch ausgesucht.«
Villalta trug einen dünnen Trainingsanzug, zu seinen Füßen stand eine Sporttasche. Er lächelte, als er sie sah.
»Ciao, Billo!«
»Hallo!«, grüßte Billo. »Was willst du mit der Tasche?« Sie gaben sich rasch die Hand.
Villalta zuckte mit den Achseln. »Naja«, meinte er, »vielleicht brauch ich sie.« Dann wandte er sich an Cecconi.
»Ciao!«
Billo stellte ihn vor. »Das ist ein Freund von mir. Er hat mich begleitet.« Dabei betrachtete er Villalta. Kräftige Statur, die Bewegungen geschmeidig. Und auf dem Platz wusste er, was er tat. Es war richtig, dass er auch dabei war, er hatte es sich verdient.
»Ihr sollt also in ’ner Siegermannschaft spielen?«, fragte Cecconi.
»Na, hoffentlich!«
»Vielleicht landet ihr ja beide bei den U-21 von der Nationalmannschaft!«
Villalta lächelte, aber nicht boshaft. Es gefiel Billo, dass er

den Neapolitaner wegen seines Dialekts nicht auslachte, wie die meisten, wenn sie Cecconi zum ersten Mal sprechen hörten.
Hinten von der Straße näherte sich ein Brummen.
Der BMW von Santovito kam mit hoher Geschwindigkeit herangefahren. Auf ihrer Höhe angelangt, bremste er scharf, im abendlichen Dunkel glänzend.
»Meine Fresse, was für'n Geschoss!«, rief Cecconi.
Mit laufendem Motor und angezogener Handbremse stieg Santovito aus dem Wagen. »Hallo, Champions!« Er lächelte sein auffallendes Riesenzahnlächeln. Im Gegensatz zum letzten Mal trug er Freizeitkleidung. »Na, wie geht's, Jungs?« Er gab Billo und Villalta die Hand.
Als er vor Cecconi stand, stutzte er einen Augenblick. »Und wer bist du?«
»Das ist ein Freund von mir«, mischte sich Billo ein. »Er hat mich nur hierher begleitet.«
»Guten Abend, Dottore! Angenehm, ich bin Salvatore«, stellte Cecconi sich höflich vor und ging bewundernd zu dem Auto. »Einen geilen Schlitten haben Sie!« Er strich mit einer Hand über die glänzende Oberfläche eines Scheinwerfers.
Santovito bedankte sich, als gälte die Bewunderung ihm selbst. Zu den beiden Spielern sagte er: »Seid ihr bereit? Dies ist ein wahn-sin-nig wich-tiger Abend für euch. Für euch und für mich!«
»Wir sind bereit«, antwortete Billo.
Santovito legte ihm eine Hand auf den Kopf. Das Gleiche tat er bei Villalta.
»Na dann, viel Glück!«, rief Cecconi im Weggehen.
Der Manager rief ihn zurück. »Nicht doch! Warum gehst du schon? Komm auch mit!«
Cecconi sah Billo an, dann sagte er: »Dottore, ich bin nicht besonders gut im Fußball!«
»Was hat das damit zu tun?«, entgegnete der Mann eilig. »Komm mit und leiste deinen Freunden Gesellschaft, dann

siehst du wenigstens mal, wie die Welt der Vereine in der A-Liga aussieht.«
Cecconi war nicht abgeneigt.
Billo zuckte die Achseln, als wollte er sagen: »Mir ist es recht.«
»Na los, komm mit!«, ermunterte ihn Villalta.
»Es gibt was zu essen«, lockte Santovito. »Vielleicht spielen wir auch alle zusammen eine kleine Partie Fußball. Übrigens ...«, er senkte die Stimme, als verriete er ihnen ein unanständiges Geheimnis, »bin ich auch ein ziemlich lausiger Fußballer. Aber nicht weitersagen!« Er warf den Kopf zurück und brach in schallendes Gelächter aus.

Die Fahrweise des Managers war ziemlich aggressiv, gemessen an den lokalen Gepflogenheiten. Während der ganzen Fahrt nach Vincipasso sprach er wenig und lächelte viel. Mehrmals wiederholte er den Satz: »Verhaltet euch ruhig und entgegenkommend.«
Cecconi berührte das Armaturenbrett, versuchte vergeblich, das Handschuhfach zu öffnen, ließ das Fenster auf- und zugehen und fragte ununterbrochen, was dies und jenes sei. Santovito antwortete höflich, mal Cecconi, mal die anderen durch den Rückspiegel im Auge behaltend.
Irgendwann fragte Villalta: »Habt ihr von dem Bankraub gehört?«
Cecconi drehte sich ruckartig zu ihnen um. Billo zwinkerte ihm zu und sagte: »Ja, haben wir gehört. Unglaublich!«
»Unglaublich!«, echote Cecconi und blickte wieder geradeaus.
»Ich hab im Radio davon gehört«, sagte Santovito. »Abscheuliche Menschen gibt es auf dieser Welt. Und ich bedaure, dass ihr jungen Menschen das so früh erfahren müsst.«
»Oh ja«, bemerkte Billo. »Abscheuliche Menschen.«
»Aber für einen Bankraub muss man ganz schön kaltblütig sein«, meinte Villalta. »Schon um ihn zu planen!«
»Oh, das stimmt«, rief der Neapolitaner aus. »Der war richtig gut geplant!«

Billo bohrte sein Knie in Cecconis Rückenlehne.
»Tja, was will man da machen?« Santovito zuckte die Achseln. Dann bog er langsam nach rechts ab, verlangsamte noch mehr, und sie gelangten auf eine Schotterstraße. An deren Ende ragte ein großes Landhaus auf, der Hof war mit Autos vollgeparkt.
»Wahnsinn! Lauter fette Karossen!«
»Die gehören den Präsidenten«, sagte der Manager. Er hielt vor dem Tor an. Auf einem Schild stand: VILLA MIRANTE. Er stieg aus und ging zur Gegensprechanlage.
»Ich hab gar nicht mitgekriegt, dass dieses Treffen auf dem Land stattfindet«, sagte Villalta ein bisschen nervös.
»Ich auch nicht.«
Die Villa aus rotem Backstein hatte zwei Stockwerke, ihre Bauweise war von unaufdringlicher Eleganz, unter den breiten Fenstern befanden sich Simse aus Stein. Im Obergeschoss gab es eine Terrasse.
»Ist das ein Hotel?«, fragte Billo, doch die anderen konnten seine Frage nicht beantworten.
Das Tor wurde von innen automatisch geöffnet.
Santovito kehrte mit seinem Dauerlächeln ins Auto zurück. »Da wären wir«, sagte er und fuhr auf den Hof, wo er neben einem Audi parkte.
Billo dachte daran, dass er heute Abend alles auf eine Karte setzen würde. »Ist das ein Hotel?«, fragte er abermals.
»Etwas in der Art. Los, aussteigen!« Santovito holte ein Köfferchen unter seinem Sitz hervor.
Sie gingen auf den Eingang zu. Während Billo und Villalta sich ein wenig ängstlich umschauten und Cecconi blöde lächelte, öffnete ein Farbiger die Tür. Der untersetzte Mann trug einen langen Kasack mit vergoldeten Knöpfen und seine Miene war ehrerbietig. »Guten Abend, Signore«, sagte er zu Santovito und verbeugte sich vor ihm. Nachdem er sie einen Augenblick lang gemustert hatte, verbeugte er sich auch vor den Jungen.
Cecconi erwiderte die Verbeugung.

»Guten Abend, Mathias!«, grüßte Santovito höflich.
Mathias trat zur Seite, um sie vorbeizulassen.
Der Eingang führte in einen langen Korridor mit silbernen Kandelabern zu beiden Seiten, in denen statt Kerzen Niedrigwatt-Glühbirnen steckten. Das Licht war schwach, fast gespenstisch.
Sie folgten Mathias durch den ganzen Korridor und bewunderten offenen Mundes die mit rotem Samt bespannten Wände, die hier und da mit goldenen Friesen und unverständlichen, raffinierten Zeichnungen verziert waren. Die geschlossenen Türen, an denen sie vorbeigingen, funkelten von den Lichtreflexen auf dem Messing ihrer Einfassungen, Schildchen und Klinken in Muschelform. »Das sind die Büros der Präsidenten«, erklärte Billo seinen Freunden flüsternd. Villalta nickte bejahend. »Da werden die Verträge unterschrieben«, fuhr er fort.
Über allem lag ein intensiver Duft, ein süßliches Parfüm mit einem Hauch Zitrone, der in der Nase kitzelte.
Santovito lächelte den Jungen zu. »Nur Mut! Heute Abend macht eure Karriere einen entscheidenden Schritt nach vorn!«
Mathias hatte die letzte Tür am Ende des Gangs erreicht, er öffnete sie und trat wieder zur Seite. Santovito breitete hinter dem Rücken der drei Jungen seine Arme wie Flügel aus und schob sie durch die Tür.
Der Raum war sehr groß und dämmrig, nur die mit Brokat bespannten Tischleuchter warfen ihr weiches Licht auf viele kleine, runde Tischchen. Wie giftige Glühwürmchen leuchteten hier und da die glühenden Spitzen von Zigaretten auf und verschwanden wieder. Männer, die in Gruppen zu zweit oder dritt zusammensaßen, unterhielten sich und tranken Whiskey oder Ähnliches. Kaum konnte man ihre Umrisse auf den Sesseln, den Rand der Gläser und Aschenbecher erkennen. Hinter dem leuchtenden Tresen, der fast eine ganze Seite des Saals einnahm, bewegte sich ein Barkeeper, ebenso dunkelhäutig wie Mathias und in der gleichen Bekleidung.

Niemand schien auf ihr Eintreten zu achten.
»Dorthin«, sagte der Manager und führte sie zu einem Podest an der Wand gegenüber der Bar. Es sah aus wie eine kleine Bühne, darauf standen ein Mikrophon mit Ständer und Lautsprecherboxen.
Santovito sprang auf die Bühne, griff mit einstudierter Gestik nach dem Mikrophon und seine Stimme dröhnte aus den Boxen: »Guten Abend, Signori!« Sein Riesenlächeln blitzte.
Vereinzelt erhob sich leiser Applaus, übertönt von einem Stimmengewirr.
»Oder vielmehr, Guten Abend, Präsidenten!«
Das Stimmengewirr verwandelte sich in Gelächter, der nächste Applaus war entschieden ermutigender.
»Bitte entschuldigen Sie die Verspätung. Doch unsere ... kleinen Champions für heute Abend ... wohnen nicht gerade um die Ecke. Ich musste sie in Roccella aufgabeln! Kennen Sie Roccella?«
Allgemeines Bejahen.
»›Roccella sehen und sterben‹, heißt es dort!«
Gelächter.
»Scherz beiseite, die Jugend von Roccella kann sich sehen lassen! Aber hallo! Und heute Abend haben wir nicht zwei, nein, sogar drei prächtige Exemplare auf einen Schlag! Kommt Jungen, kommt rauf!« Und er machte ein Zeichen in ihre Richtung, um sie auf die Bühne zu holen. Villalta hätte ihn gerne daran erinnert, dass er mitnichten aus Roccella kam, aber er ließ es bleiben.
Die drei mussten sich ziemlich anstrengen, um die Stufen hinaufzusteigen. Sie hatten weiche Knie.
»Da sind sie!«
Kaum waren sie ins Licht getreten, erhielten sie anerkennende Pfiffe und einen Applaus.
»Das sind die Besten der Besten! Sie können sämtliche Fußballplätze der Insel abklappern, meine Herren Präsidenten, und werden keine Spieler von dieser Klasse finden,

nicht mal, wenn Sie mit der Lupe suchen!« Er zeigte auf Villalta. »Dieser hübsche Braunhaarige hier heißt Villalta. Angelo Villalta, richtig?« Er reichte ihm das Mikrophon. Der Geräuschpegel im Saal und das grelle Licht auf der Bühne ließen den Jungen das Gefühl für Raum und Zeit verlieren. Kerzengerade und steif stand er dort, mit glänzenden Augen, das Mikrophon auf der Höhe des Mundes. Er sagte kein Wort.

»Komm, stell dich vor«, forderte Santovito ihn auf. »Keine Angst, dich frisst schon niemand!«

»Ich heiße Angelo ...« Seine Stimme fiel verängstigt und metallisch in den Saal. »Guten Abend, Präsidenten.« Er deutete ein Lächeln an, während die Präsidenten schallend lachten.

»Wo spielst du, Villalta – es ist besser, wenn ich dich mit deinem Nachnamen anrede, das macht es den Präsidenten leichter, sich an dich zu erinnern und dich als Mitglied einzuschreiben.« An der Stelle grinste er. »Wo spielst du?«

»Bei Monteposchiese.«

»Ich habe ihn spielen sehen, Signori. Am Sonntag«, sagte Santovito, das Mikrophon wieder an sich nehmend. »Und ich kann Ihnen versichern, dass ... dass er ein verwegener kleiner Spieler ist!«

Billo fragte sich, was daran eigentlich so lustig war. Trotz ihres Geldes und ihrer Eleganz und ihrer dicken Autos erschienen ihm diese Präsidenten ein bisschen verblödet, um die Wahrheit zu sagen. Und warum saßen sie im Dunkeln, warum zeigten sie sich nicht?

»Er hat drei Tore geschossen ... außergewöhnliche Tore!«, rief Santovito jetzt. »Erzähl den Präsidenten davon!«

Während der Junge seine Tore beschrieb, überlegte Billo, dass Santovito ihn nur dank der Bemühungen von Melo, dem Schuster, eingeladen hatte. Er hatte das ganze Spiel gedemütigt auf der Ersatzbank verbracht, oder etwa nicht? Im Grunde hatte er gar kein Recht, hier zu sein. Andererseits hatten die Präsidenten auch Villalta nicht spielen sehen.

»… und dann hab ich ihn reingeschossen«, berichtete der Stürmer von Monteposchiese.
Wieder ertönten Pfiffe und Jubelschreie.
»Natürlich hat er ihn reingeschossen!«, bestätigte Santovito. »Ich war dabei. Und was für ein Dribbling! Was für Bewegungen!« Er zwinkerte dem Publikum zu und bewegte das Becken, als würde er mit einem Hula-Hoop-Reifen spielen.
Cecconi amüsierte sich derweil königlich. Bei den Bewegungen des Managers hielt er sich den Bauch vor Lachen, hieb sich aufs Bein und rief immer wieder: »Was für 'n Dribbling!«
»Doch kommen wir zu den anderen.« Santovito hielt Billo das Mikrophon unters Kinn. »Das hier ist Billo!«, tönte er. »Emanuele Billo!«
Applaus, Geschrei. Cecconi lachte immer noch wie ein Verrückter, er hielt sich den Bauch.
Verflucht, was gibt es da zu lachen? So dachte sein Freund.
»Ich muss Ihnen ein Geständnis machen«, sagte Santovito in zerknirschtem Ton. »Billo habe ich noch nie spielen sehen.«
»Ooooh!«, kam es in gespielter Enttäuschung aus dem Publikum.
»Moment!«, brachte Santovito die Menge zum Schweigen. »Das liegt aber nicht daran, dass ich mich nicht … sagen wir, bemüht hätte, wie immer. Billo spielt bei Roccellese. Aber gegen Villalta wurde er nicht aufgestellt. Er musste die Ersatzbank drücken, der Ärmste!« Er schlug sich mit der Faust gegen die Brust. »Und jetzt erzählt Ihnen Billo, warum.«
Er reichte ihm das Mikrophon.
Überrumpelt wie Villalta vorhin, starrte Billo hilflos auf das Ding. Dann ertönte seine Stimme im Saal, gellender als die seines Vorgängers. »Aus spieltechnischen Gründen. Guten Abend allerseits …«
»Spieltechnische Gründe!«, brüllte der Manager ins Mikrophon. »Was für eine reife Wortwahl!«

Applaus.
»Schöne Worte: spieltechnische Gründe. Aber ...«, er machte eine Kunstpause. »Aber um die Dinge mal beim Namen zu nennen, was ist passiert?«
Billo spürte kalten Schweiß auf dem Rücken. »Ich hab ... den Coach ein bisschen geärgert.«
»Wie denn?«
»Ich bin zu spät in den Umkleideraum gekommen!«, sagte er in einem Atemzug. »Und Capobianco, dieser Idiot, hat mich die ganze Zeit auf der Bank sitzen lassen. Nur darum haben wir verloren! Sonst hätte ich Villalta geschlagen!«
Längere Stille im Publikum.
Dann warf Santovito den Kopf zurück und brach in sein hässliches Gelächter aus.
Donnerndes Gebrüll aus dem Parkett.
»Haben Sie gehört? Was für ein Kampfgeist! Das ist Kampfgeist, Billo! Darum habe ich ihn für Sie mitgebracht!«, schrie der Manager. »Denn das ist ein richtiger kleiner Teufel, einer von der Art, wie wir sie besonders gern mögen, nicht wahr, meine Herren Präsidenten?«
Wieder donnerndes Gebrüll. Mit einem undefinierbaren Beiklang.
Villalta schüttelte den Kopf.
»Was hast du dazu zu sagen?«, fragte der Showmaster sofort. »Warum schüttelst du den Kopf?«
»Weil wir sie auch besiegt hätten, wenn Billo mitgespielt hätte!«, sagte der Junge, der sich bei dem Thema endlich etwas wohler fühlte.
»Pah!«, rief Billo ohne Mikrophon und schrie, um gehört zu werden: »Das kannst du vergessen, Hirni!«
»Selber Hirni.«
»Du!«
»Nein du, Billo!«
»Nicht streiten!«, mischte sich Santovito ein, nachdem das Publikum sich ausgiebig amüsiert hatte. »Nun zerfleischt euch doch nicht in aller Öffentlichkeit.« Und zum

Zuschauerraum gewandt: »Ich sehe schon, das gibt ein prickelndes Feuerwerk heute Abend, liebe Präsidenten ...«

Stimmengewirr, Gelächter, ein einsamer Applaus.

Cecconi fand das ganze Theater zum Schreien komisch. Er war so hingerissen, dass er, ohne es zu merken, in den letzten Minuten angefangen hatte, Santovito mit dem Ellenbogen zu stoßen, wie er es bei Corda gemacht hätte.

»Manno! Was für Spastis alle beide! Hahaha!« Lachend stieß er nach dem Manager, der sich plötzlich den Oberschenkel massierte.

»Und sehen Sie sich den hier an, Signori!«, krächzte Santovito, auf Cecconi zeigend. »Den ganzen Abend haut er mir schon seinen Ellenbogen in die Seite, so amüsiert er sich!«

Cecconi hörte auf zu lachen und wurde rot. »Entschuldigung!«

»Entschuldigung!«, äffte Santovito ihn nach. »Hier haben wir den dritten Champion des Abends! Er heißt ...«, aber er erinnerte sich nicht mehr an den Namen.

Cecconi nahm ihm das Mikrophon aus der Hand und brachte mit seinem Gebrüll die Lautsprecher zum Pfeifen: »Salvatore Cecconi heiß ich! Aber ich kann gar nicht Fußball spielen! Ich bin bloß wegen Billo hier!« Er zeigte auf Billo, als wollte er ihm die Schuld geben, und setzte erneut zu seinem ansteckenden Gelächter an.

Der Showmaster brachte sich wieder in den Besitz des Mikrophons. »Na? Haben Sie das gesehen? Wie konnten wir auf eine solche Dreingabe verzichten, ein so umgänglicher Typ, auch wenn er keinen einzigen Ball trifft?«

Alle bogen sich vor Lachen über Cecconis Einlage. Der fühlte sich auf dieser Bühne wie ein Löwe in der Savanne, zum ersten Mal war er so in seinem Element, dass er, nur um weiter den Star zu spielen, zu hüpfen und zu tanzen begann. Das Publikum tobte.

»Als Spieler taugt er vielleicht nichts«, sagte Santovito, »aber er wäre das ideale Maskottchen für jede Ihrer Mann-

schaften, liebe Präsidenten! Behalten Sie ihn in Erinnerung! Sehen Sie sich ihn an!«
Cecconi zog noch ein paar Sekunden seine Show ab. Dann blieb er stehen, von der Menge aus dem Dunkel beklatscht. Inzwischen hatte das Chaos Mathias und einen anderen Diener in den Saal gelockt.
Dieser stieg auf die Bühne und flüsterte Santovito etwas ins Ohr, der das Mikrophon bedeckte, während er zuhörte.
»Hm«, sagte der Manager, und machte zum ersten Mal ein ernstes Gesicht. »Man teilt uns mit, dass unser Lärm die ... die Vorgänge in den anderen Räumen stört, meine Herren.« Er blinzelte verschwörerisch ins Publikum. »Darum werden wir gebeten, etwas leiser zu sein.«
Ein Chor des Protestes.
»Ruhe! Die haben ganz recht, wie Sie wissen.« Santovito grinste. »Das wissen Sie sehr gut!« Er zeigte auf die Jungen. »Ich werde diese drei Champions jetzt nach drüben bringen, damit sie sich gebührend auf den wahren Geist dieses Abends vorbereiten ... und währenddessen zeige ich Ihnen einen Film. Tako!«, schrie er in den Hintergrund des Saales hinein. »Film ab!«
Schlagartig wurden die Lichter im Saal schwächer, bis sie ganz erloschen. Dann überschwemmte ein gelbes Licht eine Leinwand hinter den vier Gestalten auf der Bühne.
»Jetzt werden Sie sehen, wie Villalta Fußball spielt. Die Aufnahme stammt vom letzten Sonntag. Los, Tako!«
Wer und wo auch immer Tako sein mochte, er startete den Projektor.
Die Jungen drehten sich um.
Körniges Bild. Dann Scharfeinstellung. Santovito taucht auf, mit Jackett und Schlips. Er grüßt und zeigt auf den Fußballplatz. Er lässt sich die Kamera geben. Hält den Daumen ins Bild, von jetzt an filmt er.
Der Film hat keinen Ton. Fußballplatz von Roccella. Die Kamera hält auf das Spiel.

»Oh!«, rief Cecconi, als er Villalta am Ball auf dem Platz erkennt. »Ist das euer Spiel?«
»Ja.«
Jungen im Fußballtrikot, die unkoordiniert hinter dem Ball herlaufen. Die Kamera schwenkt, um den Ball zu verfolgen. Manchmal verweilt sie ohne irgendeinen logischen Bezug wahllos auf einem jungen Spieler. Ein schneller Zoom auf Villalta, ohne Ball. Erst auf das Gesicht. Dann Aufnahmen vom Körper des Jungen, langsam von oben bis unten. Die Schultern, die Brust, der Unterleib, die Beine. Mit einem Ruck fährt die Kamera wieder hoch. Villaltas Hintern, beim Laufen, nimmt die ganze Leinwand ein.
»Hey Scheiße, was für'n hässlicher Arsch! Und wo ist der Ball?«
Unter den Zuschauern erhob sich wieder das anfängliche Stimmengewirr. Gelegentliches Hüsteln.
Santovito beugte sich über die Jungen. »Kommt mit mir.«
Ein paar Sekunden lang konnten sie sich noch nicht von dem Film lösen. Sie hatten noch Zeit, eine lange Einstellung zu sehen, die den Ersatzspielern von Monteposchiese und Roccellese gewidmet war.
Da ist Billo. Traurig schüttelt er den Kopf, blickt hasserfüllt in Richtung Capobianco.
»Ha, da bist du!«, rief Cecconi. Und lachte.
»Maul halten!« Billo wunderte sich, dass er in dem Film zu sehen war.
»Was für'n blödes Gesicht!«
»Maul halten, hab ich gesagt!«
Dann bewegt sich die Kamera auf den Torhüter von Roccellese zu. Eine Zeitlang filmt sie ihn in Großaufnahme.
»Gehen wir, Jungen, na, kommt schon!« Fast musste der Manager sie gewaltsam von der Bühne schieben.
Während er sie zu einem Seitenausgang führte, den sie vorher nicht bemerkt hatten, flüsterte Villalta Billo zu: »Warum haben sie denn nicht das Spiel aufgenommen?«

Billo runzelte finster die Stirn. Er warf einen Blick zurück in den Saal.
Schweigende Zuschauer, die mit totaler Hingabe diese schlechten Aufnahmen betrachteten.
Sie gingen durch einen anderen Korridor, der sie zu einem Zimmer führte. An der Tür wieder Mathias, kerzengerade gegen die Wand gelehnt, neben seinem Kopf ein viereckiger Knopf mit der Aufschrift FEUERALARM. Wieder machte er eine angedeutete, knappe Verbeugung und öffnete die Tür mit einem Stoß. Dann händigte er Santovito den Schlüssel aus. Er wartete, bis alle eingetreten waren und schloss die Tür hinter ihnen.
Das Licht war grell. Es kam von einem gigantischen Kronleuchter mit unzähligen Glastropfen, der über ihren Köpfen hing.
An einer Wand ein rollender Kleiderständer voller Fußballtrikots der Mannschaften der ersten Liga.
Cecconi stürzte sich mit hervorquellenden Augen darauf und begann, die Namen der Mannschaften laut aufzuzählen. »Ich werd verrückt, das sind echt alle!«, rief er in heller Aufregung.
Billo und Villalta hatten längst aufgehört, sich nach einem Ball oder einem Platz umzublicken, wo sie ihr Talent hätten unter Beweis stellen können. Sie standen steif da und betrachteten das riesige Bett mitten im Raum. Und die zwei Männer, die darauf saßen.
Ein wenig abseits hantierte Santovito mit einem Stativ, das eine Videokamera trug. »Fertig«, sagte er dann, durch das Objektiv blickend. »Wir können anfangen.«
Zum ersten Mal an diesem Abend wechselten Billo und Villalta einen angsterfüllten Blick. Auch Cecconi war misstrauisch geworden.
»Womit?«, fragte die Nummer 10 von Monteposchiese eingeschüchtert.
Einer der beiden Männer schnaubte ärgerlich, zog sich die Jacke aus und setzte sich auf einen Sessel in der Ecke. Der

andere drehte sich zu Santovito um. »Hast du ihnen denn nichts erklärt?«, fragte er.
»Noch nicht«, sagte der, während er das Stativ ein wenig absenkte. »Aber seid unbesorgt, die lernen schnell.«
»Was denn?«, wollte Villalta abermals fragen, aber der Mann auf dem Sessel kam ihm zuvor.
»Also ...«, sagte er, die Handflächen gegeneinander schlagend. »Ihr sucht euch jetzt Trikots aus und zieht sie an, dann können wir sehen, wie sie euch stehen. Jeder sucht sich drei oder vier aus.«
»Das mach ich für dich, Billo!«, rief Cecconi. Er raffte ein paar Trikots zusammen, die er für die wichtigsten hielt, und reichte sie seinem Freund.
Villalta griff sich blindlings zwei heraus.
»Wo ziehen wir uns um?«, fragte Billo.
Santovito grinste, aber diesmal setzte er sofort wieder eine ernste Miene auf. Als wollte er sagen, dass der Spaß vorbei war, dass es jetzt ernst wurde.
»Was soll das, seid ihr kleine Mädchen?«, sagte er ärgerlich. »Seid ihr hier, um Profifußballer zu werden oder Balletttänzerinnen?«
Villalta, der sich nicht blamieren wollte wie sein Kamerad, begann, sich auszuziehen, eine übertriebene Unbefangenheit zur Schau stellend. Billo folgte seinem Beispiel, langsam und zunehmend vorsichtiger.
Cecconi beobachtete sie, und jetzt lächelte er nicht mehr.
In der Stille begleitete nur das Summen der Videokamera ihre Gesten.
Santovito sagte: »Salvatore, du kannst gerne auch welche anprobieren, wenn du Lust hast ...« An die beiden Männer gewandt: »Hab ich recht?«
Doch Cecconi blieb zwischen den aufgehängten Trikots stehen, um schweigend zu beobachten, wie seine Kameraden die Mannschaftskleidung anzogen.
Der Typ, der auf dem Bett saß, sagte, sie sollten sich gegenseitig beim Umziehen helfen.

Villalta wollte Billo gerade das Trikot über die Hüften ziehen, da packte der seine Handgelenke und hielt ihn fest.
»Ihr ekligen Schweine!«, schrie er aus Leibeskräften. Cecconi und Villalta durchfuhr ein elektrischer Schlag.
Die beiden Männer wanden sich vor Verlegenheit. Santovito verließ seinen Platz hinter der Videokamera und stürzte sich wutentbrannt auf die beiden kleinen Fußballer.
»Macht mir hier keine Szenen!«, brüllte er. »Weiter im Text und keine Scherereien!« Er streckte eine Hand nach Billos kurzen Hosen aus. Doch nicht nur der hatte verstanden.
»Krepierduschwein!«, schrie Cecconi, stürmte mit gesenktem Kopf auf den Manager zu und traf ihn mitten zwischen die Beine.
Von dem Schmerz benommen, fiel der Mann zu Boden.
»Weg hier!«, schrie Billo. »Schnell!« Er lief auf die Tür zu, sofort von Cecconi gefolgt.
Vor Entsetzen wie gelähmt, hatte Villalta sich zu spät in Bewegung gesetzt. Einer der beiden Männer konnte ihn am Hemd packen, bevor er die Tür erreichte. Der Aufschrei des Jungen ließ Billo und Cecconi zurückblicken.
Ohne zu wissen, was er tat, stürzte der Neapolitaner zurück in das Zimmer. »Lass ihn los, du Scheißhomisexueller!« Villalta brüllte und trat mit den Füßen, aber der Mann hielt ihn in einem mörderischen Klammergriff fest. Der andere versperrte Cecconi den Weg und versuchte, ihn zu beruhigen, doch der sonst so schwerfällige, träge Neapolitaner war zu einer besessenen Furie geworden; konnte den Mann gegen das Schienbein treten. Der krümmte sich wimmernd. Billo hatte sich unterdessen auf den anderen gestürzt und ihn in die Hand gebissen. Mit einem Urschrei lockerte der Mann seinen Griff, Villalta sank blau angelaufen und mit Tränen in den Augen auf den Boden.
»Komm, Villà, los, wir laufen zusammen!« Cecconi und Billo stellten ihn wieder auf die Beine und schleiften ihn aus dem Zimmer. In diesem Moment sahen sie Mathias von

der anderen Seite des Flurs herbeieilen. Hinter ihnen hatte Santovito sich mühsam wieder aufgerappelt.
Ohne zu überlegen, schlug Billo auf den Knopf des Feueralarms.
Eine Sekunde später ertönte das ohrenbetäubende Heulen einer Sirene. Mathias blieb wie vom Donner gerührt stehen, während ein feiner Sprühregen von der Decke seine grellfarbige Livree durchnässte.
Die Jungen rannten durch den Korridor zurück zu dem Saal mit der Bühne, wo ein allgemeines Rennen und Flüchten eingesetzt hatte. Tischchen und Sessel waren umgekippt, dazwischen stolperten Kellner mit Tabletts.
»Wir sind im Haus von Kinderschändern gelandet!« schrie Cecconi.
Villalta hatte sich von dem Schock erholt, jetzt flitzten alle drei mit einer gehörigen Dosis Adrenalin im Blut, umgeben von Leuten mit verstörten Gesichtern, die stolperten und gegeneinander stießen, durch den Gang, durch den sie hereingekommen waren. Die Türen rechts und links standen weit offen, man sah zerwühlte Betten und Kleider am Boden. Aus einigen dieser Türen kamen panisch erschrockene Männer, die sich hastig ankleideten.
Cecconi, die Vorhut des Terzetts, prallte gegen eine Tür, die sich plötzlich geöffnet hatte.
Hinter der Tür erschien ein aufgeschreckter Mann in Unterhosen, der sich an einem Mädchen festhielt. Blond war sie, halbnackt, sicher noch nicht sechzehn, das Gesicht stark geschminkt.
Cecconi blickte dem Mann direkt ins Gesicht.
»Heilige Scheiße!«, stammelte der Neapolitaner.
Es war sein Lehrer Ayroldi.
»Weeeg hier!« Billo versuchte, Cecconi mit sich zu reißen, während er ihn zusammen mit Villalta in dem Chaos ringsum überholte. Doch Cecconi blieb wie angewachsen stehen. Die Hand auf dem Mund, die Augen starr auf den Lehrer in Unterhosen gerichtet.

Das junge Mädchen verschwand. Cecconi sah noch, dass der Fußboden des Zimmers über und über mit Kerzen bedeckt war, dann rannte er davon, so schnell er konnte.
Alle drei erreichten genau in dem Moment den Ausgang, als eine zweite Sirene sich zu dem Geheul des Feueralarms gesellte. Vielleicht die Feuerwehr.
»Hilfe!«, sagte Villalta plötzlich und blieb stehen. »Hilfe ...«, und er kotzte Cecconi vor die Füße.
»Billo!«, jammerte der Neapolitaner. »Villalta ist schlecht!«
Billo legte sich einen Arm von Villalta hinter den Kopf. »Keine Angst, wir sind ja da ...«
Das Feuerwehrauto fuhr mit gellenden Sirenen auf den Parkplatz.
Sie waren in Sicherheit.

Als Billo und die anderen, ohne zu ahnen, was ihnen bevorstand, in Santovitos Auto stiegen, ging Corda in den Partykeller hinunter, wo es eine fast nie benutzte Nebenstelle des Haustelefons gab. Er hob den Hörer und lauschte, ob jemand an den anderen Apparaten sprach.
Dann las er die Nummer auf dem Stück Papier in seiner Hand und wählte.
Nach dem vierten Läuten antwortete Letizia: »Wer spricht da?«
»Vittorio.«
Er hörte, wie sie den Atem anhielt, ihrer Familie »Ist für mich!« zurief und sich wieder an ihn wandte: »Darf man erfahren, wo du gestern gesteckt hast?«
Corda musste nicht all seinen Mut zusammennehmen, um ihr zu antworten. Diesen Anruf hatte er sich genau überlegt. Er erzählte ihr alles. Vom Plan des Bankraubs, von ihrer Rolle als ahnungslose Mittäterin, von dem Brief, vom Schlafmittel im Kaffee und wie er es hineingetan hatte. Er sprach in ruhigem Ton, blickte beim Sprechen auf seine Füße und wartete nicht auf Reaktionen von der anderen Seite, bis er fertig war.

Als er die Geschichte zu Ende erzählt hatte, klang Letizias Stimme dunkel und drohend. »Hör zu«, sagte sie, »denk ja nicht, dass wir Contini hinterm Mond leben. Mein Vater hat schon alles begriffen. Wenn er dich zu fassen kriegt, erwürgt er dich. Er ist nur deshalb noch nicht zu den Carabinieri gegangen, um dich und deine widerlichen Freunde anzuzeigen, weil er vorher mit deinem Vater sprechen will, aus Respekt vor ihm, sagt er.« In Wirklichkeit hoffte Gianni Contini, der in diesem Moment so tat, als hätte er nur Augen und Ohren für die Fernsehnachrichten, während er sich kein Wort seiner Tochter entgehen ließ, mit dem Anwalt sprechen zu können, um auf jeden Fall irgendeinen Vorteil aus der Sache zu ziehen. Vielleicht mit einer gut verhüllten kleinen Erpressung. Auch wenn der Diebstahl der Millionen auf das Konto anderer ging, mussten diese Rotzlümmel wegen des präparierten Kaffees doch irgendwas mit der Sache zu tun haben.
»Sobald ich ihn sehe, werde ich ihn um Entschuldigung bitten, auch wenn er mich erwürgen will«, erklärte Corda entschieden. »So, wie ich jetzt dich um Entschuldigung bitte.«
»Deine Entschuldigungen gehen mir am Arsch vorbei!« Ihr brach die Stimme. »Du hast mich nur benutzt! Ihr habt über mich gelacht ... Du wolltest bloß was in den Kaffee tun, du beschissener Lügner!«
»Anfangs ja, das gebe ich zu«, sagte Corda, während er sich im Eckspiegel neben dem Apparat musterte. »Aber dann habe ich verstanden.«
»Was verstanden?«
»Dass du mir wirklich gefällst, Letì!«
Der feste, überzeugte Ton in der Stimme des Jungen machte sie sprachlos.
»Ich habe diesen Brief zwar nicht allein geschrieben, aber alles, was darin steht, ist wahr!«
»Lügner!«
»Nein!«

»Lügner! Außerdem habe ich diesen ekelhaften Brief schon zerrissen.« In Wahrheit war der Brief von ihrem Vater requiriert worden. Für seinen kleinen Plan.
»Ich schreibe dir einen neuen, ganz allein!«
»Und ich werde ihn nicht lesen!« Inzwischen war Speckbackes Wut völlig verraucht. Aber sie wollte nicht nachgeben.
»Dann schreibe ich dir noch einen ...«
»Nein!«
»Und noch einen. Und dann noch einen.«
»Lügner.«
Corda umklammerte den Hörer. »Du wirst schon sehen.«
»Lass mich in Frieden!«, rief sie und legte auf.
»Du wirst schon sehen«, wiederholte Corda in die stumme Leitung.
Zu Hause bei Continis lief Letizia ins Badezimmer, um sich auszuweinen.
»Was ist denn los?«, fragte der Vater, sich aus dem Sessel erhebend. Innerlich grinste er.

Ranacci hatte es zu Hause nicht mehr ausgehalten. Er war nach unten gegangen, um frische Luft zu schnappen. Dann hatten ihn seine Beine aus unerfindlichen Gründen ganz automatisch zum Sitz der Gewerkschaft von Roccella geführt. Die Ortsgruppe, für die sein Vater seit jeher gearbeitet hatte.
Vor dem kleinen Gebäude standen ein paar Männer. Sie unterhielten sich angeregt.
Hinter ihnen, auf einem Plastikstuhl neben dem Eingang sitzend, blätterte ein Mensch, der aussah wie ein Hundertjähriger, in einer Zeitung.
Ranacci nahm das Steinchen, das er im Mund gehabt hatte, und warf es gegen das Schild der Gewerkschaft.
Der Aufprall war kaum zu hören, doch die vor dem Haus versammelten Männer drehten sich ruckartig um. Ein Blick auf das Schild, einer auf Ranacci.

»Was soll das?«, fragte einer.
»Diebe!«, schrie Ranacci.
»Was?« Die Männer kamen auf ihn zu. Sie waren zu viert.
»Dreckige Diebe!«
»Wer bist du?« fragten sie. Einer von ihnen sagte leise seinen Nachnamen.
»Das ist der Sohn von Ranacci?«, vergewisserte sich ein anderer. Dann rief er dem Jungen zu: »Also bist du ein Dieb! Du und dein Vater!«
Ranacci packte ein glühender Zorn. Er sammelte Steinchen vom Boden und wollte sie auf den werfen, der ihn einen Dieb genannt hatte. »Arschloch!« Doch dann fehlte ihm der Mut. Frustriert über seine Feigheit, warf er die Handvoll Steinchen wieder gegen das Schild.
Der Mann, den Ranacci beschimpft hatte, hob instinktiv die Arme, um sich zu schützen. Dann stürzte er sich auf ihn.
»Halt!« Der Ruf traf ihn wie ein Blitz. Der Alte hatte das Scharmützel verfolgt und war aufgestanden.
Der Mann blieb schlagartig stehen. »Was ist, Giacomo?«
Das war also der berühmte Giacomo Rovelli, dachte Ranacci, der Gewerkschaftler, der ganzen Generationen diese Arbeit beigebracht hatte, auch seinem Vater.
Rovelli sagte: »Geht nach Hause. Sofort. Der Junge hat völlig recht mit dem, was er tut.«
Vor Verblüffung klappten den Männern die Kinnladen herunter.
Auch Ranacci.
Rovelli stieg eine Stufe herab und kam mit langsamen Schritten auf den Jungen zu. »Gib mir einen Stein«, sagte er in ruhigem Ton. »Ich kann mich nicht mehr bücken.«
Erst wusste Ranacci nicht, was er tun sollte. Er traute ihm nicht. Doch der Alte war wirklich alt und strahlte eine heitere Gelassenheit aus. Ranacci bückte sich und nahm einen Stein. Er ließ ihn in Rovellis altersfleckige, knotige Hand fallen.

Der Mann drehte den Stein zwischen seinen Fingern. Plötzlich schleuderte er ihn mit unerwarteter Kraft gegen die Beine eines der Gewerkschaftler. Der Stein streifte den Mann.
»He, Giacomo ... was tust du?«, schrie der Unglückliche.
»Geht nach Hause, hab ich gesagt!«
Doch keiner rührte sich.
»Haut ab!« Die Männer blickten sich an, brummten etwas, dann entfernten sie sich verdrossen. Da sagte Rovelli zu Ranacci: »Wirf du auch einen Stein, wirf ihn auf die Männer. Nicht auf das Schild.«
»Warum?«, fragte der Junge, während er sich bückte, um noch einen Stein aufzuheben.
»Weil die Menschen zum Kotzen sind, nicht die Ideen.« Er nahm ihm den Stein weg und setzte einen Finger auf Ranaccis Kinn. »Dein Vater ist zum Kotzen. Ich bin zum Kotzen. Die da sind zum Kotzen. Aber die Gewerkschaft nicht.« Rovellis Augen waren lebhaft und bezwingend.
»Was soll das bedeuten?« Ranacci runzelte die Stirn.
»Kennst du die wahre Geschichte der Gewerkschaft?«, fragte Rovelli.
»Mein Vater ... hat sie mir erzählt.« Er schaute auf seine Hände. Sie zitterten. »Naja, irgendwie.«
»Er hat sie dir ganz sicher nicht richtig erzählt.« Rovelli richtete sich auf. »Willst du die richtige Geschichte hören?«

Erst um Mitternacht kamen Billo, Cecconi und Villalta in Roccella an.
Villalta musste noch ganz allein drei Kilometer weiter gehen, bis nach Monteposcia.
»Schaffst du's, Villà?«, fragte Billo, bevor sie sich trennten.
Villaltas Gesicht hatte wieder ein wenig Farbe bekommen, er war nicht mehr so panisch erschrocken wie während der Flucht. »Ja, kein Problem.« Dann tat er etwas Überraschendes, er umarmte seinen Rivalen auf dem Fußballplatz. »Danke für alles.«

Billo wusste nicht, was er sagen sollte. Auch Cecconi nicht, als Villalta ihn ebenfalls umarmte. »Danke Cecconi. Wer weiß, wie das ohne dich ausgegangen wäre!«
»Stimmt«, bestätigte Billo.
Dem Neapolitaner schwoll die Brust vor Stolz, seine Augen wurden feucht. An diesem Abend hatte er die schwierigsten und heldenhaftesten Stunden seines Lebens durchgemacht. Lange noch würde man sich an seine mutigen Taten erinnern, vor allem er selbst.
Alle drei sahen sich in die Augen, wo im Hintergrund noch immer Angst flackerte. Und noch weiter hinten tiefe Scham.
Jeder hätte gerne etwas zu dem gesagt, was passiert war, was dicht an sie herangekommen war. Doch es war zu groß, um von ihnen ausgesprochen zu werden. Nur Cecconi versuchte, es mit Worten zu verkleinern.
»Ihr habt wenigstens zwei Juve-Trikots abgekriegt! Ich nicht mal das!«
Die beiden kleinen Hoffnungsträger des Fußballs blickten auf ihre schwarzweiß gestreiften Trikots herab.
Als Villalta mit einem letzten Winken auf der Landstraße verschwunden war, senkte Billo die Stimme und fragte in verschwörerischem Ton: »Sag mal, dieser Typ, war das wirklich Ayroldi?«
Cecconi nickte. »Er war's in echt! Ganz nackt, Mannomann!«

9

DONNERSTAG, 29. MAI

Am nächsten Morgen widmeten die Lokalzeitungen drei Viertel der ersten Seite dem Ereignis, ohne von den drei Jungen und ihrer Rolle in der ganzen Geschichte zu wissen. »SENSATIONELLE VERHAFTUNGEN« lautete die Schlagzeile über neun Spalten. Und darunter: »Pädophilen-Ring in einer Villa in Vincipasso ausgehoben. Mehrere Honoratioren in Handschellen abgeführt.« Der Leitartikel begann mit dem Satz: »Dank der unermüdlichen Arbeit der Ermittler ...«, und kein Artikel erwähnte, dass Feuerwehrleute die Ersten am Tatort gewesen waren. Die dann, angesichts der Menge unbekannter halbnackter Minderjähriger, sofort die Polizei gerufen hatten. In einem Kastenartikel hieß es: »Die Ermittlungen zum Bankraub in Roccella gehen weiter.« Und rechts oben im Kommentar fragte ein bekannter Soziologe zum ersten Mal, was eigentlich los sei in den anscheinend so friedlichen Vororten Mittelitaliens.

Die Zeitungen gingen weg wie warme Semmeln, ein Bankraub und ein Skandal innerhalb von nur zwei Tagen! Gesprächsstoff für zehn Jahre!

Billo ging früher als sonst in den Hof hinunter, um auf Gorilla zu warten, der eine Viertelstunde später auftauchte.

An der Haustür trafen sie aufeinander.

»Entschuldige bitte, Gorì. Ehrlich.«

Gorilla nickte ernst. Dann lächelte er. »In Ordnung«, sagte er. »Ist schon okay.«

Sie machten sich auf den Schulweg.

»Ich muss dir was Unglaubliches erzählen«, sagte Billo schon nach wenigen Schritten. Auf dem Weg erzählte er Gorilla alles, was am Abend zuvor passiert war, und ließ kein einziges Detail aus.

»Wahnsinn!«, rief Gorilla von Zeit zu Zeit. Mehrmals musste er stehenbleiben, wie vor den Kopf geschlagen vor Staunen. »Machst du Witze? Das glaub ich nicht!« Aber er glaubte ihm doch, die Geschichte war zu verrückt, um erfunden zu sein. »Immerhin«, sagte er schließlich. »Wer hätte das vom Neapolitaner gedacht.«

»Er hat ihn voll zu Boden gestreckt!«

»Das muss Judo sein!«

Beide lachten.

Auch vor der Schule war der Mut ihres Freundes das Hauptgesprächsthema in der bereits versammelten Gruppe. Cecconi erzählte seine Unternehmung wie ein Abenteuer von Ken, dem Krieger, und untermalte seinen Bericht mit gutturalen Tönen und Nippon-Neapolitanischen Ausrufen.

»Das müssen aber ziemliche Weicheier gewesen sein, wenn sie sich von Typen wie euch haben reinlegen lassen«, bemerkte Ranacci, doch ein Hauch Neid war unüberhörbar. Seine Züge waren noch immer angespannt, wegen der Situation zu Hause.

So wie bei Fostelli, wegen der Gewissensnöte.

So wie bei Corda, wegen Speckbacke.

So wie besonders bei Lonica, der an diesem Abend seinen Kampf mit Bordignon hatte. »In der dritten zu Boden« war der Kehrreim, der ihm auch noch während des kurzen, unruhigen Nachtschlafs dröhnend durch den Kopf gehallt war.

»Mit dem hier mach ich sie alle fertig!«, rief Cecconi, einen Handkantenschlag mimend.

»Mann, hör doch auf!«

Ayroldi betrat zur ersten Stunde das Klassenzimmer der B2. Sein Anzug war zerknittert, an der Weste fehlte ein Knopf, der Bart war struppig. Er hatte nichts Furchterregendes mehr, sah nur noch aus wie ein armer Teufel, der an einem miesen Tag seinen Arbeitsplatz aufsucht.

Unruhig warf er einen Blick nach links, dann nach rechts. Cecconi empfing ihn mit seinem neuen bösen Lächeln. Ranacci und Corda verständigten sich durch ein Handzeichen. Nicht in ihren kühnsten Träumen hätten sie sich diesen Augenblick je vorgestellt.
Ayroldi und Cecconi blickten sich an.
»Morgen, Professore!«, begrüßte ihn der Junge vor allen anderen.
Martina Guerra hob eine Augenbraue und musterte das übernächtigte Aussehen des Lehrers. »Ist alles in Ordnung, Professore?«
Ayroldi antwortete nicht, weder auf die Begrüßung noch auf die Frage. Sein Blick war starr auf den Neapolitaner gerichtet, und es sah aus, als knirschte er hasserfüllt mit den Zähnen. Als er seinen Aktenkoffer auf das Pult fallen ließ, schien der dumpfe Ton ihn zu erschrecken.
Die anderen Schüler, die nichts wussten und sich niemals hätten vorstellen können, was geschehen war, staunten. Bei Ayroldi waren sie an ein eisenhartes, selbstsicheres, arrogantes Auftreten gewöhnt.
»Schönen Abend verbracht, Professore?«
Entsetzen lief durch die Reihen. Noch nie hatte sich jemand erlaubt, einem Lehrer irgendeine Frage zu seinem Privatleben zu stellen, schon gar nicht Ayroldi. Und die Frage kam ausgerechnet von dem, der sich mehr als jeder andere dieser Klasse hinter einem angstschlotternden Schweigen hätte verschanzen müssen.
»Ich hab Sie was gefragt, Professore!« Cecconis Ton hob sich um eine Oktave.
Ranacci und Corda wechselten einen fragenden Blick, unschlüssig, ob sie ihrem Freund zuflüstern sollten, er solle aufhören oder weitermachen.
»J-ja, danke, Cecconi«, antwortete Ayroldi, ohne ihn anzusehen.
Martina Guerra bekam vor Bestürzung den Mund nicht mehr zu. Sie war nicht die Einzige.

»Sind Sie gestern noch mal die Aufhellung durchgegangen, Professore?«
Der Mann ließ sich auf einen Stuhl fallen. Mit einer Hand drehte er an einem Hemdknopf. Die Augen auf das geöffnete Klassenbuch vor sich gesenkt. Er wusste, dass er dem Blick des Neapolitaners begegnen würde, wenn er die Augen hob.
»Hm«, machte Ayroldi. »Ja, ja ... die Aufhellung.«
»Und ham' Sie alles gut aufgehellt? Auf wie viel Watt sind Sie gekommen?«
Schweigen. Plötzlich brach Corda in Gelächter aus. Nach ihm Ranacci. Und dann alle anderen, außer Martina Guerra, die einfach nicht fassen konnte, was da vor sich ging.
Ayroldis erster Gedanke war, dass er sich dem gnädigen Genügend zugunsten des minderbemittelten Schülers Salvatore Cecconi keinesfalls mehr widersetzen würde. Und dass er unmittelbar nach den Zeugniskonferenzen um seine Versetzung an eine Stelle bitten würde, die ihn viele hundert Kilometer von dem pausbäckigen Gesicht dieses Zwölfjährigen wegführte.
Cecconi nickte. Sie hatten sich verstanden.

Lonica verabschiedete sich von seinem Vater, der ihm empfahl, die Deckung hoch zu halten und sich beim Eins-zwei-Schlag zu bücken, ohne den Gegner aus den Augen zu verlieren. Er sagte, es täte ihm sehr leid, er wäre bei diesem Debüt gerne dabei gewesen. Aber er schaffe es einfach nicht.
Sein Zustand hatte sich sichtlich verschlechtert, vor zwei Stunden hatte nicht einmal mehr die Mutter den Mut gehabt, ihren Sohn zu belügen. »Es wird immer schlimmer. Das hat auch der Arzt gesagt ... Wir müssen uns auf das Schlimmste gefasst machen.«
Lonica küsste ihn auf die Stirn.
Dann umarmte er seine Mutter.
»Tu dir nicht weh«, bat sie.

»Es sind nur drei Runden von je zwei Minuten, und wir haben alle nötigen Schutzvorrichtungen.«
»Sei trotzdem vorsichtig«, sagte sie, während sie ihn zur Tür brachte. »Dein Vater hat so sehr darauf bestanden, dass du zu diesem verflixten Kampf gehst. Mir wäre es lieber, wenn du bei uns zu Hause bliebst.«
»Lass ihn gehen!«, schrie der Mann heiser aus seinem Zimmer. Er hatte kein Wort hören können, schien aber dennoch genau zu wissen, was seine Frau sagte. »Geh, Giuseppe. Geh hin und gewinn! Und wenn du nicht gewinnst«, er hustete dreimal, dann fuhr er fort: »... wenn du nicht gewinnst, gib dein Bestes, dann wird es so sein, als hättest du gewonnen!« Darauf fing er wieder an zu husten.
Lonica öffnete die Tür und lief die Treppen hinunter, die Tasche über der Schulter und die Augen von Tränen verschleiert.

Um sechs Uhr abends hielt Corda es nicht länger aus und ging zur Bar Gianni.
Signor Contini sah ihn hereinkommen und bemerkte den ernsten Gesichtsausdruck des Jungen. Er war sprachlos vor Staunen, als der mit fester Stimme zu ihm sagte: »Signor Contini, ich gebe zu, dass ich etwas Schreckliches getan habe. Und ich bitte Sie um Entschuldigung. Aber jetzt muss ich mit Ihrer Tochter sprechen.«
Das Mädchen tauchte zitternd an der Tür zum Hinterzimmer auf. »Aber ich will dich nicht sehen!«
Schweigen.
»Doch, du willst ihn sehen«, sagte Gianni Contini schließlich. »Aber geht zum Reden nach draußen.« Er wandte sich an Corda: »Dass mir so was nie wieder vorkommt, vor allem, wenn es um die Gefühle meines kleinen Mädchens geht. Verstanden?«
»Ja!«
»Papa!«
»Geh mit ihm raus.« Er zeigte auf die Tür. »Na los! Reden

hat noch keinen umgebracht.« Und zu Corda: »Respektvoll reden, verstanden?« Contini warf dem Jungen einen Blick zu, mit dem er unter anderen Umständen wie ein Vollidiot ausgesehen hätte. »Ehrlich und aufrichtig, einverstanden?«
»Ich schwöre es Ihnen, Signor Contini.«
Corda ging zur Tür.
Letizia beobachtete ihn. Obwohl sie sich noch immer verletzt und gedemütigt fühlte, war Vittorio Corda ihr noch nie so schön vorgekommen wie in diesem Augenblick.
Corda drehte sich zu ihr um. »Hast du Lust?«
Sie setzte sich langsam in Bewegung, einen Schritt nach dem anderen.
Er lächelte vorsichtig.
Sie strafte ihn mit einem Blick.
Sie gingen hinaus, und Gianni schaute ihnen verträumt hinterher.

Alle sechs standen vor der Turnhalle. Er erkannte sie sofort in der Menge.
Fostelli umarmte ihn.
Billo und Gorilla zeigten ihm mit grimmigen Gesichtern die geballten Fäuste.
Cecconi, Corda und Ranacci sahen ihn verständnisvoll an. Aber keiner sagte ein Wort.
Lonica verließ seine Freunde und bahnte sich mit den Ellenbogen einen Weg durch die Menge der Neugierigen. Halb Italien schien vor diesem kleinen Gebäude in der Provinz versammelt.
Er hatte Angst.
Wer von den Anwesenden mochten die berüchtigten »Wettenden« sein? Er suchte in der Menge nach Gorelli, doch der mischte sich nicht unters gemeine Volk, er saß in der ersten Reihe, einen Zettelblock in der Hand und vor sich eine Warteschlange, so lang, dass sie fast einmal um den Ring herumreichte. Gorelli raffte Geld an sich und verteilte Zettel, auf die er zuvor etwas gekritzelt hatte.

Diese heimlichen Wetten waren also gar nicht so heimlich. Das Spitzenspiel des Abends war das zwischen den beiden Mittelgewichten der Provinzhauptstadt, beides Aspiranten auf den italienischen Meistertitel in ihrer Kategorie, der im Moment vakant war, weil sein Träger sich aus dem Boxsport zurückgezogen hatte. Das bevorstehende Spiel war eine Art Halbfinale. Darum hatte das Kulturreferat der Region bei der Organisation keine Kosten gescheut. Etliche frühere Boxchampions waren zugegen. Es mangelte nicht an Journalisten.

»Friguglia gegen Mazzoni, der ›Donner‹ gegen den ›Schatten‹. Das Match des Jahres!« verkündeten überall im Ort aufgestellte Reklameschilder. Und darunter, in fast unentzifferbar winzigen Buchstaben: »Vor dem Kampf zwei junge Debütanten im Minifliegengewicht.« Keine Namen, keine Erläuterungen, wie Nüsschen zum Aperitif vor dem Abendessen.

Besser so, dachte Lonica. Viele würden ihn sehen, wenige sich an ihn erinnern. Eine rasche, schmerzlose Angelegenheit wie eine Injektion von fachkundiger Hand.

Er drängelte weiter, um zu den Umkleideräumen zu kommen. Vor dem Eingang traf er auf Valentina Cummino. Er begriff, dass sie nur für ihn dort stand. Als das Mädchen ihn erblickte, zögerte sie einen Augenblick, doch dann setzte sie eine höhnische Miene auf. »Na, endlich den Mut gefunden?« Diesen Satz hatte sie vorbereitet. Ihre Haare waren zu einem Pferdeschwanz gebunden. In ihren noch immer zornigen Augen lag ein hartes Licht.

Lonica war kurz davor, sie für alles um Verzeihung zu bitten, auch dafür, wie er in wenigen Minuten zu Boden gehen würde. »Ja ...«, sagte er nur mit hauchdünner Stimme.

»Weg hier!«, schrie Toscani, der vor den Umkleideräumen Wache stand. Dann erkannte er den kleinen Boxer. »Ach, du bist's. Geh durch.«

Lonica warf Valentina einen letzten Blick zu. Sie drehte sich um und verschwand in der Menge.

Dieses Stimmengewirr war ohrenbetäubend. Schon das war ein schmerzhafter Schlag gegen den Kopf. Aber nicht so schmerzhaft wie Valentinas Schritt, als sie davonging.
»Alles okay?«, fragte Toscani. »Onkel Botta ist immer noch stinksauer wegen gestern. Das letzte Training vor einem Kampf schwänzt man nicht.«
Onkel Botta hatte ihn gestern Abend am Telefon fast angeschrien, nachdem er den ganzen Nachmittag vergeblich in der Turnhalle auf ihn gewartet hatte. Er beruhigte sich erst, als Lonicas Vater das Gespräch übernahm. Sie hatten über Taktik gesprochen. Darüber, wie man Bordignons Angriffe abwehrte.
»Du hast recht«, sagte Lonica zu Toscani.
Die Tür zum Umkleideraum von Friguglia stand halb offen. Drinnen waren viele Leute. Lonica stellte sich auf Zehenspitzen und reckte sich, so gut er konnte. Gelächter. Ein fünfundzwanzigjähriger Mann in schwarzen Boxershorts hüpfte durch ein Seil, das er um seine glänzenden, perfekten Muskeln sausen ließ. Er lächelte. Friguglia war gelassen. Denn er konnte sowohl gewinnen als auch verlieren. Das war es, was zählte, erkannte Lonica in diesem Moment, sauber zu boxen, eine Möglichkeit, um die er sich für eine Million Lire gebracht hatte.

Onkel Botta sah ihn böse an, als er eintrat. Bei ihm waren zwei Männer, Lonica hatte sie oft in der Halle herumlungern sehen. Der Umkleideraum war klein und eng, schlecht beleuchtet und stank nach Schweiß. »Nun?«, fragte der Trainer, die erloschene Zigarre im Mundwinkel. »Bereit, dir Respekt zu verschaffen?«
»Bereit.«
»Meiner Meinung nach«, sagte einer der beiden, »scheißt er sich gerade in die Hosen.«
»Tu ich nicht!« Lonica knallte seine Tasche auf die Liege.
»Guck ihn dir an, was für ein Elan!«, lachte der andere, ein untersetzter, vierschrötiger Typ, der sich als Weltergewicht

niemals durchgesetzt hatte, gut dreißig Jahre alt wie sein Kumpan.
»Maul halten!«, rief Onkel Botta. Mit dem Daumen zeigte er Lonica die beiden Männer. »Di Pasquale. Tamurri. Sie werden beim Kampf in unserer Ecke stehen.«
»Ja!«, sagte Di Pasquale grinsend. »Bereiten wir schon mal die Mullbinden vor!«
Tamurri zuckte mit den Achseln und lachte.
Onkel Botta beugte sich über Lonica. »Wie fühlst du dich?«
»Mir geht's gut«, sagte Lonica. »Mir geht's gut.«
Beim Ausziehen schämte er sich ein bisschen. Als er in Unterhose und Socken dastand, sagte Tamurri: »Das ist ja Gewichtsklasse Haut & Knochen, von wegen Minifliegengewicht, ich glaub, es hackt!«
Di Pasquale reichte ihm die Shorts. »Zieh dich an, schnell, du machst einem ja Angst!«
Die Shorts waren schwarz wie die von Friguglia. Er zog sie vorsichtig an, während Onkel Botta die beiden Typen mit Blicken zurechtwies und versuchte, seine Zigarre mit einem Streichholz wieder anzuzünden.
Die Shorts waren Lonica ein bisschen zu weit.
Wieder lachten die beiden Schwachköpfe. »Scheiße, wo kommst du eigentlich her, aus Somalia?«
»Weg da!«, befahl der Trainer. Er ging zu Lonica und zog das Band um den Bauch fest. »Wie passt sie?«
»Gu-gut.«
Dann zog er ein Trikot an, das ebenfalls ein bisschen zu groß war und die Aufschrift ROCCELLA SPORT trug. Er stopfte es in die Shorts und betrachtete sich im Spiegel. Grässlich. So von Valentina Cummino gesehen zu werden!
Di Pasquale packte ihn an den Armen, hob ihn hoch und setzte ihn auf die Liege.
Tamurri zog ihm einen Handschuh an. Di Pasquale den anderen.
Während die beiden ihm die Handschuhe zuschnürten, blickte Onkel Botta den Jungen scharf an. Er sprach in

ernstem Ton. »Bordignon da drüben«, er zeigte auf einen undefinierbaren Punkt hinter sich, »ist überzeugt, dass er gewinnt. Das habe ich ihn zu seinem Trainer sagen hören, diesem Bauerntölpel Sandi. Ich habe Sandi beigebracht, wie man boxt. Als er damals zu mir kam, kannte er den Unterschied zwischen links und rechts nicht, später hat er sich wer weiß was eingebildet. Jetzt hat er einen Boxverein für Blindgänger oben in Pavanella. Er hat sich in den Kopf gesetzt, dass seine Boxer stärker sind als meine, der Volltrottel!

»So falsch liegt er nicht in diesem Fall!«, sagte Tamurri.

Onkel Botta straffte sich. »Ihr sollt aufhören, hab ich gesagt! Ich hatte euch um einen Gefallen gebeten, aber ich kann jederzeit Toscani oder jemand anderen holen, um euch zu ersetzen. Glaubt ihr, die sagen Nein? Das hier ist das Vorprogramm, und beim Vorprogramm mitzumachen ist eine Ehre, ihr gottverdammten Esel!«

Die beiden zogen den Kopf ein.

Die Tür der Umkleide öffnete sich. Toscani steckte den Kopf durch den Spalt. »Noch fünf Minuten, Onkel Botta.«

In den wenigen Sekunden, die Toscani brauchte, um zu sprechen und die Tür wieder zu schließen, brachen die zuvor gedämpften Stimmen der Menge wie Donnergrollen in den Umkleideraum ein.

Das Publikum wollte den Kampf. Es wollte Boxer im Ring. Und die forderte es mit einem Schrei, der schon jetzt nach Blutrausch klang.

Onkel Botta nahm Lonica wieder ins Visier. »Auch du, Lonì, musst dich geehrt fühlen. Du wirst von mir nicht hören, dass es mir egal ist, ob du gewinnst oder verlierst. Ich werde dir nicht sagen, dass es nur darauf ankommt, mitzumachen, sich nicht zu blamieren, ehrlich zu boxen. Ich sage dir nur, dass du heute Abend gewinnst. Schluss, aus, fertig. Du drängst ihn so bald wie möglich in eine Ecke und holst den Boxer von früher wieder raus, bevor du das Wattebäuschchen geworden bist, zu dem du werden wolltest, und dann machst du mir Hackfleisch aus dem anderen.« Er spuckte die Zigarre zur Seite aus. »Drei Runden sind gar nichts. Zwei Minuten vergehen im Flug. Aber wenn du heute Abend kämpfst, wie du kämpfen kannst, vergisst du diese Begegnung dein Leben lang nicht mehr. Du wirst sie dir jedes Mal ins Gedächtnis rufen, wenn dir was schiefgeht. Und dann kannst du immer wieder neu beginnen. Denn heute Abend ist *Der Abend*. Heute Abend ist *Der Abend*. Mehr gibt's dazu nicht zu sagen, Lonì.«

Die zur Ordnung gerufenen Di Pasquale und Tamurri gaben dem Minifliegengewicht Geleit durch die rechts und links zurückweichende Menge. Hinter ihnen Onkel Botta.

Lonica, der unter dem Kopfschutz praktisch nichts sah, zitterte und kam beim Gehen immer wieder aus dem Takt. Mehrmals drohte er über die Füße seiner Sekundanten zu stolpern. Ihm war, als ginge er aufs Schafott. Auf der Hälfte des Wegs kam er an seinen Freunden vorbei. Sie hatten keinen Sitzplatz gefunden und standen. Einer neben dem anderen streckten sie die Arme aus und öffneten die Hände. Lonica schlug darauf, er schlug sechsmal mit dem Boxhandschuh gegen ihre geöffneten Handflächen. Auch jetzt sagten sie nichts, aber er spürte, dass sie in diesem beschissenen Moment bei ihm waren.

Ein wenig ermutigt ging er weiter bis zum Ring. Als er davorstand, erschien ihm das Quadrat wie eine uneinnehmbare Festung. Er schluckte, und es war, als würde er Zementbrocken schlucken. Dann warf er einen Blick nach rechts.

Gorelli hatte aufgehört, Wetten anzunehmen, mit übereinandergeschlagenen Beinen saß er da. Er war verschwitzt, blass im Neonlicht. Scaglione neben ihm flüsterte ihm etwas ins Ohr. Es schien recht uninteressant zu sein, denn kaum hatte Gorelli den Jungen erblickt, stieß er Scaglione mit einer herrischen Geste von sich. Dann zielte er mit dem

Zeigefinger auf Lonica. Der betrachtete den Finger im Scheinwerferlicht.
Das bisschen Zuversicht, das ihm Onkel Bottas Rede und die Gegenwart seiner Freunde eingeflößt hatten, löste sich auf wie Nebel, den die Sonne zerteilt.
Di Pasquale zog ihn hoch auf den Rand des Vierecks. Tamurri öffnete die Seile, damit der Junge hindurchschlüpfen konnte. »Komm schon«, sagte er. Lonica hob ein Bein, doch er verlor das Gleichgewicht und stolperte.
Er fiel vornüber in den Ring.
Di Pasquale schrie: »Scheiße, was machst du?« Lonica hörte das schallende Gelächter des Publikums und wünschte sich, auf der Stelle vom Blitz getroffen zu sterben.
Doch der Augenblick ging vorbei, er starb nicht und die Leute lachten immer noch.
Di Pasquale stellte ihn auf die Füße. »Mann, echt oberpeinlich!«, rief er aus.
Lonica blickte sich um. Ihn umgab ein glänzendes Quadrat. Ringsum waren die gespannten Seile, die Polster an den Ecken, der Geruch nach Rauch. Ringsum waren die Wärme der Neonleuchten und Onkel Botta, der in den Ring stieg. Da war Dunkelheit und Lärm. Ringsum war Angst.
»Nichts passiert«, sagte Onkel Botta. »Der Kampf hat noch nicht begonnen!«, und er versuchte, ihn anzulächeln.
Wer hat ihn dazu gezwungen, dachte Lonica, wer hat diesen Mann dazu gezwungen, Jungen das Boxen beizubringen, statt sein Geld mit einer anderen Arbeit zu verdienen, einer Arbeit, bei der diejenigen, in die man sein Vertrauen setzt, einen nicht im entscheidenden Moment enttäuschen? Denn, dachte er, lieber Onkel Botta, es tut mir wirklich leid, glaub mir, du weißt gar nicht wie sehr, aber heute Abend muss ich zu Boden gehen, ich wurde erpresst, nein, vielmehr habe ich die Erpressung akzeptiert, irgendwie habe ich wahrscheinlich sogar dazu eingeladen, also ist alles umsonst, du investierst Hoffnungen in einen kolos-

salen Reinfall, Onkel, und tätest besser daran, mir ins Gesicht zu spucken. Vermutlich wirst du's am Ende auch tun.
Im Dunkel ringsum hatten sie aufgehört zu lachen. Doch so dunkel war es gar nicht. Denn die ersten Zuschauerreihen konnte er erkennen. Und er sah Gorelli, der mit Scaglione sprach und den Kopf schüttelte.
Nicht nur ihn.
Er sah auch Valentina. In Begleitung ihrer Schwester. Zwischen dem Licht und dem Schatten der dritten Reihe erkannte er sie. Ihre Augen leuchteten immer noch. Aber nicht böse oder spöttisch. Sie leuchteten einfach nur.
Tamurri schubste ihn fast in ihre Ecke. Onkel Botta sprach mit dem Schiedsrichter, einem dürren Menschen um die fünfzig, schüttere graue Haare auf dem Kopf im grellen Licht.
Di Pasquale sagte: »Er kommt.«
Lonica hörte eine zweite Salve Schreie, ganz ähnlich derjenigen, die seinen Einmarsch begleitet hatte. Die stehenden Zuschauer teilten sich wieder in zwei Hälften wie eine Torte, und aus dem Dunkel kamen drei Männer und ein Junge hervor.
Der Junge trug einen roten Bademantel, der ihm wie angegossen saß, an den Füßen Turnschuhe, ebenfalls flammendrot.
Die drei, die ihn vor der Menge abschirmten, trugen einen roten Trainingsanzug mit dem aufgedruckten Motto: PAVANELLA STÄRKER & SCHNELLER. Einer von denen musste dieser Sandi sein, die beiden anderen waren nicht älter als zwanzig.
Sie halfen Bordignon nicht, in den Ring zu steigen. Er sprang aus eigener Kraft hinauf und blieb nach dem Sprung stehen, ohne sich an den Seilen festhalten zu müssen. Dann schlüpfte er geschmeidig hindurch, bewegte leicht eine Schulter, um ein Seil von sich abzuschütteln, und stand auf dem Quadrat.

Er lächelte siegesgewiss. Und stand keine Sekunde still. Durch die Nase atmend, hüpfte er auf der Stelle, reckte die Arme, lockerte den Hals.
Er hatte ein schönes Gesicht, die etwas aufgeworfene Oberlippe verlieh ihm etwas Besonderes. Ein Gesicht, das man nicht vergisst.
Er kam auf Lonicas Ecke zu, während Sandi und Onkel Botta sich widerwillig die Hand schüttelten.
»Auf einen guten Kampf«, sagte er zu Lonica.
Der stand reglos da, stumm, kurzatmig.
Auch die Boxhandschuhe waren rot und schimmerten im Licht.
Di Pasquale gab ihm einen Klaps auf den Hals. »Antworte!«
»D-dir auch!«, brachte er schließlich heraus.
Bordignon lächelte höflich. Er war sechs, sieben Zentimeter größer als Lonica. Plötzlich beugte er sich zu ihm hinunter und sagte ihm ins Ohr: »Verdien dir diese Million! Schlappschwanz!«
Dann wandte er sich von Lonica ab, das heuchlerische Lächeln noch immer im Gesicht.
Lonica biss die Zähne zusammen.

Der Schiedsrichter holte sie in die Mitte des Rings. Er kontrollierte den Kopfschutz, den Zustand der Handschuhe. Dabei sagte er: »Jungen, das hier ist nicht die Weltmeisterschaft. Wenn einer von euch das Gefühl hat, nicht mehr weitermachen zu können, genügt es mir, wenn er einen Arm hebt und mich ansieht, dann beende ich den Kampf.«
Sie nickten.
»Keine Tiefschläge. Keine Kopfstöße.«
Ein Blitzlicht blendete Lonica.
Drei Sekunden bevor der Gong ertönte, streifte Bordignon sich den Bademantel ab und offenbarte eine beeindruckende Muskulatur für einen Dreizehnjährigen. Die Brustmuskeln zeichneten sich bereits deutlich ab. Die Schultern waren

breit, die Arme muskulös. Er war nicht nur größer, sondern auch schwerer als Lonica.
Ohne Mühe bewegte er sich in die Mitte des Rings.
Lonica musste sich sofort ducken, denn statt Entfernung und Körperstellung seines Gegners zu prüfen, hatte Bordignon sofort eine erste direkte Gerade versucht. Auch dem linken Haken konnte er ausweichen. Doch die nächste Gerade, die genauso kam wie die erste, traf ihn auf der Höhe des Ohrs. Und der nächste Haken auf dem Brustbein.
Eins-zwei, eins-zwei.
Bordignon hatte stark angefangen.
»Beweg dich, schlag da nicht Wurzeln!«, schrie Onkel Botta.
Wehgetan hatte er ihm nicht. Und wahrscheinlich würde er es bis zur dritten Runde nicht tun.
Aber Lonica kam nicht aus den Seilen. Bordignon näherte sich, schlug zu, mal traf er den Oberkörper, mal den Kopf.
»Weg von den Seilen!«
Nichts zu machen. Lonica hüpfte, aber er kam kaum vom Fleck. Zwei Seitenschritte nach links, zwei nach rechts. Er hob die Deckung und fing fast alle Hiebe ab, und die, die seine Verteidigung durchbrachen, machten ihn nur ein wenig benommen.
Immer wenn Bordignon in Erwartung einer Reaktion auf seine Angriffe zurückwich, baumelte sein Mundschutz unter der vorspringenden Oberlippe. Doch es kam keine Reaktion. Bordignon schien drauf und dran, ihm etwas zu sagen. Ihn zu fragen, was zum Henker er da mache. Warum er sich nicht wenigstens ein bisschen bewege, um Eindruck zu schinden.
Seine Muskeln glänzten vor Schweiß, während er auf Lonica einschlug, als wäre jeder Treffer eine Beleidigung.
Pfiffe aus dem Publikum.
Wie Hagel schienen diese Pfiffe auf den Ring zu fallen.
Der Schiedsrichter trennte sie, als der Gong ertönte.
Die erste Runde war vorbei.

Tamurri schob den Hocker in seine Ecke, Lonica ließ sich schwer darauf fallen.
Onkel Botta sprang in den Ring. »Was zum Teufel soll das werden?«, brüllte er. »Du hast ihm nicht einen echten Schlag versetzt! Nicht einen, verdammte Scheiße!«
Di Pasquale nahm ihm den Mundschutz heraus und steckte ihm den Strohhalm zum Trinken zwischen die Lippen.
»Hörst du mich, Lonì?«
»Ja, Onkel!«
»Was tust du? Was soll das? Siehst du denn nicht, dass das alles nur viel Show und nichts dahinter ist?«
»Er bewegt sich zu viel.« Er schluckte, ein Nachgeschmack von Blut blieb am Gaumen.
»Dann beweg du dich doch auch, Herrgott noch mal! Was soll das denn werden, wenn du an den Seilen kleben bleibst?«
Nichts sollte das werden. Er erwartete, dass die zweite Runde genauso verlief wie die erste. Und die dritte wie die zweite und die erste, mit dem einzigen Unterschied, dass er bei irgendeinem der Boxhiebe, die der andere auf ihm ablud, zu Boden gehen würde.
»Was für eine Scheiße hast du eigentlich im Kopf?« Das war Di Pasquale.
»Eine Million guter Gründe.«
Gong.

Er verbarrikadierte sich in der gleichen Stellung wie vorher und folgte demselben Drehbuch.
Bordignon schien diese dürftige Leistung rasend zu machen. Er wollte was Filmreifes. Er wollte *Rocky*. Stattdessen musste er auf einen menschlichen Sack einschlagen, der sich in einer hohen Deckung verschanzt hatte.
Er traf ihn am Nabel.
Fast wäre Lonica zusammengebrochen.
Eine Gerade von Bordignon an sein Kinn. Lonica hörte nichts mehr. Er fiel nicht, aber es war, als hätte er das Ge-

hör verloren. Der Lärm war verschwunden. Er fühlte sich wie von einer Blase umgeben. Bordignon traf ihn mit einem kurzen, heftigen Jab, aber er verspürte keinen Schmerz. Wie lange noch? So dachte er nur. Wie lange noch?
Überzeugt, dass die Treffer des Gegners ihm keinen Schmerz mehr zufügen würden, gab Lonica seine Verteidigung gänzlich auf. Er ließ die Arme über die schmalen Hüften sinken.
Bordignon wartete einen Moment, damit der andere wieder in Abwehrstellung gehen konnte. Dann wurde er nervös und setzte ihm einen gewaltigen Uppercut ans Kinn.
Sterne sah Lonica nicht. Er hörte nur, wie die Tonspur in seinen Ohren wieder aktiv wurde.
Dann fiel er um.

»Verflucht, was tut er?«, schrie Ranacci. »Warum in der Zweiten?«
»Vielleicht hat er's nicht mehr ausgehalten ...«, vermutete Gorilla.
»Dieser Arsch schlägt zu viel. Sieht aus, als wollte er ihn sofort flachlegen!« Das war Cecconi.
»He, Lonica!«, schrie Corda.
»Er steht wieder auf«, sagte Billo. »Vielleicht hatten sie das so einstudiert.«
Fostelli legte die Hände zu einem Trichter zusammen. »Steh auf!«, schrie er, aber Lonica hätte ihn in diesem Hexenkessel sowieso nicht hören können.

Gorelli sprang auf, als Lonica fiel. Er warf einen verzweifelten Blick auf seinen Notizblock, in den er alle Wetten eingetragen hatte. Wenn dieser Wichser nicht wieder hochkam, würde er die Wetten gerade eben auszahlen können und ihm blieb nichts. War es möglich, dass Bordignon zu fest zugeschlagen hatte? Unfähige Idioten, alle beide!
Dann erstarrte er. »Scheiße, was macht der denn hier?«
Scaglione drehte den Kopf in Gorellis Blickrichtung.

An einen Pfeiler gelehnt, beobachtete der Mexikaner den Ring, ohne mit der Wimper zu zucken, während alles um ihn herum in heller Aufregung brüllte.
Doch dann erregte etwas anderes Gorellis Aufmerksamkeit, denn gerade in diesem Moment rappelte Lonica sich wieder auf.

Wenn ich am Boden bleibe, dachte Lonica, verlieren wir alle. Ich, Bordignon und vor allem Gorelli. Also bleibe ich liegen. Ich verliere den Kampf, klar, aber irgendwie gewinne ich auch. Zum Teufel mit allem!
Das Neonlicht in den Augen, die Schreie in den Ohren, den Schweißgeruch in der Nase, beschloss er aufzugeben. Als der Schiedsrichter bei sechs angekommen war, hatte er sich schon fast durchgerungen, da fiel ihm plötzlich sein Vater ein. »Boxen ist kein Sport«, sagte der immer, »es ist eine Kunst, und wie alle Kunstformen verdient es Respekt. Einsatz und Respekt.«
Er dachte an die Werte, die sein Vater ihm in der kurzen Zeit zwischen der Geburt des Sohnes und seinem nahen Tod zu vermitteln versucht hatte, und beschloss, wenigstens bis zur dritten Runde durchzuhalten.
Aus Respekt.
Nicht wegen Geld oder Erpressungen.
Bei acht war er auf den Beinen und bejahte die Frage des Schiedsrichters: »Schaffst du's? Schaffst du's?«
Er sah einen bleichen Bordigon, der ihn von der gegenüberliegenden Seite des Rings anglotzte.
Er sah Gorelli aufrecht stehen.
Er sah Valentina. Valentina, die inmitten der Menge die Arme in die Luft warf und die Fäuste ballte. War das eine Ermutigung? Wer weiß.
Er wiederholte sein Ja an den Schiedsrichter genau in dem Moment, in dem der Gong ertönte.

»Alles in Ordnung, Lonì? Willst du, dass wir Schluss machen?«, fragte Onkel Botta, der in der Ecke vor ihm kniete. Hatte Onkel Botta auch aufgegeben?
»Nein, auf keinen Fall.«
Tamurri fuhr ihm mit etwas Feuchtem übers Gesicht. Di Pasquale gab ihm kopfschüttelnd zu trinken.
»Warum bist du dann so passiv? Warum hast du die Deckung völlig aufgegeben? Das tut ja nicht mal ein Verrückter! Was wolltest du damit bloß erreichen?« Onkel Botta war verzweifelt.
Der Schiedsrichter kam zu ihnen in die Ecke. »He, Onkel, hör mal. Sobald ich deinen Kleinen in Bedrängnis sehe, mache ich Schluss. Das sind zwei Minifliegengewichte, verdammt noch mal! Drei Runden, zwei Minuten. Wenn deine Jungen nicht genug Kampfgeist haben, um bei solchen Bedingungen durchzuhalten, kannst du deinen Laden dichtmachen. Das hier ist das erste Kindermatch, bei dem ich einen zu Boden gehen sehe!«
Verärgert ging er weg.
»Hast du gehört?«, knurrte Onkel Botta, rot vor Scham. »Hast du gehört?«
Der Gong ertönte.

»Jetzt«, sagte Billo.
»Hm«, machte Ranacci.
»Wenn er motivierter in den Ring gestiegen wäre«, sagte Gorilla, »und wenn mein Scheißbruder nicht ...«
»Zu viele Wenn«, beschied ihm der Don.

Er fing wieder bei den Seilen an.
Bordignon war sichtlich genervt. Und ein bisschen müde. Bis jetzt hatte er alles allein gemacht. Nicht eine Konzession ans Showbusiness in diesem Kampf. Die Kohle ist ja schön und gut, dachte er, aber ein paar kleine Showeffekte wären nicht schlecht gewesen! Was für ein Penner, dieser Lonica!

Und er traf ihn wieder zweimal.
Beim nächsten Schlag werfe ich mich hin, dachte Lonica.
Aber der Hieb, der auf der Höhe seiner Kehle ankam, erschien ihm dann doch ein bisschen zu schwach, um das zweite K.o. zu inszenieren.
Bordignon schnappte einen Moment lang nach Luft, seine Stirn unter dem Kopfschutz war schweißbedeckt. Sein Gesichtsausdruck der eines Menschen, der um jeden Preis etwas erreichen muss.
Lonica hatte ein Déja-vu.
An wen erinnerte ihn das?
Foreman in der achten Runde gegen Ali. Stärker, aber mit den Nerven am Ende.
Der gleiche Ausdruck.
Bordignon kam genau in dem Moment wieder an, als Lonica dachte: Nach sieben Runden in den Seilen hat Ali ...
Es geschah nicht mit Absicht, dass er zwei wenig überzeugende Jabs in Richtung Gegner schickte.
Er hatte nicht beschlossen, sich zur Seite zu bewegen, bevor er es tat, und dann eine wuchtige Gerade und danach einen starken linken Haken auf Bordignons Hasenscharte zu setzen.
Er war nicht darauf gefasst, dass Bordignon vor Müdigkeit und Überraschung schwanken würde.
In keinem einzigen Moment seines bisherigen Lebens hatte Lonica sich ausgemalt, seinen Gegner einmal mit einem fürchterlichen Uppercut am Kinn zu treffen und damit auf die Matte zu schicken.
Aber genau das geschah: Ducken, Seitenschritt, rechte Gerade, linker Haken, kurze Pause, Uppercut. Alles in weniger als zehn Sekunden.
Bordignon spuckte seinen Zahnschutz aus, verdrehte die Augen und fiel. Er sah die Neonlampen, er, der den Kampf hätte gewinnen sollen, sah die Neonlampen und den Schiedsrichter, der sich über ihn beugte und zu zählen begann.

Einszweidreivierfünfsechssiebenachtneunzehn!
Dann gab es eine Art Explosion.
Das waren die Schreie des staunenden Publikums.
Aber auch ein tierisches Freudengebrüll erhob sich. Denn Lonica war in seiner Ecke mit den Füßen auf ein Seil gesprungen und senkte nun schwankend die Faust in Richtung Publikum, wie ein Politiker, der seine Wähler anfeuert.

Als Bordignon zu Boden ging, rannte Gorilla, alles, was ihm im Weg war beiseite stoßend, nach vorn zum Ring, hinter sich Cecconi.
Kaum hatte der Schiedsrichter das Ende des Kampfes erklärt und war Lonica auf die Seile gesprungen, schrie Gorilla, dem Freund einen Arm entgegenreckend: »Lo-nì bomaye! Lo-nì bomaye! Lo-nì bomaye!«
Cecconi fiel in Gorillas Rufe ein. Auch er hob einen Arm und schrie: »Lo-nì bomaye!«
Obwohl sie nichts verstanden, gesellten sich auch die anderen vier mit Tränen in den Augen zu Gorilla und Cecconi und jubelten dem siegreichen Freund zu: »LO-NÌ BOMAYE!«

Onkel Botta, Di Pasquale und Tamurri blickten sich verdutzt an.
Dann nahm Onkel Botta sich die Zigarre aus dem Mund, betrachtete sie, als hätte er einen Goldklumpen gefunden, und warf sie ins Publikum. Er sprang in den Ring und ging Lonica auf den Seilen festhalten.
Di Pasquale und Tamurri folgten ihm, noch immer mit fassungsloser Miene und ohne ein Wort zu sagen.
Sie halfen den Sieger stützen.
Derweil versuchten Sandi und seine Leute vergeblich, Bordignon von der Matte zu holen.

Nachdem Bordignon sich vom Schock der Niederlage erholt hatte, nachdem Sandi, ohne zu lächeln, Onkel Botta

die Hand gegeben hatte, nachdem der Schiedsrichter den Arm des Siegers hochgerissen hatte, nachdem das Publikum ihn bejubelt hatte und die Blitzlichter in seine Richtung geschossen waren wie Tennisbälle, nachdem Lonica seinen Freunden zugelächelt hatte, entdeckte er während der offiziellen Bekanntgabe des Siegers, dass Gorellis Platz in der ersten Reihe leer war.
Musik setzte ein, der Ringsprecher kündigte an, dass das Match zwischen Friguglia und Mazzoni in Kürze beginnen würde, Onkel Botta umarmte ihn und jemand bat sie sehr höflich, den Ring zu verlassen. Ihr Fest war vorüber.
Bordignon kam mit geschwollener Lippe auf ihn zu. Er drückte ihn an sich, als wollte er den Gegner, der ihn besiegt hatte, sogar noch beglückwünschen, aber er sagte ihm ins Ohr: »Jetzt fängt der Ärger für dich an!«
Erst in diesem Moment wurde Lonica bewusst, was er angerichtet hatte.

Das Publikum schien den Kampf der beiden Jungen schon völlig vergessen zu haben und wartete auf den Höhepunkt des Abends. Friguglia und Mazzoni schritten wie unter Fanfarengeschmetter auf den Ring zu, während Onkel Botta und seine Leute auf der anderen Seite abtraten.
Lonica kreuzte Gorellis Blick. Umringt von seiner Gang hatte der sich in einer Ecke der Halle aufgepflanzt. Sein Gesichtsausdruck war der eines Hundes, dem man den Knochen aus dem Maul gerissen hat. In der Hand hielt er die Zettel mit den Wetten.
Er zeigte Lonica den Daumen, legte ihn an seine Kehle und strich damit von einer Seite zur anderen. Langsam.
Die warmen Gefühle des Sieges verließen Lonica, und eine arktische Kälte biss ihm in den Unterleib.
Was war bloß in ihn gefahren, wie hatte das passieren können, verfluchter Mist? Dann lenkte Onkel Botta ihn von dem Schurken ab.
Denn ein Fotograf der Lokalzeitung verewigte sie mit einem

Blitzlicht, das die Luft elektrisierte wie ein Blitzschlag. Das Foto wurde im Sportteil veröffentlicht, Lonicas Gesicht neben dem Strahlen von Onkel Botta und den noch immer verdutzten Mienen der beiden Sekundanten war das Inbild der Todesangst.

Di Pasquale und Tamurri schlugen ihm auf den Rücken, einer sagte: »Kompliment, verdammt, wer hätte das gedacht?« Dann verabschiedeten sie sich und gingen das Match der Mittelgewichte anschauen.

»Gehen wir, Lonì«, befahl der Trainer.

Im Umkleideraum setzte sich der Junge hin und Onkel Botta blickte sich mit zitternder Kinnlade um. Dann legte er ihm eine Hand auf den Kopf und brach plötzlich in Tränen aus. »Danke, Lonì! Was für ein Abend! Nie werde ich den vergessen!« Es war komisch mitanzusehen, wie ein gewöhnlich so barscher Mann in Tränen schwamm wie ein Baby. Auch Lonica hatte einen Kloß im Hals. Er hatte Angst, aber alles war noch so schön, dem Alten zitterten die Schultern und der Kopf, während seine Freudentränen sich einen Weg zwischen den Bartflecken suchten. Ohne ganz mit dem Weinen aufzuhören, fügte er hinzu: »Jetzt bilde dir aber bloß nichts ein! Dich erwarten noch sehr viele Kämpfe, bevor du dich wirklich freuen darfst, und deine Taktik im Ring muss von Grund auf überprüft werden!«

Lonica lächelte traurig.

Noch sehr viele Kämpfe erwarteten ihn.

Schade nur, dass der nächste, der mit Gorelli, schon der letzte sein würde. Würde er ihn umbringen? Oder für den Rest seines Lebens zum Krüppel machen? Und seine Eltern, was würde er seinen Eltern antun? Plötzlich hatte er Angst um sie ... und wenn Gorelli schon jemanden zu ihm nach Hause geschickt hatte?

Er brauchte ein Telefon.

Doch gerade in diesem Moment wurde die Tür aufgerissen. Gorilla, Corda und Billo erschienen. Die anderen hinter ihnen.

»Darf man eintreten?«, fragte Billo, breit lächelnd.
Onkel Botta trocknete hastig seine Tränen mit dem Hemdsärmel. Er sah Lonica an, der ihn bat: »Dürfen sie reinkommen? Das sind meine Freunde.«
»Lass uns rein, Onkel!«
Der Trainer zog eine neue Zigarre hervor, biss sie in der Mitte durch und steckte sich eine der beiden Hälften in den Mundwinkel. »Ich geh mir diese Typen im Ring anschauen. Obwohl der echte Boxsport heute Abend in meiner Halle schon stattgefunden hat.« Nach diesen Worten ging er freudestrahlend hinaus.
Die Jungen kamen herein. Ein erster stiller Moment, dann fingen sie an zu grölen, riefen Lonica zu, er sei großartig gewesen, schlugen ihm auf den Rücken, lächelten ihm zu. Sogar dieser Sauertopf Ranacci, der sich mit feuchten Augen in dem engen Umkleideraum umsah.
Gorilla umarmte den kleinen Champion.
Cecconi hörte nicht auf, »Lo-nì bomaye« zu rufen.
Lonica sagte, das sei alles irgendwie passiert, ohne dass es ihm bewusst war, nahm die Glückwünsche entgegen und stand auf, um im Scherz auf Billo zu reagieren, der einen Eins-zwei-Schlag mimte.
»Du bist echt eine Kanone!«, rief Corda aus. »Das hätte ich nie erwartet. Vor allem nicht, weil ich von Gorelli und der Wette wusste!«
Eiseskälte verbreitete sich im Raum. Ein Wasserhahn tropfte, und alle starrten darauf.
»Stimmt«, sagte Ranacci schließlich. »Wie wirst du jetzt mit dem fertig?«
»Wenn er dich kriegt, lässt er dich hochleben!«, bestätigte Cecconi ironisch.
Lonica blickte auf seine Schuhe. »Keine Ahnung. Ich hatte das gar nicht vor. Es ist nur ... als ich auf den richtigen Treffer gewartet hab, um mich hinzuschmeißen und liegenzubleiben ... da hab ich plötzlich gemerkt, dass es mir scheißegal war, dass ich es trotzdem schaffen musste. Dass ich

gewinnen musste.« Er sah sie einen nach dem anderen an, mit Stolz in den Augen. »Als Bordignon zu Boden ging ... da hab ich mich zum ersten Mal seit langer Zeit wieder wirklich gut gefühlt.«

»Du bist der Mutigste von uns allen, Lonì«, sagte Gorilla.

»Stimmt«, bestätigte Billo. »Und jetzt sind wir an der Reihe, dich zu beschützen ...«

Alle nickten, außer Fostelli, der sich bis jetzt abseits gehalten hatte und merkwürdig still war.

Als er plötzlich alle Blicke auf sich gerichtet spürte, begann er, lautlos zu weinen. Zwei dicke Tränen liefen ihm über die Wangen, seine Lippen zitterten.

»Was ist denn los, Don?«, fragte Lonica.

»Ich halte das nicht länger aus, euch zu belügen«, sagte er, und Schluchzer brachen ihm die Stimme. »Vor allem heute Abend nicht, wo Lonica so riesig war. Ich dagegen fühle mich wie ein Stück Scheiße.«

»Wovon sprichst du?«, fragte Billo argwöhnisch.

»Ich fürchte mich davor, ins Priesterseminar zu gehen ... Meine Eltern haben sich das immer für mich gewünscht, aber ich weiß nicht, ob ich es will.«

»Na und? Denkst du, das hätten wir nicht längst kapiert?«

»Als ihr von dem Plan mit dem Bankraub erzählt habt, hab ich mir gedacht, das wäre eine einzigartige Gelegenheit, ich hätte dieses Geld meinen Eltern geben können, damit ich was anderes werden kann ... Naja, also, das Geld aus dem Bankraub war wichtig für mich ... aber natürlich auch für jeden von euch, ich hab nicht nur an mich gedacht ... das Geld von der Beute war für uns alle wichtig, zu wichtig ...«

»Weiter, Don!«, drängte Billo.

»Aber ... aber ich hab auch gedacht, dass der Plan ein paar Schwachstellen hatte ... er war gut bis zum Schlafmittel im Kaffee, genau, aber dann ... danach hätten wir es nie geschafft, diesen Banküberfall wirklich durchzuziehen ... nie und nimmer!«

Corda erstarrte. »Was willst du damit sagen, Don?«
Ranacci, der bereits begriffen hatte, ließ sich zu Boden sinken, den Rücken an die Wand gelehnt. »Alle, alle sind Verräter«, sagte er.
Der Don nickte.
Cecconi kapierte es als Letzter. Er glotzte in die Runde wie ein Fisch im Aquarium.
In dem erdrückenden Schweigen nahm Fostelli seinen Kopf in die Hände und legte die Stirn auf seine Knie. »Ja, ich habe uns verraten«, begann er, »aber es war nicht so, wie ihr denkt.«

In seinen ersten Worten war die ganze Wahrheit schon zusammengefasst: Er hatte sie verraten, er hatte ihr Geheimnis weitererzählt, aber aus einem guten Grund. Einem guten Grund für alle.
Denn was Fostelli absolut nicht ertragen konnte, war die Vorstellung, dass jemand von Anfang an schon alles für ihn entschieden hatte. Das war nicht fair von seinen Eltern. Erst hatte er das nur vage begriffen, dann war es ihm allmählich immer klarer geworden. Es gab viele andere Dinge, die er gerne machte, unter denen er nur zu wählen brauchte ... Es war nicht fair, basta, jedenfalls nicht so!
Darum hatte er von dem Moment an, als Billo mit dem Plan rausrückte, nicht mehr aufgehört, daran zu denken. Das war seine Chance, um sich zu beweisen. Aber nicht nur seine. Es war auch eine Chance für Lonica, der einen kranken Vater hatte, es war eine Chance für Cecconi, der auf dem Großmarkt enden würde. Und es war eine Chance für Gorilla, der jeden Morgen grün und blau geprügelt zur Schule kam, und für Billo, für Ranacci, ja sogar für Corda, der das Geld seines Vaters sowieso vergessen konnte, wenn er nicht das tat, was dieser Despot wollte.
Dieser Bankraub musste also sein, aber er musste richtig gemacht werden.
Das Problem war der Moment, in dem sie wirklich zuschla-

gen mussten, in der Bank, die Spielzeugpistolen in anderthalb Meter Höhe gezückt. Vorausgesetzt, sie hatten überhaupt den Mut, die Waffen zu zücken. Von der Flucht mit der Beute ganz zu schweigen. Zu Fuß. Draußen erwartete sie nicht mal ein Fahrrad, nur eine Heidenangst. Also rennen, mit Plastikwaffen, die Rucksäcke voller Geld, und wohin? Zu den Geisterhäusern!
In weniger als drei Minuten hätten sie die Carabinieri auf den Fersen.
Und säßen wahrscheinlich noch am selben Abend alle in der Besserungsanstalt!
Dann schon lieber das Priesterseminar.
Tage und Nächte zermarterte er sich das Hirn, vor allem nachts, wenn er sich im Bett wälzte. Von Zeit zu Zeit blieb sein Blick an dem Kruzifix über seinem Kopf hängen.
Am Tag vor dem Marathonlauf hatte er seinen Entschluss gefasst.
Er hatte praktisch schon den ganzen Ort abgegrast, als er die Person, die er suchte, endlich in der Bar Vorterra fand, an einem Tisch im Freien sitzend und ein Bier trinkend.
Langsam und mit einem Kloß in der Kehle setzte er einen Fuß vor den anderen, dann blieb er in seinem glattgestrichenen hellblauen Polohemd, das ordentlich in der Baumwollhose steckte, einen Meter vor dem Tisch des Mexikaners stehen.
Alle anderen Tische waren leer. Von drinnen ließ die verängstigte Besitzerin der Bar ihn nicht aus den Augen, im Stillen betend, der Verbrecher möge bald verschwinden, damit die anderen Kunden wieder hinausgehen und sich an diesem heißen Nachmittag unter dem großen Sonnenschirm Kühlung verschaffen konnten.
Der Mexikaner warf einen flüchtigen Blick auf den Jungen, bevor er fortfuhr, das träge Hin und Her auf der Straße zu beobachten.
Da öffnete Fostelli den Mund, um zu sprechen, doch er brachte nur ein trockenes Röcheln heraus, als würde er er-

sticken. Der Mexikaner musterte ihn mit einem amüsierten Aufblitzen in den grünen Augen.
Ein pausbäckiger kleiner Junge.
»Dürfte ich ... dürfte ich Sie fünf Minuten behelligen?«
Ein pausbäckiger Junge mit Manieren.
»Weswegen?«
Seit seiner Rückkehr hatte kein Mensch in Roccella es gewagt, sich ihm zu nähern, und schon gar nicht, als Erster das Wort an ihn zu richten. Nur dieser Dreikäsehoch, der unter der Sonne zerging.
»Ich muss ... ich muss mit Ihnen sprechen.«
»Was haben wir uns zu sagen?«
Fostelli fuhr sich mit der Zunge über die trockenen Lippen.
»Ich möchte Ihnen einen Pakt vorschlagen.«
»Du? Mir?« Jetzt zeigte der Mexikaner Verblüffung. Er richtete sich im Stuhl auf. »Weißt du denn, wer ich bin?«
»Sie sind der Mexikaner!« Die Antwort kam prompt wie ein militärischer Gruß.
»Und ich bin derjenige, den du suchst?«, fragte er mit einem scheelen Lächeln. »Wie alt bist du? Wer zum Teufel bist du?«
»Darf ich mich setzen?«
Das Lächeln des Mexikaners erstarb, und Fostelli spürte, wie er unter diesem hellen, kalten Blick erbebte. Einige Sekunden verstrichen. Bis die größte Bedrohung des Gemeinwesens von Roccella mit dem Kinn auf den Stuhl ihr gegenüber wies.
Es sah aus, als nähme Fostelli im Geiste Maß, bevor er zwischen den Stuhl und den Tisch schlüpfte.
Interessiert musterte der Mann das verzweifelte Flackern in den Augen des Knirpses. Als man ihm damals Handschellen angelegt hatte, musste der Junge noch ein Säugling gewesen sein.
»Nun?«
»Ich heiße Francesco. Fostelli. Ich bin zwölf Jahre alt, gehe in die zweite Klasse der Mittelschule. Ich wohne in Roccella ... seit meiner Geburt.«

Der Mexikaner nahm einen Schluck Bier aus der Flasche. »Hinreißende Autobiographie«, sagte er, die Augen wieder auf der Straße. »Was folgt für mich daraus?«
»Aus meiner Autobiographie nichts. Aber vielleicht weiß ich etwas, was Sie interessieren könnte ...«
Der Mexikaner drehte den Anhänger, den er um den Hals trug, zwischen den Fingern. »Was mich interessiert, entscheide ich selbst.«
»Darum habe ich ja ›vielleicht‹ gesagt.«
Der Mann grinste, seine Augen verengten sich. Schließlich gönnte er seinem Gegenüber ein: »Lass hören ...«
Francesco Fostelli hörte sofort auf, unter dem Tisch mit den Füßen zu baumeln, und räusperte sich. Dann kamen ihm schon die ersten Worte im wiedergefundenen erwachsenen, sicheren Tonfall. Er sprach klar und ohne Unterbrechung. Über sich, über seine Freunde, über den Plan des Bankraubs, den er dem Mexikaner verkaufen wollte. Dem Einzigen, der ihn erfolgreich durchführen konnte. Fostelli sprach lange und aufrichtig, und während er sprach, wirbelte ihm ein irrer Gedanke im Kopf herum: der Mexikaner ... unser Komplize! Bei der Vorstellung bekam er glühende Wangen. Der Mexikaner unser Komplize! Sein Magen geriet in Aufruhr. Der Mexikaner unser Komplize! Sein Herz hämmerte wegen der urplötzlich wiedererwachten Hoffnung.
Er sprach von einer Bar und von Kaffee mit Schlafpulver, er hob die genialen Elemente hervor und ließ die unausgereiften Aspekte ihrer Strategie unerwähnt. Und schon liefen die Bilder vor seinen Augen ab. Der Mexikaner mit Sturmhaube und angelegter Kalaschnikow vor dem Safe ... die Todesangst in den Augen von Muschios Mutter ... der Mexikaner ohne Sturmhaube, das schöne Gesicht unbedeckt, mit einer schwarzen, glänzenden Pistole ... nein, mit zwei Pistolen, wie ein echter Mexikaner ...
Ja, der Mexikaner! Eine Stimme schrie in seinem Kopf, die nicht nur seine Stimme war, sondern die von allen sieben zusammen.

Der Mexikaner hörte ihm aufmerksam zu. Ernst. Auf seine Weise fasziniert. Dieser Fostelli … hinter seiner Eloquenz eines Handelsvertreters, hinter den gebügelten Hosen, hinter dem blinden Vertrauen in andere Menschen, hinter all dem, was er selbst nie gehabt hatte, verbarg sich auch etwas, was er wiedererkannte. Er erinnerte sich noch gut, wie es brannte, wie traurig und schmerzhaft das Gefühl war, als er nur noch fliehen wollte, anders sein, etwas werden wollte, wozu die anderen ihn nie für fähig gehalten hatten.
»Und wenn das Mädchen alles ruiniert? Habt ihr daran gedacht?«
»Ich gebe zu, dass es Unwägbarkeiten geben kann«, gab Fostelli zu. Sein Gesichtsausdruck war der eines Börsenspekulanten, der bereit ist, sein gesamtes Kapital aufs Spiel zu setzen. »Vor allem im zweiten Teil. Aber wie ich schon sagte, ich verkaufe Ihnen den ersten, den, der Zugang zur Bank verschafft, die unbewachte Tür. Um den Rest kümmert ihr euch … ihr Erwachsenen.«
Wirklich. Es konnte funktionieren. Es konnte sogar sehr gut funktionieren. Dem Mexikaner ging alles blitzschnell durch den Kopf. »Du hast recht«, sagte er nach einer Weile. »Wenn die Dinge nach Plan verlaufen, ist die Idee ziemlich viel wert.«
Fostelli sprang fast vom Stuhl auf. »Dann sind Sie dabei?« Weg vom Priesterseminar! Weit weg, zusammen mit seinen Freunden. Wohin, würden sie später entscheiden …
Aber der Mexikaner schüttelte den Kopf. »Ich bin nicht mehr im Spiel.« Er zündete sich eine Zigarette an, und in Fostelli erstarb der Freiheitsruf. »Du hast mit dem Falschen gesprochen.«
»Aber … warum denn?«
Seine Augen funkelten. »Ich habe hier keine Macht mehr. Du brauchst jemand anderen.«
Fostelli zögerte. »Und der wäre?«
»In dieser Gegend kommandiert jetzt Giuliano Gorelli.«
»Aber Sie sind der Mexikaner!«

»Und ich werde es immer sein«, erwiderte er stolz. »Aber euer Plan ist nichts für mich. Schlag ihn Gorelli vor. Wenn er tickt, wie ich denke, und ich glaube, ich kenne ihn wie meine Westentasche, dann werdet ihr handelseinig.«
»Und Sie?«
»Ich tue gar nichts. Als hättest du zu einer Wand gesprochen. Nur eines, wenn du Gorelli das Geschäft vorschlägst, kein Wort, kein einziges Wort darüber, dass du erst mit mir gesprochen hast. Sonst lehnt er garantiert ab.«
Fostelli seufzte. »Und Sie werden es niemandem sagen?«
»Niemandem.«
Ein wenig verlegen stieg Fostelli vom Stuhl. »Na dann, danke ...«
Der Mexikaner packte ihn am Handgelenk und riss ihn zu sich heran.
Fostelli hätte vor Schreck fast geschrien.
Der Mann musterte ihn aufmerksam. Es war unmöglich, seinem Blick standzuhalten. Dann ließ er ihn los. »Seltsam. Du siehst gar nicht so aus.«
»Wie sehe ich nicht aus?«
»Wie ein Judas.«
Fostelli massierte sich das Handgelenk.
»Trotzdem verrätst du deine Freunde. Das weißt du doch, oder? Aus Egoismus. Aus Hunger.« Der Mexikaner senkte die Lider. »Hunger. Der hält die Welt in Gang. Geh jetzt.«
Fostelli sah ihn noch einen Augenblick lang an. Dann ließ er die Bar Vorterra rasch hinter sich.

»Sieh mal einer an, unser kleiner Seelenhirte ... Und er will das verirrte Schaf spielen!« Giuliano Gorelli und seine Meute hatten ihn eine gute Viertelstunde lang verspottet und ihn sogar hin und her geschubst, indem sie ihn von einem zum anderen stießen wie einen Ball. Das alles in dem Billardsaal, wo er sie leicht hatte aufstöbern können.
Doch zuletzt hörten sie ihm zu, genau wie der Mexikaner es vorausgesehen hatte.

Und sie willigten ein.
Dann lachten sie. Ein vulgäres Lachen, mit weit aufgerissenem Mund.
Vor allem als Gorelli den Don an der Kehle packte, ihn gegen eine Wand stieß, hochhob und dabei so stark drückte, dass Fostelli keine Luft mehr bekam. »Vergiss nicht, dass es euer Plan ist«, knurrte er. »Dass ihr den Kaffee präpariert. Ein Wort, und wir landen alle im Knast, ihr auch. Nur dass wir uns wahrscheinlich nicht erwischen lassen, ihr dagegen ...«, und wieder lachten alle noch grölender. »Also keine krummen Touren! Nicht reden, nicht denken, nicht mucksen. Mit niemandem! Du darfst noch nicht mal deinen Kameraden was sagen ... vor allem denen nicht! Bis alles vorbei ist. Wir rauben die Bank aus, und einen der Geldsäcke lassen wir für dich zurück, versteckt bei den Geisterhäusern. Ich werde dir sagen, wo ... Pass ja auf, kein Wort, denn wenn mein Bruder das erfährt, lässt er alles auffliegen, ist dir das klar? Kein Bankraub, kein Geld ... Kapiert, Weihrauchschwinger?«
Er hatte genickt, mit dem bisschen Hals, das noch aus Gorellis Hand hervorschaute.

In tiefem Schweigen hatten sie der Geschichte des Don gelauscht. Nicht mal Cecconi hatte ihn unterbrochen.
»Also haben wir das Geld trotzdem?«, fragte Billo als Erster. Angespannte Erwartung lag in der Luft des Umkleideraums.
»Und wie viel? Hundert Millionen, wie in der Zeitung stand?«, drängte Ranacci, während Cecconi schon glücklich durch den Raum zu hüpfen begann.
»Und wo sind sie?«, fragte Corda.
Fostelli, der einen Augenblick lang seine Verwandlung vom Verräter zum Helden auskostete, wechselte plötzlich den Gesichtsausdruck.
»Das Geld ist nicht da. Noch nicht.«
Gorilla schüttelte heftig den Kopf. »Ich hab's gewusst! Ich hab's ja gewusst! ... Da sitze ich hier und warte ... Meinem

Bruder hast du vertraut! Diesem Dreckskerl! Haben sie dir ins Hirn geschissen?«, und er packte Fostelli an den Schultern und schüttelte ihn wie eine Rumbarassel.
Billo befreite Fostelli aus Gorillas Händen. »Moment mal. Was heißt ›noch nicht‹?«
»Gorelli hat sich nicht blicken lassen. Ich bin sogar zu den Geisterhäusern gegangen, hab alles durchsucht, aber ...«
»... umsonst!«, ergänzte Gorilla, als wäre das die selbstverständlichste Schlussfolgerung der Welt. »Der Sack war nicht da, stimmt's, Don? Du hast alles ganz genau durchsucht, aber der Sack war nicht da! Wie merkwürdig ... mein Bruder hat dich reingelegt? Ist doch nicht mööööglich! Das kann doch gar nicht sein!«
»Hör auf, Gorì!«, schrie Billo, aber er sah dabei Fostelli an. »Erklärst du mir, warum ›noch nicht‹?«
Fostelli lächelte. Denn er wusste, wo das Geld war. Nicht der eine Sack, den sie ihm versprochen hatten. Sondern die ganze Beute!

Gorelli hatte ihn fallen gelassen und ihm ins Ohr gezischt: »Von jetzt an behalte ich euch alle im Auge. Damit ihr's wisst.« Fostelli war zitternd aufgestanden.
Als er aus dem Billardsaal raus war und Beppo, der Wirt, von einem Kunden abgelenkt wurde, hatte Fostelli das Ohr an die Tür gelegt. Drinnen hatte er ein Freudengeheul gehört, als würde schon vorher gefeiert.
»Muschio darf nichts erfahren«, hatte Gorelli gesagt. »Sonst müssen wir ihn und seine Mutter kaltmachen. Und, ganz ehrlich, die beiden sind nicht mal ein halbes Zuchthaus wert.«
Allgemeines Gelächter.
»Okay, dann machen wir uns an die Vorbereitung?« Das hörte sich nach Jovine an.
»Ja. Die Beute werden wir an der gewohnten Stelle verstecken.«
Dann hatte er gesagt, welche das war.

»Im Heuschober des Bauern Sammariva«, berichtete Fostelli den Freunden.
Gorilla stieß einen Pfiff aus.
Draußen hörte man die Schreie der Menge.
»Was machen wir jetzt?«, fragte Corda.
»Also darum ist Giuliano mir in den letzten Tagen nicht auf den Nerv gegangen.«
»Was machen wir?« wiederholte Corda.
Billo sah Gorilla an. »Was sagst du? Ist das Geld noch da?«
»Manno!«, rief Cecconi aus. »Noch immer bei Sammariva?«
»Könnte sein.« Gorilla nickte. »Vielleicht warten sie eine Weile, bevor sie es von da wegschaffen.«
»Dann steckt Sammariva auch mit deinem Bruder unter einer Decke?«
Gorilla zuckte die Achseln.
Fostelli faltete die Hände, als wollte er um Vergebung bitten. »Hört mal, ich ...«
»Lass gut sein«, schnitt Billo ihm das Wort ab. »Ich vergebe dir. Im Grunde ist es vielleicht besser so. Vielleicht wendet sich alles zu unseren Gunsten.«
»Wie denn?«, fragte Lonica.
»Der Don hat recht. Der zweite Teil des Plans ließ ... ein bisschen zu wünschen übrig. Oder nicht?«
Gorilla nickte. »Aber wir waren zu berauscht von der Möglichkeit ...«
»... ein neues Leben anzufangen«, schloss Ranacci.
Corda fragte bei Billo nach: »Warum sollte sich denn alles zu unseren Gunsten wenden, sag mal?«
»Weil sie den schmutzigen Teil erledigt haben. Aber jetzt wissen wir, wo das Geld ist. Wir können hingehen und es uns holen. Das wird wahrscheinlich nicht leicht sein.« Billo war ein einziger Adrenalinstoß. »Aber wir können es schaffen, verflucht!« Er blickte in die Runde.
»Ja«, sagte Gorilla. »Wir können sie reinlegen, stimmt!«
»Sie haben uns verarscht, wir verarschen sie«, jubelte Ra-

nacci, der wieder Hoffnung geschöpft hatte, nie mehr von seinem Vater, diesem Schwein, abhängig zu sein.
»Stimmt«, sagte Cecconi. Nicht nur Obst und Gemüse für den Rest seines Lebens.
»Hundert Millionen!«, schrie Billo. »Hundert Millionen, die in Sammarivas Heuschober auf uns warten!«
»Ja!«, rief Ranacci aus.
»Hundert Millionen!«, Lonica.
»Hundert Millionen!«, Corda.
»Hundert Millionen, verdammte Axt!«, Gorilla.
Da hörten sie deutlich ein Klopfen an der Tür. Sie erstarrten.
»Ob jemand uns gehört hat?«, fragte Ranacci.
»Keine Ahnung!«
»Versteck dich, Lonì«, riet Billo. »Du stehst ganz oben auf der schwarzen Liste!«
Doch der rührte sich nicht. Obwohl er ängstlich in Richtung Tür blickte.
Gorilla ging die Tür öffnen, knapp eine Handbreit. »Wer ist da? Ach, ja ... er ist hier. Ich hole ihn.« Mit ernster Miene machte er Lonica ein Zeichen. »Komm, man will dich sprechen.«
Lonica ging mit Todesahnungen an die Tür.
Gorilla trat beiseite, die Tür blieb angelehnt.
»Wer ist es denn?«, flüsterte Ranacci.
Lonica spähte hinaus, sein Herz hämmerte wie verrückt.
Vor der Tür stand, mit nervösen Händen den unteren Rand ihres T-Shirts knetend, Valentina Cummino.
»Ciao«, grüßte sie.
Lonica fühlte sich, als hätte Bordignon ihm noch einen verspäteten Treffer verpasst. »Ciao.«
»Ich wollte ... ich wollte dich zu deinem Sieg beglückwünschen, Giuseppe. Und ...«, sie wandte den Blick ab, konzentrierte sich auf ihre nervösen Hände, »dich um Entschuldigung bitten. Für alles.«
»Kein Problem, Vale.« Lonica schwoll die Brust, er fühlte sich als Mann.

Sie blickte wieder zu ihm auf. »Ich bin stolz auf dich.« Dann beugte sie sich zu ihm vor und küsste ihn auf die Wange. »Wir sehen uns.« Und weg war sie.
Lonica lehnte sich an die Tür. Er hatte kein bisschen Luft mehr in den Lungen.
Als er die Tür wieder schloss, empfingen ihn die Freunde mit einem Grinsen.
Cecconi äffte ihn nach: »Kein Problem, Vale!«
Aber das war Lonica egal. Er war auf Hochtouren.
»Alles an einem Abend«, sagte Billo, »der Ruhm und die Weiber!«
»Und vielleicht auch der Tod, denn Gorelli wartet hier irgendwo auf ihn«, schloss Ranacci zynisch.

Gorilla und Billo gingen als Erste hinaus in das Chaos. Die beiden Herausforderer im Ring schlugen sich abwechselnd, Jab-Jab, wie nach einem Drehbuch. Der Lärm war nervenzerfetzend, Billo steckte sich die Finger in die Ohren, während er zurückkehrte, um den anderen zu sagen, dass die Bahn frei war.
Sie stahlen sich davon, Lonica im Kreis seiner Freunde versteckt. Als sie an Valentina vorbeikamen, hielt sie nach ihm Ausschau, ohne ihn zu entdecken.
Cecconi lächelte ihr zu, während er mit seinem Körper den Freund verdeckte.
»Wer gewinnt?«, fragte Lonica.
»Pssst!«
Draußen, in der von vereinzelten Glühwürmchen durchsetzten Abenddämmerung, machten sie sich sofort auf den Weg ins Zentrum von Roccella. Dieselbe Strecke hatte Lonica damals in Gorellis Auto zurückgelegt.
»Wie viel Geld mag Giuliano verloren haben?«
»Fünf oder sechs Millionen«, entschied Ranacci, als hätte er soeben eine rasche, aber unfehlbare Rechnung aufgestellt.
»Mehr, glaub ich«, sagte Billo.

Fostelli war noch immer verlegen und sprach nicht viel. Cecconi, der Letzte in der Reihe, kontrollierte die heranfahrenden Autos. Jedes Mal, wenn sich eines näherte, stockte ihm der Atem, und immer wieder rief er mit dem letzten Rest Stimme, den er noch finden konnte: »Da ist er!«
Jedes Mal wurden die Schritte der sieben steif und langsam, in Erwartung des Endes. Wenn das Auto sie dann überholte, wurde ihr Gang wieder zügig und uneinheitlich.
Es war eine sehr lange Viertelstunde, die sie brauchten, um in die Ortsmitte zu gelangen.
Sie überquerten die Piazzetta und gingen geradewegs auf die große Kurve zu, die zu Sammarivas Ländereien führte. Kurz darauf erreichten sie schwitzend das Bauernhaus, sie hatten keinen Augenblick angehalten.
Doch jetzt blieben alle sieben schlagartig stehen, als gehorchten sie einem Befehl, den niemand gegeben hatte. Der Umriss des Bauernhofs zeichnete sich scharf im letzten Abendlicht ab. Dort hinten war Nacht, finsterste Nacht.
Billo ließ sich als Erster in den Straßengraben fallen, Gorilla folgte. Cecconi strauchelte und riss Corda mit sich, sie fielen zusammen in die Büsche.
»Auaaa!«
»Mist, verkackter!«
»Ruhe, ihr Spacken!«, zischte Ranacci. Er riss einen Grashalm aus und steckte ihn sich zusammengeknüllt in den Mund. »Und jetzt?«, fragte er Billo kauend.
Billo sah Fostelli an. »Im Heuschober, hast du gesagt?«
»So hab ich es gehört.«
»Und wenn sie das Versteck gewechselt haben?«, fragte Corda, während er sich den Dreck abstreifte.
Lonica taten alle Glieder weh wegen der Schläge, die er kassiert hatte. »Jetzt sind wir nun mal hier«, sagte er. »Einen Versuch ist es wert.«
Sie setzten sich in den Graben. Um sie herum Mückenschwärme, der Geruch nach Erde.
»Was tun?«

Schon konnten sie einander kaum mehr erkennen.
»Da gibt's nicht viel zu überlegen«, sagte Gorilla. »Zwei lenken Sammariva ab. Die anderen gehen in den Heuschober.«
»Und wenn der verschlossen ist?«, fragte Fostelli.
»Sind wir gearscht, Don.« Das war Ranacci.
Billo sagte: »Cecconi und Corda bringen die Hunde zum Bellen und lenken Sammariva ab.«
»Dann schießt der uns beide übern Haufen!«, protestierte der Neapolitaner und sprang auf.
»Mach jetzt nicht den Hosenscheißer. Ich hab dich schon mal in Aktion gesehen«, schmeichelte ihm Billo.
Er hatte die richtige Taste gedrückt, Cecconi setzte sich wieder.
»Für mich ist es okay«, sagte Corda. Er hatte keine Angst. Und wenn er Angst hatte, wurde es ihm nicht bewusst.
»Die beiden gehen zur Tür«, fuhr Billo fort. »Da machen sie ein bisschen Lärm. Sie klopfen an und rennen in die entgegengesetzte Richtung vom Heuschober.«
»Alles klar.«
Da schaltete sich Fostelli ein. »Ich glaube nicht, dass sein Gewehr immer noch mit Gummigeschossen geladen ist ... Sammariva weiß, dass er hundert Millionen im Haus hat.«
Cecconi sah Corda an. Vielleicht erwartete er, dass der andere zuerst aufgab, damit er sich flugs anschließen konnte. Doch Corda sagte: »Wir machen Lärm, klopfen und laufen am Hühnerhof vorbei über das Feld. Es ist doch schon dunkel!«
Die Nacht trieb sie an.
»Erst riskieren Corda und Cecconi was«, meinte Gorilla. »Dann sind wir dran. Besonders, wenn der Heuschober verschlossen ist.«
»Oder wenn das Geld nicht mehr da ist«, ergänzte Lonica. Er spürte, dass ein Bluterguss auf seiner Brust entstand. Manchmal tastete er mit dem Finger danach.
»Alles ist riskant«, sagte Ranacci ernst. Diesen Satz hatte er

mehrmals von Giacomo Rovelli, dem alten Gewerkschaftler, gehört.
»Okay«, sagte Corda und blickte Cecconi an. »Gehen wir?«
»Gehen wir.«
»Ihr müsst schnell sein«, riet Fostelli.
»Schnell und laut«, sagte Ranacci.
»Aber ihr müsst gebückt zum Haus gehen«, sagte Billo, »sonst fangen die Hunde sofort an zu bellen.«
Cecconi dachte an die Villa in Vincipasso. Daran, wie er Ayroldi an diesem Morgen behandelt hatte. An das Machtgefühl, das ihn beherrscht hatte. »Los!«
Sie huschten leise aus dem Graben und krochen auf allen vieren über das Saatfeld.
Vom Graben aus versuchten die anderen fünf, die beiden Schatten durch die schwarze Finsternis zu verfolgen.
»Runter!«, flüsterte Billo ihnen zu. Aber sie konnten ihn nicht hören.
»Das fängt schlecht an«, sagte Gorilla, »lass uns einschreiten.«
Der Don keuchte, er war entsetzlich aufgeregt. »Alles meine Schuld.«
»Hör auf!«, zischte Billo. »Wenn du nicht gewesen wärst, säßen wir jetzt im Gefängnis.«
»Ich weiß nicht.«
»Glaub mir.«
Cecconi und Corda hatten unterdessen den Hof erreicht. Als der Neapolitaner mit der flachen Hand heftig gegen die Tür hämmerte, begannen die Hunde zu bellen.

Sammariva saß mit seinem Abendessen am Tisch, das Gewehr auf dem Schoß.
Vor einer Viertelstunde hatte er den letzten Kontrollgang gemacht, und wenn er mit der Suppe fertig war, würde er noch einmal um das Bauernhaus herumgehen, mit besonderem Augenmerk auf den Heuschober. In den regionalen Fernsehnachrichten hatten sie die Summe bestätigt, die

Giuliano Gorelli ihm ins Ohr geflüstert hatte. »Fünf davon sind für dich«, hatte er ihm gesagt.
Es war nicht das erste Mal, dass Gorelli ihn bat, etwas in seinem Heuschober zu verstecken. Anfangs hatte es sich um geklaute Mofas und Autos gehandelt. Dann immer häufiger Drogen und Waffen. Geld nie.
»Das Geld ist heiß«, hatte Gorelli ihn gewarnt. Vier große schwarze Taschen voller Scheine. »Wenn die Bullen kommen, kannst du immer noch sagen, dass du nichts davon wusstest.« Wie die anderen Male.
Er hatte ihnen geholfen, die Taschen zu verstecken. Dann hatte Gorelli ihm eine Schachtel gegeben.
»Diesmal lädst du dein Gewehr mit echten Kugeln.«
Fünf Millionen waren jedes Risiko wert, hatte Sammariva gedacht. Davon konnte er eine Zeitlang sorglos leben. Ohne auf Wunder und Gottes Segen für die Ernte zu warten.
Er streckte die Hand nach dem kleinen Schwarzweiß-Fernseher auf dem Tisch aus, um ihn leiser zu stellen. Besser, er blieb wachsam.
Doch er führte seinen Vorsatz nicht aus.
Zwei Dinge geschahen gleichzeitig: Dick und Lila fingen plötzlich an zu bellen, und man schien mit Kanonen auf seine Haustür zu schießen.
Er erhob sich ungelenk, denn er hatte weiche Beine wegen des Schrecks, und beim Aufstehen fegte er den Teller vom Tisch. »Wer ist da?«, schrie er. »Was wollt ihr?« Er stellte sich an die Wand neben der Tür. So etwas war ihm noch nie passiert, er zitterte und schwitzte. Fast glitt ihm das Gewehr aus den Händen.
Wieder ein Schlag gegen die Tür, weniger heftig.
Lila und Dick waren näher gekommen, ihr Bellen klang böse. Aber es waren kleine Hunde.
Sammariva rief wieder: »Wer ist da?«
Er hörte Schritte, die sich entfernten, sie mussten zu mehreren sein. Dann das Jaulen eines der Hunde, als hätten sie ihn getreten.

»Dick!«, brüllte der Bauer. Mit erhobenem Gewehr riss er die Tür zum dunklen Hof auf.
Die Schritte entfernten sich nach rechts. Er zielte. »He!«, schrie er abermals.
Er sah Dick neben dem Hühnerhof. Der Hund bellte unaufhörlich.
»Komm, mein Guter ...«, sagte Sammariva. »Komm her.«
Das Tier kam mit eingekniffenem Schwanz auf ihn zu.
Im Dunkel hinter dem Hühnerhof war Lila den Unbekannten bellend auf den Fersen.
»Wer ist da?«
Aus der Ferne ein Ruf: »Arschloch!«
Sammariva machte sich an die Verfolgung.

Unmittelbar nachdem Cecconi zum zweiten Mal gegen die Tür gedonnert hatte, schossen die anderen fünf der Bande, Billo und Gorilla voran, aus dem Graben und krochen etwa zehn Meter weit über das Feld.
»Halt!«, befahl Billo.
Alle blickten hoch, keuchten, dass es sie schüttelte. Sie sahen Cecconi und Corda davonlaufen, gefolgt von den hysterischen Hündchen. Corda verpasste einem von ihnen einen Tritt.
Dann wurde die Tür aufgerissen.
Erst erschien das Gewehr, dann Sammariva.
»Scheiße«, fluchte Ranacci.
»Sobald er weg ist«, sagte Gorilla, »rennen wir hinters Haus und dann zum Heuschober.«
Fostelli betete zu allen Heiligen, die ihm einfielen. Lonica war zu Tode erschöpft, aber er sagte nichts.
Sammariva, noch immer mit gezücktem Gewehr, rief den Hund zu sich. Dann lief er hinter den beiden her.
»Jetzt!«
Sie richteten sich auf und rannten los, fast ohne zu atmen.
»Da hin!«
Hinter dem Haus war es noch dunkler. Und kälter schien es

auch. Aber das waren nur ihre vor Angst schlotternden Körper.

Vor dem hölzernen Tor des Heuschobers blieben sie stehen. Billo sah Gorilla an.

»Wenn das verschlossen ist, dann …«

Aber Ranacci ließ ihm keine Zeit, den Satz zu beenden. Er warf sich mit der ganzen Kraft seiner Verzweiflung dagegen.

Das Tor flog sperrangelweit auf.

»Es ist offen!«

Einen Moment lang versuchten sie, ihre Augen an die noch tiefere Finsternis im Heuschober zu gewöhnen, dann traten sie ein.

»Man sieht nicht die Bohne!«

»Was sollen wir machen?«

Der Boden unter ihren Füßen war ein langes hölzernes Brett, das schwankte und knarrte.

Fostelli ging als Erster weiter, immer an der Wand entlang. Draußen bellte noch immer der Hund.

Der Don stieß mit der Schulter gegen etwas. »Oh!«

»Was ist los?«

»Da ragt was aus der Wand … ich weiß nicht.« Sehr ruhig, aber entschlossen, tastete Fostelli die Wand nach der Stelle ab, gegen die er gestoßen war. Seine Hände trafen auf einen Plastikwürfel oder etwas Ähnliches. In dem Würfel ein Schalter. Er drückte ihn.

Im Heuschober wurde es taghell.

Cecconi und Corda liefen im Zickzack, damit Sammariva keine Orientierungspunkte hatte.

»Gib acht auf den Graben!«, sagte Corda.

Sie sprangen vom Feld auf die Asphaltstraße. Drehten sich um.

Nicht weit entfernt sah man eine Gestalt in der Nacht. Bevor sie weiterliefen, hörten sie einen Schuss.

»Der knallt uns ab!«

»Lauf! Lauf!«
Wieder ein Gewehrschuss. Cecconi blieb stehen, vor Schreck gelähmt.
Corda versuchte, ihn mit Gewalt wegzuziehen. »Er kommt!«, rief er.
Sammariva, der sich ihnen genähert hatte, kniete nieder, um sie ins Visier zu nehmen. Einer der beiden Flüchtigen war stehengeblieben. Er wollte gerade noch einmal schießen, da sah er, dass es nur ein Junge war. Und der andere auch.
Er blieb in der Hocke, den Finger am Abzug, und überlegte, was er tun sollte. Und wenn er sie umbrachte? Mord und Beihilfe zu schwerem Raub. Wie viele Jahre Gefängnis mochte das geben?
Cecconi, der nichts mehr hörte, ließ sich von Corda führen. Der Freund nahm ihn bei der Hand. »Komm weg! Er zielt auf uns!«
Doch der Neapolitaner sah nur die Bewegung seiner Lippen, er hörte keinen einzigen Laut. Plötzlich wurde er von zwei Scheinwerfern geblendet, die das Dunkel durchschnitten und sich auf der Straße in ihre Richtung bewegten.
Ein Auto! Sie konnten um Hilfe bitten!
Cecconi warf sich mitten auf die Fahrbahn.
Dahinter kam gleich noch ein Auto.
Wenn Sammariva nicht mehr schoss, waren sie gerettet.
Das erste Auto bremste und blieb stehen.
Auch das zweite.
»Hilfe! Hilfe!«, schrie Corda.
»Man schießt auf uns!«
Alle Wagentüren öffneten sich gleichzeitig.
Da wurde Corda bewusst, dass er diese Szene schon einmal erlebt hatte.
Er sah die erste Pistole, genau wie damals beim Bankraub. Unerbittlich richtete sie sich auf die Jungen.
»Oh Gott!«
Der Mann, der grinsend auf sie zielte, war Giuliano Gorelli.

Sie begannen, unter den Heuballen zu suchen. Fostelli stand an der Tür, warf abwechselnd einen Blick nach draußen und einen auf die Freunde.
»Na?«
»Nichts! Da ist nichts!« Billo und Lonica durchkämmten jeden Winkel. Der Raum maß mindestens hundert Quadratmeter, und er war so hoch wie das ganze Bauernhaus. Die hölzernen Pfeiler ragten vom Boden bis zum Dach und warfen diagonale Schatten, wo sie den kalten Lichtschein eines guten Dutzends hier und dort verteilter Glühbirnen kreuzten.
Ranacci und Gorilla schlugen mit den Handflächen gegen die Holzwände, auf der Suche nach irgendwelchen verborgenen Nischen.
»Ein Scheiß ist hier! Sie haben die Kohle schon weggebracht!«
»Gott im Himmel ...«, sagte Fostelli.
Draußen hatten die Hunde zu bellen aufgehört.
Niedergeschlagen trafen die vier Jungen, nachdem sie alles durchstöbert hatten, in der Mitte des Heuschobers zusammen.
»Wir sind erledigt! Erledigt!«, sagte Gorilla.
Langes, nachdenkliches Zögern.
Nachtfalter flatterten im hypnotisierenden Licht der Glühlampen.
Der Geruch nach Heu stach sie in die Nase.
»Wir müssen gehen«, sagte Billo düster.
»Ja, das ist besser«, stimmte Fostelli an der Tür zu. Seine gewohnte sonore Stimme hatte er verloren, er klang nur noch wie ein ängstlicher Zwölfjähriger.
Ranacci schien es schlechter aufzunehmen als die anderen. Die Hände in den Taschen vergraben, wanderte er auf und ab, verschloss sich in seinem Kummer. Er wollte nicht einfach so gehen. Gorilla und Lonica standen schon bei Fostelli an der Tür, Billo hatte die Hand auf dem Schalter.
»Licht aus, Tür zu und Amen«, sagte er.

Er hatte den Satz noch nicht zu Ende gesprochen, als sie einen dumpfen Aufprall hörten, gefolgt von Ranaccis Flüchen.
Der Junge saß auf dem Boden und massierte sein Knie.
»Ich bin gestolpert!«
Billo kam näher, aber er schien Ranacci nicht gehört zu haben. Er starrte auf eine kleine Erhebung in der Schicht Haferkörner, die den ganzen Boden des Schobers bedeckte. Auch Ranacci bemerkte sie und kam auf allen vieren angekrochen. Er klopfte mit den Fingerknöcheln auf den Boden, der nicht knarrte, sondern dumpf widerhallte.
Billo und die anderen, die sich über ihn beugten, hielten den Atem an.
Billo wischte den Boden an der Stelle sauber. Er stieß auf einen Griff.
Packte ihn und zog daran.
Ohne zu knirschen, öffnete sich die Klappe über einer Bodenluke, nicht größer als ein Sarg.
In der Luke vier große Taschen.
»Heilige Scheiße ...«
Billo fackelte nicht lange, mit einiger Mühe zog er eine der Taschen aus dem Loch. Gorilla öffnete den Reißverschluss. Bündel mit Banknoten zu fünfzigtausend Lire fielen heraus, wie Wasser aus einem frisch gebohrten Loch im Erdreich strömt.
Billo sah Gorilla an, der Ranacci ansah.
»Und? Was ist drin?«, fragte Fostelli, der an der Tür geblieben war.
Ranacci griff energisch nach der nächsten Tasche. Lonica öffnete sie.
Noch mehr Bündel mit Scheinen.
Dutzend und Aberdutzend, wild durcheinandergeworfen wie Puzzlesteinchen. Sie rochen nach Sünde und Hoffnung.
»Was ist da drin?«, wiederholte der Don, ungeduldig mit den Füßen scharrend, obwohl er schon begriffen hatte.

Gorillas Augen funkelten. »Das Geld«, sagte er mit hauchdünner Stimme.
Fostelli gab sich einen Ruck. Er ging zu den anderen, sah die Notenbündel, und ihn überkam ein Triumphgefühl wie auf den letzten Metern des Marathons. »Geschafft ...«
Billo sprach mit heiserer Stimme, ohne die Augen von dem Geld abzuwenden. »Jetzt aber schnell raus hier. Nehmt die Taschen und weg, los!«
Gorilla legte die Bündel wieder an ihren Platz, zog den Reißverschluss zu. Er hievte sich die Tasche auf den Rücken. »Ist nicht mal schwer«, sagte er. Fast kamen ihm die Tränen.
Lonica tat es ihm nach, vor Begeisterung glühend. Die blauen Flecken taten nicht mehr weh. »Los, Leute!«
Ranacci half Fostelli mit der Tasche. Der Don marschierte als Erster in Richtung Ausgang. Billo und Gorilla lächelten. Ranacci schleifte die Tasche ein paar Meter über den Boden, dann lud er sie sich auf den Rücken. Er warf einen letzten Blick zurück in den Schober und war darum ausgerechnet in dem Augenblick abgelenkt, als Cecconi und Corda gewaltsam gegen Fostelli geschubst wurden.
Alle drei fielen zu Boden.
Mit angelegtem Gewehr hielt Sammariva seinen Einzug im Heuschober.
Hinter ihm, eine Zigarette schief zwischen den Lippen, Mizzini. Dann Scaglione, die Daumen in die Schlaufen seiner Jeans gesteckt. Jovine bedachte die Jungen mit einem boshaften Grinsen, während Spataro seinen Blick über die ganze Szene schweifen ließ, bis er bei den Geldtaschen ankam. Nur Muschio fehlte.
Der Letzte, der den Heuschober betrat, war Giuliano Gorelli. »Guck mal an, die Vollversammlung sämtlicher kleiner Arschlöcher.« Seine Stimme war eine scharfe Klinge. »Vielen Dank für den Besuch. Mit eurer Hilfe haben wir Zeit gespart ... Wir wollten euch sowieso hierherbringen, um die Rechnungen zu begleichen. Ihr habt doch nicht im Ernst

geglaubt, dass ihr mit unserem kleinen gemeinsamen Geheimnis weiter durch die Gegend laufen könnt!« Sein Blick fiel auf Lonica. »Ah, da ist ja auch unser Ali der Armen.«
Die Tasche fiel zu Boden.
»Zu dir werde ich noch gemeiner sein als zu den anderen. Das weißt du doch, oder?«
Fostelli stand langsam auf. Cecconi blieb liegen, an Corda geklammert, die Züge zu einer Maske des Entsetzens verzerrt.
Gorilla warf dem Bruder seine Tasche vor die Füße. »Der Bankraub war unsere Sache! Billo und ich haben uns das ausgedacht. Du hast uns reingelegt, und wir haben versucht, dich reinzulegen. Jetzt behaltet ihr das Geld ... und dafür lasst ihr uns in Frieden.«
Gorelli lachte hässlich. »Dich hänge ich an den Füßen auf. In brüderlicher Liebe tue ich das. Ehrlich.«
Scaglione und Mizzini nahmen die Taschen mit dem Geld an sich und stellten sie neben die Tür.
»Sie sollen sich auf den Boden setzen«, befahl der Anführer, auf die Jungen zeigend.
Billo versuchte, sich zu entwinden, er trat mit den Füßen, fluchte, schließlich gab er auf. Spataro brauchte ihn nur an den Schultern festzuhalten und ihn zwingen, sich gegen den Mittelpfeiler zu setzen.
Mit einer verächtlichen Grimasse schüttelte Ranacci Jovines Hände ab. »Ich setze mich selbst«, knurrte er und ließ sich neben Billo sinken. Corda wurde mit einem Fußtritt neben die beiden befördert.
Im Licht der Glühbirnen verlor Gorellis Gesicht jeden Ausdruck. Er ging zu Lonica und gab ihm eine Ohrfeige. »Ein elendes Stück Scheiße bist du. Versuch niemals, Giuliano Gorelli zu verarschen, ich hatte es dir gesagt!« Und er schlug ihn auf die andere Wange.
Lonica schrie.
Gorilla befreite sich aus Sammarivas Griff und stürzte sich auf den Bruder. »Lass ihn in Ruhe!«

Doch der sah ihn ankommen. Er holte zu einem Boxhieb aus, der Gorilla an der Schläfe traf.
Der Junge brach neben dem Pfeiler zusammen, ohne einen Laut von sich zu geben. Er zappelte nervös mit den Beinen wie bei einem nächtlichen Muskelzucken, dann verlor er das Bewusstsein.
»Heut Nacht werd ich sterben, wir alle werden sterben«, flüsterte Cecconi verzweifelt, der auf die Ellenbogen gestützt zu den anderen gekrochen war.
Jovine beugte sich über den Bruder seines Bosses. Er legte eine Hand auf seinen Hals. »Der lebt noch«, bemerkte er mit einer Spur Erleichterung in der Stimme.
»Dann muss ich ihn eben ohnmächtig aufhängen«, erklärte Gorelli.
Nur Fostelli stand noch auf den Beinen, gelähmt vor Schreck.
Spataro schubste ihn zu den anderen.
»Den behandelst du mit Respekt«, sagte Gorelli sarkastisch. »Vergiss nicht, dass er ein Mann der Kirche ist. Außerdem war sein doppeltes Spielchen gar nicht mal schlecht. Nicht wahr, Fostelli? Deine Leute verarschen, um mich zu verarschen.«
»Stimmt, du dürftest dich eigentlich nur an mir rächen«, erwiderte Fostelli, während er sich setzte, doch er fand nicht den Mut, ihm in die Augen zu blicken.
»Oh nein ... ins Jenseits schicke ich dich zusammen mit deinen Genossen. Dann könnt ihr euch auch da Gesellschaft leisten. Ich bin doch wirklich großzügig, nicht wahr?« Dann blickte er zu dem Bauern. »Du, wirf das Gewehr weg und such was, um sie zu fesseln!«
Sammariva lehnte die Waffe an eine Wand. Er schien sich in dieser hässlichen Situation nicht besonders wohl zu fühlen.
»Ich brauche auch das Benzin, das wir dir gebracht haben.«
»Das Benzin?« Sammariva erbleichte. »Was willst du damit machen?«

»Du bist doch versichert, oder?«
»Willst du Feuer an meinen Hof legen?«
»Jaaaa!«, schrie Gorelli. Sogar seine Handlanger erschraken. »Und wenn du dich nicht beeilst, häng ich dich auch auf!«
Sammariva ging rasch hinaus. Billo drückte Lonicas Hand.
»Jovine, Spataro«, rief der Boss. »Geht die Autos holen, die draußen parken. Die Party beginnt.« Er lächelte mit irren Augen.

Der Bauer holte zwei Benzinkanister aus dem Keller, der Lohn für eine seiner üblichen schmutzigen Gefälligkeiten. Er überlegte, was er von seiner Habe in Sicherheit bringen wollte. Nichts. Nicht mal die alten Fotos seiner Eltern, die von Tag zu Tag mehr vergilbten.
Mit einem langen Seil, das er sich um die Schulter geschlungen hatte, kehrte er in den Heuschober zurück.
Außer Gorilla, der noch immer bewusstlos mit dem Gesicht voran auf dem Boden lag, hatten die Jungen sich so dicht wie möglich nebeneinander setzen müssen.
Aus Gorillas Kopf quoll ein schwarzes Blutrinnsal, das vor Ranaccis Füßen eine kleine Pfütze bildete. Der versuchte nicht, ihm auszuweichen, im Gegenteil, er schien von dem dunklen Fleck, der sich dicht neben den Schnürsenkeln seiner Schuhe ausbreitete, auf unheimliche Weise verzaubert.
Cecconi zitterte, Lonica auch. Corda warf Fostelli verzweifelte Blicke zu, als erwarte er von ihm einen Rat, wie sie hier lebend wieder rauskommen konnten, oder dass er mit seiner Erwachsenenstimme zu reden begann, einen Dialog mit Gorelli anfing, um ihn zur Vernunft zu bringen.
Doch der Don wiederholte nur: »Räch dich an mir«, ohne dass Gorelli auch nur zeigte, ob er ihn gehört hatte.
Wenn Billo sich bewegte, war das nur das Zittern der anderen, das sich auf ihn übertrug. Er selbst hatte keine Angst, er verspürte nur eine grausame Kälte, die ihn mit jeder Minute mehr schwächte.

Gorelli zog sich hinter dem Rücken eine Pistole aus dem Gürtel und richtete sie auf die Jungen. »Wer sich bewegt, wird erschossen! Los, bindet sie fest ...«, befahl er seinen Komplizen.
Mizzini nahm ein Ende des Seils und warf Scaglione das andere Ende zu. Den Mittelpfeiler umkreisend, führte er das Seil um Oberkörper und Arme der sechs Jungen herum. Mizzini ging in die entgegengesetzte Richtung, dabei musste er über den wehrlosen Gorilla steigen. Das Seil war mehrere Meter lang, sie trafen bei ihren Umdrehungen mehrmals aufeinander.
Mit dem letzten Stück verknotete Scaglione das Seil am Pfeiler.
Cecconi fing an zu weinen. »Was wollt ihr mit uns machen?«
Ranacci drehte den Kopf. Neben sich hatte er einen fast ausdruckslosen Billo. Zwischen beiden steckte auf Nasenhöhe, glänzend und leicht geneigt, ein mindestens fünf Zentimeter langer Nagel im Pfeiler. Ranacci studierte ihn ausgiebig.
Gorelli steckte die Pistole zurück in seinen Gürtel, nahm einen Benzinkanister und kniete vor den Jungen. Seine Pupillen waren geweitet, aus seinen Mundwinkeln trat weißer Schaum. Er sprach, aber zu keinem von ihnen: »Wisst ihr noch, der Jahrmarkt beim Patronatsfest, wenn die Schausteller kommen? Dann wird getanzt und gesungen und gespielt. Alle glücklich und zufrieden. Luftdruckgewehre, Plastikpferdchen, die im Kreis trotten, Kettenkarussells. Wisst ihr noch? Der Geruch der Zuckerwatte ...« Er hob die Stimme und wandte den Kopf leicht in Richtung seiner Männer. »Erinnerst du dich, Scagliò?«
»An den Geruch von Zuckerwatte?«
»Ts ... doch nicht nur daran. Diese fröhliche Stimmung, als müsste das Fest ewig dauern? Und du, Mizzini?«
»Ich erinnere mich, ja.«
Die beiden Gauner blickten einander unsicher an.

Gorelli starrte wieder auf die Jungen, die jetzt zu einem einzigen, an den Pfeiler gefesselten, zitternden Körper zusammengewachsen schienen. Zu seinen Füßen der reglose Umriss seines Bruders.
Er schlug Fostelli leicht auf den Kopf. »Erinnert ihr euch an diese fröhliche Stimmung?«
»J-ja.«
Lonica, der tonlos weinte und dem der Schleim über die geschwollenen Lippen rann, bekam eine leichte Ohrfeige von Gorelli. »Und du? Erinnerst du dich?«
Lonica nickte, dann auch Billo.
»Also mögt ihr den Jahrmarkt?«
»Ja, ich mag ihn sehr gern«, wimmerte Cecconi.
Gorellis Stimme klang traurig: »Auch ich mochte ihn so gern.« Er blickte auf einen undefinierbaren Punkt zwischen den Schatten. »Das waren die schönsten Tage für mich, als ich klein war. Die Tage, wenn Jahrmarkt war. Nur dass sie dann aufhörten.« Sein Tonfall wurde wieder härter. »Der schlimmste Moment, das war, wenn du abends schlafen gingst und am Morgen auf die Piazza zurückkamst, und der Jahrmarkt war nicht mehr da ... Einfach weg! Puff! Verschwunden!« Er schnäuzte sich in die Hand. »Alles wurde wieder beschissen, bis zum nächsten Jahr. Und jedes Jahr war ich älter. Jedes Jahr hat es mich weniger gekratzt. Denn ich wurde erwachsen. Aber wisst ihr was? Ich erinnere mich noch immer ganz genau an den Morgen, als alles aufhörte. Am Abend davor lächelte der Karussellbesitzer, fett und zufrieden hat er mit seinen Goldzähnen gelächelt. Dann lud er alles auf seinen Laster und verschwand.« Er stand auf, drehte den Verschluss des Benzinkanisters ab und begann, das Benzin um sie herum auszuschütten. »Tja, genau in dem Moment, als ihr beschlossen habt, für oder gegen mich zu sein, ist für euch sieben, für alle sieben, der Jahrmarkt zu Ende gegangen. Ich hab die Karussells für euch abgebaut. Ich bin der lächelnde Fettwanst mit den Goldzähnen, der die Buden und die Puppen auf seinen Wagen geladen und

alles mitgenommen hat.« Er warf den leeren Kanister weit weg. »Das Patronatsfest ist vorbei. Und es kommt nie wieder.« Sein Lachen hallte durch den Heuschober.
Dann stand er reglos da, außerhalb des Benzinkreises, den er geschaffen hatte. Er zog ein Feuerzeug aus der Tasche. Alles um ihn herum konzentrierte sich auf das Flämmchen. Gorelli warf sich das brennende Feuerzeug von einer Hand in die andere. Lonica schloss die Augen.
»Halt!«, schrie eine Stimme von draußen. »Wirf das Feuerzeug in diese Richtung!«
Gorelli drehte sich um sich selbst, die Augen vor Staunen weit aufgerissen.
Er sah den Oberleutnant Da Risio, der mit einer Pistole auf ihn zielte. Bei ihm ein gutes Dutzend Carabinieri, jeder hatte eine Pistole auf seine Komplizen angelegt.
»Wir haben jeden von euch im Visier. Wirf das verdammte Feuerzeug weg, Gorelli! Und die anderen heben gut sichtbar die Arme!«
Da Risio kam näher, allein betrat er den Heuschober.
»Wirf es da hin! Ihr seid verhaftet wegen des Bankraubs. Und du, Gorelli, auch wegen des Doppelmordes Sanzani!«
Mizzini hob die Arme.
Scaglione, der ein wenig abseits im Schatten stand, versetzte Sammariva einen Stoß und lenkte damit den Carabiniere ab, der auf ihn zielte. Der Bauer verlor das Gleichgewicht. Scaglione riss ihn hoch, benutzte Sammarivas Körper als Schutzschild und zog eine Pistole aus seinen Militärhosen. Er hob sie hoch und drückte auf den Abzug, um Da Risio zu erschießen.
Fast.
Denn in der unmittelbar vorausgehenden Nanosekunde gab eine Waffe, die nicht seine war, rasch hintereinander drei Schüsse ab.
Scaglione fühlte sich, als hätte man ihm mit drei Axthieben die Brust gespalten, verdrehte erst die Augen, dann die Beine und fiel schließlich tot zu Boden.

Er hatte nicht mehr rechtzeitig sehen können, wer geschossen hatte.
Er hatte nicht mehr erkennen können, dass es der Mexikaner war.

Niemals bekam der Mexikaner Besuch. Niemand schrieb ihm. Er war zu zwölf Jahren Gefängnis verurteilt. Ein vorbildlicher Strafgefangener, und trotzdem verlegte man ihn fortwährend von einem Gefängnis ins andere, schob ihn unaufhörlich von einer Ecke Italiens in die nächste.
Denn seine bloße Anwesenheit genügte, um alle in Hochspannung zu versetzen.
Die anderen Häftlinge.
Die Gefängniswärter.
Die Gefängnisdirektoren.
Keiner ertrug ihn. In Mailand bat sein Zellengenosse, man möge ihn lieber in Einzelhaft sperren, statt ihn weiter mit dem Mexikaner in einer Zelle zu lassen. In einer normalerweise ruhigen Anstalt in Pescara wäre fast eine Revolte ausgebrochen. »Entweder ihr verlegt ihn«, drohten die Häftlinge, »oder wir setzen das Gefängnis in Brand.« Ihr Wunsch wurde erfüllt.
Der Gefängnispsychologe in Teramo, ein Mann, für den seine Arbeit eher Mission war als Beruf, gab schon nach zwei Treffen mit dem Mexikaner seine Anstellung beim Staat auf und öffnete eine private Praxis in der Stadt.
Diese Situation änderte sich erst dank einer Eingebung des Gefängnisdirektors von Sollicciano bei Florenz. »Wenn er schon überall Unruhe stiftet und Angst einflößt, dann sollte er das wenigstens für eine gute Sache tun«, sagte er bei einer Versammlung der Carabinieri und Mitglieder der Geheimdienste. »Er ist jung, er ist gefürchtet. Sein Ruf eilt ihm voraus, wo auch immer er hinkommt. Warum sollten wir diese Eigenschaften nicht für uns nutzen? Warum setzen wir ihn nicht als Verbindungsmann ein? Keiner würde je vermuten, dass so einer ein doppeltes Spiel spielt.«
Noch am selben Tag wurde er zum Gespräch gerufen. Der Direktor ließ ihn in seinem Büro Platz nehmen. »Bitte, Ardenti, setzen Sie sich.«

Bei ihm waren ein Oberst der Carabinieri und ein unauffälliger Mensch des Geheimdienstes.
Der Mexikaner setzte sich und verbrachte die folgende halbe Stunde mit Neinsagen. Nur ein einziges Mal sagte er Ja, als der Geheimdienstmensch ihm eine Zigarette anbot.
»Auf die Seite des Gesetzes überwechseln, nachdem man es gebrochen hat …«, in diesem Tenor versuchte der Oberst es mehrere Minuten lang. »Sich freikaufen, Ardenti. Denken Sie drüber nach.«
»Nein.«
»Praktisch sofortiger Straferlass …«
»Nein.«
»Wieder auf freien Fuß kommen, für immer …«
»Nein.«
»Von innen heraus ganze Organisationen zerschlagen, die …«
»Nein.«
»Dem Land bei der Verbrechensbekämpfung helfen, zum Held werden …«
»Nein.«
Nichts zu machen. Nicht dieses Mal und auch bei den folgenden nicht. Aus dem Mund des Mexikaners kamen nur Neins und Zigarettenrauch. Er ließ sich noch nicht einmal dazu herab, seinen Gesprächspartnern ins Gesicht zu sehen.
Ein paar Monate später, der Gefängnisdirektor war kurz davor, aufzugeben und die zigste Anordnung zur Verlegung des Strafgefangenen zu unterschreiben, da erschien ein Oberleutnant in seinem Büro. Es war Da Risio mit seiner jugendlichen Ausstrahlung, im blassen Gesicht eine lange, traurige Nase. Er bat darum, mit dem Mexikaner sprechen zu dürfen.
»Warum sollte er auf Sie hören?«
»Ich komme aus Roccella. Dort bin ich geboren, dort arbeite ich. Ich weiß alles über den Mexikaner, ich habe mitangesehen, wie er wurde, was er ist. Ich habe ihn noch in kurzen Hosen gekannt.«
»Nun gut. Ein Versuch kann nicht schaden.«
Da Risio saß allein im Besuchszimmer, als der Mexikaner hereingeführt wurde.
Der blickte sich in dem Raum für Besuche um, in den ihn nie je-

mand hatte holen lassen. Dann richtete er seine hypnotischen Augen auf Da Risio.
Wenn er ihn als stellvertretenden Kommandanten der Kaserne von Roccella erkannte, dann ließ er sich das nicht anmerken.
Eine Glasscheibe trennte sie. Der Mexikaner setzte sich auf den Stuhl, seine Miene war alles andere als neugierig.
Da Risio verlor keine Zeit mit langen Vorreden. »Weißt du, wer ich bin?«
Der andere nickte.
»Ich habe dich aufwachsen sehen.«
»Mir kommen gleich die Tränen, Tenente.« Er sagte es ganz ohne Ironie. Nur ein Satz, hingeworfen, um eine weit undurchdringlichere Barriere zwischen ihnen zu errichten als die Glasscheibe.
»Du bist ein harter Typ, was?« Da Risio fuhr sich mit der Hand über das verschwitzte Gesicht. »Du bist ein harter Brocken, und ich bin müde. Müde von der Reise, Mexikaner. Und müde wegen Giuliano Gorelli.«
In den Augen des Mexikaners blitzte etwas auf.
Er hatte ihn weder Sebastiano noch Ardenti genannt. Er hatte ihn Mexikaner genannt. Und er hatte Gorelli erwähnt.
Da Risio sprach weiter. »Es ist mir wirklich völlig egal, ob du ein Verbindungsmann der Polizeikräfte wirst und diesem chaotischen Land hilfst. Was mir nicht egal ist, ist mein kleines Städtchen. Unser kleines Städtchen. Roccella liegt mir am Herzen. Denn noch leben da meine Kinder. Darum sieh nicht auf die Uniform, sieh auf den Menschen. Sieh nicht auf den Dienstgrad, sondern auf den Vater.«
Der Mexikaner blieb stumm. Doch er stützte einen Ellenbogen auf die Tischplatte vor sich.
»Ich möchte, dass meine Kinder in Roccella leben. Ich möchte, dass sie dort aufwachsen. Aber ich mache mir Sorgen. Ich mache mir Sorgen, wenn ich daran denke, dass sie und Giuliano Gorelli auf demselben Zipfel Erde leben. Darum bitte ich dich, mir zu helfen. Ich bitte dich, mir dabei zu helfen, Roccella von Gorelli und seiner Meute zu befreien.«
Da Risio tupfte sich den Schweiß mit einem Taschentuch ab.

Der Mexikaner stützte auch den anderen Ellenbogen auf. »Was folgt für mich daraus, Tenente, wenn ich Ihnen helfe?«
»Nichts.« Die Kinnladen des Oberleutnants waren angespannt. »Du bleibst das Böse und ich das Gute. Du endest als Kollaborateur in irgendeinem lausigen verlorenen Winkel Italiens, während diejenigen, wegen denen du dein Leben riskierst, auf der ersten Seite der Zeitungen landen. Ich werde vielleicht befördert. Vielleicht auch nicht. Scheiß drauf, oder Mexikaner?!«
Die grünen Augen waren zwei schmale Schlitze. Er lächelte leicht, aber der Mexikaner lächelte.
»Oder du bleibst im Gefängnis, ich bleibe der, der ich bin, und Gorelli verpestet weiter den Ort, an dem meine Familie und die Familien meiner Männer leben. Ganz zu schweigen davon, dass du weiter in diesem Rattenloch sitzt wegen eines Verbrechens, das du nicht mal begangen hast.«
Diesen letzten Satz warf er hin wie ein Trinkgeld, aber das Trinkgeld war größer als die Rechnung.
»Das Ermittlungsverfahren gegen dich war ein einziger Bluff«, fuhr er fort. »Alle wussten, dass du nicht der Auftraggeber warst. Aber du warst der größte Fisch im Teich, also fing man bei dir an. Das merkwürdige Verschwinden von Commendatore Iezzi hat den Richter bewogen, nicht weiter zu ermitteln. Denn nachdem man dich festgenagelt hatte, wäre es nicht schwer gewesen, mit Hilfe des Commendatore auf den kleineren Fisch zu kommen, der dich ersetzt hat: Gorelli. Doch Gorelli hat keine Zeit verloren. Er hat Iezzi für immer zum Schweigen gebracht. Wir sind sicher, dass er ihn verschwinden ließ. Manchmal versuche ich mir vorzustellen, in welchem Winkel der Erde sie seine sterblichen Überreste vergraben haben. Doch dann lasse ich es sein. Ich muss an die Lebenden denken.«
Der Mexikaner drückte mit einer Hand gegen die Scheibe, als wollte er sie zerbrechen. »Also wusstet ihr, dass ich mit dem Tod der Sanzanis nichts zu tun hatte.«
»Oh«, rief Da Risio aus, »wir wissen viel mehr als das. Der Kellner des Tennisclubs hat uns von deinem Gespräch mit Iezzi erzählt. Kellner haben spitze Ohren und einen leisen Gang. Außerdem wis-

sen wir, wer die Bremsen am Auto der Sanzanis manipuliert hat, im Auftrag von Gorelli.«
»Wer?«
»Er ist nach Deutschland ausgewandert. Ein Automechaniker, Michele Billo. Kennst du ihn?«
Der Mexikaner nickte. Seine Hand rutschte quietschend über die Trennscheibe.
»Wirst du mir helfen?«
»Ja.«
Da Risio beugte sich vor. »Auch wenn du erst trainiert werden musst? Auch wenn einige Jahre vergehen müssen, bevor du deine Rache nehmen kannst? Auch wenn du bis ans Ende deiner Tage ein Verbindungsmann zwischen Tod und Leben sein wirst?«
»Ja.« Der Mexikaner ballte die Fäuste. Es war Zeit, den Kampf wieder aufzunehmen, auch wenn er allein war wie damals in jenem Kornfeld.
»Dann lasse ich das Verfahren von den Geheimdiensten einleiten ...«

Drei Jahre nach diesem Gespräch rettete der Mexikaner dem Oberleutnant Da Risio in Sammarivas Heuschober das Leben.

Der leblose Körper von Scaglione lag verdreht am Boden. Die Guten wie die Bösen fixierten ihn eine Weile stumm. Gorelli hielt noch immer das Feuerzeug mit der hoch aufgedrehten Flamme in der Hand, fassungsloses Staunen verzerrte seine Züge.
Der Mexikaner war wieder aufgestanden und kam nun mit erhobener Pistole auf seinen Gegner zu. Da Risio hatte in dem Augenblick, in dem der Mexikaner auf Scaglione geschossen hatte, sein ganzes Leben vor sich ablaufen sehen. Er konnte nicht sprechen und sich nicht bewegen.
Gorelli aber sprach: »Sieh mal einer an. Jetzt wissen wir endlich, wo der Mexikaner gelandet ist.« Er musterte ihn eine Weile. Dann warf er einen Blick auf Mizzini, der sich

bei dem Höllenlärm der Schießerei zu Boden geworfen und so gut es ging hinter einer Karre versteckt hatte. »Hast du gesehen, Mizzì, welch ein übles Ende der Mexikaner genommen hat?«
Sein Kumpan antwortete nicht. Sogar sein Blick schien zu zittern.
»Mizzini?«
»Ja ... ich hab's gesehen.« Lieber hätte er Gorelli gefragt, wie sie ungeschoren hier rauskommen konnten. Er beneidete Jovine und Spataro, die sicher schon verhaftet worden waren, als sie die Autos holten. Hier drinnen aber stand sein Boss mit irrem Blick und brennendem Feuerzeug. Wenn er es fallenließ, würde der ganze Heuschober mit einer einzigen Stichflamme explodieren.
»Wirf das Feuerzeug nach draußen«, konnte Da Risio endlich herausbringen. »Oder mach es aus, Gorelli ... das wäre besser, dann kommen wir alle unbeschadet hier wieder raus.«
»Ich rede nicht mit den Bullen«, sagte der Verbrecher. Langsam senkte er das Feuerzeug, bis er es auf Augenhöhe hatte. Die Reflexe der Flamme ertranken in seinem gläsernen Blick. Er lächelte. »Hat man dir das nicht beigebracht, Mexikaner?«
»Was?«
»Ein Dieb oder Spion ist niemals Marias Sohn. Hat man dir das nicht beigebracht?« Er lachte.
»Sag Sammariva, er soll die Kinder losbinden. Und lass sie zusammen mit deinem Bruder wegbringen«, erwiderte der Mexikaner. »Dann klären wir unter uns, wer wessen Sohn ist.«
Sammariva saß mit dem Rücken zur Wand, den Blick starr auf Scagliones Leiche gerichtet. Er schien nichts gehört zu haben.
»Die Kinder losbinden?«, fragte Gorelli. »Warum denn? Was ist los mit dir, hast du auf einmal Mitleid mit den Kleinsten? Du, der ein neunjähriges Kind mit Eisendraht gefesselt hat?« Er bewegte die Flamme vor und zurück.

Einer der Carabinieri schrie von draußen: »Tenente, wir haben ihn im Visier!«
»Nicht schießen!«, fuhr Da Risio auf. »Ihm könnte die Flamme aufs Benzin fallen, Herrgott noch mal! Hier sind Kinder!«
»Schick deine Männer weg!«, schrie Gorelli. »Oder ich zünde alles an! Schick sie weg!«
Da Risio gab den Carabinieri mit einem Handzeichen einen Befehl.
Die blickten sich ratlos an.
»Los!«, rief der Oberleutnant.
Die Männer in Uniform verschwanden von der Schwelle.
»Hilfe!«, jammerte Cecconi, »ich will leben!«
Billo dagegen war völlig gebannt von den Gesten und Worten der Erwachsenen, als sähe er einem Theaterstück zu. Der Gedanke, im nächsten Augenblick sterben zu können, streifte ihn nicht einmal.
Lonica, dessen Augen in Tränen schwammen, versuchte, sich aus den Fesseln zu befreien, doch jede Bewegung schien ihn noch fester an den Pfeiler zu schmieden.
Fostelli und Corda versetzten Gorilla, der immer noch auf dem Boden lag, kleine Tritte, in der Hoffnung, er würde wieder zu Bewusstsein kommen.
»Ranacci, hilf uns, ihn aufzuwecken!«
Aber Ranacci rührte sich nicht und blieb stumm. Er hatte etwas zwischen den Zähnen.

»Was nützt es noch, hier rauszukommen?«, sagte Gorelli. »Dann lieber tot. Und ich nehme euch alle mit ins Jenseits, Bullen, Spione und Kinder.« Er lachte. »Wie findest du das, Mexikaner? Sprengen wir die Pulverkammer?« Das Grinsen verschwand aus seinem Gesicht. Er umkreiste den Pfeiler, das brennende Feuerzeug hocherhoben, die Füße im Benzin. Aus der hinteren Jeanstasche ragte hüpfend der Griff seiner Pistole. Er sprach in bitterem Ton. »Wie schade, Mexikaner. Du hättest diesem Schwachkopf, diesem Commandatore

Iezzi, damals bloß Ja sagen sollen. Dann wären wir jetzt Herren über ein Imperium. Sieh dir an, was stattdessen aus uns geworden ist: zwei Ratten im Kiel eines sinkenden Schiffes.« Er schüttelte den Kopf. »Jammerschade.« Ein Schritt nach dem anderen, immer im Kreis, verfolgt von Billo, dessen Blick wie hypnotisiert an ihm klebte, und der mittlerweile heiseren Stimme von Cecconi, der immer wieder greinte: »Ich will leben!« Gorelli stieg über den Körper seines Bruders. »Immer musste ich in deinem Schatten leben, sogar noch, als du verschwunden warst. All die Jahre. Wo ich auch hinging, sobald ich sagte: ›ich komme aus Roccella‹, war Roccella für alle das Reich des Mexikaners. Dieser Scheißmexikaner mit seinem Schatten über mir! Aber jetzt ist Schluss mit dem Schatten ...«, Gorellis Stimme wurde tief und fröhlich. »Es wird Zeit, hier mal ein bisschen Licht zu machen!« Er wollte das Feuerzeug auf den Boden werfen. Alle erwarteten die Flamme, die sie verschlingen würde.
Außer Ranacci.
Mit millimetergenauer Treffsicherheit spuckte er den Nagel, den er mit den Zähnen aus dem Pfeiler gezogen hatte, auf Gorellis Hand.
Er verletzte ihn zwar nicht, aber der Verbrecher zog instinktiv die Hand zurück, das Feuerzeug fiel ihm aus den Fingern und flog in Richtung Da Risio. Verblüfft fing der Oberleutnant es auf, als hätte Gorelli es ihm absichtlich zugeworfen. Er schloss den Deckel mit einem trockenen Klicken. Die Flamme verschwand.
Es dauerte nur einen Augenblick. Als er sich von der Überraschung erholt hatte, zog Gorelli wutentbrannt die Pistole aus der Gesäßtasche seiner Jeans und eröffnete das Feuer auf den Mexikaner. Der spürte sofort ein Brennen in der Schulter und ließ die Pistole fallen. Im Fallen zeichnete sie eine kleine Kurve und prallte gegen den Pfeiler.
Gorelli tat einen Schritt nach vorn und machte Anstalten, ein zweites Mal zu schießen, diesmal auf den Kopf des Mexikaners zielend.

Doch da explodierte etwas in seiner Kniebeuge. Ein Schwall Blut sprudelte aus seinem Bein. Man hatte auf ihn geschossen. Von hinten.
Er ließ die Waffe fallen und machte eine halbe Drehung um sich selbst.
Das Letzte, was er sah, war sein Bruder, der auf dem Boden saß, die Pistole auf ihn gerichtet.
Dann trübte sich seine Sicht, alles wurde schwarz und ihm schwanden die Sinne.

Gorilla wurde von einem der medizinischen Assistenten verarztet, die mit dem Krankenwagen gekommen waren. Er verband ihm den Kopf, aufmerksam vom Mexikaner beobachtet, dessen Schusswunde in der Schulter weniger ernst war als befürchtet. Ein anderer Pfleger legte ihm gerade einen Verband an.
»Danke«, sagte der Mexikaner zu Gorilla.
Knapp dreißig Sekunden bevor sein Bruder zur Pistole griff, war der Junge wieder zu Bewusstsein gekommen, und nach dem Schuss hatte er die Waffe des Mexikaners in Reichweite vor sich gesehen. Er hatte sie ergriffen und ohne zu zögern den Abzug gedrückt. Natürlich hatte er noch immer kein genaues Bild von der Situation. Das Einzige, was er mit einer Mischung aus Befriedigung und Bestürzung verstanden hatte, war, dass der Mexikaner ihm sein Leben verdankte.
»Bitte ...«, antwortete Gorilla. Er sah seine Freunde in der Nähe. Cecconi lachte und weinte, und manchmal stieß er Corda mit dem Ellenbogen in die Seite.
Da Risio kam näher. Er betrachtete Gorilla und den Mexikaner mit glänzenden Augen. »Alles in Ordnung?«, fragte er den Mexikaner.
»Alles in Ordnung, Tenente.«
Der Offizier der Carabinieri wandte sich an den Jungen. »Auf Giuliano haben *wir* geschossen, einverstanden?«
Erst in dem Moment schien Gorilla zu begreifen, dass er

vor wenigen Minuten fast seinen Bruder umgebracht hätte.
»Ich ... ich weiß nicht, ob ...«
»Lass das unsere Sorge sein.«
Gorilla sah Da Risio ängstlich an. »Aber die anderen werden sagen, dass ich geschossen habe ... und sie werden alles vom Mexikaner erzählen!!!« Nein, er bereute es nicht. Blut war nicht alles. Blut war nur Blut. Seine wahren Brüder waren seine Freunde.
»O nein«, sagte der Oberleutnant. »Die werden nicht reden! Sonst lassen wir sie nie mehr aus dem Gefängnis frei.«
Er strich dem Jungen übers Haar. Dann fragte er den Mexikaner: »Musst du auch mit den anderen sprechen?«
Der Mexikaner nickte, und Da Risio ging sie holen.
Gorilla fragte: »Bist du auch ein Polizist geworden?«
»So was in der Art.« Der Mexikaner verzog das Gesicht wegen der Schmerzen in der Schulter. »Aber nicht ganz und gar.«
»Tja.« Gorilla lächelte. Dann sprach er einen Gedanken aus, der vielleicht größer war als er selbst: »Wer als Enkel von Arsène Lupin geboren wird, kann nicht als Inspektor Zenigata sterben.«
Auch der Mexikaner lächelte.
Da Risio kam mit den anderen Jungen.
Billo umarmte Gorilla. Gefolgt von Fostelli.
Cecconi fragte: »Wo hast du denn so gut schießen gelernt, Gorì?«
»Keine Ahnung. Schwein gehabt.« Sie lachten.
Corda zeigte auf die verbundene Schulter des Mexikaners. »Tut's weh?«
»Nein.«
»Wenn die auf mich geschossen hätten, ich würde schreien vor Schmerz ...«
Der Mexikaner lachte. Es war seltsam, einen wie ihn lachen zu sehen. »Er war der Mutigste von uns allen«, und er zeigte auf Fostelli. »Ohne ihn würden Da Risio und ich uns immer noch den Kopf zerbrechen, wie wir Gorelli an den Haken kriegen.«

»Eigentlich wollte ich dir den Plan ja verkaufen ...«, murmelte der Don verlegen.
»Was zählt, ist, dass jemand ihn gekauft hat.«

Fast eine Stunde war vergangen. Um sie herum das geschäftige Treiben der Experten für Ballistik, das Absperrband um den Tatort, die Kreidezeichnungen der Spurensicherung. Gesten und Laute, die in den Hintergrund rückten, als der Mexikaner, der schlagartig ernst geworden war, zu ihnen sprach. Er hatte sie gebeten, aufmerksam zuzuhören.
»Ihr dürft niemals erzählen, was ihr hier gesehen und gehört habt. Niemandem. Vor allem nicht von meiner Rolle bei dem Ganzen. In nicht mal einem Monat werde ich ... woanders, bei einem anderen Fall sein. Wahrscheinlich eine noch gefährlichere Situation. Und niemand darf jemals erfahren, dass ich mit den Polizeikräften zusammenarbeite. Sonst bin ich erledigt und andere mit mir. Das hier ist kein Abenteuer. Heute wurde nur ein Teil der Geschichte abgeschlossen, und sie wird erst dann enden, wenn sie enden muss. Jetzt ist es noch zu früh. Versteht ihr mich? Alle müssen neu anfangen.«
Sieben kleine Köpfe nickten zustimmend.

10

SONNTAG, 1. JUNI

Billo hatte gerade seine Sporttasche gepackt, um auf den Fußballplatz zu gehen, als das Telefon läutete.
Mit seinem Spurt war er schneller am Telefon als seine Großmutter.
Es war Sonntag. Traditionsgemäß wurde das letzte Spiel der Meisterschaft an diesem Tag statt am Samstagnachmittag ausgetragen. Nach der Niederlage gegen Monteposchiese würden sie in dieser Saison wahrscheinlich nicht Tabellenerster. Aber Billo war das nicht besonders wichtig. Wichtig war jetzt, dass sein Onkel Michele aus Deutschland am Telefon war, wie immer vor einem Spiel.
»Onkel Michele!«
»Emanué! Na? Wem schießt du heute fünfmal den Ball ins Tor?«
»Real Formezza!«
»Hm. Sind die stark?«
»Sie sind vierter, Onkel.«
»Pass auf. Übertreib es nicht mit dem Dribbeln. Gib den Ball auch an die anderen weiter. Fußball ist ein Mannschaftsspiel, Emanué!«
»Stimmt, Onkel Michele. Es ist viel schöner, als Gruppe zu gewinnen!«
Der Mexikaner hatte sich gezwungen gesehen, Billo von der Rolle seines Onkels bei dem tödlichen Unfall der Sanzanis zu erzählen.
Michele war damals ein junger Automechaniker ohne einen Centesimo, und sein Leben wurde vom Heroin langsam zerfressen. Als er eingewilligt hatte, wusste er nicht, welche Folgen sein »sauber ausgeführter kleiner Auftrag« haben würde. Er war unter dieses Auto geschlüpft, wie man

ihm gesagt hatte, und als er wieder hervorgekrochen kam, hatte jemand das Tütchen mit einer Dosis in seine ölverschmierte Hand fallen lassen. Er hatte sich lieber nicht gefragt, warum und wozu, aber als das alles in die Zeitungen gekommen war, hatte er entsetzt erkannt, was er getan hatte. Er war nach Deutschland abgehauen, wo er sich zusammengerissen und mit den Drogen Schluss gemacht hatte. Jetzt war er mit einer Deutschen verheiratet und hatte drei Kinder. Billo wusste, dass es ihm recht gut ging. Doch der traurige Ton am Telefon blieb immer derselbe, und nicht nur die Sehnsucht beschwerte seine Worte, da war noch etwas, was Billo jetzt endlich verstand: Reue. Michele Billo konnte nicht nach Roccella zurückkehren, das Städtchen, das er liebte. Beide, sein Neffe und er, wussten, dass das nur gerecht war. Und dass ihm trotzdem nichts die Bürde der Schuld vom Gewissen nehmen konnte.
Billo, der noch in diese Gedanken versunken war, während der Onkel weitersprach, hörte wieder zu: »... und denk dran, dass du nicht immer in den Strafraum laufen musst, um zu schießen. Die schönsten Tore sind die von weitem, wenn das ganze Publikum in aller Ruhe bewundern kann, wie der Ball bis ins Tor fliegt und sich dann im Netz verfängt ... Und beeil dich mit dem Erwachsenwerden, damit ich endlich hier in Leverkusen ein Probespiel für dich organisieren kann!«
»Onkel Michele?«
»Ja?«
»Ich hab dich gern.«
Die Stimme des Mannes wurde brüchig. »Ich hab dich auch gern, Emanué.«
»Ich gebe dir die Großmutter.«
Er überließ den Hörer der Frau, die die ganze Zeit ungeduldig, eine Hand in die Hüfte gestützt, gewartet hatte.
Dann nahm er seine Tasche und lief nach unten. Auf dem Weg traf er seine Mutter und Melo, den Schuster, die lachend und plaudernd spazieren gingen.

Mit Melo hatte er alles geklärt. Der Schuster war zu Billo gekommen, um ihm sein Ehrenwort zu geben, dass er von Santovitos zwielichtigen Machenschaften nichts gewusst hatte, und um sich zu entschuldigen. Billo hatte ihm verziehen, doch als Gegenleistung hatte er eine Bitte an ihn.
»Zum Abendessen?«
»Du hast doch niemanden, stimmt's?«
»Wie bitte?«
»Du hast keine Frau, bist nicht verlobt, oder?«
»Nein ...«
»Du bist ein anständiger Mensch, Melo. Ich möchte dich meiner Mutter vorstellen!«
Er war mit einem Strauß Blumen bei ihnen erschienen, ohne dass die Mutter von Billo oder von der Großmutter vorgewarnt war.
Billo hatte ihn zur Balkontür geführt. »Meine Mama fährt auf Liebesgeschichten ab«, hatte er geflüstert. »Behandle sie gut.«
Donna Giovanna hatte die Hände gefaltet, als würde sie beten.
Melo, mit der Rolle des Freiers betraut, ohne die Frau je wirklich bewusst gesehen zu haben, hatte sich die Haare geglättet und war auf den Balkon hinausgetreten.
Es war dann gar nicht so schwierig gewesen.
»Wohin gehst du?«, fragte Melo, als ihre Wege sich kreuzten.
»Fußballspiel!«
»Ach ja. Sollen wir uns das Spiel angucken?«
»Bloß nicht! Lernt euch weiter kennen!«
Die Mutter wurde rot. Melo strich sich über den Schnurrbart. Billo lachte und rannte davon.

Zwei Stufen auf einmal nehmend, lief er die Treppe zum Eingangsportal der Kirche hinauf.
Er drückte die Tür auf, stellte die Tasche ab und kniete einen Augenblick nieder.

Die Kirche war voller Leute. Billo stellte sich auf Zehenspitzen. Fostelli war Messdiener, stand mit gefalteten Händen neben dem Hochaltar.
Er hatte dann doch beschlossen, ins Priesterseminar zu gehen. Am Tag davor hatte er mit seinen Freunden gesprochen. »Was passiert ist«, hatte er gesagt, zu dem feierlichen Ton zurückfindend, an den er sie gewöhnt hatte, »war für mich eine Bestätigung dessen, was ich im Grunde schon immer wusste.«
»Soll heißen?«, fragte Corda.
»Dass ich eher ein Mensch des Glaubens als der Tat bin.«
Versteh das einer.
Billo wollte leise pfeifen, um den Don auf sich aufmerksam zu machen. Doch der Piff kam ziemlich laut heraus und durchschnitt die Stille. Alle drehten sich nach ihm um.
Billo tat, als suchte er etwas auf dem Boden. Als er den Kopf wieder hob, sah ihn nur noch der Freund an. Er winkte und Fostelli lächelte ihm zu.
Billo sagte unhörbar, nur mit Lippenbewegungen: »Wir-se-hen-uns-spä-ter-auf-der-Pia-zza.«
Der Freund, der sich im geistlichen Gewand sehr wohl zu fühlen schien, lächelte gutmütig. Dann wies er mit einer Kopfbewegung auf einen Punkt links vom Altar: Corda und Speckbacke saßen Seite an Seite in der ersten Reihe. Sie bildeten ein so bizarres Paar, dass der Anblick schon wieder niedlich war.
Billo schüttelte den Kopf. Dann nahm er seine Tasche und ging hinaus. Das Kreuzzeichen vergaß er.

Er kam an dem winzigen Gewerkschaftsgebäude vorbei. Durch ein Fenster blickte er ins Innere.
Ranacci saß hinter einem Schreibtisch, und Giacomo Rovelli ging, lebhaft sprechend, um ihn herum. Manchmal sagte der Junge etwas, der Alte hörte zu und antwortete. Und jedes Mal schien Ranacci mit der Antwort hochzufrieden zu sein.

Nach einer Weile klopfte Billo an das Fenster.
Die beiden blickten zu ihm hin.
Ranacci lächelte, dann streckte er die Zunge heraus, und auf der Zunge lag ein Steinchen. Er ließ es wieder im Mund verschwinden.
Billo verabschiedete sich mit einem Winken.
Sie grüßten mit erhobener Faust zurück.

Im Juni steht die Sonne hoch.
Das Spiel hat erst vor ein paar Minuten begonnen. Jedes Mal wenn die Nummer 10 von Roccellese den Ball berührt, stößt Cecconi seinen Ellenbogen in Cordas Seite. »Manno, was für'n klasse Spieler!«, sagt er immer wieder, obwohl Billo gar nichts Besonderes getan hat. »Nach Maradona und Careca kommt gleich Billo!«
Sie sitzen auf den Rängen. Neben Lonica, am Spiel wenig interessiert, aber schmachtend in den Augen des kleinen Boxers verloren, sitzt Valentina Cummino. Lonica versucht, ihr die Spielregeln zu erklären, dann merkt er, dass sie ihn anstarrt. »Langweilst du dich?«
»Nein!«, antwortet sie. »Aber Boxen mag ich lieber.«
Lonica wird rot.
Cecconi stößt wieder mit dem Ellenbogen zu. »Was für 'ne Rakete, Manno!«
Billo hat gerade einen Gegner ausgedribbelt, passt den Ball an einen Kameraden an der Flanke und lässt ihn sich zurückspielen.
Gorilla läuft vor den Zuschauerbänken auf und ab. Er hat Annarita das Spiel als Treffpunkt vorgeschlagen, aber sie hat weder Ja noch Nein gesagt. Er hofft trotzdem und wartet mit Herzklopfen. Von Zeit zu Zeit wirft er einen Blick auf das Feld und brüllt ein rüpelhaftes »Los, Billo! Ramm ihnen die Pille in den Arsch!« Kein Mensch käme darauf, dass dieser Junge vor nicht mal drei Tagen eine Pistole genommen und auf seinen Bruder geschossen hat. Tatsächlich hat er selbst es schon vergessen. Auf der Welle wider-

streitender Gefühle hat er sich sogar an Annarita Cummino heranmachen und ihr diese halbe Verabredung entlocken können. »Ich bin so traurig ...«, hat er zu ihr gesagt. Er setzt auf den Krankenschwesterinstinkt, der im Herzen jeder Frau nistet.
Roccellese hat den Ball im Mittelfeld verloren. Jetzt gibt es einen Eckstoß für die gegnerische Mannschaft.
Billo geht in die Verteidigung, um seine Leute zu unterstützen.
Hinter dem Gegner, der den Eckstoß ausführen wird, entdeckt Billo auf der anderen Seite des Metallzauns ein Auto. Es ist ein Volvo. Mit verschränkten Armen an den Volvo gelehnt, eine Zigarette im Mund, der Mexikaner. Er trägt eine Sonnenbrille. Trotz der Entfernung meint Billo den Mexikaner lächeln zu sehen.
Er möchte es allen sagen, er möchte das Spiel anhalten und sagen: »Seht mal da hinten! Da ist der Mexikaner! Er ist gekommen, um mich spielen zu sehen! Seht doch nur!«
Der Eckstoß wird ausgeführt, es ist eine gefährliche Steilflanke, ein Mannschaftskamerad von Billo schickt den Ball erneut ins Aus.
Noch ein Eckstoß.
Gorilla beugt sich vor, um das Geschehen genauer zu beobachten.
Genau in diesem Moment tritt Annarita in sein Blickfeld.
Gorilla stockt der Atem, seine Beine zittern.
Annarita begrüßt ihre Schwester und Lonica. Sie zwinkert Cecconi zu, worauf er sie mit offenem Mund anglotzt.
Der Eckstoß wird ausgeführt.
Billo ist allen voraus, erst wirft er einen Blick auf den Mexikaner – er ist immer noch da! – dann auf den Ball.
Er dreht sich um und steuert auf die gegnerische Hälfte zu. Tut so, als wollte er an der Außenlinie laufen, dribbelt stattdessen zwei keuchende Jungen aus und läuft über die Mittelfeldlinie.
Wenn Billo so loslegen kann, ist er wahnsinnig schnell.

Annarita kommt auf Gorilla zu. »Ciao. Wie geht's?«
Gorilla weiß nicht, was er sagen soll. Sie ist so hübsch in dieser weißen Bluse und den Jeans!
»Sagst du gar nichts?«
Billo dribbelt noch einen Gegner aus.
Das Publikum rumort, Cecconi ist aufgesprungen. »Irre!«
»Und?«, beharrt Annarita.
Gorilla gibt sich den ersten Fausthieb auf die Brust.
Billo ist zwanzig Meter vor dem Tor, ihm fällt ein, was Onkel Michele gesagt hat: »Die schönsten Tore sind die von weitem ... das Publikum kann in aller Ruhe bewundern, wie der Ball sich im Netz verfängt ...«
Gorilla schlägt sich ein zweites und drittes Mal auf die Brust.
»Was tust du da?«
Billo zielt.
Für Gorilla gibt es kein Halten mehr. Er trommelt sich immer wilder auf die Brust, die Augen auf Annarita gerichtet.
Billo schießt.
»Uh-uh!«, macht Gorilla. »Uh-uh!«
Annarita sieht ihn entsetzt an.
Gorilla wendet den Blick genau in dem Moment von ihr ab, als der Ball, von Billo geschossen, ins Netz fliegt, wo die Pfosten sich kreuzen.
»Uh-uh-uh-uh-uh-uh-uh-uh!«
»Besser als Maradona! Besser als Maradona!!!«
Lonica und Valentina schreien: »Tooooor!« und mit ihnen alle Zuschauer. »Super, Billo!«, brüllt Lonica.
Annarita Cummino, die sich zum ersten Mal in ihrem Leben übergangen fühlt, lehnt bekümmert an dem Gitter, das die Zuschauerränge vom Spielfeld trennt. Er gefällt ihr. Sie wird fast ohnmächtig, weil sie soeben erkannt hat, dass Gorilla ihr gefällt. Diese Entdeckung ist schlimmer als eine Ohrfeige.
Gorilla ist unterdessen auf das Gitter gesprungen und klammert sich mit Händen und Füßen daran fest.

»Uh-uh-uh-uh-uh-uh-uh-uh!«
Von seinen Kameraden umjubelt, sieht Billo den Freund am Gitter hängen. Er grinst ihm zu.
Er winkt Cecconi und Lonica und den Mädchen zu.
Er winkt dem Rest des Publikums zu.
Dann befreit er sich von den Kameraden und läuft in Richtung Mexikaner.
Als er bemerkt, dass weder der Mexikaner noch der Volvo dort sind, wo sie standen, ist er ein bisschen enttäuscht.
Er ist weg.
Billo holt tief Luft, die Hände auf die Knie gestützt.
Der Schiedsrichter pfeift. Ball auf dem Anstoßpunkt.
Billo dreht sich zum Spielfeld um.
Alle müssen neu anfangen.

Dank

Dieser Roman verdankt vielen Menschen viel: meiner Lebensgefährtin Carlotta, die mich während der Arbeit an der ersten Fassung in verzagten Momenten ertragen hat; Laura Sandi, sie weiß, warum; Anna, weil sie gelacht und mich angespornt hat, ihn zu beenden; Cristian Soddu wegen seiner Genauigkeit, Geduld und großen Professionalität; Luigi und Daniela Bernabò wegen ihrer Kompetenz und Freundschaft.

Cecconi dankt Giovanna De Angelis.

Und Dank auch an eine andere Giovanna.

C. F.